शिवानी

प्रख्यात कथाकार शिवानी का जन्म 17 अक्तूबर, 1923 को विजयादशमी के दिन राजकोट, गुजरात में हुआ।

शिवानी की पहली रचना अल्मोड़ा से निकलनेवाली 'नटखट' नामक एक बाल-पत्रिका में छपी थी। तब वे मात्र बारह वर्ष की थीं। इसके बाद वे मालवीय जी की सलाह पर पढ़ने के लिए अपनी बड़ी बहन जयंती तथा भाई त्रिभुवन के साथ शान्तिनिकेतन भेजी गईं, जहाँ स्कूल तथा कॉलेज की पत्रिकाओं में बांग्ला में उनकी रचनाएँ नियमित रूप से छपती रहीं। गुरुदेव रवीन्द्रनाथ टैगोर उन्हें 'गोरा' पुकारते थे। उनकी ही सलाह कि हर लेखक को मातृभाषा में ही लेखन करना चाहिए, शिरोधार्य कर उन्होंने हिन्दी में लिखना प्रारम्भ किया। शिवानी की पहली लघु रचना 'मैं मुर्गा हूँ' 1951 में 'धर्मयुग' में छपी थी। इसके बाद आई उनकी कहानी 'लाल हवेली' और तब से जो लेखन-क्रम शुरू हुआ, उनके जीवन के अन्तिम दिनों तक अनवरत चलता रहा। उनकी अन्तिम दो रचनाएँ 'सुनहुँ तात यह अकथ कहानी' तथा 'सोने दे' उनके विलक्षण जीवन पर आधारित आत्मवृत्तात्मक आख्यान हैं।

1979 में शिवानी को 'पद्मश्री' से अलंकृत किया गया। उपन्यास, कहानी, व्यक्ति-चित्र, बाल उपन्यास और संस्मरणों के अतिरिक्त, लखनऊ से निकलनेवाले पत्र 'स्वतंत्र भारत' के लिए शिवानी ने वर्षों तक एक चर्चित स्तम्भ 'वातायन' भी लिखा। उनके लखनऊ स्थित आवास-66, गुलिस्ताँ कालोनी के द्वार लेखकों, कलाकारों, साहित्य-प्रेमियों के साथ समाज के हर वर्ग से जुड़े उनके पाठकों के लिए सदैव खुले रहे।

निधन : 21 मार्च, 2003; दिल्ली।

शिवानी

कालिंदी

राधाकृष्ण पेपरबैक्स

राधाकृष्ण पेपरबैक्स में
पहला संस्करण : 2006
ग्यारहवाँ संस्करण : 2025

राधाकृष्ण पेपरबैक्स : उत्कृष्ट साहित्य के जनसुलभ संस्करण

राधाकृष्ण प्रकाशन प्राइवेट लिमिटेड
जी-17, जगतपुरी, दिल्ली-110 051
द्वारा प्रकाशित

शाखाएँ : अशोक राजपथ, साइंस कॉलेज के सामने, पटना-800 006
पहली मंजिल, दरबारी बिल्डिंग, महात्मा गांधी मार्ग, प्रयागराज-211 001
1, अनमोल सोराबजी संतुक लेन, धोबी तलाव, मरीन लाइंस, मुम्बई-400 002

वेबसाइट : www.radhakrishnaprakashan.com
ई-मेल : info@radhakrishnaprakashan.com

बी.के. ऑफसेट
नवीन शाहदरा, दिल्ली-110 032
द्वारा मुद्रित

मूल्य : ₹299

KALINDI
Novel by Shivani

ISBN : 978-81-8361-067-4

कालिंदी

कालिंदी की वर्तुलाकार घुमेरों में लिपटी जन्मकुंडली अन्ना के सामने खुली धरी थी—श्री गणेशाय नमः—आदित्यादि ग्रहा सर्वो नक्षत्राणि चराशयः सर्वाकामा प्रयच्छन्तु यस्यैषां जन्मपत्रिका, श्रीमन् विक्रमार्क राज्य समयातीत श्री शालिवाहन शाके, उत्तरायणे, शिशिर ऋतौ, मासोत्तम मासे पौषमासे शुक्ले पक्षे दशम्यां बुधवासरे, सिंहलग्नोदये श्री कमलावल्लभपन्त महोदयानाम गृहे, भार्यो मयकुलानन्द दायिनी कमला, कुन्ती, कालिंदी नाम्नी कन्यारत्नम् जीन् अल्मोड़ा नगरे आक्षांशाः

अन्ना की आँखें भर आईं। उसने पुनः यत्न से कुंडली लपेट, बक्से में धर दी, कहीं कुंडली की अग्निगर्भा स्वामिनी स्वयं न आ जाएँ!

बेटी जन्मकुंडली हमेशा ऊपर से नीचे लपेटी जाती है, नीचे से ऊपर नहीं। पिता की अशरीरी आत्मा जैसे उसे सहसा कन्धा पकड़कर झकझोरने लगी—अपनी, विषाद की दुर्वह घड़ी में वह उस जन्मकुंडली को नीचे से ही लपेटे जा रही थी, अचकचाकर उसने अपनी भूल सुधारी और आँचल से आँखें पोंछ लीं। मयकुलानन्द दायिनी झूठे ही निकले—एक सिंह लग्न ही उसकी पुत्री की कुंडली में अपनी सार्थकता को सिद्ध कर सका था—उसकी दादी ने कहा था—तेवर तो इसके हमेशा ऐसे ही रहेंगे मुन्ना, सिंह लग्न में हुआ जो जातक करै सिंह की असवारी। तब अल्मोड़े में दो प्रख्यात गणक माने जाते थे : पंडित मोतीराम पांडे और पंडित रुद्रदत्त भट्ट। उनकी बनाई जन्मकुंडली का उन दिनों प्रचुर पारिश्रमिक भी देना होता था, पर जैसे एक डॉक्टर दूसरे हमपेशा डॉक्टर से फीस नहीं लेता, ऐसे ही मोतीरामजी ने अपने गुरुभाई रुद्रदत्त की पुत्री अन्नपूर्णा की कुंडली तब बिना कुछ लिये ही बनाई थी। जन्मकुंडली क्या थी—पूरी नौगजी नागपुरी साड़ी! नाना बेलबूटों से सुशोभित, गणेश की सुअंकित मुद्रा के नीचे सुन्दर मोती-से अक्षरों में लिखी

लिपि में अन्ना की ललाट गणना जिस दक्षता से मोतीरामजी कर गए थे, उसे विधाता भी पढ़ता तो शायद दंग रह जाता। कैसे आउट हो गया उसका लिखा प्रश्नपत्र! देवज्ञ की पुत्री थी इसीलिए क्या उसके बाबूजी ने उसकी कुंडली स्वयं नहीं बनाई? जिस रुद्रदत्त भट्टजी से कुंडली गणना के लिए दूर-दूर के राजे-महाराजे-ताल्लुकेदार आकर चिरौरी करते थे, उन्होंने क्या जन्मलग्न से ही पुत्री का भाग्य बाँच लिया था? ठीक ही तो था, कौन चिकित्सक अपनी सन्तान पर सर्जन की छुरी चलाने का दुःसाहस कर पाता है? अन्नपूर्णा कब की, अपनी कुंडली अपने पिता के अस्थिकलश के साथ कनखल में प्रवाहित कर चुकी थी, किन्तु वह पंक्ति अभी भी उसे ज्यों की त्यों याद थी—देवज्ञ मार्तण्ड की पुत्री थी, ऐसी पंक्तियों का मर्म तो समझती ही थी।

क्रूरे हीन बलेस्तगे स्वपतिना, सौम्येक्षिते प्रोज्झिता।

उसके अभिशप्त सप्तम स्थान स्थित निर्बली ग्रह पर किसी भी शुभ ग्रह की दृष्टि नहीं थी। ऐसे योगज ग्रह की स्त्री यदि परित्यक्ता न होती तो आश्चर्य की बात थी। पुत्री के इसी दुर्भाग्य के पश्चात् उसके पिता ने उसे ससुराल से कई बुलावे आने पर भी नहीं भेजा—नहीं, वे सास, जेठ, जिठानी, देवरों की चाकरी करने पुत्री को वहाँ नहीं भेजेंगे, जो जी में आए कर लें, कोर्ट-कचहरी सबसे जूझ लेंगे वे। जिस हृदयहीन व्यक्ति ने अपनी बालिका पत्नी से ऐसी प्रवंचना की थी, उस जामाता को वे कभी क्षमा नहीं कर पाएँगे। यदि उसके सम्बन्ध, विवाह पूर्व किसी गणिका से थे, तो उसने उनकी निर्दोष लड़की का अँगूठा थामा किस दुःसाहस से? और तीन महीने उससे जी भर चाकरी करा क्यों अचानक, आधी रात को पितृगृह में पटक, पिछवाड़े के रास्ते चोर-सा भाग गया? दूसरे ही दिन पंचायत बैठी। पूरा शहर पंडितजी को देवता-सा पूजता था। उनके समृद्ध यजमानों में कमिश्नर भी थे, डिप्टी भी— सबने एकमत से निर्णय लिया, उनके निर्लज्ज जामाता की मुश्कें बँधवाकर यहाँ बुलाया जाए और वह नाक रगड़ पंडितजी से क्षमा-याचना कर, ससम्मान उनकी पुत्री को अपने साथ ले जाए।

"नहीं," पन्द्रह वर्ष की अन्नपूर्णा ने पिता के पास आकर गर्वोन्नत मस्तक तनिक भी नहीं झुकने दिया, "मैं अब वहाँ कभी नहीं जाऊँगी।"

"क्यों बेटी? तुम्हारी माँ नहीं है, पिता वृद्ध हो चले हैं, तीन भाई हैं, पर उनका अपना परिवार होगा, जीवन-भर तुम्हारा भार कौन लेगा?"

"तब देखिए," कह उस बित्ते-भर की संकोची लड़की ने, जिसकी नग्न कुहनी भी शायद कभी किसी ने नहीं देखी थी, अपनी कुर्ती ऊपर उलट दी– नग्न, बताशे-सी सुकोमल दुग्धधवल पीठ पर लकड़ी के दागे गए लम्बे-लम्बे निशान थे।

"देख लिया आपने, अब किस मुँह से बिरादरी कहती है कि मैं वहाँ जाऊँ?"

"किसने किया यह? कौन था वह कसाई, बोल दीदी, मैं उसकी जान ले लूँगा।" उसका किशोर छोटा भाई देवेन्द्र बहन से लिपट गया–

"सबने मिलकर बारी-बारी से मुझे जली लकड़ी से मारा, जानते हो, क्यों? क्योंकि मुझे चार सलाइयों के मोजे बिनने नहीं आए और मैंने एड़ी की छाँट गलत कर दी..."

क्रोध और अमर्ष से काँपते उसके पिता निर्वाक् खड़े थे, पूरी बिरादरी स्तब्ध थी। ऐसे देवतुल्य सन्त पिता की पुत्री से ऐसा व्यवहार! उनकी चुप्पी देख अन्ना सहम गई थी, कहीं ऐसा न हो सब मिलकर उसे फिर ससुराल छोड़ दें!

"बाबू!" वह अधैर्य से अपने पिता से लिपट गई थी, "मेरे आप ही सब कुछ हैं, माँ-बाबू सब आप हैं, मुझे मत भेजिए वहाँ। मुझे मार डालेंगे।"

"नहीं बेटी, तू यहीं रहेगी, हमेशा मेरे पास। मैं तुझे पढ़ा-लिखाकर इस योग्य बनाऊँगा अन्ना कि तू स्वयं ही अपना सहारा बन सके..."

"पर पंडितजी, आपको इस बेचारी का गहना तो उनसे वसूलना ही चाहिए–एकदम ही नंगी-बुच्ची कर रख दिया है उन्होंने। आज जो आपकी पुत्री के साथ हुआ है, आप चुप रहे तो कल हमारी बेटियों के साथ होगा..."

"नहीं बेटा," पंडितजी का निर्विकार स्वर पहाड़ी झरने-सा स्निग्ध आर्द्र था, "मेरे दिए गहनों से ही उनकी समृद्धि द्विगुणित होती है तो हुआ करे, मुझे मेरी पुत्री का सुख चाहिए, गहने नहीं..."

पन्द्रह वर्ष की आभूषणविहीना पुत्री–स्वयं एक भार बनकर पितृगृह नहीं आई है, एक अन्य भार को भी वहन कर पिता का दायित्व बढ़ाने आई है, यह बेचारे पंडितजी कैसे जान पाते? घर में कोई स्त्री तो थी नहीं, माँ अपने बड़े पुत्र के साथ रहती थीं, जब वह दुःसंवाद पाकर आईं तो वे पौत्री के पांडुरवर्णी कुम्हलाए चेहरे को देखते ही उबल पड़ीं, "हरामजादे को बाप बनने

की तो बड़ी जल्दी पड़ी थी, क्यों री, बाप को नहीं बताया तूने?"

मूर्खा दादी! संसार की कौन-सी पुत्री स्वयं अपने मुँह से पिता से अपनी इस अवस्था का संकेत भी जिह्वाग्र पर ला सकती है? दादी के लाख मना करने पर भी पंडितजी ने दूसरे ही दिन से उसके हाथ में खड़िया-पाटी थमा दी। धीरे-धीरे उसने नवीन जीवन के उलझे तागे स्वयं सुलझा लिये—विवाह से पूर्व ही वह पिता के साथ काशी जाकर मध्यमा की परीक्षा दे आई थी, अब उसने साधिकार पिता के सचिव का कार्य सम्हाल लिया।

दादी बड़बड़ाती रहतीं, "एक तो लड़की का भाग्य ही खराब है, उस पर बाप रही-सही कसर पूरी कर रहा है। अरे क्या बनाएगा उसे, पुरोहित? आज तक किसी स्त्री को पौराहित्य करते सुना है? न बिनने-फटकने में मन है लड़की का, न सिलाई-बिनाई में, घाघरी गले से बँधी है, न जाने कब दर्द उठ जाए पर इसे खड़िया-पाटी से ही फुर्सत नहीं! अरे रुदिया, क्यों दिमाग खराब कर रहा है उसका?"

पर अन्ना तो अपनी समवयसिनी लड़कियों के मानसिक स्तर से बहुत ऊपर उठ चुकी थी। सहृदय पिता ने उसे बाँहों में उछाल विपुल व्योम में त्रिशंकु-सा लटका दिया था, जहाँ की निःसीम शून्यता में दिन-रात विचरण करती, वह अनन्त तारिकाओं में गमनशील स्वभाव की रहस्यमयी भाषा पढ़ने लगी थी—सूर्यादि ग्रहों के स्वभाव, विकार, वर्ण, प्रभाव, उनके उर्ध्वगामी तोरण दंड-वक्र अनुवक्र, ग्रहों के नक्षत्रों के साथ समागमन। सप्तर्षियों का संचार उसे क्रमशः बटलोई में भड़कती दाल को चलाने से कहीं अधिक रोचक लगने लगा था। पिता उसे आढ़क, द्रोण, कुडव, नाडिका, पराकाष्ठा, कला एवं ऋतु की परिभाषाएँ समझाते और वह अपनी विलक्षण स्मृति के सहारे दूसरे ही दिन बालशुक की तत्परता से रटकर पिता को सुना देती तो गद्गद होकर कहते, "मैं जानता था अन्ना, तेरा समराशिगत लग्न, गुरु और शुक्र तुझे ऐसा ही वैदुष्यसम्पन्न बनाएँगे—तू एक दिन वेदान्त शास्त्रज्ञा बनेगी बेटी..."

किन्तु पुत्री की रसना में उस अलौकिक विद्या का स्वाद चटा मात्र ही पाए थे रुद्रदत्त भट्ट—अन्नपूर्णा ने पुत्री को जन्म दिया और वह सौर में ही थी कि खोई गाय को ढूँढ़ने निकले रुद्रदत्तजी पहाड़ से फिसल ऐसी गहरी घाटी में सदा के लिए अदृश्य हो गए कि लाश भी नहीं मिली। जिसने असंख्य जन्मकुंडलियाँ बना अपनी सटीक भविष्यवाणियों से अनेकानेक कृतज्ञ

यजमानों को भविष्य के प्रति सावधान किया था, वे स्वयं अपनी जन्मकुंडली क्या नहीं बाँच पाए होंगे?

"बाबू ने मुझसे एक दिन कहा था दादी," अन्ना ने आँखें पोंछकर कहा, "मेरा मारक योग आसन्न है बेटी, पर तेरा कभी कोई अनिष्ट नहीं कर पाएगा—जहाँ दैवज्ञ का वास होता है, वहाँ पाप प्रवेश नहीं कर पाता।"

शोक-जर्जरिता वृद्धा दादी फिर वहीं आकर रहने लगीं, पर खेत-खलिहान को देखने को किसी पुरुष का होना अनिवार्य था, अन्ना का बड़ा भाई पिता के जीवनकाल में ही अच्छी नौकरी पा गया था, पंडितजी ने ही उसका विवाह देख-सुनकर किया था पर ठगे गए—बहू पढ़ी-लिखी थी, बहुत बड़े बाप की इकलौती बेटी थी, सो उन्होंने कंचन का लोभ दिखा उसे घर-दामाद बना लिया। फिर तो वह ससुर के खूँटे से ऐसा बँधा कि पिता से सम्बन्ध ही तोड़ लिया! उनकी मृत्यु पर आया भी तो अकेले और बिना अशौच पूरा किए, बिना सिर मुँड़ाए ससुराल लौट गया—वृद्धा दादी, दोनों अबोध भाई और आश्रयहीना सहोदरा, कोई भी उसे नहीं रोक पाया।

पढ़ी-लिखी न होने पर भी अन्ना की दादी बड़ी दबंग महिला थीं। उन्होंने दो-तीन नौकर रख लिये, पुत्र की समृद्धि को तिलमात्र भी नहीं खिसकने दिया बुढ़िया ने, "महेन्द्र तो हमारे लिए कपूत ही सिद्ध हुआ है छोकरो, पर तुम दोनों को बाप की नाक ऊँची रखनी है। तुम यहाँ पढ़ाई पूरी कर लो, फिर तुम्हें इलाहाबाद भेजने का जिम्मा मेरा, मैं दूँगी पूरा खर्चा और याद रखो, तुम्हें अपनी इस दीदी और भानजी को जन्म-भर आश्रय देना है, अपने बड़े भाई की तरह अपनी बहुओं के लहँगों के तम्बू में सिर मत छिपाना।"

कैसा अद्‌भुत शहर था तब अल्मोड़ा! नवजात शिशु की देह से जैसी मीठी-मीठी खुशबू आती है, वैसी ही देहपरिमल थी उस शहर की। देहरी में गुलाबी धूप उतरते ही दादी कटोरी में गर्म तेल लेकर, दोनों पैर पसार उस पर उसकी नग्न गुलगोथनी पुत्री को लिटा, रगड़-रगड़कर उबटन लगातीं, "अरी अन्ना, दान किए हैं तूने, ऐसी सुन्दरी राजरानी चेहड़ी (लड़की) को जन्म दिया है—ऐनमैन अपनी नानी पर गई है, ऐसा ही दूध का-सा उजला रंग था तेरी माँ का, पर तेरे बाप ने इसका नाम कालिंदी क्या देखकर रखा? कालिंदी का जल तो काला होता है, क्यों? और फिर हमारे यहाँ कहते हैं,

लड़की का नाम नदी या नक्षत्र पर नहीं रखना चाहिए, कमला रख दे इसका नाम—साक्षात् कमला ही है।"

क्या नाम बदलने से ही लड़की का भाग्य बदल जाता?

धीरे-धीरे कालिंदी घुटनों के बल चलती, उसके पोथी-पत्रे बिखेरने लगी, फिर दोनों मामाओं की अँगुली पकड़ नन्दादेवी का मेला देखने जाने लगी और फिर वह स्वयं जाकर उसे उसी स्कूल में भर्ती करा आई जहाँ उसने पढ़ा था। मँझले मामा देवेन्द्र के लाड़ ने उसे जिद्दी बना दिया था, वह उसे चौबीसों घंटे कन्धे पर चढ़ाए रहता। छोटा नरेन्द्र अपनी पढ़ाई में किसी प्रकार के व्याघात को सह नहीं सकता था, वह उसकी किताबों को इधर-उधर करती तो वह कभी-कभार थप्पड़ धर देता और वह तीनों लोक अपने क्रन्दन से कँपाती, मँझले मामा से शिकायत करती—छोटे मामा ने मारा!

"खबरदार नरिया, जो तूने इसे हाथ लगाया! तू कौन होता है इसे मारने वाला?" दादी कहतीं, "बिना बाप की लड़की है, तुझे शर्म नहीं आती इस मासूम पर हाथ चलाते? राम-राम, गाल लाल कर रख दिया है हत्यारे ने..."

"बड़ी बिना बापवाली बनती है, है तो बाप, कल ही घूम रहा था बाजार में! अपने ही से दो लफंगों को लिये पान खा रहा था। मुझसे पूछने लगा बेशरम—'कहो साले साहब, सब कुशल तो है न?' जी में आया, दाँत भीतर कर दूँ ख़बीस के।"

अन्ना का चेहरा सफेद पड़ गया, तो वह इसी शहर में है। क्या अभागे को कभी बेटी को देखने का भी मन नहीं करता होगा? उसने आँखें बन्द कर लीं पर गाल पर लुढ़की आँसू की बड़ी-बड़ी बूँदों को दादी ने देख लिया।

"क्यों रोती है अन्ना—तुझे मेरे प्राण रहते कोई कुछ कह तो दे, आँखें निकाल लूँगी। हिम्मत है उस कलमुँहे की जो तुझे यहाँ से जोर-जबरदस्ती कर ले जाए—रंडी का खसम, नाक काटकर मुँह में डाल ली है फिर भी नकटे को न हया है, न शरम।"

पूरी आयु भोगकर ही दादी गईं तो उसे पहली बार लगा, वह इतने बड़े संसार में एकदम अकेली रह गई है। दोनों भाई पढ़ाई पूरी करने इलाहाबाद चले गए तो उसका एकान्त उसे सहसा दुर्वह लगने लगा। कालिंदी पन्द्रह वर्ष की

हो गई थी। उसके रूप को देख कई हितैषी परिचितों ने उसकी जन्मकुंडली भो मँगवा भेजी थी। "पर अभी तो छोटी है, पढ़ रही है," कह उसने सब को टाल दिया था। माँ-बेटी साथ-साथ चलतीं तो लगता, दो बहनें जा रही हैं। अन्तर इतना ही था, जननी के दुर्भाग्य ने उसके सौन्दर्य को म्लान कर दिया था, वहीं पर कालिंदी खिला फूल थी, सेब-से सुर्ख गाल, मोटी-मोटी दो चोटियाँ और सदाबहार हँसी उसके होंठों से लगी रहती। समय ने फिर सुदीर्घ करवट ली, देवेन्द्र को पुलिस की ऊँची नौकरी मिली। वह ट्रेनिंग में गया, अन्नपूर्णा ने ही एक अच्छी सुन्दरी लड़की देख उसका घर बसा दिया। छोटे नरेन्द्र ने बहन को यह कष्ट नहीं उठाने दिया। नौकरी पाते ही अपने ही एक मित्र की बहन से स्वयं विवाह कर लिया—एक ही बार वह अपनी जीवन-सहचरी को दिखाने, हवाई जहाज से उड़कर आया और शाम ही की उड़ान से लौट गया—कैसी बेमेत जोड़ी थी! यह छोटा भाई उसे प्राणों से भी प्रिय था, साक्षात् कार्तिकेय—गोरा-उजला, लम्बा-चौड़ा और खजूर के पेड़-सी साँवली लम्बी पत्नी, जो निरन्तर सिगरेट फूँकती, सात्विकी ननद का कलेजा भी फूँक गई थी।

यहीं से अन्ना ने अपने जीवन की एक सर्वथा नवीन सोपान पंक्ति पर डगमगाता कदम रखा था।

"दीदी, अब तुम यहाँ अकेली नहीं रहोगी—कालिंदी अब बड़ी हो रही है, उसका बाहर जाना बहुत जरूरी है। यहाँ रहकर उसका भविष्य चाहने पर भी तुम नहीं सँवार सकोगी—तुम अब मेरे साथ रहोगी..."

कालिंदी तो मामा के प्रस्ताव को सुनते ही उल्लसित हो उठी। वह अब दिल्ली जा रही है, वहीं पढ़ेगी, वह भागकर अपनी सब सहपाठिनियों से कह आई, "मामा कहते हैं, अब हिन्दी माध्यम से पढ़ने पर कुत्ता भी दुम नहीं हिलाता। कहते हैं, मैं गणित में बहुत अच्छी हूँ, मुझे डॉक्टरी पढ़ाएँगे मामा..."

अन्नपूर्णा को भाई का उदार प्रस्ताव मान्य नहीं था। ये खेत-खलिहान, पिता का यह घर, जिसमें उसके अभिशप्त जीवन की अनेक स्मृतियाँ बिखरी पड़ी थीं और फिर प्राणों से प्रिय यह शहर कैसे छोड़ सकती थी वह?

पर देवेन्द्र ने उसकी एक नहीं सुनी। वह उसे एक प्रकार से घसीटकर ही अपने साथ ले गया। समय एक बार फिर धामन सर्प की तीव्र गति से भागने लगा—देवेन्द्र की नौकरी उसे उसकी कर्मठता, निष्ठा एवं ईमानदारी

का सर्वोच्च पुरस्कार दे चुकी थी। बहुत बड़ी कोठी थी, हाथ बाँधे अर्दली, संगीन ताने द्वार पर खड़े पुलिस के द्वारपाल, बरसाती में खड़ी कार, सजा-सँवरा बैठक, उससे भी दर्शनीय सजी-सँवरी सौम्या जीवन सहचरी शीला। बस, एक ही कृपणता कर गया था विधाता, विवाह की सुदीर्घ अवधि बीत जाने पर भी शीला मातृत्ववंचिता ही रह गई थी। इसी से कालिंदी को दोनों ने पूरी कानूनी कार्रवाई सम्पन्न कर गोद ले लिया था—देवेन्द्र का सपना पूरा हुआ। वह डॉक्टरी पूरी कर इन्टर्नशिप कर रही थी कि एक दिन अचानक उसे कार स्टार्ट कर, मेडिकल कॉलेज जाते देख देवेन्द्र को भी सत्यनारायण की कथा के साधु वैश्य की भाँति उसके विवेक ने झकझोर दिया, "शीला, कालिंदी के लिए हमें अब सुयोग्य वर ढूँढ़ना चाहिए—कहीं ऐसा न हो..."

"नहीं।" शीला ने उसे बीच ही में टोक दिया था, "वह महेन्द्र-नरेन्द्र नहीं है, संस्कारी लड़की है, कभी अपना स्वयंवर स्वयं नहीं रचाएगी—आज तक तुमने उसके किसी डॉक्टर मित्र को घर पर आते देखा है?"

"किन्तु विवाह, जन्म-मरण क्या हमारे वश में रहते हैं शीला?" अन्नपूर्णा ने कहा था, "जब घड़ी आएगी, तुम्हें आयोजन करने का भी शायद समय नहीं मिलेगा—मैंने तो इसे जन्म ही दिया है शीला—पाल-पोसकर योग्य तुम्हीं ने बनाया है, तुम जहाँ भी इसका सम्बन्ध स्थिर करोगी—न उसे कभी आपत्ति होगी, न मुझे..."

हुआ भी यही था, वह रिश्ता जैसे आकाश से ही सीधा टपककर शीला की गोद में गिरा था—उसकी बड़ी बहन मीरा ने कैनेडा से सुदीर्घ पत्र में उस प्रवासी पर्वतपुत्र का अता-पता, चित्र, वंश-परिचय—सबकुछ भेजकर लिखा था, "आँख बन्द कर हाँ कर सकती हो शीला, उस पर लड़का डॉक्टर है, तुम्हारी भानजी भी डॉक्टरनी है, इस पेशे में ऐसी ही जोड़ी लोग ढूँढ़ते हैं। लड़का इसी गरमी में भारत आ रहा है, उसके पिता की दुबई में बहुत बड़ी फैक्टरी है, तुम हाँ कर दो, फिर वे स्वयं आकर देवेन्द्र से बात कर लेंगे..."

लड़का सचमुच सुदर्शन था। काश, उसकी कुंडली एक बार अन्ना देख पाती!

"कैसी बातें करती हो दीदी? अब कौन यह सब मानता है! फिर उनका एकदम साहबी कारोबार है, वर्षों से भारत आए ही नहीं, और फिर जब हमें

हर तरह से रिश्ता पसन्द है और हम हाँ कहने जा रहे हैं तो कुंडली की माँग कैसे कर सकते हैं?" शीला ने कहा।

"देखो दीदी, दादी कहती थीं न, पानी पी कुल पूछना नहीं भली है बात। अब कहाँ के पन्त हैं और कहाँ के पांडे, उनके इष्ट कौन हैं—यह सब पूछना इस युग में मूर्खता ही कही जाएगी। अब हमारे नरेन्द्र की ही ससुराल के कुलगोत्र का कोई ठिकाना है?"

देवेन्द्र बड़े जोश में कह तो गया पर जब से उसने सुना था कि उनके सम्बन्ध कुछ सुविधा के नहीं हैं, उसका कट्टर सनातनी चित्त भी आश्वस्त नहीं हो पा रहा था। विवाह के पूर्व, दुबई के प्रभावशाली समधी सजीले डिब्बों में भरे नमकीन, अधमुँदे पिश्ते और काजू-बादाम लेकर मिलने भी आए थे और उसी दिन भावी पुत्रवधू को हीरे की बड़ी-सी सौलिटेयर अँगूठी पहनाकर बात पक्की भी कर गए थे।

अन्नपूर्णा ने द्वार की ओट से ही समधी को देखा, "मैं जाकर क्या करूँगी शीला, तू ही चली जा।"

इसके बाद भी रामेश्वर जोशी एक-दो बार आए। एक बार तो सामान्य-सा आग्रह करने पर खाने को भी रुक गए, बड़ी देर तक बन्द कमरे में देवेन्द्र के साथ घुल-मिलकर बातें भी होती रहीं, जाने लगे तो बोले, "एक बार कालिंदी से मिल सकता हूँ क्या?"

"वह तो आज नाइट ड्यूटी पर गई है, कहिए तो बुलवा दूँ?" शीला ने बड़े उत्साह से कहा।

"नहीं, नहीं, अब तो अगले महीने हमारी ही होकर आ रही है। वह तो सोच रहा था, कल सुबह की फ्लाइट से जा रहा हूँ, एक बार जाने से पहले बहू से मिल लेता..."

आश्चर्य था कि वह तेज-तर्रार लड़की, जो कभी किसी अपरिचित व्यक्ति की ओर आँख उठाकर भी नहीं देखती थी, कैसे एकदम इस रिश्ते के लिए राजी हो गई। स्वयं शीला को भी ऐसी त्वरित स्वीकृति की आशा नहीं थी। एक बार उसने उड़ती नजर से मामी के दिखाए गए चित्र को देखा।

"तुझे कोई आपत्ति तो नहीं है कालिंदी? ठीक से तो देख, कैसी तीखी नाक है और कैसी दिव्य हँसी!"

"मुझे नहीं देखना है मामी, मुझे ड्यूटी पर जाना है। चलूँ, माधवी कार लेकर आती ही होगी। उसने कहा है, मुझे पिकअप करेगी..."

"अच्छा, आने दे उसे, उसकी भी राय ले ली जाए।"

माधवी कालिंदी की अंतरंग सहपाठिनी थी। वह तो चित्र देखते ही उछल पड़ी, "हाय, कितना स्मार्ट है मामी, और इस कम्बख्त ने हमें कुछ भी नहीं बताया–कब होगी शादी? क्या फिर यह कैनेडा चली जाएगी?" वह अचानक उदास हो गई।

"और क्या!" शीला ने हँसकर कहा, "क्यों, हनीमून तेरे साथ मनाएगी क्या?"

विवाह की तारीख पक्की हो गई थी, पन्द्रह ही दिनों की संक्षिप्त अवधि में तैयारियाँ करते-करते शीला और अन्नपूर्णा अधमरी हो गईं, "पैसा गाँठ में हो तो दिल्ली में आधे घंटे में सब चीजें जुटाई जा सकती हैं दीदी, चिन्ता क्यों करती हो, मैं सब कर लूँगी। फिर विदेश जा रही है, फ्रिज, फर्नीचर, टेलीविजन देने का बवाल तो होगा नहीं–सब कैश दे देंगे।" शीला का उत्साह बाँध तोड़ती वेगवती नदी-सा ही बहा जा रहा था। पहाड़ के पुरोहित से लेकर सोहागपिटारी, सूप, कुमाऊँ के हास्यास्पद मुकुट, ज्यूँती रंग वाली के दुपट्टे– सब आ चुके थे। छोटा मामा नरेन्द्र वाशिंगटन में था। उसका आना असम्भव है लिखकर उसने किसी के हाथ सोने के चार बिस्कुट भेज दिए थे।

"आजकल के मामा ऐसा ही भात भेजते हैं दीदी," देवेन्द्र ने हँसकर कहा था, "निखालिस सोने की बासमती, समधी को थमा देंगे, खुश हो जाएँगे..."

बड़े मामा-मामी अपनी नकचढ़ी पुत्री नेहा को लेकर विवाह के एक ही दिन पहले आ पाएँगे, उन्होंने लिखा था : "नेहा को फ्लू हुआ है, डॉक्टर ने कहा है, उसे एक्सपोज करना ठीक नहीं, वैसे ही डेलिकेट है, बीमार ही रहती है।"

किन्तु जब नेहा को देखा तो लगा, ऐसे अटूट स्वास्थ्य की स्वामिनी से कड़ी से कड़ी व्याधि भी सदा थरथराती ही रहेगी–विचित्र शरीर की गढ़न और वैसी ही विचित्र वेशभूषा। धोती-शलवार की शिथिल भाँजे देख लग रहा था, अब खुली तब खुली, पारदर्शी कुर्ते का निर्लज्जता से खुला गला और गले में मफलर-सी लपेटी गई चुन्नी। होंठों पर प्रगाढ़ लिपस्टिक, आँखों के इर्द-गिर्द अबरखी हरा प्रलेप!

इतने वर्षों में अन्नपूर्णा पहली बार उस भाई के विचित्र परिवार को देख

रही थी।

कंठ में रुलाई का अटका गह्वर सहसा आँखों से बह निकला, "तेरे लिए तो हम सब मर ही गए दद्दा—कैसा पत्थर का कलेजा है रे तेरा!"

"क्या करूँ अन्ना, नौकरी ही ऐसी है—दम मारने की भी फुर्सत नहीं मिलती, पूरी उम्र ही निरर्थक दौरों में निकल गई।" उसने खिसियाकर, समर्थन के लिए पार्श्व में बैठी स्थूलांगी पत्नी की ओर दृष्टिपात किया, "वह तो देख ही रही हूँ—उम्र कुछ अधिक तेजी से निकल गई है, लगता है। एकदम बूढ़ा हो गया है रे तू—कितनी शक्ल मिलने लगी है बाबू से!" एक लम्बी साँस खींचकर अन्ना ने बड़े स्नेह से उसकी पीठ पर हाथ फेरा—कैसा अजीब रिश्ता है भाई-बहन का, समय के साथ-साथ अपनी गृहस्थी की ही सीमारेखा में बँधा भाई अपनी बहनों को जिस तत्परता से भुला देता है उसी तत्परता से बहन उस निरर्थक भग्न भुलाए गए रिश्ते की डोर को कसकर मुट्ठी में बाँधे रखना चाहती है।

उसे वे दिन बार-बार याद आने लगे, जब चारों भाई-बहन एक ही थाली में, परम सन्तोष से एक साथ खाने बैठ जाते थे—कभी दाल में पड़ी जमे घी की डली, दक्ष अँगुली के चातुर्य से बड़ा भाई अपनी ओर खींच लेता, कभी छोटा-मँझला भाई और अन्ना हमेशा टोटे में रह घृतविहीन दाल ही चाटते रहते—भविष्य की उस अविवेकी छलना का आभास तो अन्ना उस समवेत भोजन में ही पा चुकी थी।

"विवाह में हलवाई नहीं आएगा!" मँझले ने कहा था, "सुरुचिसम्पन्न, ऊँची पसन्द का समधियाना है, ओबेराय से खाना आएगा, आजकल उन्हीं के स्टाल लगते हैं—वहीं सब प्रबन्ध करेंगे दीदी!"

"कैसी बातें करता है तू! कुँअर कलेवा भेंटुणा का तो शुगन होता है रे, तू चिंता मत कर, मैं अपने हाथों से बनाऊँगी।"

बारात के ठहराने का प्रबन्ध भी पूरा हो गया था, ओबेराय के ही कुछ कमरे बुक करवा लिये गए थे, दोनों मामा एयरपोर्ट रिसीव करने जाएँगे, वहाँ से तो पाँच ही बाराती आ रहे हैं—वर, वर के पिता और दो मामा। यहाँ से उनके कुछ इष्टमित्र भले ही जुट जाएँ।

"उन दो मामाओं से तो हम दो मामा निबट लेंगे—क्यों, है ना रे?" पहली बार सहमे बड़े मामा ने छोटे भाई से रसिकता करने की चेष्टा की पर उसी क्षण दबंग पत्नी की तीखी दृष्टि ने उन्हें फिर भीगी बिल्ली बना दिया।

"अरे भई, कालिंदी को किसी ब्यूटी सैलून में ले जाकर जरा ढंग से सजा-वजा तो दो, कहो तो मैं ले जाऊँ? वैसे हमारी बेबी को इन सबकी खासी पहचान है, बालों में शैंपू भी करवाना हो तो वहीं जाती रहती है, पैडिक्युअर, मैनिक्युअर, वैक्सिग, पता नहीं क्या-क्या!" बड़ी मामी के विराट् वपु पर तम्बू-सी तनी भारी कांजीवरम की सुवर्ण तरंगें फिसली जा रही थीं। "नहीं," कुछ कठोर अशिष्ट स्वर में ही कालिंदी ने वह उदार प्रस्ताव वहीं फेर दिया था, "मैं जैसी हूँ, वैसी ही रहूँगी—मुझे कोई सजना-वजना नहीं है..."

"तुम्हें जरूरत ही कहाँ है कालिंदी," माधवी उसे खींचकर अपने साथ बाहर ले गई, "बाप रे बाप! तेरी बड़ी मामी हैं या पूरी बोफोर्स तोप! क्या गोले पर गोले दागे चली जा रही हैं—और तेरी ममेरी बहन! गर्दन है ही नहीं, उस पर अदा ऐसी कि कोठे की बाई जी भी पानी भरें। किस चक्की का पिसा आटा खाती हैं माँ-बेटी!"

कालिंदी को हँसी नहीं आई, खिन्न स्वर में कहने लगी, "जानती है माधवी, पहली बार मुर्दा चीरने में भी मुझे ऐसा डर नहीं लगा था, न जाने क्यों भीतर ही भीतर थरथराती जा रही हूँ। यह सब नौटंकी मुझे अच्छी नहीं लग रही है।"

"तब हाँ क्यों कर दी थी? उस वक्त तो तस्वीर देखकर दिल मचल गया था, क्यों? अरी घबड़ाती क्यों है, वह भी डॉक्टर है, तन और मन दोनों की नाड़ी ठीक ही थामेगा! अच्छा, एक बात बता, तेरी तस्वीर भी क्या उसे दिखाने भेजी गई थी?"

"नहीं, कम-से-कम मुझे पूछकर तो नहीं भेजी गई, और मामी बिना पूछे कोई ऐसा काम नहीं कर सकतीं।"

"बड़ा समझदार है पट्ठा तब तो। मान ले, तू लूली-लंगड़ी-कानी होती तब?"

"उसी से पूछ जिसने यह मूर्खता की है। सच कहूँ तो मुझे अपने इस रिश्ते के लिए न उत्साह है, न कौतूहल—अम्मा इधर मेरे लिए बेहद परेशान रहने लगी थीं, कहती तो कुछ नहीं थीं, पर मैं उनके मन की बात खुली किताब-सी बाँच सकती हूँ माधवी, दो वर्ष बाद मामा रिटायर हो जाएँगे—माँ को दिन-रात एनजाइना परेशान किए रहता है, मामी डायबिटिक हैं—मामा-मामी दोनों को यह रिश्ता बेहद पसंद था, मैं क्या कभी उनका दिल दुखा

सकती हूँ?"

माधवी ने देखा, उन निष्कपट निर्दोष आँखों में न भय था, न आकुलता—वह एक सादा साड़ी पहने थी, आभूषण के नाम पर कंठ में एक पतली-सी चेन थी, हाथ में एक सोने का मोटा-सा कड़ा—माधवी उसे मंत्रमुग्ध होकर देखती रही—सौंदर्य ने जैसे सहसा वैराग्य धारण कर लिया था। ठीक ही कहा है हमारे कवियों ने, मधुर आकृतियों के लिए सब कुछ ही मंडन द्रव्य बन जाता है।

अपने डॉक्टरी सफेद चोगे की जेबों में दोनों हाथ डाले, वह इस क्षण कितनी सुन्दर लग रही थी! कंठ में पड़ा आला भी जैसे कंठ की सतलड़ी बना चमक रहा था।

"सच कहती हूँ माधवी, मुझे बेहद डर लग रहा है..." उसने काँपते हाथ से माधवी का हाथ अपनी मुट्ठी में दाबकर कहा, "तू मेरी विदा तक मुझे एक पल को भी नहीं छोड़ना, मुझे बहुत घबरांहट हो रही है।"

माधवी ने हँसकर उसे खींचकर कहा, "चल, कहीं जाकर एक प्याला कॉफी पी आएँ, तेरी सारी घबराहट दूर हो जाएगी।"

पुत्री की घबड़ाहट की छूत अन्ना को भी लग गई थी। वैसे तो कन्यादान के पूर्व किस जननी का कलेजा नहीं काँपता, पर अन्ना की आँखों में नींद नहीं थी। उसके अपने विवाह की कटु विलुप्त स्मृति सहसा आज फिर हरी हो गई थी—ठीक ऐसे ही उसकी दाहिनी आँख उस दिन भी फड़की थी और उस रात भी वह बेचैन करवटें बदलती रही थी, कौन देखेगा अब उसके दो भाइयों को, कौन बूढ़ी दादी के चौके के सरंजाम में वक्त लगाएगा, कौन बाबू की कुंडली गणना में उनकी सहायता करेगा? वक्त कितनी जल्दी बीत गया! कल ही तो कालिंदी की बारात आएगी और परसों तड़के ही वह उड़कर सात समुद्र पार चली जाएगी। सहसा उसका अश्रुबाँध टूट गया, उसका एकमात्र अवलम्ब उसकी कालिंदी, जिसे सयानी होने पर वह संकोचवश कभी छाती से लगा, मन-भर लाड़-दुलार भी नहीं कर पाई थी, एक बार उतनी दूर गई तो क्या सहज में लौट पाएगी?

भगवान करे, वह सहज में न लौट पाए, अपनी अभागिनी माँ की भाँति, मायके की देहरी ही उसकी नियति न बने! उसके जी में बार-बार आ रहा

था, वह भागकर, अकेली सो रही बेटी के कमरे में चली जाए और उसे छाती से चिपटा, अपने सुप्त ममत्व के आँसुओं से उसे नहलाकर कहे, "जा बेटी, जा, अपने पति का भरपूर सुख भोग, दूधों नहा पूतों फल..."

आधी रात बीत चुकी थी—सहसा उसकी खिड़की से सटे नीम के पेड़ पर उल्लू बोला। इस मनहूस आवाज को पहचानने में वह कभी भूल नहीं कर सकती थी। ऐसे ही तो उसके विवाह के एक दिन पहले भी उल्लू बोला था। वह हड़बड़ाकर उठी और खिड़की के पास खड़ी हो गई। हाथ से ताली बजा, मुँह से "हट-हट" कर उसने उस दुर्दांत पाहुने को भगाने की चेष्टा की, पर वह नहीं उड़ा और बोलता रहा। एक बार, दो बार, तीन बार—फिर फड़फड़ाकर डैने फटफटाता उड़ता गहनांधकार में विलीन हो गया। किसी अज्ञात आसन्न-प्राय संकट की चेतावनी ही दे गया था क्या अभागा?

"बाबू, कल मेरी खिड़की के बाहर उल्लू कई बार बोलता रहा," डरी-सहमी अन्ना ने पिता से कहा था तो उन्होंने तब उसे आश्वस्त किया था, "चिन्ता मत कर अन्ना, हमारे शास्त्रों में हर अमंगल निवारण का समाधान है, ऋग्वेद में इसी उलूकध्वनि के अमंगल नाश के लिए अचूक नुस्खा है, उसे दुहराती रह :

यदुलूको वदति मोघ मेतद्

अर्थात् "हे भगवान, इस उल्लू का कथन मिथ्या हो।"

किन्तु, कहाँ हुआ था उसका कथन मिथ्या! सोचते-सोचते कब उसकी आँखें लग गईं, वह जान भी नहीं पाई।

"दीदी, दीदी, आज घोड़े बेचकर सो रही हो क्या? नहा-धोकर नैवेद्य बनाना है, क्या भूल गईं? पूर्वांग की पीली धोतियाँ सुखाकर, तिल, जौ, कच्चा दूध सब रख आई हूँ," शीला का स्वर सुन वह अचकचाकर उठ बैठी।

"ऐसी नींद तो सुना, कन्या की विदा के बाद आती है—पर लगता है, तुम्हारी दीदी ने अभी से गंगा नहा ली।" बड़ी बहू की व्यंग्योक्ति ने अन्ना को खिसियाकर धर दिया।

नहा-धोकर वह निकली तो सब उसकी प्रतीक्षा कर रहे थे।

पहाड़ से आयातित पंडितजी सुड़क-सुड़ककर चाय की घूँटों के साथ मंत्रोच्चार करने लगे, "अब कन्या को वरपक्ष से आई हल्दी लगा, नहाने की

परात में बिठाइए—भट्टज्यू, इस पूजा में काफी देर लगती है, परलोक के सारे पितरों को जो न्यौता जाएगा..."

"आ कालिंदी, हम हल्दी लगा दें, तू फिर गुसलखाने में नहा लेना, अब कौन नहाता है परात में।" मँझली मामी ने उसे खींचकर पटले में बिठा दिया।

"अरे शगुन आखर गाओ हो कोई! नहीं आते क्या?" पंडितजी का ढीला चश्मा बार-बार नाक पर फिसला जा रहा था।

"हमें तो अब कुछ याद नहीं रहा पंडितजी," बड़ी बहू का अहंकारी स्वर जैसे कह रहा था, "हम नहीं गाते ये बेसुरे पहाड़ी गाने।"

"आते क्यों नहीं!" अन्ना अपनी धीमी आवाज में अकेली ही गुनगुनाने लगी, "शकूना दे काजए..."

और फिर एक-एक कर उसने पहाड़ी व्याकरण की संस्कारी मर्यादा को अक्षुण्ण रख पूरे संस्कार गीत दुहरा दिए। इन पवित्र संस्कार गीतों को क्या वह कभी भूल सकती थी :

"प्रात जो न्यूतू मैं सूर्ज वे
किरणन को अधिकार
समय बधाए न्यूतिये..."

"वाह हो लली—आपको तो सब कुछ याद है, नहीं तो आजकल किसे याद रह गए हैं ये गीत! हाँ, भट्टजी, संकल्प लीजिए :

"सुमुखश्चैकदंतश्च कपिलोगजकर्णकः
लम्बोदरश्च विकटो विघ्ननाशो विनायकः
विद्यारम्भे विवाहे च..."

सुनहले लहँगों के ऊपर बुंदकीदार एंवाली पिछौड़ों में अपूर्व राजमहिषी-सी लग रही दोनों मामियों का गोरा रंग जैसे आँखें चौंधिया रहा था और अम्मा के परम संतुष्ट चेहरे की दिव्य हँसी देख नहाकर आई कालिंदी मुग्ध हो गई—धूप दीप नैवेद्य की अगरु चंदन मिश्रित मदिर सुगंध धूप की धूम्र रेखा से एकाकार हो पूरा कमरा सुवासित कर रही थी।

"हाँ महाराज, कन्या के पिता का नाम कमला वल्लभ ही है ना?"

दोनों मामा अचानक सन्न रह गए।

"नहीं," दृढ़ स्वर में कालिंदी ही ने उत्तर दिया, "देवेन्द्र भट्ट!"

"कहती क्या हो बेटी, तुम्हारे पिता भी तो बरसों मेरे यजमान रह चुके

हैं, कमला वल्लभ ही तो नाम है उनका!"

"नहीं पंडितजी, कहा ना आपसे, मेरे पिता देवेन्द्र भट्ट ही हैं।"

"देखो बेटी," वृद्ध पंडित ने बार-बार फिसल रहे चश्मे को उतारकर लाल वस्त्र बँधी पूजा की पुस्तक पर धर दिया, "यह पूर्वांग की पूजा है। इसमें तुम्हारे पिता-पितामह सब को न्यौतना है। धैर्य धरो, तुम्हारे मातामह के पूर्वजों को भी न्यौता जाएगा, पर परलोक के उन पितरों को झूठे रिश्ते से तो मैं नहीं न्यौत सकता—उचित रिश्ते का प्रमाण ही चल सकता है वहाँ।"

"ठीक है, ठीक है पंडितजी, जैसा उचित समझें, वैसा करिए।" बुद्धिमती शीला ने विवाद वहीं पर समाप्त कर दिया।

सुदीर्घ पूजा सम्पन्न हुई, शंख-घंट के निनाद से पूजन का समापन पर्व घोषित हुआ। पोथी-पत्रा बगल में दबा पंडितजी अतिथिशाला में आराम करने चले गए—मेज पर नाश्ता लगा दिया गया था, केवल दोनों मामा-मामी आज निर्जल व्रत कर कन्यादान करेंगे। अन्नपूर्णा वैसे ही एक वक्त खाती थी, कालिंदी के विदा होने पर ही जल मुँह में देगी, पर दोनों भाई-भाभियों को उसी ने जबरन मेवे-मिष्ठान्न खिला दूध पिला दिया, "अब कौन कर सकता है निर्जल व्रत, फिर देवू, तुम दोनों डायबिटिक हो, तुम्हें इतनी देर निराहार नहीं रहना होगा।"

माधवी को लेकर कालिंदी अपने कमरे में जा ही रही थी कि पर्दे की दरार से आ रहे कंठस्वर को सुन ठिठककर खड़ी हो गई।

"अरे भई, कोई है घर में?"

कौन आ टपका यह नगद उजड्ड पहाड़ी अतिथि! उस व्यक्ति ने, बिना किसी आह्वान के ही, धोती के किनारों से बनी मैली-सी हाथ की थैली, बढ़कर सोफे पर धर दी और धम्म से बैठ गया, "अरे भाई, कोई है घर में?"

दोनों मामा पर्दा खोलकर बाहर निकले।

"कौन?" देवेन्द्र ने ही आगे बढ़कर पूछा।

कोई बिना बुलाया, पहाड़ी भाषा में "भूरिया" शब्द से अलंकृत अनचाहा पाहुना ही आ टपका था शायद—कई दिनों की बिना घुटी दाढ़ी के। सुनहले प्ररोहों को उँगलियों से मरोड़ता वह हँसकर खड़ा हो गया।

मैले पीले दाँतों पर जमी काई, टूटी कमानी का डोरी से अटकाया गया

चश्मा, पांडुजीर्ण धोती पर उतना ही मैला गबरुन का कोट, पैरों में पल्टनी बूट और सिर पर ललाट को बड़े फूहड़ ढंग से ढाँकती नाक के सिरे पर झुक आई टोपी।

"कौन हैं आप, किससे मिलना है? क्षमा करें, पहचान नहीं रहा हूँ आपको।"

पर्दे की कोर थामे भीतर खड़ी एक अन्नपूर्णा को ही वह चेहरा कुछ-कुछ पहचाना लग रहा था। कहीं देखा है। इसे अवश्य ही देखा है—वह सोच रही थी।

"लो, पूछते हैं, हम कौन है! क्यों साले साहब, सचमुच ही नहीं पहचान रहे हो हमें या बन रहे हो? तुम तो यार, जस के तस धरे हो—न दाँत ही टूटे, न बाल ही पके हैं तुम्हारे। एक हम हैं साले, सामने के तीन दाँत, एक दिन रोटी के साथ-साथ बाहर निकल आए।" जेब में दोनों हाथ डाल वह फिर बड़ी बेहयाई से मुस्कराने लगा।

देवेन्द्र का सिर चकरा गया। उसे लगा, वह अब जेब से तीनों टूटे दाँत निकालकर उसके सामने रख देगा, "अब पहचाना हम कौन हैं? बिना कन्या के पिता के ही कन्यादान करने का इरादा था क्या ब्रदर? अच्छा, अब ये बताओ, हमारी वैफ कहाँ है—'वैफ' ?"

महेन्द्र तब तक छोटे भाई के पीछे आकर खड़ा हो गया था, "सुनिए आप जो भी हों, फूटिए यहाँ से। फूट लीजिए जल्दी—आपकी हिम्मत कैसे हुई यहाँ आने की?"

उग्रतेजी भाई का हाथ दबाकर देवेन्द्र ने उसके कान के पास मुँह सटाकर कहा, "इस निर्लज्ज व्यक्ति को जिस्वा से नहीं, विवेक से परास्त करना होगा दद्दा, मालोंज का पंत है, इसे तू चरा नहीं सकता, कुछ मत बोल, यह तूफान खड़ा कर सकता है।"

"आत्मीय स्वजनों में आए ही कितने थे, उनकी चिंता देवेन्द्र को नहीं थी, चिन्ता थी मातहतों की। उनसे तो आज घर भरा था, आधे दर्जन तो थानेदार ही हाथ बाँधे घूम रहे थे।

"देखिए, आप कृपा कर पिता होकर पुत्री के विवाह में विघ्न मत डालिए!" देवेन्द्र ने दोनों हाथ जोड़कर उससे विनती की और दोनों घुटने टेक जमीन पर ही बैठ गया।

"अच्छा, तो भगा रहे हो हमें। हम भी देखते हैं कि किस साले की छाती

में इत्ते बाल हैं जो हमें यहाँ से हटा दे!" अपने फटे दोनों बूट, उसने बड़ी जिद्दी अकड़ से, देवेन्द्र के दामी गलीचे पर अड़ा दिए, "हमें अंगद समझो साले साहब, अंगद! पन्त हैं, वह भी मालोंज के, पहाड़ी होकर इतना तो जानते ही होगे कि पंती अकड़ किसे कहते हैं—यही तो दुख है ब्रदर, तुमने तो हमारे खानदान की नाक ही कटवा दी। न जाने कहाँ के जोशियों से सम्बन्ध जोड़ रहे हो—क्यों ब्रदर, गर्म चाय मँगवा रहे हो न—वैसे उससे भी गरम कुछ मिल जाए तो क्या कहने! तुम लोग तो यार, बिलैती-उलैती पीते होगे—पसलियों में पहाड़ की ठंड जमी है अभी..."

महेन्द्र भाई को हाथ खींचकर भीतर ले गया, "इससे ऐसे छुट्टी नहीं मिलेगी रे देबी—यह तो द्वारे आई बारात लौटा देगा।"

"क्या करूँ—इतने वर्षों में आज ही आना था इसे!"

"घबड़ा मत देबी, साले को थाने में बन्द करवा दें—बारात तो कल सुबह ही विदा हो जाएगी—फिर छुड़वा देना।"

"कैसी बातें कर रहे हो दद्दा!" देवेन्द्र ने आश्चर्य से उसे देखा, "थाने में उसे बन्द करवाने पर भी उसका मुँह क्या बन्द करवा पाओगे? वह तो पूरे थाने के सामने मुझे नंगा कर देगा। कैसी बदनामी होगी कि लड़की के बाप को मामा ने थाने में बेकसूर ही बन्द करवा दिया—वैसे ही आजकल हम मठा भी फूँक-फूँककर पी रहे हैं दद्दा..."

बात ठीक ही कही थी देवेन्द्र ने। आकस्मिक सत्ता-परिवर्तन ने उस जैसे कई उच्च पदस्थ अफसरों की हुलिया ही बदल दी थी। जो कल तक शिवकंठ के मुँहलगे भुजंग बने इठला रहे थे, उन्हें अब सत्ताधारी नवीन नेवले नोंच-नोंचकर, सड़कों पर पटक रहे थे—देवेन्द्र भी अतीत की सर्वशक्तिमान् सत्ता के प्रिय जम्बूरों में से एक था। डमरू बजाता सत्ताधारी मदारी कहता, 'जम्बूरे, लेट जा' तो वह फौरन लेट जाता। उसके चादर से ढके निष्प्राण लग रहे शरीर पर मदारी धप्प से छुरी घोंप लाल रोशनाई की भ्रामक रक्तधार बहाकर पूछता—"क्यों बे, मर गया?"

"हाँ, उस्ताद, मर गया"—वह वहीं से उत्तर देता।

"देखिए मेहरबान, अब इसकी गर्दन फिर जोड़ता हूँ—अबे जम्बूरे, उठ, फिर से जी और मालिकों को सलाम कर..." वह तालियों की गड़गड़ाहट के बीच बार-बार मरता और बार-बार जीता—पर इस बार मदारी ही मरा पड़ा था और उस कटे धड़मुंड को जोड़ने वाला मदारी अब कोई नहीं था।

शासन में नए परिवर्तन का प्रचंड झंझावात, वर्षों से जमे सुदीर्घ वृक्षों को धराशायी कर चुका था और निरन्तर कर रहा था। देवेन्द्र जानता था कि उसे भी कभी भी धराशायी किया जा सकता है। एक ईमानदार कर्मठ अफसर के रूप में उसकी प्रचुर ख्याति थी, पर सौत तो सौत ही होती है—भले ही आटे-चून ही की क्यों न हो! वह पूर्व प्रभु का स्वामी-भक्त चाकर रहा है, यह नवीन सत्ता कैसे भूल सकती थी? फिर नवीन सत्ता के एक प्रख्यात सिपहसालार के दूर के संपर्क के आत्मीय को उसने पुष्ट प्रमाण सहित ही खून के अपराध में ऐसा बन्दी बनाया था कि जमानत भी नहीं होने दी थी—वह प्रतिशोध उससे अवश्य लिया जाएगा और उसे किसी नगण्य विभाग के अन्धे कुएँ में ससम्मान फेंक दिया जाएगा, यह वह जानता था। ठीक है, उसका क्या—कहीं भेज दें! बड़ी-बड़ी कोठियाँ खाली कर एक से एक दिग्गज नेता मूँछें नीची किए, बिना किसी प्रतिवाद के आबंटित किए गए छोटे-छोटे दड़बों में घुसे जा रहे थे—उनकी मूँछों में मलाई लगी है या नहीं, इसे देखने का अवकाश ही किसे था? वे तो प्रमाणित करने में लगे थे कि उन्होंने मलाई खाई है अवश्य। दरजियों का बृहस्पति टप्प से जाकर केन्द्र में बैठ गया था—एक-एक दिन में नवीन मन्त्रियों के लिए बीसियों जवाहर वास्कटें और अचकनें सिलने में उनकी सूइयाँ बार-बार टूटती जा रही थीं। टोपियाँ धड़ल्ले से बिक रही थीं और कई खल्वाट खोपड़ियाँ, विरल केशराशि को टोपी की भ्रामक मोह-मुद्रा में प्रच्छन्न कर, दगदगाते फिर रहे थे। दूरदर्शन में चेहरा न दिखाने की ना-ना में भी नवोढ़ा बालिका वधू की ही 'ना'-'ना' की भ्रामक गूँज 'मौन सम्मति लक्षणं' बनी हाँ-हाँ में सार्थक बनती जा रही थी।

देश ऊँट की-सी पार्श्व परिवर्तनी मुद्रा में कब किस करवट बैठेगा, इसका चतुर संधानी भी अनुमान नहीं लगा पा रहे थे। विजय का उन्माद, उत्तेजना, उत्साह—सबकी गति, सन्निपात के रोगी की नाड़ी की भाँति कभी तीव्र होती और कभी एकदम ही शैथिल्य में खोती जा रही थी।

यही कारण था कि देवेन्द्र कोई भी ऐसा कदम नहीं उठाना चाह रहा था जिससे वह भूले से भी ठोकर खाकर समय से पूर्व ही उस अंधकूप में स्वयं गिर जाए, जहाँ एक दिन उसे गिरना ही होगा—देश की जैसी स्थिति थी, उसमें उसे निर्विकार ही रहना होगा। वह देश के अतीत से जुड़ा था और आज वही अतीत विपन्न हो मुँह छिपाए फिर रहा था और वर्तमान की बत्तीसी खुली थी।

"नहीं, महेन्द्र, मैं ऐसा नहीं कर सकता।" कहते ही उसकी दृष्टि अन्ना के सफेद चेहरे पर पड़ी। कुर्सी का हत्था पकड़े वह चुप खड़ी थी—निष्चेष्ट, निर्वाक, निष्प्राण!

"देखो देबी, तुम जानते हो, यह गुंडा किस नीचता पर उतर सकता है। इस काँटे को बेरहमी से ही खींचकर मार्ग से हटाना होगा।"

"मतलब?"

"आखिर तुम्हारे महकमे में कोई तो तुम्हारा विश्वासपात्र मातहत होगा, उसी को सब कुछ बतलाकर कहो—इसे खूब पिला-विलाकर, इसकी जबान जैसे भी हो, बन्द रखे। पीने की इसकी कमजोरी का फायदा उठाना ही होगा हमें। एक बार कालिंदी कैनेडा चली गई तो इस उल्लू के पट्ठे का बाप भी कुछ नहीं कर सकता।" चतुर बड़े भाई की यह दलील भी देवेन्द्र को उचित तो नहीं लगी, पर मरता क्या न करता!

उधर गर्म चाय पीकर कमला वल्लभ की निर्लज्ज अशालीन जिह्वा फिर मुखर हो उठी थी, "अजी साले साहब, हमारी बेटी कहाँ है, जरा छाती से लगाकर कलेजा तो ठंडा करें—कल तो पराई हो ही जाएगी।"

छाती से! उस लोमश गन्दी छाती से उनकी सुघड़ कालिंदी लगेगी—छिः छिः! देवेन्द्र सिहर उठा।

"कहाँ है मेरी लाड़ली, बुलाओ न उसे!"

"यहाँ हूँ मैं," कहती कालिंदी पर्दा खोल निर्भीक होकर खड़ी हो गई।

"आहा रे—आ जा चेली (बेटी)! पैर नहीं छुएगी बाप के! मैं तेरा बाप हूँ, बाप!"

"बाप का कौन-सा कर्तव्य निभाया है आपने? आज आप अचानक मेरे बाप बनने कैसे चले आए? मेरे बाप ये हैं," कह वह बड़े अधिकार से देवेन्द्र की भुजा थाम खड़ी हो गई।

एक क्षण को उस वाचाल व्यक्ति की मुखर जिह्वा भी ऐंठकर रह गई। कैसा दिव्य रूप था लड़की का—साक्षात् अष्टभुजा, शायद गंगोलीहाट की अष्टभुजा ही पर्वत मन्दिर छोड़कर सामने खड़ी हो गई है! खुले बाल, प्रशस्त शुभ्र ललाट पर रोली का लम्बा तिलक, जिसपर चिपके अक्षत तीखे नासाग्र पर बिखर वहीं अटके रह गए थे। नुकीले चिबुक से लेकर कपोल-द्वय तक सद्यः पोती गई हल्दी की पीताभ आभा में गोरा रंग पिटे सोने-सा निखर आया था। उसके हाथ में लाल-पीले कलावे का बँधा कंकण देख सहसा

कमला वल्लभ को याद आया—आज ही तो इसकी बारात आएगी।

वह हँसकर खड़ा हो गया, "बड़ा तेवर है री तेरा! बड़ी शेरनी सेर तो छोटी शेरनी सवा सेर! एकदम अपनी माँ पर गई है छोकरी।"

अपने लिए यह ओछा सम्बोधन सुनते ही कालिंदी बिफर उठी, "चले जाइए यहाँ से, इसी वक्त, समझे? शर्म नहीं आई आपको? मामा की पोजीशन का भी ध्यान नहीं आया आपको?"

"ओह, पोजीसन!" वह हँसा, फिर धम्म से सोफे में धँस, बड़े फूहड़ ढंग से दोनों पैर उठा, पालथी मार बैठ गया, "ये सब पोजीसन-उजीसन तो रईसों के चोंचले हैं लड़की—हमारी पोजीसन साली क्या कम है री? हमारी माँ का मायका था नौलखी पांडे के यहाँ, जिनके महल में चूना-गारे की जगह उड़द की दाल की पिट्ठी बिछी। अभी भी ज्यों-की-त्यों धरी है। अरे तुम्हारी दिल्ली के लालकिले की भी उसके आगे क्या बिसात! हमारी एक बहन झिझाड़ के दीवानों की बहू है, दूसरी सेलाखोला के जोसियों की—हम साले दस साल से पूरे गाँव के सरपंच हैं। चाहते तो कब के मन्त्री बन गए होते, पर कौन जाए कीचड़ में सनने! तुम्हारे मामा की पोजीसन की ऐसी-तैसी। चाहते तो हम भी हाथी-पालकी में चढ़कर आ सकते थे, पर हम तो महात्मा गाँधी के चेले हैं—फकीरी में दिन काटते हैं और रईसी को मारते हैं लात, समझी? अच्छा, छोकरी, अब बहुत जबान मत चला; बुला अपनी मदर को, बाकी अकाया-बकाया हिसाब हम उसी से करेंगे।"

दोनों भाई महात्मा गाँधी के उस विचित्र चेले को निष्क्रिय बने देखते ही रहे। इस छछूँदर को न उगलते ही बन रहा था, न निगलते।

"तू भीतर जा बेटी," देवेन्द्र ने एक प्रकार से धकियाकर ही कालिंदी को भीतर कर दिया, फिर बड़े विनम्र स्वर में हाथ बाँधे उस सनकी अतिथि के सम्मुख दोहरा हो गया। वह बीड़ी निकालकर पीने जा रहा था तो देवेन्द्र ने मेज पर धरी डनहिल की डिबिया उसे थमा दी।

"वाह, बिलैती है साले साहब?" चतुर सियार-सी उसकी चुँधियाई आँखें सहसा दप से जल उठीं—फिर बड़े ही फूहड़ ढंग से डनहिल को मुट्ठी में बाँध वह गाँजे की-सी दम लगा, नाक से धुआँ निकालने लगा।

"आप थोड़ा सुस्ता लें। मैंने अपने सर्किल इंस्पेक्टर को बुलाया है, आपको बाजार ले जाकर खड़े-खड़े नए कपड़े सिलवा लाएगा। आप इन कपड़ों में तो कन्यादान नहीं कर सकते।"

वह फिर बिफरकर उकड़ूँ होकर बैठ गया, "क्यों? क्या खराबी है जी इन कपड़ों में?"

"मैंने कब कहा खराबी है, पर आप तो जानते हैं, कन्यादान के लिए तो टोपी से रूमाल तक कोरा होना चाहिए ना।"

देवेन्द्र ने बड़े छल-बल से उसे शान्त किया, फ़िर स्वर को और भी विनम्र बनाकर उसने कहा, "फ़िर आपको पीने की भी हुड़क लगी है न, व्हिस्की-रम-जिन जो चाहे, वह आपको पेश करेगा।"

कमला वल्लभ महाउत्साह से खड़ा हो गया, "थैंक यू साले साहब, थैंक यू! अरे तरस गए हैं यार, हम चुस्की लगाने को। पहाड़ की कुछ हरामजादी औरतों ने 'शराब बन्द करो' के नारे लगा पूरे शहर में शराबबन्दी लागू कर दी है। महीनों से हम साले 'द्राक्षासव' और सुरा संजीवनी से प्यास बुझा रहे हैं–बिलैती मिलेगी न?"

"हाँ-हाँ, एकदम विलायती। जी में आए तो दो-चार बोतलें अखत-बखत के लिए भी अपने इस थैले में डाल लीजिएगा।"

कमला वल्लभ अपना चीकट थैला उठा चटपट उठ गया, "अभी चलूँ पर वैफ से तो मिले ही नहीं–खैर, लौटकर मिल लेंगे–गला सूख रहा है।"

द्वार पर खड़ा थानेदार अब्दुल लतीफ मूँछों ही मूँछों में हँस रहा था, यह देवेन्द्र ने देख लिया था और कोई चारा भी तो नहीं था।

विपत्ति का वह काला बादल जिस तेजी से आकर उस मंगल बेला को मलिन कर गया था, उसी तेजी से अचानक आकाश के सुदूर कोने में ठेल दिया गया।

निश्चिंत होकर दोनों भाई बारात की तैयारी में जुट गए।

अन्नपूर्णा ने एक शब्द भी नहीं कहा। वह शायद सब सुन चुकी थी, पर यह तो ठीक नहीं हुआ–कहीं बीच ही से थानेदार को चकमा देकर भाग आया तो?

किन्तु फिर जो हुआ, उसके लिए अन्नपूर्णा तो क्या, गृह का कोई भी सदस्य प्रस्तुत नहीं था।

और आज चार दिन बाद उस उदास गृह को देख कौन कह सकता था कि यहाँ किसी शुभकार्य का आयोजन भी कभी हुआ था।

पत्रकारों की भीड़, कैमरे, दूरदर्शन की टीम सब को कोठी की गारद, हड़के कुत्तों-सा ही खदेड़ रही थी।

"आप लोग जाइए, साहब किसी से नहीं मिलेंगे—क्या बिटिया? वे तीन दिन से अपने कमरे में बन्द हैं, अपनी माँ से तो मिलीं नहीं, आपसे क्या मिलेंगी!"

अखबार की कटिंग को बार-बार पढ़ते भीतर के कमरे में स्वयं ही नजरबन्द हुए देवेन्द्र कभी उठते, कभी बैठते और कभी पिंजरे में बन्द विवश व्याघ्र से ही चक्कर काट रहे थे।

पुलिस के वरिष्ठ अधिकारी श्री देवेन्द्र भट्ट के द्वार पर आई बारात, दहेज के कारण लौटी—डॉक्टरनी वधू का अपूर्व साहस—दहेज की ऊँची रकम अदा करने का तीव्र विरोध। बाद में टिप्पणी में कालिंदी के साहस की भूरि-भूरि प्रशंसा करने में क्या हिन्दी और क्या अंग्रेजी—दोनों समाचार-पत्रों ने कहीं भी कृपणता नहीं दिखाई थी। हमारे समाज में ऐसी दो-चार साहसी लड़कियाँ हों तो दहेज की मारक व्याधि स्वयं ही विलुप्त हो जाएगी।

आज चौथा दिन था, कमरे में बन्द कालिंदी एक बार भी बाहर नहीं निकली, यहाँ तक कि महेन्द्र के जाने से पूर्व अन्नपूर्णा की लाख विनती-चिरौरी भी उसने सुनी की अनसुनी कर दी, "प्लीज अम्मा, मुझे भगवान के लिए छोड़ दो, मुझे किसी से नहीं मिलना है।"

पूरा गृह सीमित अतिथियों की विदा के साथ पुनः पूर्ववत् हो गया था। माधवी दो बार आकर बड़ी देर तक अनुनय-विनय कर हार मान लौट गई थी। पंडितजी अपनी पोथियाँ समेट अधूरे विवाह की पूरी दक्षिणा ले पहाड़ चले गए थे।

"अब तो घर में कोई नहीं है कालिंदी, तेरे मामा-मामी और मैं ही हैं, कुछ खा-पी ले बेटी, कब तक भूखी-प्यासी रहेगी?"

अन्ना का रुआँसा स्वर भी उसे नहीं पिघला सका। चौथे दिन सुबह वह स्वयं ही उस बन्द कमरे में छटपटा उठी। वह उठी और गुसलखाने में शॉवर खोल न जाने कब तक आँखें बन्द किए खड़ी रही—निकल जाए सर की सारी गरमी, ठंडी बौछार उसे सिक्त कर सचमुच चैतन्य कर गई।

कपड़े पहन वह दर्पण के सम्मुख खड़ी हुई तो उसे अपना ही प्रतिबिम्ब अनचीन्हा लगा—तीन ही दिन में उसका चेहरा कितना बदल गया था! तौलिये से बार-बार रगड़े जाने पर भी महाऔदार्य से पोती गई हल्दी उसके पीताभ

चेहरे से अभी पूरी तरह छूटी नहीं थी, जैसे त्वचा के बहुत भीतर तक धँस गई हो! वह जानती थी कि आज इस शहर की जिस दिशा में वह निकलेगी, असंख्य प्रश्नों की बौछार उसे छलनी कर देगी, किन्तु कायर की भाँति कमरे में वह कब तक बन्द रह पाएगी? वह बन्द ही पड़ी अपने भाग्य पर तरस खाती रही तो भविष्य से जूझने की रही-सही शक्ति भी गंवा बैठेगी। उसने कोई अपराध तो नहीं किया है। कोई पाप तो नहीं किया है। अब वह हर प्रश्न का उत्तर दे सकती थी। पूछे, जिसे जो पूछना है!

हाथ ही से भीगे बालों का जूड़ा लपेट वह द्वार खोल बाहर निकल आई।

अम्मा, मामी शायद चौक में थीं, यह वक्त मामा के पिछवाड़े की जाफरी में अखबार पढ़ने का है, यह भी वह जानती थी। उसका भाग्य अच्छा था, जो किसी ने उसे घर से निकलते नहीं देखा। बाहर खड़े सन्तरी भी शायद चाय पीने चले गए थे—वह सीधे नाक की सीध में चलती रही। ज्येष्ठ की तप्त धरणी अभी भी सामान्य ही तप्त हो पाई थी। जिस पथ पर वह चली जा रही थी, वह अभी जनशून्य था, पथ की निःसीम शून्यता को उसकी चप्पलों की पदचाप ही विचलित कर रही थी। कहीं दूर कोई तृषार्त्त गाय जोर से रम्भाई, सिर के ऊपर घनगर्जन करता एक हवाई जहाज उड़कर विलीन हो गया, धीरे-धीरे वह उस गहन अभयारण्य में खो गई। यह अछूती वनस्थली उसने कभी स्वयं ही ढूँढ़ी थी—लगता था, आसपास ही कहीं श्मशान घाट था, बीच-बीच में बाल जलने की एक विचित्र दुर्गंध अवश्य उसे कभी विचलित कर जाती थी। कभी गोलाकार पंक्ति में चीखती चीलें उस निःस्तब्धता को भंग कर जातीं, फिर वही सूईपटक सन्नाटा छा जाता। एक बार वह माधवी को भी यहाँ लाई थी।

"कहा था न मैंने माधवी, अद्‌भुत अछूती जगह ले चलूँगी तुझे।"

"खाक अद्‌भुत है! चल, लौट चलें—मुझे तो यहाँ डर लग रहा है, कोई गला घोंट डाल दे तो चील-कौए भी लाश न पाएँ। मुझे तो लगता है, या तो आसपास कहीं कोई उजड़ा कब्रिस्तान है या कोई मुर्दा जलाने का मसानी घाट।"

उसका अनुमान ठीक ही था। एक दिन अकेली ही वह बहुत दूर तक चली गई और अवसन्न चिता का उठता हुआ धुआँ स्पष्ट दिखने लगा—पास ही एक क्षीण कलेवरा नदी थी और एक जीर्ण शिवमन्दिर।

आज यह परिवेश उसकी मनःस्थिति से एकदम मेल खा रहा था। एक

वटवृक्ष की सघन छाया में बैठकर वह चुपचाप स्तब्ध प्रकृति की अनुपम छटा को देर तक निहारती रही थी। वटप्ररोहों को भेदती निर्जनता क्रमशः प्रगाढ़ होती जा रही थी—अचानक दूर-दूर तक बिखरे मेघखंड एक बार फिर एकत्रित हो डमरू बजाने लगे थे—नीलाकाश में सम्भावित वर्षा की कालिमा फैलने लगी थी। लग रहा था, जोर से पानी बरसेगा। कब तक बैठी रहेगी यहाँ, घर तो लौटना ही होगा—उसका बिना किसी को कुछ कहे-सुने ऐसे घर से चली आना उचित नहीं हुआ। मँझले मामा उच्च रक्तचाप के मरीज थे, कहीं घबड़ाकर स्वयं उसे ढूँढ़ने न निकल पड़े हों! और अम्मा? उसका सूखा चेहरा याद आते ही उसकी आँखें भर आईं। सबसे बड़ा आघात तो उसे ही लगा होगा—किसी भी जननी के लिए इससे बड़ा आघात और हो ही क्या सकता है कि द्वार पर आई उसकी पुत्री की बारात उलटे पाँव लौट जाए! वह इस एकांत में एक बार जी भरकर रोना चाह रही थी, पर कहाँ रो पा रही थी? कंठ में अटके अश्रु बार-बार उसकी छाती में उतरे पत्थर बने जा रहे थे, पत्थर को फोड़ क्या कभी जलधार निकल सकती है?

वह उठी, हाथ से उसने साड़ी की परत ठीक की, सिर पर गिरे सूखे पत्रों को झाड़ा और मंथर गति से चलने लगी। उसका अनुमान ठीक था, द्वार पर ही घबड़ाए मामा खड़े थे, उनके पीछे मामी और अम्मा।

"लो, आ गई," मामी ने कहा।

"बाप रे, तेरी जैसी जिद्दी लड़की तो मैंने कभी नहीं देखी! कहीं जाना ही था तो कहकर भी तो जा सकती थी। चार दिन पहले जो हो चुका, क्या काफी नहीं था? आज तूने रही-सही कसर भी पूरी कर दी।"

"चुप भी करो मँझली," मामा ने उन्हें टोक दिया—"चेहरा देख रही हो लड़की का? एकदम भीग गई है बेचारी। जा-जा, कपड़े बदलकर आ, चाय अभी बनी जाती है।"

बिना किसी की ओर देखे वह भीगे कपड़ों में बिस्तर पर पसर गई। पहली बार उसे तीन दिन से दबी क्षुधा का आभास हुआ। सिर बुरी तरह चकरा रहा था, एक तो पिछली रात वह एक पलक भी नहीं झपका पाई थी। लग रहा था, वह रात्रि, निशा नहीं, उसके जीवन की अनिर्वचनीय महानिशा थी।

"कालिंदी!" अम्मा का शुष्क स्वर।

वह चौंकी, "क्या है अम्मा?"

"क्या अभी इतना सब कुछ करने पर भी मन नहीं भरा तेरा? देवेन्द्र का रक्तचाप क्या और बढ़ाना चाहती है? उठ, ये गीले कपड़े बदल और बाहर आ। देवेन्द्र तुझसे कुछ बातें करना चाह रहा है।"

"पर मैं तो किसी से बात करना नहीं चाहती अम्मा!"

"ठीक है, तू चाहे जो कर और मर!" अम्मा का रुआँसा हताश स्वर सिसकियों में बिखर गया।

"जानती है, इन तीन दिनों में क्या-क्या सुना मैंने, क्या-क्या सहा! तेरे बड़े मामा-मामी-बेबी सब बिना खाए ही चले गए। कहने लगे—लड़की ऐसी ही राजराजेश्वरी थी तो पहले ही लेन-देन की बात पक्की कर लेते। पहाड़ में तो अब लेन-देन नई बात नहीं है—कोई दिखा के लेता है, कोई छिपा के। एक तो पहाड़ में वैसे ही लड़कियों के लिए अच्छे लड़के नहीं जुटते, अच्छी चीज लोगे तो अच्छे दाम भी देने पड़ेंगे। द्वार पर आई बारात को अपमानित कर लौटाने में तो हमारी भी नाक कटी, कल हमारी बेटी की शादी होगी तो लोग रिश्ता करने में डरेंगे कि इनके खानदान में तो द्वार पर आई बारात लौटाई जाती है। अरे भई, हमसे कहा होता, मिल-जुलकर हम ही रकम भर देते, कम से कम बदनामी तो नहीं होती।"

कालिंदी तड़पकर बैठ गई, "कैसी मूर्खता की बातें कर रही हो अम्मा! जिस बड़े मामा ने, कभी इतने वर्षों में हमारी खबर लेना भी उचित नहीं समझा, वे रकम चुकाते? और फिर क्यों कोई चुकाए? मेरे लिए उस मामा को इतनी बड़ी रकम भरनी पड़े, जिन्होंने जन्म से लेकर आज तक मेरे लिए रकम ही तो चुकाई है—ऐसी ही लार टपक रही थी उस रिश्ते के लिए तो क्यों अपनी बेबी का रिश्ता, वहीं चेक काटकर पक्का नहीं कर लिया? मुझसे एक ही महीने तो छोटी है..."

अन्नपूर्णा बिना कुछ कहे चली गई—कपड़े बदलकर कालिंदी ने ड्रेसिंग टेबल से एक-एक कर वे सारी प्रसाधन सामग्रियाँ, कूड़ेदान में फेंक दीं जो चार दिन पहले मामी ढूँढ़-छाँटकर उसकी सज्जा के लिए लाई थीं—नेलपॉलिश, महावर, मेहँदी की पुड़िया, काली जड़ाऊ, काँच की सोहाग की चूड़ियाँ और उन सब के बीच धरा उसके विवाह का निमन्त्रण पत्र। कमरे में उस मनहूस स्मृति का वह एक-एक चिह्न हटा निश्चिंत होकर निकल ही रही थी कि मामा से टकरा गई। उनके हाथ में उसके लिए लाया जा रहा गर्म-गर्म चाय का प्याला छलक गया।

"बच के बेटी, बच के! ले, गुस्सा थूक डाल और गरम चाय पी।"

उनके स्नेह विगलित निष्पाप चेहरे को देख कालिंदी स्वयं ही गहन पश्चात्ताप में डूब गई।

हाय, ऐसे देवतुल्य मामा को भी उसने निश्चित रूप से आहत किया था।

"आ बैठ, यहीं बैठें।" कुर्सी खींचकर वे एक लम्बी साँस खींचकर बैठ गए। दोनों हाथ सिर के पीछे बाँध, उन्होंने आँखें बन्द कर लीं, जैसे सोच रहे थे कि क्या कहें—कैसे कहें।

उसने चाय पीकर प्याला मेज पर धर दिया, फिर निश्चेष्ट बैठे मामा के घुटनों से सिर सटा, वह पालतू बिल्ली की ही भाँति, कपोलों के स्पर्श से, उन्हें दिवास्वप्न से झकझोरती कहने लगी, "मामा, मैंने आपको बहुत दुख दिया है न? आप ही की शर्म से मैं इतने दिनों कमरे में बन्द रही। सोच नहीं पा रही थी, क्या कहूँगी आपसे! मैंने ऐसा क्यों किया?"

"पगली कहीं की!" मामा ने बड़े लाड़ से उसके सिर पर हाथ फेरकर कहा, "मैं तेरी जगह होता तो मैं भी शायद यही करता कालिंदी—तूने वही किया जो तुझे करना चाहिए था। तेरा साहस मुझे गर्व से भर गया है, पर बेटी, यह संसार क्या ऐसे साहस को सराह पाता है?

"वह पढ़ा-लिखा व्यक्ति, ऐसी बात कर बैठेगा, वह भी आत्मीय स्वजनों के सामने, मैंने कभी सपने में भी नहीं सोचा था, पर उससे भी आश्चर्य मुझे तब हुआ, जब वर्षों से विदेश में पला-बढ़ा उनका पुत्र, एक शब्द भी नहीं बोला। जरा-सा भी धैर्य नहीं रहा उसे? सुना, लाखों का व्यापार है दुबई में, लक्ष्मी चरणों की दासी है, एक बेटा कनाडा में है, दामाद चीफ सेक्रेटरी है, फिर भी ऐसा लोभ?"

"मामा, एक बात पूछूँ? सच-सच बताएँगे?"

"पूछ ना बेटी, मैंने आज तक तुझसे कभी क्या बात छिपाई है?"

"हाँ मामा, छिपाई है—इतनी बड़ी बात आप मुझसे छिपा गए। आपने क्या सचमुच उन्हें तीस हजार रुपया एडवांस देकर, पचास हजार फिर देने का वायदा किया था?"

एक पल को देवेन्द्र निरुत्तर रहे, फिर उन्होंने संयत स्वर में कहा, "हाँ, बेटी, तू तो जानती है, हमारे लिए तू ही सबकुछ है, एक तूने ही हमें सन्तान का समस्त सुख दिया है, तेरे लिए यदि अच्छा योग्य पात्र जुटा और उसकी

कीमत भी हमें चुकानी पड़े तो हमें आपत्ति नहीं थी।”

“छिः-छिः मामा, आपसे मुझे ऐसी उम्मीद नहीं थी। आप ही ने तो मुझे सिखाया है कि न कभी अन्याय करना, न अन्याय सहना। फिर ऐसा अन्याय क्यों किया आपने, वह भी मुझसे बिना पूछे?”

“इसीलिए तो नहीं पूछा कालिंदी।” कंठ स्वर की सत्यता हथौड़े की चोट-सी पड़ रही थी, “मैं जानता था, तू कभी इसके लिए राजी नहीं होगी। लड़का मुझे बेहद पसन्द आ गया था। जब पहली बार उन्होंने लेन-देन की बात की तो मेरा मन भी एक पल को विद्रोह कर बैठा पर फिर सोचा, आजकल यही तो सब जगह हो रहा है, कहाँ तक आदर्श को छाती से लगाकर रह पाऊँगा। कब से दीया बालकर हम दोनों तेरे लिए लड़का ढूँढ़ रहे थे, कहाँ मिला कोई—पहाड़ी लड़कों ने तो जैसे पहाड़ की लड़कियों से शादी न करने का संकल्प ले लिया है। बता दे मुझे ऐसा कोई पहाड़ी परिवार, जहाँ एक न एक बंगाली, पंजाबी, ईसाई या मुसलमान बहू न हो! मरता क्या न करता—तेरी मामी ने भी यही कहा, दीदी ने भी।”

“मेरा भाग्य अच्छा था मामा, जो उस नीच ने द्वाराचार पर ही आपसे कह दिया, भट्टजी, नौशा द्वार की चौखट तभी लाँघेगा, जब आप बयाने की बची रकम यहीं चुकाएँगे। यही वायदा किया था आपने, अब क्यों मुकर रहे हैं?”

“यही तो मूर्खता कर बैठा वह लोभी, मुझ पर इतना भी विश्वास नहीं कर पाया? रकम तो लिफाफे में धरी सेफ ही में थी। सोचा था, जाने लगेंगे तो एकांत में चुपचाप थमा दूँगा, पर तूने ऐसा क्यों किया कालिंदी? द्वार पर आए अतिथि से क्या ऐसा व्यवहार किया जाता है?”

“आप यह कह रहे हैं, आप, जिसने मुझे हमेशा यही सिखाया है कि झूठ कभी मत बोलना कालिंदी, एक झूठ दस झूठ बुलवाता है।”

वह हँसी और देवेन्द्र को लगा, उसकी भाँजी से सुंदर मूर्ति विधाता ने कभी गढ़ी ही नहीं—एक ही सौन्दर्य सृष्टि कर साँचा ही शायद तोड़ दिया था। सबसे एकदम निराली, लम्बी छरहरी देह, गौर वर्ण, आँखें खिंची, लम्बी बरौनियों की गहन स्निग्ध छाया में और भी पीताभ लगते कपोल, पीठ पर फैले घने केश, ठोड़ी को घेरे नाजुक चेहरे की बचकानी हँसी, उत्तेजनामिश्रित क्रोध से काँपता नुकीला चिबुक, पक्षी की चोंच से परस्पर काठिन्य से भिंचे लाल अधर, उन्हीं की गठन देख वे कभी बड़े लाड़ से उसे पुकारते थे—“चड़ी” (चिरैया)।

उस भांजी का वह तेजस्वी रूप, चिता में चढ़ने तक वे कभी नहीं भूल पाएँगे, जब वह क्रोध से थरथर काँपती, पहाड़ी कायदे-कानूनों की धज्जियाँ उड़ाती, द्वाराचार में स्वयं आकर खड़ी हो गई थी। उसकी ममेरी बहन बेबी ने उसके भावी बेहया ससुर की निर्लज्ज माँग उस तक पहुँचाने में पलमात्र का भी विलम्ब नहीं किया—विवरण में यथासाध्य नमक-मिर्च-मसाले लपेट ही वह सुना गई थी। इस नाटकीय मजेदार मोड़ से प्राप्त आनन्द को वह रोक नहीं पा रही थी। सेहरा उठते ही जिस सुदर्शन प्रवासी जीजा को देख उसका पुरुषलोलुप चित्त, हजार गुलाँठे खाता, चारों खाने चित हो गया था, वह निकल गया कालिंदी की मुट्ठी से।

"मेरा ससुर कभी ऐसी माँग रखेगा तो मुँह नोंच लूँगी उसका!" वह कह मुँह बिचकाती उस नौटंकी का अवशिष्ट भाग देखने, मर्दों के बीच जाकर खड़ी हो गई थी।

पीली साड़ी में सकुची वनकन्या-सी निराभरण कालिंदी सहसा हिंस्र शेरनी बन उठी। वह माधवी को धकेलती द्वार पर खड़ी हो गई।

जबहिं महाराज चौक में आए
चंदन चौक पुराये हो
मथुरा के हो वासी

उस पारम्परिक पहाड़ी स्वागत गीत की गूँज भी अभी शायद अम्मा के होंठों पर ही धीमी नहीं पड़ी थी कि उस अप्रत्याशित वज्रपात ने झुलसा दिया। वर को परछन करने अक्षत-खील अभी भी अन्ना की मुट्ठी में ही बँधे थे। क्रुद्ध पुत्री को नंगे सिर बारात के आमने-सामने खड़ी देख मुट्ठी खुलकर खील बिखर गए—कालिंदी की दृष्टि पहले माँ के सफेद चेहरे पर पड़ी, फिर निरीह मामा पर—दोनों हाथ बाँधे वे दीन-हीन याचक की मुद्रा में वर के पिता के सम्मुख नतजानु खड़े एक ही बात दोहरा रहे थे, "क्षमा करें जोशीजी, यहाँ पर इतनी बड़ी रकम रखना मुझे उचित नहीं लगा था—आप विश्वास करें—पूरी रकम का बैंक ड्राफ्ट सेफ में धरा है।"

"क्यों जी, सेफ में क्यों धरा है? आपने तो कहा था, धूलिअर्घ्य की थाल में रखेंगे।"

"सुनिए तो जोशीजी," मामा का कंठ-स्वर निम्न अवरोह में उतर आया, "यहाँ रखता तो आप ही की बदनामी होती। लोग कहते..."

"क्यों कहते जी लोग? लोगों की ऐसी की तैसी—दस लाख का बेटा दे

रहे हैं आपको, क्या मुफ्त में ही जेब में डालने का इरादा था?" उनकी मदालसी लाल-लाल आँखों में, विदेशी आसव का मद पूरे का पूरा उतर आया था, लटपटी जबान उनकी दुरवस्था का परिचय स्वयं दे रही थी, उस पर इधर-उधर पड़ रहे डगमगाते कदम। लगता था, आने से पूर्व ही नशा उनके विवेक को एकदम ही धो-पोंछकर बहा चुका था।

"ठीक है," मामा का स्वर अब खीज से ऊँचा हो गया, "आपको मुझ पर इतना ही अविश्वास है तो रुकिए पंडितजी, अभी शाखोच्चार न करें—मैं लिफाफा ले आता हूँ।"

सहमे-डरे स्वर में शाखोच्चार करने को उद्यत कन्या पक्ष के पुरोहित ने मन्त्र कंठ ही में घुटक लिये। देवेन्द्र भीतर जाने लगे ही थे कि साक्षात् चंडी रूप में अवतरित उग्रतेजी कालिंदी उनका मार्ग अवरुद्ध कर खड़ी हो गई, "नहीं मामा।" उसने दोनों हाथ फैलाकर उन्हें रोक दिया।

लड़की के गौर मुखमंडल की पारदर्शी त्वचा के भीतर, सहसा गुजरात के नवरात्रि के मृत्तिकापात्रों के गर्भगृह में जल रहे दीपों से ही असंख्य प्रदीप जल उठे। क्रोध से तमतमाए चेहरे पर न संकोच था, न नववधू की व्रीड़ा।

खुले बालों की एक लट, हाथ में बँधे कंकण की डोर से उलझ खिंचे धनुष की प्रत्यंचा-सी तन उठी।

"नहीं मामा, अब आपको कहीं नहीं जाना होगा—आपने तो कहा था कि एक संभ्रान्त कुल के ब्राह्मण स्वयं हाथ फैलाकर केवल मुझे माँगने इतनी दूर से चले आए हैं। आपने यह नहीं बताया कि एक दरिद्र शराबी भिखारी अपना बेटा बेचने आ रहा है।"

"श्रीमान," फिर वह आगे बढ़ उस चकित स्तब्ध खड़े मदालस व्यक्ति के सम्मुख तनकर खड़ी हो गई, "आपका बेटा हमें नहीं खरीदना है। जाइए, इसी क्षण अपनी बारात लौटा ले जाइए—और जहाँ अपने पुत्र का मुँहमाँगा दाम मिले, वहीं बेच आइए।"

फिर अतिथियों के अभिमुख हो उसने शान्त स्वर में दोनों हाथ जोड़कर कहा, "आप सबसे मैं मामा की ओर से क्षमा माँगती हूँ कि यह सस्ती नौटंकी देखने में आपके समय को हमने व्यर्थ नष्ट किया, पर यकीन कीजिए, मुझे इस लेन-देन की शर्त के बारे में जरा भी पता होता तो मैं यह घड़ी कभी आने ही न देती, चलो मामा!"

वह फिर एक प्रकार से हाथ पकड़ मामा को भीतर घसीटने ही लगी

थी कि वह व्यक्ति पुनः सजग होकर बिफर उठा, "ए लड़की, जबान खींच लूँगा तेरी। तेरी यह अस्पर्धा? मुझे शराबी कहती है, भिखारी कहती है? जानती है, मैं दुबई में इस समय सबसे समृद्ध भारतीय हूँ—स्विमिंग पूल मेरा है, आलीशान महल है, मकराना से संगमरमर मँगवाकर फर्श पटवाया है मैंने, अपना चार्टर्ड प्लेन है। मेरे इस इकलौते बेटे के बारे में क्या जानती है तू—क्या, ऐं?" जबान फिर लटपटाने लगी थी।

"अच्छा?" व्यंग्य से तिर्यक वे मोहक अधर चिढ़ाई गई कोयल की सी अधीर कुहूक में उसे जान-बूझकर चिढ़ाने लगे, "बड़ा आश्चर्य है कि इतने समृद्ध व्यापारी होने पर भी आपको अपना बेटा बेचना पड़ा—वह भी कुल अस्सी हजार में!"

नशे का औद्धत्य सहसा प्रचंड हो आँखों से आग की लपटें बरसाने लगा था। उन्हें उनके साथ आए बाराती न रोकते तो वे शायद दुःशासन की निर्लज्जता से कालिंदी का चीर ही भरी सभा में हरण कर लेते।

अब तक निर्वाक् खड़े नौशे ने चेहरे का सेहरा उठा लिया—एक क्षण को कालिंदी ने उसे और उसने कालिंदी को देखा।

सृष्टि की गति अचानक उस धक्के खाती भीड़ के बीच थमकर रुक गई।

कैसा अपूर्व तेज था लड़की का और निर्भीक मुखमुद्रा! लग रहा था, वह आदमखोर शेर के खुले पिंजरे में भी धकेल दी गई तो उसी अवज्ञा मिश्रित हँसी से उस आदमखोर को भी पालतू बना लेगी।

फिर वही आश्चर्यजनक दृष्टि सहसा चैतन्य हुई—क्या कह रही थी वह! क्या उसके पिता ने ऐसी ही कोई शर्त रखी थी? जिस तेजी से फिर कालिंदी ने मामा को भीतर खींच फटाक से द्वार बन्द कर लिया था, कुछ कहने-सुनने की गुंजाइश ही कहाँ रह गई थी!

"चलिए पापा, या और कुछ हिसाब करना बाकी है?" व्यंग्य से उसने पिता की ओर देखा और फिर बिना उनके उत्तर के लिए रुके ही सेहरा नोंचकर उनके पैरों में पटक पैदल ही चला गया था।

बेबी ही, सुबह वह द्वार पर पड़ा ऊँचा सेहरा लेकर, चाची के जले पर नमक छिड़कने भीतर ले आई थी, "लो मँझली चाची, तुम्हारा दामाद गुस्से में सेहरा यहीं फेंक गया है।"

पुत्री को आग्नेय दृष्टि से भस्म कर महेन्द्र ने झल्लाकर कहा था, "फेंक

दे साले को बाहर! न जाने कहाँ से टुच्चे खानदान को ढूँढ़ लाई, तुम अन्ना—आजकल हम पहाड़ियों को यही विदेशी ललक तो खाए जा रही है। ग्रीन कार्ड होल्डर है तो बस टूट पड़ेंगे, भले ही वर के नाक-कान न हों!"

"कैसी बातें करते हो दद्दा!" देवेन्द्र ने अन्नपूर्णा का पक्ष लेने की चेष्टा की थी, "दोष क्या दीदी ही का है? दोषी तो हम सब हैं। सबसे बड़ा अपराधी तो मैं हूँ। मैं अब कभी अपने को माफ नहीं कर पाऊँगा।"

"मेरी समझ में अभी तक यही नहीं आया देबी, तू तो पुलिस का अफसर है, तुझे तो उसकी माँग सुनते ही सावधान हो जाना चाहिए था। जिसने अँगुली इस बेरहमी से पकड़ी हो, वह एक न एक दिन पहुँचा भी पकड़ेगा--यह नहीं समझ पाया तू?"

"तुम क्या समझते हो, पहचाना होता तो यह अनर्थ होता?"

"अब जो हुआ सो हुआ, लोगों में बदनामी तो हम सबकी हो ही गई है, हमें भी तो अभी एक बेटी ब्याहनी है, एक अक्षर हमसे तो पूछा होता!" महेन्द्र ने झुंझलाकर कहा, "अब यहाँ रुकने से क्या लाभ। मेरा तो दम घुटा जा रहा है। सोच रहा हूँ, कल सुबह की फ्लाइट से निकल जाएँ। किसी को भेजकर एयर टिकट मँगवा लेना।" फिर वह बड़ी रुखाई से पीठ फेर अपने कमरे में चला गया।

"जरा भी नहीं बदला हैं यह!" फिर अन्नपूर्णा ने उठकर, उदास खड़े छोटे भाई की पीठ पर हाथ फेरा, "तू क्यों जी छोटा करता है देबी, दोष क्या तेरा या शीला का था? दोषी हम नहीं थे रे देबी, दोषी था मेरा दुर्भाग्य। ऐसा ही जला कपाल लेकर मैं जन्मी थी। न ही मेरे भाग्य में पति-सुख लिखा था, न कालिंदी के। मुझे तो सारी चिन्ता उसी की लगी है। तब से कमरा बन्द किए पड़ी है, चाय भी नहीं पी। एक बार तू ही कहके देख, शायद दरवाजा खोल दे। मैं और मँझली तो विनती-चिरौरी कर-करके हार गईं उस पर बड़ी और पलीता लगा आई..."

"क्यों? क्या कह आईं?"

"बन्द दरवाजा खटखटाने पर भी जब नहीं खुला तो बोलीं—मन नहीं भरा हमारी नाक कटवा कर? झाँसी की रानी बन दरवाजे पर आई बारात को तो लौटा ही दिया, अब द्वार बन्द कर कुछ और तमाशा करने का इरादा है क्या?"

अन्नपूर्णा ने आँचल आँखों पर धर लिया—निरीह दीदी के आँसू शान्त

प्रकृति देवेन्द्र को भी विचलित कर गए, "मरे साँप को मारने में तो बड़ी को हमेशा ही आनन्द आता है। अच्छा है कल जा रहे हैं, इससे तो आज ही चले आएँ।"

"ठीक है, तुम्हारी यही इच्छा है तो यही करेंगे, जा बेबी, अपनी ममी से कह दे, सामान तैयार रखे, मैं टैक्सी लेकर आता हूँ, शहर के किसी होटल में एक कमरा तो मिल ही जाएगा।"

और फिर, बिना खाए-पिए, वर्षों बाद घर लौटे भाई को न अन्ना रोक पाई, न देवेन्द्र। वे क्या जानते थे कि पर्दे की ओट में खड़ा महेन्द्र सब सुन रहा है। अन्ना ने एक बार कहा भी, "आज शनिवार है दद्दा, आज तो रुक जाते।"

किन्तु, उसने उत्तर ही नहीं दिया और विवश अश्रुपूरित दृष्टि से अन्ना उन्हें देखती ही रह गई। मनुष्य भी कैसा विचित्र जीव है! बड़े-से-बड़े आघात को भी वह बलवान समय की बाँह गह, धीरे-धीरे भूल जाता है। इससे बड़ा आघात और हो भी क्या सकता था! अब वह कालिंदी को कभी अन्यत्र विवाह के लिए राजी नहीं कर पाएगा, और अपने मन से वह कभी विवाह करेगी नहीं।

कैसे-कैसे कल्पना के महल बनाए थे देवेन्द्र ने! कन्यादान कर, वह पहले शीला और दीदी को लेकर जाएगा बनारस, वहाँ गंगा नहाकर फिर जाएँगे तिरुपति, कन्याकुमारी, रामेश्वरम। उसके बाद दीदी को चारों धाम करा, वे पहाड़ चले जाएँगे। वर्षों से अवहेलित पड़े खंडहर पैतृक गृह को सर्वथा नवीन रूप देकर सँवारेंगे। जिस गृह में उसकी बाल्य स्मृतियाँ, ईंट, चूने-गारे के साथ रसी-बसी धरी थीं, उन्हें खोद-खोदकर निकालेगा वह, और फिर समस्त सुख-सुविधाओं रो भर देगा—गीजर, गैस सब कुछ और फिर दीदी से कहेगा, "दीदी, याद है तुझे? यहीं तू कैसे आँखें धुएँ से लाल कर, बाँज के ठूँठ जला, डालडा के टिन में, हमारे लिए नहाने का पानी गरम कर अँगुली डुबो-डुबोकर देखती जाती थी कि पानी गरम हुआ या नहीं। अब तुझे अँगुली नहीं डुबोनी होगी—गीजर लगा दिया मैंने। अपने गहन दुख के क्षणों में ही मनुष्य बार-बार अपने खो गए अतीत को टटोलता है, सुख-सम्पन्न को अपने वर्तमान वैभव के बीच न अपना अतीत ही याद आता है, न सर्वशक्तिमान विधाता।

आज देवेन्द्र को दोनों ही याद आ रहे थे—अपने इष्ट देवता गोल्ल गोरिल और अपना अतीत! ढालू पथरीली छत का वह मकान, जिसके चौड़े-चौड़े पत्थर का अबरक, सूर्य की प्रथम किरणों का स्पर्श पाते ही, हीरे की कनियों की चमक से आँखें चौंधिया देता था। सामने सीढ़ी से उतरते खेत, आँगन में खड़ा अखरोट का वह दीर्घकायी पेड़, जिसकी दिगंत व्यापी शाखा-प्रशाखाओं पर लदे अखरोटों को वे तीनों भाई पकने से पहले तोड़कर, पटक-पटककर उनका हरा कलेवर विच्छिन्न कर, कच्ची गिरी को सींकों से निकाल-निकालकर खाते थे।

"अरी अन्ना," दादी उस फलहीन वृक्ष को देख घंटों उन्हें कोसती, "तू देख नहीं सकी इन चोट्टों को! अरे नासपीटो, पकते तो तुम्हीं तो खाते, फिर कच्चे फलों का सत्यानास क्यों किया, मरभुक्खो? इनके मारे तो कभी भी कोई पहला पका फल, देवथान में भी नहीं चढ़ा पाती हूँ। क्या सेब, क्या नाशपाती मिहिल, यहाँ तक कि खट्टे अधपके नीबू जामिर भी तोड़-तोड़कर भकोस गए हैं भुखमरे!"

पर दीदी बेचारी क्या देखती! वहाँ तो फल वृक्षों का मुंडन पर्व आधी रात को सम्पन्न किया जाता था। सुबह उठते ही नहा-धो, संध्या कर ही तीनों भाइयों को स्कूल-कॉलेज जाना होता था। कुशासन में बैठे, शिखा फटकार, आँखें बन्द कर, एक अँगुली से नासिका रन्ध्र दाबे प्राणायाम की मुद्रा में उन तीनों को देख, दादी गद्‌गद होकर कहतीं, "और जो हो रे रुदिया, करम इनके जैसे भी हों, देखने में तेरे ये तीनों खबीस, साच्छात ब्रह्मा, विष्णु, महेश लगते हैं—कौन कहेगा, मौका पाते ही ये पेड़ों पर लंगूर बने एक फल भी नहीं रहने देंगे!"

"क्यों, आज फिर कुछ किया?" रुद्रदत्त का अनुशासन तीनों बेटों को केवल भृकुटि-संचालन से ही उठाता-बिठाता था। मजाल कि कोई दिन डूबे बाद घर से पैर तो बाहर निकाल ले! लघुशंका से निवृत्त होने के लिए भी पिता की स्वीकृति अनिवार्य थी। देवेन्द्र को अच्छी तरह याद था कि एक बार छोटे भाई नरेन्द्र ने ऐसी ही अनुमति लेकर, निवृत्त होने में अनावश्यक विलम्ब कर दिया तो पिता ने गरजकर कहा था, "क्यों रे नरिया, क्या कर रहा है तब से, रावण की-सी पेशाब कर रहा है क्या?"

वहीं पर खड़े देवेन्द्र ने देखा था कि छोटे ने सहमकर प्राकृतिक धार ही रोक दी थी और नाड़ा बाँधते-बाँधते पिता के सामने सिर झुकाकर कहा था,

"बड़ी जोर से लगी थी बाबू।"

"जोर से लगी थी।" बाबू ने उसी रुष्ट मुद्रा में उसे चीरकर रख दिया था, "जोर से लगी थी, अरे तब पूरे छः महीने की एक साथ क्यों करता है बे, पहले निवृत्त नहीं हो सकता?"

परीक्षा-फल लेकर तीनों भाई लौटते तो बेचारी अन्ना जाखन देवी के बरदायी मन्दिर में दीया जला मन्नतें माँगतीं, "हे देवी, तीनों के गणित में सौ में सौ आएँ, नहीं तो बाबू जिन्दा गाड़ देंगे।"

बाबू ने एक बार नरिया के सौ में से अस्सी आने पर, उसकी नंगी पीठ पर, 'सिसूण' (बिच्छूबूटी) का झाड़ू-सा बना ऐसा झपकाया था कि पैंट गीली कर दी थी बेचारे ने! सारी पीठ में ददोरे उभर आए थे। रात-भर दादी ने रक्तचन्दन का लेप लगाया था और कठोर पुत्र को बीसियों गालियाँ दी थीं, "अरे रुदिया, तू आदमी है या पत्थर, नन्ही-सी जान को ऐसी बेरहमी से पीटा जाता है कहीं! एक तो बिना माँ का है अभागा, उस पर कौन-सा फेल हुआ था, सुनूँ!"

"तू बीच में मत बोल इजा, तेरे ही लाड़ ने इसे बिगाड़ दिया है, और खिला मक्खन-चीनी लगा 'बाल' (रोटी में मक्खन लगाकर बनाया गया पहाड़ी 'क्रीम रोल')। ज्योतिषी का बेटा है, गणित में पूरे नम्बर नहीं ला पाया तो क्या खाक गणना कर पाएगा?"

"लो, और सुनो, ये भी बाप की तरह जिन्दगी भर भांग भूँजकर ही पेट भरता रहे? मेरे महेन्द्र, देवेन्द्र, नरेन्द्र तो डिप्टी बनेंगे, डिप्टी!"

उन दिनों कुमाऊँ में डिप्टी बन जाने का आशीर्वाद ही सबसे अमूल्य आशीर्वाद माना जाता था। उसे याद है, जब बाबू के भाँजे रमेश ने उनके चरण छूकर कहा था—"मामा, आपने मेरी ग्रहगणना ठीक ही की थी—मैंने डिप्टी कलक्टरी की परीक्षा में पहला स्थान पाया है।"

"वह तो ठीक है रे भानजे," बाबू ने लम्बी साँस खींचकर कहा था, "जब किसी मरुभूमि में, एक छायादार पेड़ कभी उग आता है तो सब थके-माँदे राहगीर उसी की छाया में सुस्ताने बैठने लगते हैं। अपने खानदान की मरुभूमि का पहला छायादार पेड़ बन गए हो अब डिप्टी सैप (डिप्टी साहब)। पूरी बिरादरी तेरी ही छाँह गहने जुटने लगेगी—हम पहाड़ियों की यही कमजोरी है भानजे, हर परिवार में एक न एक अकर्मण्य निठल्ला अवश्य मिल जाएगा— कहीं बड़ा भाई है, कहीं छोटा। कहीं भानजा है, कहीं भतीजा।

कहीं बाल विधवा बहिन है, कहीं परित्यक्ता..." कहते ही उनकी नजर, सिर झुकाए सब्जी काट रही पुत्री पर पड़ी और उन्होंने अपना अधूरा वाक्य कंठ ही में खींच लिया था।

रमेश दाज्यू के जाते ही, आत्मसम्मानी आहत दीदी, बाबू के सामने खड़ी हो गई थी, "बाबू मुझे आप आज ही वहाँ पहुँचा आइए।"

"कहाँ?" बाबू ने अनजान बनने की चेष्टा की, फिर उत्तर मिले बिना ही वे दीदी के सामने हाथ जोड़कर खड़े हो गए थे, "मुझे माफ कर दे अनिया, मेरा मतलब तुझसे नहीं था, भैंस को क्या कहीं अपने सींग भारी होते हैं? उस कसाई के पास अपनी इस कपिला गाय को भेज दूँ, ऐसा पत्थर नहीं हूँ मैं चेली (बेटी)!"

"मेरे मुँह से वह बात निकल गई थी, गैत्रबी (गायत्री की सौं), मैंने तेरे लिए वह बात नहीं कही," पर उस दिन से दीदी एकदम बदल गई थी। न वह अब उनके दही-नीबू सानने के पर्व में सम्मिलित होती, न कभी बाजार से कुछ लाने ही की फरमाइश करती। भले ही बाबू के मुँह से बात निकल गई हो, कहीं न कहीं यह बात मन में धरी तो अवश्य ही होगी, तब ही तो बाहर निकली। उसकी उम्र के दस साल जैसे अचानक बढ़ गए थे–आह, कैसा अमृतोपम स्वाद होता था दीदी के हाथ के सने दही-नीबू का! पहले तीनों भाइयों को वह बड़े पीताभ नीबू की एक-एक फाँक छिलवाने के दुरूह कार्य करने देती, फिर रेशे उतरवाती और फिर बीज निकलवाती–तवे पर कोरे भुने जा रहे भांगा के बीज पट-पट कर सिपाहियों की सी कवायद के बूट फटफटाते फटकने लगते तो मुँहजोर नरिया कहता, "देख-देख दीदी, पंडित रुद्रदत्त भट्ट गुस्से में भटभटा रहे हैं।"

"चुप कर मुँहजले!" दीदी कहती पर छोटे भाई की रसिकता उसके होंठों के कोर पर ढुलक आती।

"जो मुँह में आए वही बक देता है, बाबू के लिए ऐसी बात कहते शर्म नहीं आती!" वह उसे डपटती।

"जो भी कहो दीदी, हँसी तो तुम्हें भी आ ही गई।"

"अच्छा जा रे देबी, तू ज्यूंणी हलवाई से दवली का दानेदार कुंडे का दही ले आ।"

बड़े और छोटे की बदनीयती का प्रमाण, इतिपूर्व दीदी को कई बार मिल चुका था। रास्ते ही में दोनों दही की मलाई ही नहीं, ऊपर ढका कागज भी

चाट जाते थे।

अब कहाँ गया वह ज्यूंणी हलवाई और कहाँ विलुप्त हो गया वह दानेदार दही! इकन्नी में पूरे पाव-भर का थक्का दही, वह भी ऐसा कि चाकू से काटो तो कलाकन्द-सा कट जाए।

फिर पड़ती चीनी, नमक, भुना जीरा, भुना भांगा और कार्तिकी शहद—कटी मूली के लम्बायमान टुकड़े और फिर नमक-मीठा चखने तीनों हथेलियाँ लार टपकातीं, बड़ी उमंग से दीदी के सामने बढ़ आतीं, "ला तो दीदी, तनिक धर तो हथेली में, मैं गजब का चखुआ हूँ।"

बड़ा कहता, "मुझे भी—मुझे भी दीदी।"

"नहीं," दीदी हँसकर कहती—"मेरी क्या जीभ नहीं है?" फिर स्वयं ही अपने उदार करपृष्ठ पर दही सनी फाँक धर, अपनी लाल-लाल जिह्वा से चाटकर स्वयं आत्मश्लाघा में विभोर हो आँखें मूँद लेती, "वाह, इसे कहते हैं अंदाज! एकदम ठीक नमक और मीठा—न रत्ती-भर कम, न रत्ती-भर ज्यादा—अब लाओ तिमिल के पत्ते।"

वहाँ तो तिमिल पत्र पहले से ही धुले-धुलाए रखे रहते, किसको रहता फिर इतना धैर्य कि सनने पर पत्ते लेने भागे।

बड़ा भाई अपने रिश्ते की गरिमा का सहसा जयघोष कर, तनकर कहता, "मैं बड़ा हूँ सबसे, पत्ते-वत्ते में मैं नहीं खाऊँगा—पाली ही में देना मुझे, अपने हिस्से पत्रों पर धर, पाली मुझे थमा दो।"

"वाह, बड़े आए हैं पाली चाटने वाले! मैंने मेहनत की है, मैं खाऊँगी पाली में।"

"देख छोकरी, अच्छा नहीं होगा, कहे देता हूँ। नहीं दिया तो बाबू के आने पर कह दूँगा कि तुमने उनकी कोट की जेब से इकन्नी चुराई है।"

"मैंने नहीं चुराई!" दीदी ने सहमकर कहा था।

"भले ही तूने नहीं चुराई, नरिया को तो तूने ही भेजा था चुराने। एक-एक पैसा गिनते हैं बाबू। हो सकता है, अब तक गिन भी चुके हों और कम देख घर लौट ही रहे हों!"

यह भयानक सम्भावना तीनों को सहमा गई पर तब ही मौका देख, नरिया ने लपककर एक फाँक निकाल मुँह में धर ली, और हँसकर कहने लगा था, "तो क्या हो गया, रास्ते में भी तो गिर सकती है। पूछेंगे तो कह देंगे—बाबू, रास्ते में गिर गई होगी, आप तो जेब से रूमाल निकाल चश्मा

पोंछते रहते हैं।"

फिर भी जीत बड़े भाई की होती—काठ की कठौती में तीनों हिस्से से अधिक भाग लेकर वह सब भाई-बहनों से दूर जाकर बैठ जाता, अपना हिस्सा अधैर्य से उदरस्थ कर लेता, कोई फिर उससे न माँग बैठे। आज इतने वर्षों बाद भी तो वह यही कर रहा था।

कॉलेज छूटते ही तीनों छुट्टे अलमस्त साँडों से घूमते रहते, दादी लकड़ी बीनने दीदी को लेकर घंटों के लिए निकल जाती, बाबू, सुन्दरशाह की दुकान के बहीखाते देखने जाते तो दिन डूबने से पहले नहीं लौटते। यह कार्य वे बिना वेतन लिये ही करते थे पर मानदेय के रूप में, घर भर के मसाले, तेल, दाल स्वयं शाह जी घर पहुँचा जाते। वैसे तो घर में खाने-ठूँगने की प्रचुर सामग्री रहती। बड़े से काठ के बक्से में, यजमानों के यहाँ से मिले मेवे, पोस्ते के मीठे बीज चिपकी पुष्ट बाल मिठाई, हरे पत्तों में ठसाठस भरी कुल्फी के आकार की सिंघौड़ी जिनमें किशमिश और गरी अधिक रहती, खोया कम—मेथी के लड्डू, गोंद की बर्फी और फिर भुटी कुन्द के लड्डू (भुने खोये के लड्डू) जिन्हें खाना और बनाना अब भाग्यहीन कुमाऊँ एकदम ही भूल-बिसर गया है। पर चिलगोजे, अखरोट, बादाम और मुनक्कों से भरे उस राजकोष की चाबी, सदा दादी के लहँगे में खुँसी रहती। मजाल थी जो कभी भूले से भी बुढ़िया घर पर छोड़ जाए और एक दिन तो मुँहफट नरिया ने अपनी व्यंग्योक्ति से बूढ़ी आमा को रुला भी दिया था।

"आमा, क्या तू यह चाबी अपने साथ ऊपर ले जाएगी? अगर ले गई तो हमारी इजा का भी हिस्सा करना, उसके बच्चों को तूने यहाँ तरसाया ही ज्यादा है।"

आमा जोर-जोर से रोने लगी थी, "सुन रही है अन्ना, मैंने तुम्हें यहाँ कभी कुछ नहीं दिया, खुद खाया है सुना तूने? मैं बुढ़िया—न मुँह में दाँत, न पेट में आँत—टक्क-टक्क दाँतों से तोड़ छिपा-छिपाकर अखरोट ही तो खाती रही हूँ—संग्रहणी की मरीज हूँ फिर भी बाल-सिंघौड़ी खाती हूँ। क्यों, है न?"

"अरे नरिया, गू-मूत किसने धोया है तेरा?"

सहमकर नरिया भाग गया और दिन-भर घर नहीं लौटा था। गोली मर्म स्थान पर जाकर ही लगेगी, शायद उसने नहीं सोचा था। फिर तो वह पूरा महीना, कभी दादी के पैर दबाता, कभी उसके बालों के काल्पनिक लीख

अकारण ही चुन नाखूनों पर धर मारने लगता—पुट्ट-पुट्ट!

सबसे आनन्ददायक, अब तक जीवन्त बनी स्मृति थी रात्रि पर्व की। दिन डूबते ही दीदी, लोहे के बड़े 'सग्गड़' में बाँज के कोयले और गोबर मिश्रित कोयले के चूरे से बने गोले धधकाकर कमरे में रख जाती—और पूरा घर ही उसे तने से धधकते सग्गड़ से दहकने लगता। देश-विदेश में कई बार घूम आए देवेन्द्र को वह आनन्द फिर कभी वहाँ की सेंट्रल हीटिंग भी नहीं दे पाई। भले ही उत्तराखंड की माघी विभावरी में, ऋषि-मुनियों के-से अडिग धैर्य से खड़े बाँज, बुरुंश और देवदार के वृक्ष ठिठुरकर दोहरे हो जाएँ, उस कमरे में धरा सग्गड़ पास बैठे पहनने वालों के स्वेटर-पंखी भी उतरवाकर रख देता। दीदी, फिर बड़े से ही लगे कटोरे में गुड़ गलाने सग्गड़ में रोप जाती, थोड़ी ही देर में वह अनुपम स्वादिष्ट गुड़ पू बनकर स्वयं तैयार हो जाता। कैसा अद्भुत स्वाद होता था उसका! इतने वर्षों में विदेशी चॉकलेट के कैसे-कैसे वैविध्यपूर्ण स्वाद चखने पर भी पहाड़ी जिह्वा अब तक उस स्वाद को नहीं भूल पाई थी, यहाँ तक कि स्विस चॉकलेट भी उसे निःस्वाद ही लगी थी।

वही सग्गड़, तब उनका माइक्रोवेव चूल्हा भी, किनारे-किनारे धरे गए तीनों भाइयों के दूध के गिलास, मन्दी सग्गड़ की आँच, जिस पर मलाई की मोहक परतें जमाती चली जाती। कभी-कभी तो हिमशीतल पानी के गिलास भी वे उसी गर्म राख में रोप देते, ठंडा पहाड़ी पानी जीभ जो ऐंठ कर धर देता था! दादी स्वयंपाकी थी। बाबू खा लेते तो तीनों भाई-बहनों को वह एक कतार में बैठा, मोटी-मोटी रोटियों में, परम औदार्य से घी चुपड़, वहीं से बाउंसर-सा उछालती और किसी दक्ष क्रिकेट खिलाड़ी की अचूक भंगिमा में उसे थाम छोटा नरिया, तत्काल कमेंट्री में चालू हो जाता, "व्हट ए कैच! व्हट ए कैच!"

"चुप कर रे नरिया! हमें पता है, तुझे अंग्रेजी आती है—खा चुपचाप।" बड़ा उसे एक धमक लगाता।

"आमा, तवे की पहली रोटी मेरी।" नरेन्द्र हमेशा एक ही माँग दोहराता, पर महेन्द्र हमेशा बीच ही में पहली रोटी बढ़कर कैच कर लेता। आमा भी उससे डरती थी, आमा ही नहीं, एक बाबू को छोड़ पूरा घर उससे थर्राता था। हुक्मउदूली करने पर, चौड़ी खाँटी-पहाड़ी हथेली का झाँपड़, दाँत की जड़ें उखाड़ने में समर्थ था, इसके साक्षी आमा के साथ-साथ तीनों भाई-बहन

रह चुके थे। उस घटना के बाद निरपराधिनी दीदी का घर से निकलना ही बन्द कर दिया गया था।

उन दिनों, अल्मोड़ा में दो रामलीलाएँ प्रसिद्ध थीं : एक बद्रेश्वर की, दूसरी पांडखोला की। बद्रेश्वर की रामलीला की तब विशेष ख्याति थी। वहाँ का संगीत पक्ष सम्हालते थे अल्मोड़ा के कई संगीत-रसिक रईस, वायलिन, तबला, हारमोनियम और फिर स्वयं श्री राम के मधुर कंठ से, बिना किसी नेपथ्य की प्रौम्पटिंग के निःसृत धाराप्रवाह चौपाइयाँ, दोहे और छन्द। उस पर बीच-बीच में दिखाए गए 'सीनों' की उन दिनों ऐसी ख्याति थी कि रानीखेत, बागेश्वर, गरुड़ से रसिक दर्शक मोटरभाड़ा खर्च कर देखने चले आते। तब अखबार के एक वयोवृद्ध हॉकर शाहजी ही घर-घर आकर चन्दा बटोरते और जैसा चन्दा दिया जाता, वैसा ही आरक्षण अनायास प्राप्त हो जाता। सबसे बड़ी गैंग भट्टजी के यहाँ से ही जाती। तीनों भाई बड़ी लगन से अक्षर बना-बनाकर अपना रिजर्वेशन स्लिप लटका देते, वह भी अंग्रेजी में—पंडित रुद्रदत्त भट्ट एंड फैमिली।

बाबू तो कम ही जाते थे, दादी एक दिन भी नहीं छोड़ती। संध्या पूर्व ही सबको खिला-पिला तैयार हो जाती। उसका वही अधैर्य कभी-कभी भट्ट परिवार को यहाँ समय से इतने पहले पहुँचा देता कि मंच के पात्र तैयार भी नहीं हुए होते।

एक दिन तो अधीर आमा ने पर्दे को खोल झाँक लिया और बड़बड़ाने लगी, "आग लगे इन बेशरमों को, छिः-छिः।"

"क्यों, क्या देखा आमा?" अन्नपूर्णा ने पूछ लिया तो वह भुन्नाकर बोलीं, "क्या देखा, अपना सिर देखा। सीताजी दाढ़ी बना रही हैं री अन्ना, मैं तो सोचती थी, साच्छात सीतामैया उतर आई हैं, यह तो अपने भोलादत्त का भतीजा भौनिया है री! मैं क्या जानूँ, वही सीता बनता है!"

और हँसते-हँसते चारों भाई-बहन लोट-पोट हो गए थे। कितनी भोली थीं आमा!

उस दिन भी वे समय से पूर्व ही अपनी बेंच पर जम गए थे। एक तो लीला का प्रसंग भी ऐसा ही था, 'सीता स्वयंवर', इस बार पूरी पोशाकें, मथुरा की सुख संचारक कम्पनी से विशेष ऑर्डर देकर मँगवाई गई थीं। यह सूचना स्वयं शाहजी घर-घर जाकर दे आए थे। तब तक अल्मोड़ा में बिजली नहीं आई थी, गैस के बड़े-बड़े पेट्रोमेक्स से निकलती भँवरों की सी गूंजनध्वनि,

धौत चन्द्रिका के उज्ज्वल प्रकाश में साटन के लाल-लाल अर्ध विभक्त पर्दे और शतसहस्र कंठों का कलरव! पर्दा उठाने के लिए समवेत कंठों से निकली सीटियों में सबसे तीखी सीटी थी मनोहर जोशी की, जो ठीक दीदी के पीछे बैठा, बार-बार सीटी बजाता चीखता जा रहा था, "ओहो, रामचन्द ज्यू हो–तोड़ो धनुष जल्दी–कहीं स्वयंवर की निराश सीता मायके ही में जिन्दगी न काटती रहे..."

उग्र दृष्टि से उसे महेन्द्र ने देखा तो वह चुप हो गया। उसकी व्यंग्योक्ति किस निरीह पर है–ये तीनों भाई समझ गए पर कौन उलझता उस नंगे से। पूरे शहर में तो काना बदनाम था, उस पर शरीर की शक्ति थी प्रचंड। लोग कहते–ये पायजामे के नेफ़े में हमेशा रामपुरी चक्कू लिए घूमता है। सुनहले बाल, कंजी आँखें और भूरी मूँछों के कारण, लोग उसे पीठ पीछे पुकारते थे–भुर्रे खाँ। दादी चुप नहीं रह सकीं, बोलीं, चुप्प रह रे–भुर्रे, अपनी एक आँख से चुपचाप लीला देख।"

एक बार उसने बहुत पहले नरेन्द्र को एक अठन्नी थमाकर कहा था, "ले रे नरिया भट्ट, तू भी क्या कहेगा कि किस रईस से पाला पड़ा है! जा, हेमंत वैद की दुकान का दाड़िमाष्टक चूरन खा लेना डियर इस अठन्नी का! पर देख, मेरा एक काम करना होगा।"

"क्या?" नरिया के लिए हेमंत वैद की दुकान की दाड़िमाष्टक की पुड़िया बहुत बड़ा आकर्षण थी।

"यह चिट्ठी अपनी दीदी को देकर कहना, मनोहर जोशी ने फौरन से पेश्तर जवाब माँगा है।"

मनोहर के 'हैं-हैं, तू बीच में क्यों खोल रहा है रे भुकलर' कहने पर भी नरिया ने त्वरित गति से चिरकुट खोलकर पढ़ लिया था।

अंग्रेजी में लिखे उन तीन शब्दों का अर्थ समझने में फिर उसे विलम्ब नहीं हुआ। "आई लव यू" उन दिनों इन तीन अंग्रेजी शब्दों ने अनेक किशोरों की चमड़ी उधड़वाई थी, कई प्राइवेट ट्यूटर भी अपनी किशोरी छात्राओं को ऐसे चिरकुट थमाने पर तत्काल सेवानिवृत्त कर दिए गए थे।

नरेन्द्र ने गुस्से से वह कागज, अठन्नी सहित मनोहर के मुँह पर पटक दिया और ऐसा बगटुट भागा कि पलटकर भी नहीं देखा।

इसके बाद फिर मनोहर ने कभी ऐसी हरकत नहीं की। एक तो दूसरे ही दिन, महेन्द्र ने कॉलेज में ही उसका टेंटुआ पकड़ उसे चेतावनी दे दी

थी, "देख साले हरामजादे—मेरी बहन को लेकर कभी ऐसी घिनौनी हरकत की तो समझ ले, फिर तेरी बहन को भी नहीं छोड़ेगा महेन्द्र भट्ट!"

पर रामलीला में उस दिन, दर्शकों के बीच साक्षात् वैदेही रूपा अन्ना को देख वह सब चेतावनी भूल गया। उस दिन माँ की बक्से में धारी, मखमली किनारे की गोट लगी, धानी साड़ी निकाल कर अन्नपूर्णा ने पहन ली थी। कभी उसकी माँ ने दिल्ली से वह मखमली पट्टी मँगवा, कई दिन लगा गुलाब के नन्हे फूल और हरी पत्तियों से सँवार कर काढ़ी थी—मंच की सीता की छटा को भी मलिन करती उसी अन्ना की अपरूप छवि देख, वह रावण फिर चीख कर खप्पर बजाने लगा था। अचानक पर्दा उठा, कुर्सियों पर चमकीली सलमा-सितारे जड़ी पोशाकों में दमकते विभिन्न नृपतियों का वर्णन, शाहजी नेपथ्य से ही अपनी विशिष्ट परिहासपूर्ण शैली में देकर दर्शकों को लोटमपोट कर रहे थे।

"और ये हैं खत्याड़ी के राजा, इन्हें बहुत ठंड लगती है, ओ राजसैप हो, जरा दिखा तो दीजिए, आप कितनी पोशाकें पहन स्वयंवर में पधारे हैं।" और पूरे होल्डौल बने खत्याड़ी के नेरश, चालू हो गए थे। एक-एक कर न जाने कितने कोट, वास्कट, स्वेटर, पैंट, पाजामे उतरते चले गए। सामने वस्त्रों का स्तूपाकार गट्ठर और उस गट्ठर के बीच केवल एक धारीदार कच्छे-बनियान में मुस्कराते खत्याड़ी नरेश।

फिर आए, हास्यास्पद हरकतें करते, रानीखेत मछखाली, कत्यूर नरेश। वे एक-एक कर धनुष को छूते और उसमें किसी अदृश्य करेंट का झटका-सा खा, पिलंगट से फटकते, धराशायी हो जाते। फिर अंत में पधारे थे, देवेन्द्र के सहपाठी स्वयं रघुकुल तिलक राम, जिनकी दुकान से वह उस दिन सुबह ही एक किलो अरहर की दाल तुलवाकर लाया था। राम के पिता अयोध्या नरेश की, तब त्रिपुरसुंदरी के मंदिर के नीचे, किराने की दुकान थी—क्या रंग था लड़के का और कैसी भुवनमोहिनी हँसी! लक्ष्मण भी उनकी क्रिकेट टीम का एक अजेय सेनानी था, कुमाऊँ का गावस्कर! कोई उसे आउट कर तो दे! किन्तु क्रिकेट का यही योद्धा जब उसी रणकौशल से, एक ही कक्षा को तीन वर्षों तक धन्य करता रहा तो बाप ने अपनी दुकान में जोत दिया।

स्वयंवर सम्पूर्ण होने में उस दिन अनावश्यक विलम्ब हो रहा था, पूरी रात ही बीत गई। चारों भाई-बहन और आभा घर लौट रहे थे कि एक निभृत मोड़ पर सहसा घुप अंधकार ने घेर लिया। वहाँ से घर तक फिर

कोई रास्ते की बत्ती नहीं थी। महेन्द्र ने टॉर्च जलाई ही थी कि पीछे से एक साथ कई तीखी सीटियाँ बजीं, साथ ही वही हृदयहीन उक्ति—"रामचन्द ज्यू हो, तोड़ो धनुष जल्दी—कहीं—"

"कौन हे रे, माँ का दूध पिया है तो सामने आ..." महेन्द्र ने गरजकर कहा और चार-पाँच लड़के पीछे पलट नौ दो ग्यारह हो गए।

"क्यों, क्या सड़क तेरे बाप की है रे मुर्दे?" मनोहर भी सेर पर सवा सेर था।

"चल महेन्द्र, घर चल।" आमा ने उसके कोट की बाँह खींची, "क्यों मुँह लगता है काने के? काण कन्याई, डुन अन्यायी!" (काना हमेशा कुटिल और लंगड़ा अन्यायी होता है)।

"अच्छा बुढ़िया, कितने दाँत बचे हैं तेरी इस पोपली खोह में, आकर एक साथ पेट में डाल तेरी भी छुट्टी करूँ अपनी भी।"

उसने सचमुच ही आमा की ओर घूँसा तान लिया—पर वह भी जबरजंग थी, उसने लपककर उस भुजंग की भुजा थाम ली और तब ही पड़ा था महेन्द्र का झाँपड़।

"ओरे बौज्यू (बाप) हो, मार दिया रे हत्यारे ने—खून-खून," कहता वह क्षण-भर पूर्व सिंह-सा दहाड़ता योद्धा मारे गए पिल्ले-सा बिलबिलाने लगा था।

उसे वहीं छोड़ आमा चारों को भेड़-सा हँका ले गई थी।

"क्यों इजा, बड़ी देर कर दी तुम लोगों ने! क्या रामलीला आज रात-भर चली?" रुद्रदत्त हाथ में लालटेन लिये, द्वार पर ही खड़े थे—उनसे कौन कह सकता था कि वे दूसरी ही लीला देखकर आ रहे हैं।

पर दूसरे ही दिन, मनोहर की कलहप्रिया कर्कशा जननी जानकी और साक्षात दुर्वासारूपी हरस्त, पुत्र के सूजे मुँह में हल्दी-चूना पोत बीभत्स बनाकर लड़ने आ गए थे।

बड़ी देर तक तर्क-वितर्क, आरोप-प्रत्यारोपों की बहार देखने भीड़ ही जुट गई थी। फिर स्वयं ही राजीनामा हो गया। होता भी कैसे नहीं, हरस्त पिछले सात सालों से भट्टजी से ले ली गई दो हजार की रकम का एक धेला भी नहीं चुका पाए थे। पर उसी दिन से, दीदी के बाहर जाने पर घोर प्रतिबंध लग गया था। यहाँ तक कि कभी शादी-ब्याह, जनेऊ, अन्नप्राशन पर भी आमा उसे साथ ले चलने का आग्रह करती तो वह स्वयं कच्छप-सी मूंडी

छिपा लेती, "नहीं आमा, मैं नहीं जाऊँगी; तू नरिया को लेकर चली जा।"

दीदी के उदास चेहरे को जितनी ही बार महेन्द्र देखता, उतनी ही बार मन-ही-मन अपनी प्रतिज्ञा दुहराता, "होने दो मुझे बड़ा, देख लेना दीदी, तुझे कहाँ-कहाँ घुमाता हूँ..."

फिर तो घर में ही नजरबंद दीदी बाबू की मृत्यु के बाद ही पहली बार घर से बाहर निकली थी–आमा ताऊ के साथ। वे बाबू की क्रिया करने हरिद्वार गए थे। वह उन चारों की प्रथम रेलयात्रा थी। जितनी ही बार इंजन डकारता, उतनी ही बार वे चारों सहमकर दीदी से चिपट जाते। साथ में थे बाबू के बड़े भाई भवानीदत्त–रूखा चेहरा, लाल-लाल रक्तजवा-सी आँखें, माथे पर भस्म का बड़ा-सा टीका और निरंतर मंत्रजाप में बुदबुदाते ओंठ। विधुर ताऊ, अकेले ही गढ़वाल के किसी छोटे से ग्राम में रहकर, अपने तांत्रिक गुरु के साथ, पिछले बीस वर्षों से साधनारत थे। दीदी पहले उन्हीं के साथ रहती थी फिर ऊबकर अल्मोड़ा चली आई थी, 'कर्णपिशाची बन गया है अभागा, मसान घाट में रात-रात भर बैठा न जाने किस सिद्धि के पीछे भाग रहा है– न जागने का वक्त, न सोने का, न खाने-पीने का। मैं नहीं रह सकती उसके साथ।'

छोटे भाई की मृत्यु का समाचार सुन वह संसार-त्यागी विरक्त अघोरी ऐसे अचानक उपस्थित हो जाएगा, यह किसी ने सपने में भी नहीं सोचा था। यहाँ तक कि बूढ़ी आमा ने भी नहीं सोचा था कि उनका वह अघोरी ज्येष्ठ पुत्र आकर अपने इन अनाथ-अबोध भतीजों का मार्गदर्शन करेगा। वे ही अपने साथ पूरे परिवार को हरिद्वार उठा ले गए थे।

कनखल की उस भुतही धर्मशाला का पूरा नक्शा इतने वर्ष बीत जाने पर भी देवेन्द्र की आँखों में खिंचा था। छोटे से कमरे की जालीदार खिड़की का झिलमिली प्रकाश कमरे को उज्ज्वल धूप चढ़ने पर भी आलोकित नहीं कर पाता। ब्रह्ममुहूर्त ही में फिर ताऊ सब को तिलांजलि दिलवाने घाट खींच ले जाते–सतीघाट की क्षीण धारा की पृष्ठभूमि में वह खंडहर-सी विश्रामस्थली जिसके पास खड़े बृहत्काय अश्वत्थ के मोटे तनों में लटके रहते रंग-बिरंगी चीर, जिन्हें बाँध न जाने कितने आत्मीय स्वजनों ने पीपल पानी कर, दिवंगत प्राणियों को प्रेतयोनि से मुक्त किया था। सब पंडे-पंडितों को, ताऊ ने लाठी लेकर हँका दिया था, "साले क्या खाकर हमसे क्रियाकरम करवाएँगे, संस्कृत के मंत्रों का सही उच्चारण तो कर नहीं पाते।" ठीक भी था, जीवन-भर तो

उन्होंने स्वयं यही किया था, आज कनखल के अधिकांश कर्मकांडी ब्राह्मण उन्हीं के तो चेले थे। स्वयं उन्होंने न जाने कितने पुत्रों को, पिताओं को, जननी पुत्रवधुओं को इसी घाट में तिलांजलि दिलवाई है।

चिता दाह शमनार्थं...

आज क्या अपने सगे छोटे भाई की आत्मा की प्रेत-मुक्ति नहीं करा सकेंगे?

"नहीं, किसी पंडित को नहीं बुलाएँगे हम, हम करेंगे।"

पिता की समस्त व्यवहृत सामग्रियों को जलप्रवाहित कर जब उनकी पूजा की पुस्तकें भी प्रवाहित की जाने लगीं तो अन्ना फुक्का फाड़कर रो पड़ी थी—बाबू का चश्मा, उनकी पंखी, आसन, ब्रह्मरूपी, कुश और मयूरपंख जिससे वे बीमार पड़ने पर बड़ी ममता से उसे झाड़ते मीठे स्वर में मंत्रजाप करते थे—

रोगानशेषान न पहंसितुष्टा
रुष्टात् कामान् सकलानाभीष्टान्
त्वामाश्रितानां न विपन्नराणां
त्वामाश्रितानां हयाश्रयतां प्रयांति।

यह तो जल में बहती पुस्तकें नहीं, स्वयं बाबू ही जैसे उन चारों से अंतिम विदा लेते कह रहे थे—"आपस में झगड़ना नहीं अन्ना, अब तू ही इन तीनों की माँ है, तू ही बाप।" यह उसके मन का वहम था या सचमुच ही जल में अर्धनिमग्न खड़ी अन्ना के कानों से मुँह सटाकर बाबू की प्रेतछाया फुसफुसा गई थी?

"जेठ बौज्यू (ताऊ), अब तुम हमें छोड़कर मत जाना, यहीं रहना, हमेशा हमारे पास।" देवी ने उनसे कहा तो एक पल को उनकी वैरागी आँखों में भी ममता की आर्द्रता छलक आई थी, "नहीं बेटा, गुरु को दिया वचन मिथ्या नहीं कर सकता—सीधे रौरव नरक में जाना पड़ेगा। तेरे बाप ने बहुत पहले वचन लिया था, "दाज्यू, मैं तुमसे पहले ही जाऊँगा, वचन दो कि तुम्हीं मेरा कर्म निबटाओगे। मेरे बेटों के पास न इतना अनुभव होगा, न श्रद्धा—तुम्हीं को गाय की पूँछ पकड़ा, मुझे वैतरणी पार करानी होगी—उसी वचन से बँधा मैं आज आया हूँ बेटा।" वे फिर सहसा गम्भीर होकर कहने लगे थे, "यह घोर कलियुग हैं बेटा, कलियुगे धन्ये जनाः ये मृताः—कलियुग में जो मर जाते हैं, वे धन्य हैं। यहाँ तो अब धीरे-धीरे लोग क्रिया तो दूर, शव दहन

करना भी भूल जाएँगे—मोटरों पर चढ़कर मुर्दे घाट जाएँगे और क्या पता, किसी दिन कर्तव्य संस्कारच्युत मानव, शवदाह का भी कोई वैज्ञानिक तरीका ढूँढ ले!"

एच.जी. वेल्स की-सी ही दिव्यदृष्टि थी जेठ बौज्यू की। यही तो अब हो रहा था। पिछली बार अपने बड़े साले की मृत्यु का समाचार पा, वह हवाई यात्रा सम्पन्न कर, अरथी उठने से पहले पहुँच तो गया, पर अरथी उठी ही कहाँ। उनके दो पुत्रों में से एक था मालद्वीप, दूसरा श्रीलंका, पिता की देह बर्फ की सिल्लियों पर धरी प्रतीक्षा कर रही थी कि कब बेटे आएँ और कंधा दें—बेटे तो आए पर कहाँ मिले कंधे? मौर्चरी से ही पिता की देह, सीधी उठी, शववाहक मोटर की छत पर, जहाँ से आकाश दर्शन करती पहुँची, इलेक्ट्रिक क्रिमेटोरियम और बटन दबाते ही पंचतत्त्व का चोला पंचतत्त्व में विलीयमान हो गया। कैसी कपालक्रिया और कैसी चिता की परिक्रमा—न हंडिया थी, न घी। यहाँ तक कि आपादमस्तक अंग्रेज बन गए पुत्रों के पास, पहनने को मर्दानी धोती भी नहीं थी, शीला की ही पतली जरीदार किनारे की वेंकटगिरी साड़ियों को धोती का अधोवस्त्र बना, दोनों भाई पिता को ले गए थे।

"तुम दोनों, मोटर में चढ़ाने से पहले तो पिता को कंधा देते नबल," देवेन्द्र ने बड़े साले से कहा था। "शव को कंधा देने से सौ बार गंगा नहाने का पुण्य होता है, तुम्हारे पिता थे न।"

"डोंट बी सिली जीजाजी!" उसने हँसकर हाथ के सिगार की झाड़ी गई राख के साथ ही उसकी सीख को झाड़कर दूर फेंक दिया था—

"ये सब प्रिमटिव बातें हैं—सिर मुंडाना, चिता में जला बाप का सिर बाँस से तोड़ना—लकड़ी तो अब मिलती नहीं, अधजली देह को देखना क्या तुम्हें अच्छा लगता? हमें तो नहीं लगता।"

जेठ बौज्यू की भविष्यवाणी, अक्षरशः सत्य हो गई थी—वे दिन सचमुच ही आ गए थे—"मुट्ठी बाँधे आया था और हाथ पसारे जाएगा"—पंक्ति की सार्थकता स्वीकार कर लेने में ही अब श्रेय था।

पिता की मृत्यु ने तीनों भाइयों को असामान्य रूप से बुजुर्ग बना दिया था। महेन्द्र ने अपने को दिन-रात कठिन अध्यवसाय में डुबो दिया। उसके जीवन का अब एकमात्र लक्ष्य था, ऊँची नौकरी पाना। वही हुआ। वह सम्हला तो

दोनों भाई भी अग्रज के पदचिन्हों पर चल पड़े—आमा को तो अब कोई चिंता नहीं थी।

"मैं कहती थी ना री अन्ना," वह बड़े गर्व से कहती, "जैक बुण बिगड़ वीक कुड़ बिगड़—जिसका बड़ा बेटा बिगड़ता है उसका कुटुम्ब ही फिर नष्ट हो जाता है। हमारा बड़ा बेटा लायक निकला है तो दोनों छोटे भाई भी वैसे ही बनेंगे।"

ताऊ की मृत्यु का समाचार, दादी की मृत्यु के दूसरे ही दिन, एक कोने से चिरा कार्ड दे गया था : "गत श्रावण शुक्ला सप्तमी को मेरे शिष्य पंडित हरदत्त भट्ट ने श्रीपद प्राप्त किया।" —स्वामी भवानन्द।

अब दूर-दूर तक भी उनका कोई आत्मीय नहीं रहा—एक व्यक्ति अभी भी था, किन्तु उसे देखने की न किसी को कामना थी, न अवकाश। यही सुना था कि वह अब खुले खजाने—अपनी रक्षिता अनवरी बाई को अपने घर किसी सनातनी आश्रम में विधिवत् हिन्दू बना, ले आया है, उसका नाम धरा है आनन्दी।

"क्यों री दीदी, अब तेरी खटरागी सास उस आनन्दी के हाथ की चाय कैसे पीती होगी?

"उस बार तुझे पहुँचाने तेरी ससुराल गए और तू चाय बनाने उठी, तो हमें गोमूत्र का छींटा डाल उस खूसट ने कहा था—हाँ, हाँ, तू मेरी चाय मत छूना बहू, तू उस अघोरी भट्ट की भतीजी है। सुना, मसानघाट में धूनी रमाते हैं री दीदी?" दीदी का फक पड़ गया चेहरा देख, देवेन्द्र ने ही उस दिन, बड़े कौशल से प्रसंग बदल दिया था, "देख दीदी, क्या लाया हूँ तेरे लिए—बृहज्जातक, चौंसार के कृपादत्त पंडितजी से माँग लाया हूँ। कह रहे थे, ऐसी टीका अब कहीं नहीं मिलती।" अपने प्रिय विषय का उल्लेख ही अन्ना का मलिन चेहरा उद्भासित कर गया था—"देखूँ-देखूँ," कह वह पुस्तक उठा, घंटों उसमें ऐसी डूबी रहती कि दाल के धधकते अदहन में कभी-कभी दाल ही छोड़ना भूल जाती।

कैसी गुणी थी अन्ना! और भाग्य ने कैसा क्रूर खिलवाड़ किया था उसके साथ! कैसा त्याग कर उसने अपने उन तीनों भाइयों को पढ़ा-लिखाकर योग्य बनाया, आज वे दोनों अकृतज्ञ सहोदर, अपनी उस उदार सर्वस्वत्यागिनी बहन को भूल गए थे। कितना अकृतज्ञ बन जाता है मनुष्य! जिस दीदी का ऋण, उसने उसकी पुत्री का सौभाग्य द्वार खोल, चुकाने का सपना देखा था, उसे

एक बार फिर विधाता ने, ताशों के महल की भाँति एक ही क्रूर पद-प्रहार से धरा पर बिखेर दिया था। आज तक वह यही मानता था कि अवकाश प्राप्ति के बाद भी, वह इसी शहर में बना रहे—अब वह मना रहा था—उसकी बदली हो जाए और वह परिवार को लेकर, ऐसे निभृत कोने में जा छिपे, जहाँ कोई जिज्ञासा, कोई कौतुहली संधान उसे त्रस्त न कर पाए।

जिस स्वाभाविकता से कालिंदी ने पूर्ववत् अपना कार्यभार सँभाल लिया था, उसे देख वह दंग रह गया था—उस अवांछित प्रसंग का घर में अब उल्लेख भी नहीं होता था। बीच में, वह जाड़ों की छुट्टियों में, अपनी सहपाठिनी माधवी नायर के साथ त्रिवेंद्रम भी हो आई थी। उसके मासूम चेहरे को नैराश्य, छलना या प्रवंचना की एक भी रेखा विकृत नहीं कर पाई थी। समय कितनी जल्दी बीत गया किन्तु इसी बीती अवधि में, समुद्र के से तीव्र ज्वार-भाटे ने पूरे देश को क्लांत-श्रांत कर, पुनः किनारे पर पटक दिया था। देवेन्द्र जानता था कि कभी उसे भी उसी हृदयहीनता से कहीं दूर पटक दिया जाएगा जैसे उसके अनेक सहयोगी पटक दिए गए थे। 'हम किसी से कोई प्रतिशोध नहीं लेंगे, न किसी को दंडित ही करेंगे,' जैसी निरर्थक घोषणाएँ स्वयं ही नित्य व्यर्थ सिद्ध हो रही थीं। ऐसे ही एक दिन, उससे बहुत जूनियर छोकरे से अफसर को, उसके अनुभवी कंधों पर बिठा दिया गया तो वह तिलमिला गया। आखिर क्या अपराध किया था उसने? योग्यता में, क्षमता में, सीनियोरिटी में वह सर्वोपरि था, फिर यह अन्याय क्यों? केवल इसलिए कि वह पूर्व प्रभु का एक आज्ञाकारी निष्ठावान स्वामिभक्त अनुचर था? पर वह तो एक अदना सरकारी अफसर था। उसके लिए तो जैसे नागनाथ थे, वैसे ही साँपनाथ! फिर वह अपना नया कार्य-भार सम्हालने गया ही नहीं। उसके त्यागपत्र की खबर हवा-सी फैल गई थी और अनेक हितैषी मित्रों ने उसे समझाने की व्यर्थ चेष्टा भी की थी।

"कैसा पागलपन कर रहे हो तुम, अभी तुम्हारे रिटायर होने में पूरे पाँच साल हैं, सरकारी नौकरी में किसके साथ पूर्ण न्याय होता है?"

"नहीं, मैं जान-बूझकर मक्खी नहीं निगल सकता। मैंने बहुत सोच-विचार कर ही यह फैसला किया है, तुम क्या सोचते हो, जिसने हमेशा मेरे पैर छुए हैं, आज मैं उसके पैर छूने झुकूँ?"

एक दीदी ने ही उससे कोई कैफियत नहीं माँगी। वह मन-ही-मन समझ गई थी कि अब यह शहर, उसके भाई को, हड़के कुत्ते का-सा ही काट खाने

को दौड़ रहा है। एक तो भानजी की बारात का आकस्मिक प्रत्यावर्तन, दूसरा उसके साथ किया गया अन्याय, उस आत्मसम्मानी निरीह व्यक्ति को बुरी तरह झकझोर कर रख गया है।

"पर मामा, हम आखिर जाएँगे कहाँ? यह सरकारी कोठी भी तो छोड़नी पड़ेगी।" एक कालिंदी ही ऐसा प्रश्न पूछ सकती थी।

"क्यों, मैंने कहा था न कि रिटायर होते ही पहाड़ चले जाएँगे।"

"पर तुम रिटायर हुए ही कहाँ हो?"

"समझ ले कि हो गया हूँ।" कैसी उदास हँसी थी मामा की!

"तू चिन्ता मत कर चड़ी," फिर देवेन्द्र ने बड़े दुलार-भरे स्वर में कहा, "अभी तो मार्केट रेट देकर तुम लोग छः महीने यहाँ रह ही सकते हो—तब तक मैं घर की मरम्मत करा एकदम नया बना लूँगा। हाँ, तब तक तुम्हारे लिए एक फ्लैट देखना होगा, तुम तो पहाड़ जा नहीं सकतीं।"

"क्यों? तुम जा सकते हो, अम्मा जा सकती है और मैं क्यों नहीं जा सकती?"

"इसलिए कि तुम्हें अपना कैरियर चौपट नहीं करना है। मैंने अतुल से बात कर ली है। वह मेरा पुराना मित्र ही नहीं, सबसे बड़ा हितैषी भी है। बसन्त विहार में उसकी बहुत बड़ी कोठी लगभग खाली ही पड़ी है, दो प्राणी अकेले ही तो हैं, बेटे-बहू अमेरिका में हैं—वह तो सुनते ही उछल पड़ा था। कहने लगा, 'हमारे रहते कालिंदी कहीं और नहीं रह सकती'।"

"नहीं मामा, मैं किसी की आश्रिता बनकर नहीं रहूँगी, माधवी का फ्लैट तो है ही। पर तुमने क्या दिल्ली छोड़ने का पक्का निश्चय कर लिया है मामा?"

"हाँ, बेटी, एकदम पक्का।"

एक दीर्घ श्वास लेकर अन्ना उठ गई। वह अपने इस भाई को जानती थी। बचपन में भी वह जब कभी कोई निश्चय लेता था तो बाबू भी उसे नहीं डिगा सकते थे।

"देवी, मुझे एक ही बात का डर है।"

उसने कहा तो देवेन्द्र ने हँसकर दीदी के कंधे पर हाथ धरकर कहा था, "मैं जानता हूँ, तुम्हें किस बात का डर है दीदी, पर जो जितनी बड़ी डींगें हाँककर, लोगों को सहमाता है, वह उतना ही बड़ा कायर होता है, समझीं। एक यही सत्य तो मेरे पेशे ने मुझे सिखाया है। एक से एक घाघ अपराधी

पकड़े जाने पर न जाने कैसी-कैसी धमकियाँ देते हैं कि छूटने पर तुम्हें देख लेंगे, पर क्या बिगाड़ पाते हैं? वह भी बातों का ही धनी है। चिन्ता मत करो दीदी, पहाड़ जाने पर हमारा क्या बिगाड़ लेगा?"

"तू उसे नहीं जानता रे देवी—वह कुछ भी कर सकता है। तेरे नित्य का सरदर्द तो बन ही सकता है—इसी से सोच ले, चलना ही है तो कहीं दूर चल, ऐसी अनजानी जगह जहाँ हमें कोई भी नहीं जानता हो।"

"नहीं, मैंने सोच लिया है। मैं अपने पुराने ही घर को आबाद करूँगा। सच बता दीदी, तेरा मन नहीं तरसता वहाँ जाने को? कितने सुख का बचपन बीता है वहाँ हम बहन-भाइयों का! और फिर मैं सोचता हूँ, जैसे-जैसे उम्र बढ़ती है, अपनी मिट्टी मनुष्य को उतनी ही तीव्रता से अपनी ओर खींचती है।"

"पर यह क्यों भूल जाता है देवी, वह पहाड़ जो हमें पहचानता था, और जिसे हम पहचानते थे, वह क्या जाने पर वैसा ही मिलेगा जैसा हम छोड़ आए थे? फिर यहाँ रहकर हमें जिन सुख-सुविधाओं की आदत पड़ गई है, वह क्या वहाँ जुटेंगी? उन सुविधाओं के बिना क्या अब हम वहाँ रह पाएँगे? वह भी इस उम्र में, जब न तन में शक्ति रह गई है, न मन में धैर्य!" पर न उसे अन्ना ही अपनी दलीलों से रोक पाई, न कालिंदी।

इतने वर्षों तक अवहेलित जन्मभूमि ने सचमुच ही फिर उससे कसकर प्रतिशोध लिया था—अपने उस उजड़े दयार को देख एक बार तो उसने भी आयुध डाल दिए। छत पर पटे बड़े-बड़े पत्थर किसी ने, न जाने कब निकाल लिये थे, वे द्वार, जिन पर अंकित काठ के बड़े-बड़े गलमुच्छों वाले द्वारपाल बनाने कभी बाबू ने पिथौरागढ़ से राज-मिस्त्री बुलाए थे, उन्हें भी किसी दस्यु ने हृदयहीन मूर्तिभंजक की निर्ममता से नोंच-खसोट ऐसा क्षत-विक्षत कर दिया था कि किसी की नाक ही गायब थी, किसी का आधा काकपक्ष! नीबू के उस ऐतिहासिक पेड़ का भी किसी ने आमूल विध्वंस कर, वहाँ धूप तापने के लिए पत्थर बटोर कर भद्दा-सा चबूतरा बना दिया था—वैसी धूप का निखालिस थक्का अल्मोड़ा के कितने घरों में आता था? इसी धूप के टुकड़े पर कुशासन बिछा कभी तीनों भाइयों को बाबू संध्या-पूजन की दीक्षा देते थे। मुँह, नासिका, चक्षु, कर्ण, नाभि, हृदय, कंठ, सिर, भुजा, करतल एवं

करपृष्ठ पर जल छिड़क इन्द्रिय स्पर्श कर तीनों भाई एक साथ कोयल से कुहकते—

ओं वाक् वाक्! ओं प्राणः प्राणः! ओं चक्षुः चक्षुः
ओं श्रोत्रम् श्रोत्रम्। ओं नाभिः ओं हृदयं, ओं कंठः
ओं शिरः ओं बाहुभ्याम् यशोबलम् ओं करतल करपृष्ठे!

उस खंडहर में खड़े देवेन्द्र की आँखें गीली हो आईं—फिर उसके अब तक के सुप्त संस्कार, चैतन्य हो उसे भी सचेत कर गए—दाहिने हाथ की अनामिका से भूमि स्पर्श कर उसके ओठ स्वयं बुदबुदाने लगे।

ओं अपवित्रः पवित्रो वा सर्वावस्थां गतोपिवा
यः स्मरेत् पुंडरीकाक्षं शः बाह्याभ्यंतरः शुचिः

मन-ही-मन इष्ट का स्मरण कर, कर्मचक्र के अनुसार आने वाले कष्टों से मुक्ति प्रदान करने वह बार-बार एक ही पंक्ति दुहराने लगा :

बाह्याभ्यंतरः शुचिः

फिर स्वयं चित्त शान्त हो गया। डरते-डरते उसने वर्षों से लटके ताले में चाबी घुमाई तो चाबी घूमने से पहले ही, जीर्ण जंग लगा ताला किसी वयः भार नमित वृद्ध के लटके ढीले दाँत-सा स्वयं ही खुल उसके हाथ में आ गया।

कमरों में एक भी सामान नहीं बचा था, न बाबू की पुस्तकों से भरी अलमारी, न किवाड़, न पलंग, न उनकी आरामकुर्सी, न हाथीदाँत जड़ा कलमदान और न तीनों भाइयों के तीन डेस्क, जिन्हें बाबू ने कभी अपना नमूना देकर, हलद्वानी फर्नीचर मार्ट से बनवाए थे। तिथि-नक्षत्र देख, पुण्य-नक्षत्र में ही उनमें कापी धर तीनों ने एक साथ ही नींगल की कलम से मुक्ताक्षरों से सरस्वती वंदना की प्रथम पंक्ति अंकित की थी :

या कुंदेदु तुषारहार धवला
या शुभ वस्त्रावृता

उन्हीं दैवज्ञ प्रतिष्ठित डेस्कों की महिमा ही ने तो तीनों को ऐसे-ऐसे ऊँचे ओहदों पर बैठा दिया था। लगता था, गृहस्वामियों के सुदीर्घ प्रवास ने ही उस कुटिल दस्युदल को, ऐसा दुःसाहसी बना दिया था कि खिड़कियों के चौखट भी नहीं बचे थे। छत की वह पुख्ता पाटी, जिस पर दस हाथी भी

ताथैया कर नाचते तो न टूटती, अब भग्न धनुष सी फर्श छूने को तत्पर थी। पूरे कमरे में मोटे-मोटे चूहे दौड़ रहे थे। यहाँ कैसे रह पाएगी दीदी जो सप्ताह में दो बार स्वयं अपने हाथों से गोबर-मिट्टी लगा, इसी फर्श को लीप-लाप मखमल-सा बनाए रखती थी। टूटे चूल्हे का भग्नावशेष अभी भी उसी कोने में धरा था, यहीं पर चौड़ा पटला डाल वे तीनों भाई जीमने बैठते और दीदी थक्क से कलछुल-भर आलू-मूली की भाँगे डली सब्जी, उनकी थालियों में परस देती। गर्म-गर्म रोटी का गस्सा तोड़, सब्जी में डुबो, जीभ पर धरते ही लगता किसी ने पूरे छप्पन व्यंजन ही जीभ पर धर दिए हैं। उस स्वर्णिम युग के दो ही स्मृतिचिन्ह अब तक देवेन्द्र ढूँढ़ पाया था। एक अँधेरे कोने में पड़ा लोहे का विशाल सग्गड़, जिसे घेर सबसे गर्म कोण के निकट बैठने की धक्का-मुक्की में, तीनों भाई एक-दूसरे को ऐसे धकेलने लगते कि आमा अधीर शंकित हो कर कहती, "हाँ, हाँ, सग्गड़ में जलने का इरादा है क्या? रुक जाओ, आ रही हूँ, तीनों को एक साथ झोंक दूँ, छुट्टी तो मिले...अरे नरिया, चल इधर

बैठ...मेरे पास, तू ही है दुरजोधन, लड़ने को तेरे ही हाथ-पैर हमेशा खुजलाते रहते हैं..."

सग्गड़ एकदम ही गतायु होकर जटायु की विवशता से पड़ा था, इसी से शायद घर को मुंड खोखला बनाने वाला लोभी दस्यु भी उसे कोने में पटक गया था। सग्गड़ के कलेवर को, कालचक्र ने बड़ी बेरहमी से तोड़ा, मरोड़ा था, उसकी चार टाँगों में से दो टाँगें गायब थीं और शेष दो–एकदम ही वक्र हो, दो विभिन्न दिशाओं में मुड़ गई थीं–कोई उसे ले जाकर करता भी क्या! देवेन्द्र को लगा, स्वामिभक्त प्राण त्याग रहे, वायुग्रस्त श्वान की-सी विवश अश्रुविगलित दृष्टि से वह सग्गड़ उसे देख रहा है। कभी बर्फीली हवा के घातक झोंकों से, इसी दहकते सग्गड़ ने, इस गृह के गृहवासियों को, जननी की सी ममता से, छाती से लगा बचाया था।

दूसरा स्मृतिचिन्ह मिला था टूटी छत की पाटी में। वर्षों पूर्व आमा की तीखी नजर से बचाकर छिपाई गई नरेन्द्र की गुलेल! दादी और दीदी, दोनों ही नरिया की इस गुलेल को देख नहीं सकती थीं, यही आयुध, उनके पास-पड़ोसियों के अनेकानेक उपालम्भ लेकर आए दिन उन्हें बौखलाता रहता। स्वामी के हाथ में आते ही, वह आडम्बरहीन आयुध, कृष्ण का सुदर्शन चक्र बन जाता। नरेन्द्र का निशाना था अचूक और पड़ोसियों के सेब-नासपाती

के वृक्षों का वैभव था अशेष! नरिया की यही गुलेल देखते ही फलों से लदे वृक्षों को पल-भर में मूँड कर रख देती थी। कई बार दीदी उसकी इस गुलेल को दूर जाकर फेंक आई थी, पर फिर वह कासिम के जूते की तत्परता से, उसी के पास लौट आती। फिर कभी वह दीदी से बचाने को ही छत की पाटी में छिपा स्वयं वह गुप्त स्थान भूल गया था। आज इतने वर्षों बाद, छोटे भाई की वही अमूल्य विरासत नीचे लटक आई थी।

पर देवेन्द्र ने भी हिम्मत नहीं हारी, एक होटल में डेरा डाल, उसने अपने उस खंडहर बन गए गृह को अभिनव रूप दे दिया। प्रकृति तो अभी भी अपना वैभव लुटाने में उतनी ही उदार थी। सूर्य की प्रथम किरणें, एक बार फिर छत को सतरंगी अबरकी चमक से रँगने लगीं। नर्सरी से कई फूलों के गमले मँगवाकर, देवेन्द्र ने गतयौवना वाटिका की छटा को फिर सँवार लिया। छत का वह चौड़ा पत्थर, जिस पर बैठ दीदी, अपने बाल झटक-झटककर सुखाती थी और जिसके अशक्य भार को उठाने में असमर्थ दस्यु वहीं छोड़ गया था, फिर पूर्ववत् अपने स्थान पर आ गया। गृह को सँवारकर वह अपनी खोई मित्रमंडली को ढूँढने निकला—अधिकांश इधर-उधर चले गए थे—कुछ स्वदेश, कुछ परदेश और कुछ परलोक सिधार चुके थे। दो को उसने फिर भी ढूँढ़ लिया था। अपनी भोली बचकानी मासूम शक्ल-सूरत के बावजूद, महाउपद्रवी बसन्त, जिसकी शैतानियों से कॉलेज के अध्यापक भी काँपते थे और तीनों भाइयों का अंतरंग मित्र एल्फी जिसे देखते ही आमा के तन-बदन में आग लग जाती थी—और कोई नहीं जुटा तुम्हें जो इस किरिस्तान से दोस्ती पाल ली? न जाने कैसी-कैसी कूड़बुद्धि सिखाएगा तुम्हें! मैं इसे सिगरेट फूँकते दो बार देख चुकी हूँ, वह जो भी करे, बाप भले ही बामण हो, नाक तो कटा ही दी—बामण होकर किसी खनसामिन के पीछे ऐसा दीवाना हुआ कि एक ही रात में भुवनचन्द्र पंत से रोबर्ट बन गया—देख लेना, तुम छोकरों को बरबाद कर देगा।"

आमा की बातों में कुछ तथ्य तो था ही। सिगरेट का पहला कश, देवेन्द्र ने इसी विधर्मी मित्र के सौजन्य से खींचा था और खाँसते-खाँसते पसलियाँ दुखने लगी थीं। उसके बाद कितनी इलायची और हरा धनिया चबाकर वह अमरकोश रटने बैठा था, कहीं बाबू के तेज नथुने उसके जघन्य अपराध को न पकड़ लें!

और फिर इसी दुर्लभ मैत्री ने उसे जीवन में पहली बार आमलेट का

सर्वथा नवीन स्वाद चखाया था।

“खाया है कभी?” एल्फी ने बड़े गर्व से अपनी वौरस्टेड की हाफपैंट की जेब में हाथ डालकर पूछा था, “खाएगा? चल, मेरे घर चल, मेरी बहन एल्सी गजब का आमलेट बनाती है, हरा धनिया, प्याज और फेंट-फेंट कर ऐसा मोटा आमलेट, कि पहाड़ी दुम्बा!”

और फिर वह, गजब के दुःसाहस से, उस बहुप्रशंसित देवदुर्लभ वस्तु के रसास्वादन के लिए, मित्र की पिछवाड़े की ऊँची दीवार फाँद उसके बरामदे में पहुँच गया था। कैसा साफ-सुथरा घर था और कैसा स्नेही परिवार—बोलने में तो जैसे प्रत्येक सदस्य शहद उड़ेलता था! उसके ओवरकोट धारी धर्मभ्रष्ट सुदर्शन पिता, छींट के फूलदार ड्रेसिंग गाउन में स्केट-सा करती स्थूलांगी ममी, जिन्होंने तो उसे बाँहों में भर चूम लिया था—“वैलकम, वैलकम सनी, रोज आया करो और हम तुम्हें रोज आमलेट खिलाएँगे।”

घर लौट, देवेन्द्र ने घिस-घिसकर उस स्नेहपूर्ण चुम्बन का स्पर्श मिटाया था और दीदी से छिपा गोमूत्र के छींटे भी डाल लिये थे।

जो भी हो, उसके संस्कारशील चित्त ने लाख विद्रोह किया हो, वह अनुपम स्वाद उसे सचमुच विभोर कर गया था। ठीक ही कहा था एल्फी ने, एक बार खाएगा तो अपने सिंगल खजूरों का स्वाद भूल जाएगा।

उन दिनों पहाड़ के संभ्रान्त गृहों में अंडा खाना तो दूर, उसका स्पर्श भी वर्जित था। उसे याद है, एक बार उसके सहपाठी की क्षयरोगिणी माँ को, अंडा खाने के लिए डॉक्टर ने कहा, तो स्वयं उसके पुत्र ने भी अंडा छूने से मना कर दिया था। लाता कौन? अन्त में, इकन्नी का अंडा लाने के लिए चार आने का उदार उत्कोच ही उसे राजी कर पाया था। तब बाजार के सीमान्त की एक ही दुकान में मुर्गी का अंडा मिलता था, भड़भूजी की दुकान से उसका वह सहपाठी वर्जित वस्तु, ऐसे रूमाल में बाँध, शरीर से पर्याप्त व्यवधान धर लटकाए लाता था, जैसे मल की पोटली हो।

उसी एल्फी को जब देवेन्द्र ने ढूँढ़ निकाला तो देखता ही रह गया—क्या कोई इतना भी बदल सकता है? पिचके गाल, सोंठ-सी देह और जीर्ण अल्लम-खल्लम कोट, जिसकी बाँहों में, कुहनियों के पास दो चमड़े के टल्ले लगे थे।

क्या यह वही एल्फी था जिसके सूर्ख गाल सदा जलना के सेब-से लाल-लाल धरे रहे थे और जिसके बालों के फुग्गे की सर्वथा मौलिक सज्जा

देख, तीनों भाइयों की उद्धत शिखाएँ, सहमकर रह जाती थीं!

आज वही सज्जाप्रिय बालसखा, कितना दीन-हीन, कितना दरिद्र लग रहा था!

देवेन्द्र को देख, उसने पहले उसकी ओर पीठ कर अपने को छिपाने की चेष्टा की, पर देवेन्द्र उससे लिपट गया था। एल्फी उसी उत्साह से वर्षों से बिछुड़े मित्र को, गले नहीं लगा पा रहा था, उसका दारिद्र्य, दुर्भाग्य उसे प्रतिपल पीछे ठेल रहा था। मित्र के स्नेहपूर्ण आलिंगन में, उसकी सींकिया देह, धनुषटंकार की रोगी देह-सी ऐंठी जा रही थी।

"नहीं पहचान रहे हो मुझे? मैं देबी हूँ, देवेन्द्र भट्ट।"

मित्र के विदेशी ट्वीड के कोट से आती, 'मस्क' की सुगंधित फुहार ने, एल्फी को सहसा चैतन्य किया। अपने फटे कोट की दोनों जेबों में हाथ डाल, उसने सिर झुका लिया और खिसियानी हँसी से उसका म्लान चेहरा उद्भासित हो उठा।

"पहचानूँगा कैसे नहीं यार!"

"अच्छा, चल मेरे साथ, होटल में टिका हूँ, वहीं बातें करेंगे।" फिर मित्र को देवेन्द्र अपने साथ एक प्रकार से खींचता-सा ले चला। वहीं घंटों दोनों में बातें होती रहीं—उन अनेक मित्रों के विषय में, एल्फी ने उसे पूरी जानकारी दे दी, जिनमें से कुछ नहीं रहे, कुछ उसी की भाँति, दरिद्रता के गुमनाम अँधेरे में न मरकर भी प्रतिपल मर रहे थे।

स्वयं एल्फी, अपने पशुवत् जीवन से ऊब, हलद्वानी के किसी 'क्रिश्चियन होम फॉर ओल्ड पीपुल' में जाने की पूरी तैयारी कर चुका था।

"क्यों, तुम्हारा परिवार कहाँ है एल्फी?" एक पल को उसके उस स्वच्छ बंगले की एक याद देवेन्द्र की स्मृति को पानी के छींटे डाल-डाल चैतन्य कर गई—बरामदे में लगे कतार की कतार ऊदे, लाल, जिरेनियम के गमले, बेंत की रंगीन गद्दीदार कुरसियाँ, अखबार पढ़ रहे उसके पापा, स्नेहमयी स्थूलांगी जननी मिसेज रोबर्ट पंत और लजाती-मुस्कराती, उसके लिए आमलेट बनाती बहन एल्सी।

वह निरुत्तर खड़ा रहा, जैसे कहने को उसके पास कुछ भी नहीं बचा था।

"तुमने क्या शादी नहीं की?"

"की थी।"

"किससे? विक्टोरिया से?"

विक्टोरिया ही तो उसकी बचपन की स्वीटहार्ट थी—विक्टोरिया रावत, चंचल तितली-सी फरफराती विक्टोरिया रावत जिसे अपने चीनी नाना से विरासत में मिला मंगोली रंग, उठे कपोल और छोटी-छोटी सूजी आँखें एक सर्वथा मौलिक सौन्दर्य छटा से निरन्तर आलोड़ित किए रहतीं। एल्फी जब इन्टर में था और वह हाईस्कूल में, तब ही वह उसे अपने पापा-ममी की स्वीकृति पा, अँगूठी भी पहना आया था। उसका पिता कुमाऊँ मोटर यूनियन में ड्राइवर था, माँ थी मिडवाइफ, एल्फी का घराना निश्चित रूप से उसी के शब्दों में ब्लू ब्लडेड था किन्तु भावी पुत्रवधू का सुन्दर चेहरा देख, एल्फी के ममी-डैडी भी रीझ गए थे।

थोड़ी देर की उस मनहूस चुप्पी को फिर स्वयं एल्फी ने ही तोड़ा, "विक्टोरिया ने मुझे डिच कर दिया देवी, तुझे विलियम की याद है न? विलियम पॉल—हेडमास्टर का बेटा, जो सीटी बजाता था?"

"वही विलियम न, जो हीराडुंगरी में रहता था? ग्रेसी विला के पीछे जिसका लाल छत वाला बंगला था—मेलविल लॉज?'

"हाँ, वही। तुझे तो पता है, कैसी गजब की सीटी बजाता था विलियम, हर गाने की धुन ज्यों की त्यों उतार देता था।"

"एडम्स स्कूल की सारी लड़कियों को वह पाइडपाइपर-सा खींच ले जाता था।"

"हाँ, देबी, विक्टोरिया को भी उसी ने खींच लिया, दोनों ने विवाह कर लिया, फिर वह फौज में भर्ती हो गया—नौशेरा है न पेशावर के पास, वहीं बदली हुई, फैमिली स्टेशन मिला, तो विक्टोरिया को भी ले गया। सुना, बेहद शराब पीने लगा था और विक्टोरिया को ढोल-दमामे-सा पीटने भी लगा था। फिर उसे टी.बी. हो गया और मायके पटक गया, मैं बराबर उससे मिलने जाता रहा—डॉक्टरों ने कहा, भुवाली ले जाने पर शायद बच जाए। उसके माँ-बाप उसे भुवाली भेजते या उसके आठ भाई-बहनों को पालते? मैं ही अपना घर-द्वार बेच, उसे भुवाली ले गया। मेरे ममी-पापा तो दोनों ही मर-खप चुके थे, एल्सी पादरी के बेटे से शादी कर पहली जचगी में ही चल बसी थी—मेरा था ही कौन—?" एल्फी फिर उठकर खिड़की के पास खड़ा हो गया, जैसे मित्र के निकट घिसटता चला जा रहा हो, जहाँ एल्सी थी, विक्टोरिया थी, ममी-पापा और देबी था, उसका प्रिय मित्र देवेन्द्र। "उसके

बाद मैं कृष्णनगर चला गया"—वह खिड़की से बाहर हो रिक्त दृष्टि से देखता चला गया, "वहाँ फादर डिसूजा ने बुला लिया था। कुछ दिनों वहीं के कुष्ठाश्रम में कुष्ठ रोगियों की सेवा की पर वहाँ भी शान्ति नहीं मिली। फिर वहीं बहुत बीमार पड़ गया। डॉक्टरों ने कहा, सिरोसिस है—शरीर पर कैसा-कैसा जुलुम तो किया था मैंने! जब शराब नहीं छूटी तो पेट्रोल से काम चलाया, फिर स्पिरिट और फिर छिपकली, कीड़े-मकोड़ों से बनी शराब। एक बार तो अन्धा होते-होते बचा।"

"और अब? अब भी पीते हो क्या?"

देवेन्द्र ने पूछा तो मित्र की म्लान हँसी देवेन्द्र का कलेजा मरोड़ गई, "अब क्या पियूँगा यार, खाने को एक जून की रोटी तो मयस्सर होती नहीं, पर तुमने यह नहीं पूछा, मैंने शराब पीना कब शुरू किया और क्यों?"

"क्या पूछूँ एल्फी, तुम्हारी दशा देख तो रहा हूँ।"

"मैं ही उसे भुवाली सैनेटोरियम ले गया, घिस-घिस कर एकदम बच्ची-सी बन गई थी, गोदी में उठाकर ले गया था उसे, पर वहाँ दस दिन ही रह पाई—मरने से पहले पूरे होश में थी, कहने लगी—"एल्फी, मेरे बदन में चींटियाँ चल रही हैं, मुझे अपनी गोद में लिटा दे, तुझे मैंने बहुत दुःख दिया है एल्फी! मेरी छाती में मुँह छिपा वह जैसे मौत से भाग रही थी।

"ला अपना चेहरा जरा नीचे झुका, मैं तेरा माथा चूम लूँ—तू आदमी नहीं फरिश्ता है एल्फी—थैंक्स, थैंक्स फार एवरीथिंग! मैंने झुककर उसे उठाया और एक खून की कै के साथ, उसने मेरी बाँहों ही में दम तोड़ दिया—शी वेंट अवे विदाउट किसिंग मी, गुडवाय देबी..."

देवेन्द्र ने उसे हल्द्वानी जाने से बहुत रोका, "तुम हमेशा मेरे पास रह सकोगे एल्फी?"

"नहीं देवेन्द्र—इट इज वेरी काइंड ऑफ यू, पर मैं इस उम्र में अब किसी पर बोझ नहीं बनूँगा।"

दूसरा मित्र वसन्त भी एक दिन अचानक ही मिल गया था। वसन्त की आर्थिक अवस्था एल्फी की-सी विपन्न नहीं थी, किन्तु मानसिक अशान्ति ने उसे भी असमय ही वार्धक्य की देहरी पर खड़ा कर दिया था। पत्नी को दो वर्ष पहले, पक्षाघात के जबरदस्त धक्के ने पंगु बना दिया था—न वह उठ-बैठ ही सकती थी, न बोल ही पाती थी, घर में देखभाल करने वाला और कोई नहीं था, इसी से वसन्त घर की ही परिधि में बँधा रहता था। एक ही पुत्र

था, वह स्कॉलरशिप पाकर अमेरिका गया तो वहीं बस गया, विदेशिनी बहू ने उसे एक ही बार स्वदेश आने की अनुमति दी थी, यहाँ तक कि वह वृद्ध जनक-जननी से मिलाने अपने दो पुत्रों को भी नहीं लाया—स्वयं वसन्त ने भी कभी पुत्र से, उन्हें लाने का अनुरोध नहीं किया।

पहाड़ी भाषा में, कुछ ऐसे विलक्षण शब्द हैं जो मनुष्य की स्वभावगत दुर्बलताओं को उच्चरित होते ही सटीक अंकित कर देते हैं—पहाड़ी शब्द 'केकड़' भी ऐसा ही एक बोलता-चालता शब्द है, 'केकड़' अर्थात् 'ऐंठू' पर उस ऐंठपन में भी आत्मसम्मान का जो पक्का रंग चढ़ा रहता है, उसकी जैसी सहज व्याख्या यह छोटा-सा शब्द कर जाता है, वैसी व्याख्या कर पाना अन्य किसी भाषा की सामर्थ्य के बाहर है।

"वह केकड़ है," कहते ही उस व्यक्ति का पूरा चित्र सामने आ जाता है, वसन्त को भी उसकी बिरादरी इसी अलंकरण से अलंकृत किया करती थी। अपनी व्यथा, उपालम्भ, आक्रोश वह कभी जबान पर नहीं लाता, पुत्र एक बार हो आया पर उस संक्षिप्त अवधि में भी वह अपनी 'केकड़ी' में ऐंठा ही रहा। पत्नी की बीमारी की सूचना, वसन्त ने उसे अवश्य दी थी पर उसने कोई पत्र नहीं लिखा, हाँ, किसी मित्र के हाथ, कुछ विदेशी टॉनिक, चॉकलेट, एक स्टीम की इस्त्री, पिता के लिए एक इलेक्ट्रोनिक शेवर और माँ के लिए एक बड़ी-सी मिक्सी भेज मातृ-पितृ ऋण से उऋण हो गया था।

प्रत्येक नवीन वर्ष के आगमन पर वसन्त के दोनों पौत्र कार्ड भेजना कभी नहीं भूलते थे। एक बार तो एक ऐसा कार्ड भेजा था, जिसे खोलते ही बाजा बजने लगता था। रुग्ण दादी के लिए 'ग्रेन्नी गैट वेल सून' या 'यू आर द बेस्ट ग्रैन्नी' जैसे वाचाल कार्ड भी इधर कई बार आए थे।

"क्या बताएँ यार देबी," वसन्त ने बड़े व्यंग्य से हँसकर कहा था, "लगता है, माँ-बाप के प्रति सारा प्रेम, अब हमारी कठुआ औलाद, इन्हीं कार्डों में भर सालाना भेज, माँ-बाप के प्रति अपने कर्ज-फर्ज से एक साथ छुट्टी पा लेती है और फिर साल-भर तक साँस नहीं लेती।"

"तुम भी एक बार कहीं घूम क्यों नहीं आते यार?" देवेन्द्र ने कहा तो वह फिर फकीरी हँसी हँसा।

"इसे कहाँ छोड़ूँ, किसके भरोसे? तू भूल जाता है देबी, मैं पति हूँ बेटा नहीं—पचास साल पहले इस बुढ़िया का अँगूठा पकड़ा था, अब इस बुढ़ौती में इस लाचार बुढ़िया को छोड़, घूमने चला जाऊँ? न यह करवट बदल

सकती है, न अपना उघड़ा बदन ही ढक सकती है। इतनी हैसियत है नहीं कि एक दिन-रात की नर्स धर लूँ। इसी से बुढ़िया को घर ही पर रख, सेवा करता रहता हूँ। पलंग की मूँज बीच से काट, नीचे चिलमची धर दी है, पड़े-पड़े ही फारिग हो लेती है और मैं उठाकर बाहर फेंक आता हूँ—अब तू ही बता, कहाँ जाऊँ और कैसे जाऊँ?"

देवेन्द्र ही बीच-बीच में फल-मिठाई लेकर मित्र से मिलने चला जाता पर भिनभिनाती मक्खियों और एक असह्य दुर्गन्ध के भभके के मारे, वहाँ दस मिनट भी बैठ पाना दूभर हो उठता। सच ही कहा था दीदी ने, जो अल्मोड़ा उन्हें पहचानता था और जिसे वे पहचानते थे, अब कहीं खो गया था। शहर की आत्मा अभी भी थी, किन्तु अतीत के यक्ष की भाँति निर्वाक्, अडिग, अचल—वे सड़कें, जिन पर वे तीनों भाई कभी निर्भीक हो, तार के पहिये चलाते हवा के वेग से दौड़े जाते थे, अब संकुचित हो स्वयं ही सिकुड़ बित्ते भर की रह गई थीं। विराटकाय बसें, ट्रक, सरकारी जीपों की अशेष कतार, राहगीरों के चलने के लिए छोटा-सा हिस्सा ही छोड़ती थी, चालक जरा सा भी चूके तो राहगीर का मलीदा बन जाए।

वह छोटा था, तो दीदी उसे मुँडेर पर बिठा देती, "आमा ने कहा है, देखते रहना, अभी 'लकड़ियाँ' निकलेंगे, मोल-तोल कर ऊपर ले आना, एक अठन्नी से ज्यादा मत बढ़ना...।"

देखते-ही-देखते, सिर पर बाँज की लकड़ियों का, अशक्य बोझा दो भागों में विभक्त कर 'लकड़ियों' का रेले का रेला सड़क घेर लेता—गट्ठर के बीच खुंसी रहती स्थूल पहाड़ी लौकी या पीली ककड़ी या अनार से मीठे दाड़िमों की पोटली—बैठे-बैठे ही वह पेशेवर दलाल की सी बोली लगाता—"ले आ ऊपर, चवन्नी दूँगा..."

"नो हो लाल ज्यू, लूट है क्या?"

"अच्छा, चल, ककड़ी के साथ अठन्नी ले लेना।"

आठ आने में आधी मन लकड़ी का वह बोझा और साथ में पूरे चार किलो की ककड़ी, वह भी ऐसी मोटी कि संपेरे का बीन!

फिर भी आमा झल्लाकर उसे डपटती, "बच्चा देख के ठग लिया रे तूने प्रधान।"

"रहने भी दो आमा, बाँज की लकड़ी है, दूर से ही दियासलाई दिखाओगी तो दप्प से जल उठेगी।"

रसोई के ऊपर ही काठ की खपच्चियाँ लगा, लकड़ी का वह स्टोर स्वयं बाबू ने बनाया था।

फिर वे तीनों भाई, स्टूल लगा लकड़ियों का अम्बार ऐसे सजाते जैसे हलवाई लड्डू का थाल सजाता है। उसी चौके में, तीज-त्यौहार के दिन, आमा पकवान बनाने बैठती, तो वे तीनों लार टपकाती बिल्ली के से ही चक्कर काटने लगते, कि कब पूजा सम्पन्न हो और नैवेद्य मिले—आमा की चौड़ी स्वस्थ मुष्टिका से बने कुरकुरे सिंगल, गणेश के मोदक, बड़ी-बड़ी खसता रोट और पंजीरी—पकवानों की घृत-गुड़ मिश्रित सुगन्ध पूरे चौके में फैल जाती। तीज-त्यौहार तो थे ही, श्राद्धों का भी क्या कम आयोजन होता था! बस, उस दिन एक ही बात उन्हें अखरती थी, विभिन्न गृहों में श्राद्ध सम्पन्न कर बहुत पहले से बुक्ड पंडितजी, कभी-कभी दिन डूबे उनके यहाँ पहुँचते, फिर जब तक पितरों की पातली न परसी जाए, उन्हें खाना मिल भी कैसे सकता था? श्राद्ध के उस मीनू में भी रत्ती-भर फेरबदल नहीं किया जा सकता था, पाँच दालों के मिश्रण से बनी गाढ़ी दाल-चावल, बड़े-बड़े उड़द के बड़े, रायता, चटनी, कद्दू और पंचमेल सब्जी फिर 'खिरखाजे' जिसे पकाने से पूर्व, दीदी चावल के प्रत्येक दाने को घर के घृत में नहला कर विशुद्ध दूध में छोड़ती थी। फिर बड़ी-सी जल-भरी परात में चलायमान पिंडों को तीनों भाई विसर्जित करने ले जाते, तब कहीं खाना जुट पाता था। इसके बाद भी उनकी एक और ड्यूटी लगती, तिमिल पत्रों में परसा गया श्राद्ध का प्रसाद, घर-घर जाकर बाँटना होता।

आज तीव्र कालप्रवाह में वे समग्र कर्मकांड बहकर न जाने कहाँ खो गए थे। सिटौली और बल्ढौटी के वे खेल के मैदान जो कभी बाँके गुरखा खिलाड़ियों के बूटों की ठोकर से धूलिम्लान हो, धूल के अम्बार में खिलाड़ियों तक को पल-भर के लिए अदृश्य कर देते थे, आज वहाँ श्मशान का सन्नाटा था। गिरजे की वे घंटियाँ, जो अपनी गुरु गम्भीर ध्वनि से 'बानड़ी' से लेकर सै देबी की चोटियों तक गूँजती चली जाती थीं, आज किसी मरणासन्न रोगी की क्षीण साँसों-सी ही धीमी पड़ गई थीं—क्या घंटा ही घिस गया था या घंटा बजाने वाला? एक ही बदलाव, देखते ही पहचान में आता था, बिजली का जगमगाता प्रकाश अब दूर-दूर तक की चोटियों पर दिखने लगा था,

बानड़ी, गागर, सै देबी, मुक्तेश्वर तक फिर भी उसे लगा था कि पहाड़ के अधिकांश दृश्यों के बल्ब, एक साथ फ्यूज हो गए हैं।

जिन गिरि-कन्दराओं से, पहाड़ी लोकगीतों की मनमोहक स्वर-लहरी गूँजती थी, उन्हें लता मंगेशकर और आशा भोंसले के कंठ का सुधावर्षण, कब का पराजित कर चुका था। जनखे की सी चाल-ढाल और जनानी सूरत वाला वह प्रसिद्ध लोकगायक भवानीलाल शाह न जाने कब का मर-खप चुका था। वह भी कभी देवेन्द्र का सहपाठी था। गणित में नित्य गोला ही लाता पर कंठ था गन्धर्व-किन्नर का-सा मीठा, लचीला, सुरीला। सदा अल्मोड़ा के नवीनतम स्कैंडल में गुँथे, उसके सर्वथा मौलिक गाने, स्वरचित ही होते, प्रतिष्ठित व्यक्ति पर भी छींटे कसने से वह बाज नहीं आता था। हाँ, उसके गीतों में, सत्य का पुट अवश्य रहता—कहा जाए, तो वह कुमाऊँ का पहला खोजी संगीतकार-कम- पत्रकार था। इसी से उसकी लोकप्रियता का अन्त नहीं था।

"हिट परु परेड करली।"

अरी परु चल परेड करने। आँखें मूँदकर वह सुरीला आलाप लेता, और कान पर हाथ धर फिर वही पंक्ति दोहराता—रानीखेत की मर्कटमुखी आस्ट्रेलियाई सेना की टुकड़ी की प्रियतमा परु को तब कौन नहीं जानता था? कभी-कभी उसकी खोज अश्लीलता की परिधि भी लाँघ जाती :

"देबुली सटपट माम दगाणी।"

अपने रिश्ते के भाई से ही जोड़े गए पुत्री के इस प्रणय-गीत को सुन, उसकी माँ ने लज्जा से स्तब्ध हो स्वयं अपने गले में फाँसी का फंदा डाल लिया था। सुनकर वही रसिक लोकगायक भवानीलाल, फिर एक ही रात में भवानीभगत बन गया और गोरिल देवता के जागर गीत गाने लगा था। ऊँचे पहाड़ पर खड़े होकर, वह दोनों कानों में अँगुली डाल अपनी लम्बी सुरीली लय का विलम्बित आलाप लेता तो लगता, उसके मधुर आह्वान से रीझ, स्वयं गोरिल देव, उसके कंठ में बैठ गए हैं :

"मैं छ्यूँ मेरा दामी निंदरा भूल्यूँ
अरी मेरा दामी, मैं छ्यूँ सेयूँ
झलक्या रया बिस्तर
घुंघराल्या चरपाई
अरे मेरा दामी

ढोल की दमदम
नगाडों की गूँज
मैं अयूँ गाड़न बगी तेरी पन्दर पच्चीसी
अरे मेरा दामी तू मैके
फूल सा खिलै दे
भौंरु सा उड़े दे...

हे मेरे दामी (दमामा बजाने वाले) मैं तो नींद में डूबा था और झिलमिलाते बिस्तर घुँघरू वाली चारपाई पर सोया था, तूने ढोल की धमक और नगाड़े की गूँज से मुझे बुलाया, मैं नदियों से बहता, पहाड़ों से लुढ़कता यहाँ आया हूँ। तू मुझे बाजे बजा नचाकर, फूल-सा खिला दे, और भौंरे-सा उड़ा दे।

किन्तु जगरिये का विनिपात तो पहले ही हो चुका था। गुलाबी अतलस की रंग उड़ी कमीज पर सारंगी बाँधे साथ की नर्तकी चुलबुली रजुला को लेकर, अल्मोड़ा की गली-गली में घूमता, दराबी की-सी चपटी केश पट्टी को छपाछप तेल से बिठा, भवानी का वह मित्र ही उसका सर्वनाश कर गया था। वह मैत्री उसे उस कुख्यात रोग का तोहफा दे गई थी, जिसकी लज्जा से तब उसने एक दिन, अचार के तेल के साथ अफीम चाट, स्वयं मुक्ति पा ली। सारंगी बजा, उसका वह मित्र, नित्य अपनी नक्की आवाज में एक ही बासी गाना दोहराता :

"सुना दे सुना दे, सुना दे किसना
तू बाँसुरी की तान सुना दे किसना।"

फिर जब 'तू बाँसुरी की तान अअं अं अं अं' कुछ अक्षर उसकी अं अं की नक्की गूँज में खो जाते—बीच-बीच में उसकी क्लांत सहचरी नाचते-नाचते, फट्ट से जमीन पर बैठ जाती तो वह सारंगी के गज से उसे कोंचकर कहता, 'नाच साली, नाच' और ऊँचे परों वाली किसी तितली की ही भाँति वह बेजान गरीब हाथ-पैर हिला फिर नाचने लगती।

और तब अल्मोड़ा की हर गली में कितने पागल मत्तगयंदों-से घूमते थे, लैला-मजनूँ का जोड़ा, ठिंगनी-सी चौकोर कद-काठी की वह बदसूरत लैला और लम्बा सींकिया देह का स्वामी मजनूँ, दोनों ही पाताल देवी की किसी खोह में रहते थे, फिर उलझे जटाजूट वाली देबुली पगली, जिसके पीछे मनचले छोकरों की एक लम्बी कतार रहती, वह कभी नाचती, कभी गाती और कभी खिलखिला कर लहँगा उठाकर सर पर धर लेती—बुजुर्ग मुँह फेर लेते और

छज्जों पर खड़ा नारी समुदाय, उस पर हजार फटकारें बरसाता—और किसी समृद्ध सुनार का लड़का बिजूलाट जिसकी लार हर वक्त टपकती रहती, सुन्दरी लड़कियों को देख वह बौरा जाता, फुटबॉल की मैच के विजेता "हिप हिप हुर्रे" करते तो वह अपनी लटपटी जिह्वा से उसी धुन को दोहराता—पिपी टू पिपी टू!

अल्मोड़ा का हर विस्मृत भिखारी, गूँगा, हर नाचने-गाने वाली की प्रेतछायाएँ, अब भी जैसे उस जनसंकुल चिर परिचित सड़क पर हाथ हिला-हिलाकर नाचती, देवेन्द्र को अँगूठा दिखा रही थीं—"क्यों रे बड़ा प्रेम उमड़ा था न जन्मभूमि पर! अब वह, और जो भी हो 'स्वर्गादपि गरीयसी' नहीं रह गई है देवेन्द्र भट्ट!"

कुछ दिनों तक अन्ना को भी स्मृतियों ने विह्वल कर दिया था, पर धीरे-धीरे उसने अपनी दिनचर्या स्वयं ही ऐसी बना ली कि ऊबने की गुंजाइश ही नहीं रही। सुबह वह नहा-धोकर चाय बनाती, फिर सुदीर्घ पूजा। कभी दिन में उठने-बैठने वाली पूर्व परिचिताएँ आ जातीं, कभी पड़ौस में भागवत सप्ताह होता, कभी कीर्तन और कभी जागरण। फिर उसके असंख्य व्रतों का क्या कोई अन्त था? उतनी दूर अकेली पड़ी पुत्री के लिए वह कभी-कभी अवश्य उदास हो जाती तो देवेन्द्र उसे पुरानी स्मृतियों के प्रसंग से गुदगुदाने की चेष्टा करता—"याद है दीदी, तब अल्मोड़ा की बहुत-सी विधवाएँ दल बाँध, पातालदेवी के किसी गुरु के पास नित्य भागवत सुनने जाती थीं और बाबू कहते थे—छोकरो, घड़ी मिला लो, ग्यारह बज गए हैं, अल्मोड़े का 'रांडी क्लब' पातालदेवी जा रहा है।"

अन्नपूर्णा को उस विस्मृत प्रसंग ने गुदगुदा दिया और वह हँसने लगी, "तू कुछ भी नहीं भूला रे, बड़ी याद है तुझे।"

वह स्वयं भी तो कुछ नहीं भूली थी, सब कुछ तो वहीं था, एक अपना घर ही उसे अनचीन्हा लग रहा था। कभी इस कमरे की छत की बल्लियाँ थीं चालीस, आज देबी ने छत का नक्शा ही बदल दिया था, गुसलखाने में लगे गुलाबी टाइल्स और गीजर। कभी इस घर के भीतर एक नल भी नहीं था।

बाहर चौराहे की टंकी में लगे नल पर ही पूरा मुहल्ला नहाने आता था। वहीं टंकी पर कपड़े टाँग, माघ की कुहेलिका को चीरता, ठंड से थरथराते

स्नानोद्यत बाबू का स्वर साफ सुनाई देता—"विष्णु-विष्णु"। छोटा नरिया हँस कर कहता, "देख, देख दीदी, बाबू 'सिटौल' का-सा स्नान कर रहे हैं।" (सिटौल नामक एक पहाड़ी पक्षी जो क्षणिक डुबकी लगा स्नान चटपट सम्पन्न करने के लिए एक पहाड़ी कहावत ही बन गया है।)

"चुप कर, पढ़ रहा है या यही सब देख रहा है?" अन्ना डाँटती तो वह बड़ी धृष्टता से हँसकर कहता, "झूठ थोड़े ही ना कह रहा हूँ, जोर-जोर से विष्णु-विष्णु कहकर, छींटे ही तो मार रहे हैं, वह भी शरीर पर नहीं टंकी पर। खुद देख लेना दीदी, साफ दिख रहा है, बस हम पर रोज रौब झाड़ते हैं— छोकरो, रगड़-रगड़कर नहाओ, सिर पर पानी डालो।"

तब कौन कह सकता था कि एक दिन रुद्रदत्त भट्ट के ये तीनों राजपुत्र, जादुई कालीन में बैठ फुर्र से उड़ जाएँगे। उन अनेक मीठी-कड़वी यादों के बीच, एक याद अन्ना को रह-रहकर भयत्रस्त कर उठती थी। उन दिनों अल्मोड़े में सहसा आ गई एक सिद्ध भैरवी की घर-घर चर्चा थी। वह अचानक ही, किसी महामारी-सी आकर पूरे शहर पर छा गई थी। खुले केश, कपाल पर चढ़ी लाल-लाल आँखें, तीखी नाक और गले में नाना छोटी-बड़ी रुद्राक्ष मालाओं का जाल। निरन्तर धधकती धूनी के सामीप्य से, पद्मासन- स्थिता उस भैरवी के कपोल ऐसे आरक्त रहते जैसे रंग लगाया हो, ओठों ही ओठों में, वह किसी मन्त्रजाप के बीच सहसा हुँकार उठती :

पताल की नागणी मारों
आकास की डंकिणी
भुतणीचिसिणी संकणी
सेनानी मसानी, सब छलमारण सिखो
भगीना ना ऽ ऽ ऽ
कि सागर की जड़ी जावर की बुटी
कपट की कुंथली
चौबाटों की धूल, चेहानू का कोयला
भगीनाना ऽ ऽ ऽ

उसे लेकर तरह-तरह की अफवाहें फैलने लगी थीं। कोई कहता, उसका सम्बन्ध नागवंशी रमोला बन्धुओं से है। कोई कहता, हिमाच्छादित पर्वत-शिखरों पर विचरण करनेवाली परी आचरियों की वह बहन है और उसने स्वयं गुरु गोरखनाथ से बावन विद्याएँ पढ़ी हैं और पुनः अवतार ले

अल्मोड़ा पधारी हैं। फिर तो जहाँ उसका त्रिशूल गड़ता, स्वयं कुबेर ही जैसे अपना छत्र लेकर वहाँ जम जाते, किसी चिरदरिद्र गृह का दारिद्र्य, उस रहस्यमयी भैरवी की उपस्थिति से ही, कपूर के धुएँ-सा विलीयमान हो गया, किसी की डरवी की लौटरी खुल गई, तीसरे का जन्मांध पुत्र देखने लगा, उस भैरवी को, अपने-अपने घरों में प्रतिष्ठित करने में लोगों में, होड़-सी लग गई, पर भैरवी तो अपनी मरजी की मालकिन थी, बुलाने से कहीं जाती थी?

अल्मोड़ा में, उन दिनों ऐसे अनेक सिद्ध थे—एक थे टच पंडित। जिसे टच किया; उसी का कच्चा चिट्ठा खोलकर रख दिया। मनुष्य मात्र की ललाट-लिपि को डिसाइफर करने में, उन्हें कमाल हासिल था। दूसरे थे डुनत्याड़ी। उनका एक पैर जन्म से ही ग्रहणग्रस्त था, इसी से बैसाखी के सहारे, वे मचक-मचककर चलते। कहा जाता था कि त्रिपुर सुन्दरी के मन्दिर में देवी की अटूट साधना कर वे कर्णपिशाची सिद्धि प्राप्त कर चुके हैं, सिर पर उलझे बालों का जूड़ा, वट के प्ररोह-सी दाढ़ी, लाल आँखें और ललाट पर भस्म का टीका। कन्या के विवाह के दिन घनघोर घटा छा जाए और बिजली की चमक, गरज-तरज कन्या के माता-पिता को आशंकित कर दहला दे, कि कहीं ऐन धूल्यर्घ के समय इन्द्रदेव पानी बरसा सब बरबाद न कर दें—पर वे भागकर डुनत्याड़ी के चरण गहते, "महाराज, तुम्हीं बचा सकते हो हमें, बूँदें पड़ने लगी हैं..."

"जा," वे धूनी से एक चुटकी भस्म उठाकर दोनों के ललाट में टेक देते, "निश्चिंत होकर कन्यादान कर, पानी नहीं बरसेगा..."

और सचमुच कन्या के विदा होने के बाद ही पानी बरसता—उनकी अलौकिक सिद्धि की तो स्वयं अन्ना भी साक्षिणी थी। एक बार उसकी प्रतिवेशिनी मन्दा रोती हुई उसके पास आई थी, "क्या करूँ री अन्ना, मेरी बेटी की लगन-तिथि ससुराल वालों ने पक्की कर आज भेजी है—एक ही लड़की है मेरी, पर लगता है, कन्यादान का पुण्य नहीं बटोर पाऊँगी।"

"क्यों?" बड़े आश्चर्य से उसने पूछा तो वह रुआँसे स्वर में बोली, "उसी तिथि में, मैं अशुद्ध रहूँगी—छूत की पाल है री!"

फिर अन्ना ही उसे डुनत्याड़ी के पास ले गई थी और उन्होंने अपनी अर्धोन्मीलित लाल आँखें तरेरकर पूछा, "क्या है? लड़के का रिजल्ट निकलने वाला है क्या?"

"नहीं महाराज," मन्दा ने रुआँसे स्वर में कहा।

"मरद रंडियों के यहाँ जाने लगा है क्या?"

"नहीं महाराज।"

"तब क्या है री छोकरी—क्यों सुबह-सुबह परेशान करने आ जाती हो तुम लोग?"

मन्दा ने सिर झुका लिया, कैसे कहे अपनी समस्या!

फिर अन्ना ने ही धीरे स्वर में कहा था, "महाराज, इसकी एक ही बेटी है, कन्यादान करना है..."

"तो करे ना, किसने पकड़ा है इसका हाथ?"

"महाराज, उसी दिन इसके अशुद्ध होने का भय है इसे।"

"ले।" उन्होंने आँखें बन्द कर न जाने कौन-सा सिद्धि मन्त्र पढ़ा और भस्म देकर कहा, "जा, खा जा इसे और एक नहीं, सत्रह बेटियों का कन्यादान कर ले।"

गजब के सिद्ध थे डुनत्याड़ी! तीसरी थी एक विधवा ब्राह्मणी, जिनकी कुंडली गणना का लोहा अल्मोड़ा के पुरुष ज्योतिषी भी मान चुके थे, फिर वहाँ और भी ऐसे तान्त्रिक थे जो अपनी अचूक 'घात' की लौंगरेंज मार से सात समुद्र पार गए शत्रु को भी परलोक पहुँचा सकते थे।

ऐसे ही, वर्षों से जमे सिद्धों ने इस भैरवी को देखते ही जेहाद छेड़ दिया था—शराब पीती है, कच्चे माँस का भोग लगाती है, मादरजाद नंगी बन, कृष्ण चतुर्दशी को बिसनाथ के मसान में बैठ चिताओं की आग तापती है। एक न एक दिन, यह निश्चय ही अल्मोड़ा के सरल धर्मभीरु नागरिकों का काल बनेगी।

सब जानते थे कि भैरवी को नित्य प्रचुर मात्रा में आसव चाहिए। "देवी की साधिका हूँ, देवी को प्रसन्न करके, उन्हें मदालस बना कर ही तो उनका आह्वान कर सकती हूँ।" वे कहतीं।

और फिर, उन्हें अपने गृह में त्रिशूल गाड़ धूनी रमाने से रोक ही कौन सकता था!

यद्यपि रुद्रदत्त भट्ट को ऐसी अघोरी साधना पर रंचमात्र भी श्रद्धा नहीं थी किन्तु एक दिन, जब भैरवी ने स्वयं आकर उनके आँगन में त्रिशूल गाड़ दिया, तो वे कुछ कह नहीं पाए।

"माई, अब कुछ दिन तेरे ही घर में भोजन पाएगा रे बामण," उसने कहा तो उस दबंग साक्षात भवानी रूपा भैरवी के सम्मुख रुद्रदत्त भट्ट हाथ

बाँधे खड़े ही रह गए थे।

तब अन्ना की सगाई हो गई थी, अगले महीने आषाढ़ में विवाह-तिथि निश्चित हुई थी।

"हूँ, क्यों रे बामण, तेरी लड़की की 'मंगजै' (सगाई) हो गई है न?"

भैरवी ने प्रश्न के साथ वहीं पर खड़ी अन्ना को ऐसी तीखी दृष्टि से देखा कि उसे लगा, किसी ने उसके नंगे बदन में दो जलते अंगारे रख दिए हैं।

"हूँ, आषाढ़ में इसका ब्याह मत करना रे बामण–बहुत दुख पाएगी–सुना नहीं–आषाढ़े दुःखिता नारी?"

"जानता हूँ माई, पर इसके ससुराल वाले बड़े ऐबी हैं। कहते हैं, आषाढ़ का लगन ही उन्हें ठीक सूझता है।"

भैरवी ने आँखें बन्द कर लीं, जैसे अन्ना के भविष्य की झाँकी देख रही हों।

आँखें खोलीं तो देखा, गहरे सोच में डूबे चिंतित रुद्रदत्त भट्ट खड़े हैं।

"देख रे बामण, तू पत्रा बाँचता है, अपनी बेटी का भाग नहीं बाँच सका?"

भैरवी का एक दाँत, गजदंत-सा उठा था और इसी उठे दाँत के कारण हँसने में उसके अधर, बड़ी मोहक तिर्यक भंगिमा में मुड़ जाते थे।

द्वार की ओट से अन्ना सब कुछ सुन रही थी–पिता ने शायद ओट में छिपी पुत्री को नहीं देखा, नहीं तो शायद अपना वह प्रश्न नहीं पूछते।

"आपने क्या देखा है जगदम्बा? कुछ अनर्थ होने वाला है तो निवारण बता दो माई!"

"हूँ," वह हँसीं, "भाग्य में जो लिखा होता है उसका निवारण नहीं होता रे बामण–तू जन्मकुंडलियों के कितने दुष्ट ग्रहों को साध पाया है अब तक? सुनना ही चाहता है तो सुन, तेरी इस पुत्री के भाग्य में सदा कृष्णपक्ष ही रहेगा, शुक्लपक्ष कभी आएगा ही नहीं।"

"ऐसा श्राप मत दो माई, तुम्हारी धूनी की एक चुटकी भस्म ही इसे बचा लेगी–बिना माँ की इस लड़की को मैंने छाती से लगाकर पाला है..." बाबू रो ही पड़े थे।

"कोई भस्म इसे सुख-शान्ति नहीं दे सकती, इसकी चिता भस्म ही इसे सुख-शान्ति देगी–समझा?"

उसी रात वह फिर त्रिशूल उखाड़ कहीं चली गई थी—अब तक वह शायद सृष्टिपर्व का खेल दिखा रही थी और अब आरम्भ हुआ था उसका संहार पर्व—शायद, उसका शहर उजाड़ने का पहला पड़ाव भट्ट जी का ही गृह बना था। फिर वह जहाँ गई, वहीं मेजबान का दुर्भाग्य, उसके त्रिशूल के साथ-साथ बहुत गहरे तक गड़ गया था। पहले गई महेश्वर पंत के यहाँ, उनका जवान कड़ियल दो ही दिन में ज्वर से चल बसा। डॉक्टर ने कहा, गर्दन तोड़ है पर लोगों में दबे स्वरों में कानाफूसी होने लगी—उसी भैरवी ने अपने तन्त्रबल से उसकी गर्दन मरोड़ दी है।

फिर पहुँची भवानीदत्त पन्त के यहाँ, उनकी भली-चंगी प्रौढ़ा पत्नी सहसा विक्षिप्त हो पति की चूड़ीदार पहन सड़कों पर डोलने लगी, एक बेटा घर से भाग गया, दूसरा इलाहाबाद यूनिवर्सिटी का मेधावी छात्र था, अधूरी पढ़ाई छोड़ वह भी गुमसुम बना अपने कमरे में बन्द रहने लगा।

किशोरी पुत्री भी उसी भविष्यवाणी को सुन ऐसी गुमसुम हो गई है, यह रुद्रदत्त भट्ट समझ गए थे। उन्होंने उसे बहुत समझाया, "तूने उस दिन जो सुना, वह सब उस अलक्षिणी भैरवी की बकवास थी री अनिया, तू अपना जी छोटा न कर—ऐसी ही सिद्ध होती तो क्या इतने घर बरबाद करती?" पर अन्नपूर्णा के नन्हे हृदय में तो जैसे भैरवी की भविष्यवाणी का भयावह त्रिशूल गड़कर रह गया था। इतने वर्ष बीत जाने पर भी वह उसकी वह बात नहीं भूल पाई थी। कहीं उसकी वही अभिशप्त ललाट-लिपि तो उसकी पुत्री के जीवन में अपना इतिहास नहीं दोहरा रही थी? कालिंदी ने, अपने लिए एक बरसाती ढूँढ़ ली थी, माधवी ने बहुत आग्रह किया था कि वह उसके साथ रहे। एक ही कमरे का बेडरूम क्यों न हो, दो पलंगें तो वहाँ आ ही सकती थीं।

"नहीं माधवी, मैं जानती हूँ कि यहाँ एक पलंग और पड़नेवाली है, फिर मैं कहाँ जाऊँगी? अभी तो सिर छिपाने की जगह मिल रही है, हो सकता है, फिर यह भी न जुटे!"

माधवी उससे नाराज भी हो गई थी, किन्तु कालिंदी जानती थी कि माधवी के कट्टर कैथोलिक परिवार ने उसके हिन्दू सहपाठी के साथ विवाहबद्ध होने में घोर आपत्ति की है और एक ऐसी शर्त रख दी है, जो माधवी के भावी सहचर को कदापि मान्य नहीं होगी। वह शर्त थी कि विवाहपूर्व हिन्दू पात्र गिरजाघर जाकर, स्वयं विधिवत् कैथोलिक धर्म ग्रहण

करे। माधवी फिर भी अपने निश्चय पर अडिग खड़ी थी, वह विवाह करेगी तो डॉ. शर्मा से अन्यथा आजन्म कुँआरी रहेगी।

यद्यपि अखिलेश शर्मा, कालिंदी को कभी प्रभावित नहीं कर पाया—माधवी जैसी गम्भीर सुलझे स्वभाव की लड़की, उसके भ्रामक व्यक्तित्व के छलावे में आ कैसे गई, यही वह समझ नहीं पा रही थी। अखिलेश का नारी साहचर्य-लोलुप चित्त-भ्रमर, कभी एक ही पुष्प पर नहीं मँडरा पाएगा। कई बार वह उसे अपनी कई सहपाठिनियों के इर्द-गिर्द मँडराता देख चुकी थी, माधवी ने न देखा था, ऐसा भी नहीं हो सकता था, फिर भी वह अपने उस प्रमदाप्रिय प्रणयी को नाना उपहारों से लाद, पूर्ण वश में कर चुकने का दावा करती थी। उसके माता-पिता प्रगतिशील विचारों के थे, स्वयं उन्होंने प्रेम-विवाह किया था। माधवी को छोड़ उनके दो बेटे थे, दोनों बेटों ने अमेरिका की सिटिजनशिप ले वहीं विवाह कर लिया था, किन्तु जहाँ तक उनके धर्म का प्रश्न था, वह किसी प्रकार का समझौता करने के लिए तैयार नहीं थे। वहीं पर अखिलेख के माता-पिता को कोई आपत्ति नहीं थी, किन्तु पुत्र को स्वधर्म त्यागने की अनुमति उन्होंने भी नहीं दी। अखिलेश की माँ ने थोड़ी-बहुत आपत्ति की थी, उन्होंने अपने गोरे उजले पुत्र के लिए सुन्दरी गोरी बहू के सपने देखे थे, माधवी साँवली ही नहीं काली थी, यद्यपि उसके, केरल के विशुद्ध नारियल तेल से सिंचे एड़ी-चुम्बी बाल और कटी-कटी कर्णचुम्बी आँखों में, अपना अनोखा ही आकर्षण था। हँसने पर काले बादलों के बीच चमकती विद्युत छटा-सी दन्तपंक्ति उसका पूरा चेहरा उद्‌भासित कर उठती। पहनने-ओढ़ने में उसकी रुचि अद्वितीय थी। साड़ियों के रंग, असली जरी की किनारियाँ, भारी-भारी कांजीवरम् पट्टाम्बर परिधानों की छटा, उसके व्यक्तित्व को ऐसे सँवारकर प्रस्तुत करतीं कि लगता, चलने-फिरने, उठने-बैठने में लड़की मॉडलिंग ही कर रही है—कभी भारी आँचल को सीधा-आड़ा कर, कभी माथे पर घूँघट-सा बना लजीली हँसी का अंगराग बिखरा वह भावी सास को भी मना ले गई।

अखिलेश के पिता पुत्र की ही भाँति दूरदर्शी थे। उन्हीं ने फिर पत्नी को समझाया था, "देखो मीना, यह युग सुन्दरी बहू पसन्द करने का नहीं है, अब बाप के बैंक का सौन्दर्य देख लड़की पसन्द करते हैं समझदार माँ-बाप, समझीं? मातृसत्ता का परिवार है, चाय के सोना उगलने वाले बगीचे, बड़ी-बड़ी कोठियाँ एक त्रिवेन्द्रम में है, दूसरी कोचीन में, तीसरी ऊटी में--एक

ही बेटी, आखिर कितने दिन बेटी की ममता त्याग पाएँगे? मिलेगा तो सब हमारे अखिल को ही—यकीन मानो मीना, अब हमारा-तुम्हारा जमाना नहीं रहा, जब एक दूसरे के नैन-नक्श, रंग-रूप देखकर हम रीझते थे, यहाँ सूरत नहीं देखी जाती, लड़की के बाप की मूरत देखी जाती है।"

दोनों सखियाँ, गले में आला लटका, डॉक्टरी लबादे की ढीली जेबों में हाथ डाल साथ-साथ चलतीं तो मनचले सहपाठी फब्तियाँ कसते, "देख, देख रात-दिन एक साथ चले जा रहे हैं!"

कालिंदी आग्नेय दृष्टि से उन्हें भस्म कर, कुछ कहने को उद्यत होती तो माधवी उसका हाथ दबा, फब्तियाँ कसने वाले दुःसाहसी सहपाठियों की ओर, अपनी मीठी मुस्कान उछाल देती। दोनों में यही अन्तर था, माधवी के लिए पुरुष मित्र थे, कालिंदी के लिए शत्रु। अपने रिश्ते की व्यर्थता के बाद, उसे पुरुष मात्र से घृणा हो गई थी। इसी बीच, अचानक घट गई एक दुर्घटना ने उसे और भी पुरुष-द्रोही बना दिया था।

तीन दिन की छुट्टियाँ, सहसा परिवार के औदार्य से चार दिन की बन गईं तो माधवी उसे अपने साथ खींच ले गई थी। वह पहाड़ जाने का प्रोग्राम बना रही थी, मामा कई बार लिख चुके थे—'एक बार अपने नए घर की कायापलट तो देख जा, क्या आला मौसम है, तुझे कौसानी दिखा लाऊँगा—एक बार देख लेगी तो दिल्ली भी भूल जाएगी...' पर माधवी हाथ धोकर पीछे पड़ गई थी, "नहीं तुझे पहाड़-वहाड़ नहीं जाना होगा, दो दिन आने-जाने में लग जाएँगे और दो दिनों में तू कौन-सा पहाड़ घूम लेगी—इससे तो गरमियों में जाना, मुझे भी तब कोचीन जाकर, अपने मूर्ख ममी-डैडी को समझा-बुझा, अन्तिम गुडबाय करनी है—चल अभी मेरे साथ, एक साथ घूमेंगे, शॉपिंग करेंगे, मुझे अपना...भी तो जुटाना है।"

तीन दिन देखते ही देखते बीत गए थे, इतवार को माधवी सुबह नहा-धोकर गिरजाघर जाती थी। "नाश्ता लौट कर करेंगे कालिंदी, तब तक तू नहा-धोकर तैयार हो जाना, फिर कहीं बाहर खाना खाने चलेंगे—है न ठीक?"

नहा-धोकर उसने माधवी की ही एक साड़ी पहन ली थी, माधवी ने उसे अपनी साड़ियाँ लाने ही कहाँ दी थीं, "मेरी इतनी साड़ियाँ तो पड़ी हैं, तू कुछ मत ले चल..." और फिर जाते-जाते कह गई थी—"कोई भी साड़ी निकाल कर पहन लेना।"

सामने ही लटकी, सफेद वेंकटगिरी ही उसने निकालकर पहन ली थी। हलकी पीली बूटियाँ, वैसा ही पीला बॉर्डर और अँगुली-भर की आकर्षक कन्नी। बाल अभी गीले ही थे, उन्हें अँगुलियों से सुलझाती वह बाल्कनी पर खड़ी सुखा रही थी कि देखा, सामने से अखिलेश आ रहा है—उसे खड़ी देख, वह वहीं से हाथ हिलाकर हँसा, "व्हट ए प्लीजेंट सरप्राइज! तुम कब आईं? माधवी नहीं है क्या?"

कालिंदी ने हँसकर कहा, "माधवी गिरजे गई है, तुम ऊपर आओ न अखिल, वह आती ही होगी।" फिर वह द्वार खोलने मुड़ी।

अखिल मुस्कराता खड़ा था—लाल रंग की टी-शर्ट में उसका खिला चटक गोरा रंग, और भी गोरा लग रहा था। आँखों पर धूप का चश्मा और ओठों पर दुष्टतापूर्ण स्मित, "वाह, गजब लग रही हो डॉ. पन्त, बैठने को नहीं कहोगी?"

"अरे बैठो न, मैं चाय का पानी चढ़ा आई हूँ।"

अखिल, बड़े अन्तरंग अधिकार से तख्त पर, गावतकिया लगा अधलेटी मुद्रा में सिगरेट जलाने लगा। फिर उठकर उसने बड़ी तेज आवाज में टी. वी. लगा दिया।

"प्लीज अखिल, कम कर दो जरा, मुझे टी. वी. से ही एलर्जी है, फिर यह मनहूस मॉर्निंग ट्रांसमिशन तो मैं देख नहीं सकती। इतनी जोर से क्यों लगाया है? वॉल्यूम कम कर दो प्लीज अखिल!"

उसने चाय-नाश्ता मेज पर धरा और हाथ से ललाट पर झुक आई बालों की लट हटा, हँसती खड़ी हो गई। अखिलेश ने वॉल्यूम को और तेज कर दिया—और उचककर बैठ गया, "जान-बूझकर ही तेज किया है मैंने," भोली कालिंदी तब भी नहीं समझी, उसने दोनों हाथों से कान मूँद लिये और उसी मुद्रा में किचन की ओर जाने लगी—वह मुड़ी ही थी कि चील की भाँति झपट्टा मार, उसे दुःसाहसी पाहुने ने दबोच लिया था।

"अब समझ में आया, मैंने वॉल्यूम तेज क्यों किया था? ओह कालिंदी, तुम कितनी सुन्दर हो! तुम जानती हो, जब तुम थर्ड इयर में थीं तब ही से तुमने मेरी नींद हराम कर दी थी।"

कालिंदी एक क्षण को स्तब्ध रह गई थी—फिर उसने अपनी समस्त शक्ति लगा, अपने को उस लौह बाहुपाश से छुड़ा लिया था। उसकी आँखों से आग की लपटें-सी निकल रही थीं।

उसके जबरदस्त धक्के से लड़खड़ाता अखिलेश, उसी तख्त पर जा गिरा था जहाँ से उठा था।

"छिः, छिः, अखिल, तुम इतने नीच होगे, मैंने कभी सपने में भी नहीं सोचा था।"

अचानक वह दीन विगलित स्वर में गिड़गिड़ाता, उसके सामने हाथ बाँधे खड़ा हो गया था, "प्लीज, प्लीज कालिंदी, आई एम सॉरी, आई एम रियली सॉरी–तुम इतनी सुन्दर लग रही थीं कि मैं सब कुछ भूल गया–माधवी अभी आती ही होगी–उससे कुछ मत कहना कालिंदी–तुम उसे जानती हो, वह बेहद इमोशनल लड़की है–कहीं कुछ कर न बैठे!"

ठीक उसी समय घंटी बजी, माधवी आ गई थी। कालिंदी के दोनों आरक्त कपोल गर्म इस्त्री से दहक रहे थे–क्या सोचेगी वह उसे इस अवस्था में देखकर?

फिर उसने साहस कर द्वार खोल दिया, माधवी ने पहले तख्त पर बैठे अपने प्रणयी को नहीं देखा।

"कैसी फब रही है तुझ पर यह साड़ी–सच कहती हूँ कालिंदी, पुरुष होती तो इसी क्षण तुझे बाँहों में भींच तेरा कीमा बना देती।"

"एकदम ठीक कह रही हो माधवी।" वह मुँहजोर चाय की चुस्कियाँ लेता बड़ी बेहयाई से मुस्करा रहा था। "यही तो मैं कालिंदी से अभी कह रहा था–तुम आज बहुत सुन्दर लग रही हो, कालिंदी।"

कालिंदी को लगा, अचानक उसके शरीर का समस्त रक्त तुंग शिखर पर पहुँच, उसकी मस्तिष्क शिराओं को झनझनाता, नोंचता, कनपटियों पर हथौड़े चला रहा है।

"अरे, तुम कब आए अखिल, तुम तो आगरा गए थे न, अपने विदेशी मित्रों को ताज दिखाने?"

"वही ताज तो मुझे ले बैठा माधवी।" उसने एक लम्बी साँस खींचकर कहा तो कालिंदी का पिद्दी का-सा कमजोर कलेजा फिर धड़क उठा–अब कहीं अपने ही मुँह से तो सब कुछ नहीं उगल देगा अभागा! पर उस बेहया ने, अपने दोनों पैर ऊपर उठा लिये और पालथी मारकर, बड़े इत्मीनान से बैठ गया, "ताज देखने के बाद मैं अपनी मुमताज को देखने व्याकुल कैसे न होता?" और फिर उसने बड़ी अन्तरंग आत्मीयता से माधवी को अपने पास ऐसे खींच लिया कि वह 'क्या करते हो, क्या करते हो' कह उसकी

गोद में लुढ़क पड़ी।

उसी क्षण, पुरुष मात्र की शत्रु बन उठी थी कालिंदी—छिः-छिः, ऐसी प्रवंचना, थोथे प्रेम का ऐसा ओछा प्रदर्शन, क्या कभी नारी यह कर सकती है?

"माधवी, मैं तुम्हें लेने आया हूँ।"

"मुझे? कहाँ?"

"मेरठ से बुआ आई हैं, उन्होंने तुम्हें नहीं देखा, आज रात की गाड़ी से जा रही हैं। कहा है, तुम्हें अपने साथ ले आऊँ—जल्दी से तैयार हो लो—आप भी चलिए ना डॉ. पन्त?" फिर वह बड़ी विनम्रता से कालिंदी की ओर मुड़ा और उसके उत्तर की प्रतीक्षा करने लगा।

"हाँ, चल न कालिंदी—रात को तो लौट ही आएँगे।" माधवी ने बड़ी ललक से उसका हाथ पकड़ लिया।

"नहीं माधवी, मैं तो वैसे भी आज जा ही रही थी, कुछ पहले चली जाऊँगी तो मुझे सुविधा ही होगी, देर से पहुँची तो दूधवाला, ब्रेडवाला, नौकरानी सब ताला देखकर लौट जाएँगे।"

दोनों को वहीं छोड़ वह फिर अपना बैग लेकर तेजी से बाहर निकल आई थी। घर पहुँचते ही वह सीधी पलंग पर, कटे वृक्ष सी ढह गई।

छिः-छिः, उस नीच कामातुर व्यक्ति का स्पर्श उसे अभी भी डंक दे रहा था। माधवी, निष्कपट, भोली माधवी, क्या कभी उसके साथ रह पाएगी? उन दोनों की वर्षों की मैत्री, क्या उससे यह आशा नहीं करती थी कि वह उसे सब कुछ बता दे?

क्या उसका यह कर्तव्य नहीं था कि समय रहते वह अपनी प्रिय सखी को, उस कुटिल व्यक्ति के प्रति सचेत कर दे?

छिः-छिः, जब उसने अपनी भावी पत्नी की सबसे अन्तरंग सखी के साथ ही यह बेहूदी हरकत करने का दुःसाहस किया तो वह औरों के साथ क्या करता होगा? एक बार उसने उसे एक बदनाम नर्स के साथ ऐसे ही हँसते-बतियाते देखा और माधवी से कह दिया तो वह उसी पर बरस पड़ी थी—"यू डोंट नो हिम, ऐसा जिंदादिल इंसान है, तुम तो मेरी दादी की-सी बातें करने लगी हो कालिंदी—डॉक्टर है तो नर्सों से भी बातें करनी पड़ेंगी—कौन सा अँधेर हो गया!"

और फिर उसने कभी कुछ नहीं कहा, पर इतनी बड़ी बात उससे छिपा

गई, तो वह कभी अपने को क्षमा कर पाएगी? पर कैसे कहे? कहीं अखिलेश ने झूठमूठ, उसे ही लपेट लिया तब? अपनी छवि अम्लान बनाए रखने के लिए वह ऐसा भी तो कर सकता था। वह तो फिर अपने प्रेमी का ही विश्वास करेगी—पूरी रात, उसने इसी उधेड़बुन में काट दी थी, कहे, या चुप रहे। जब, पहले कभी दोनों में नारी मुक्ति आन्दोलन को लेकर बहस चलती, तो वह हमेशा माधवी से उलझ पड़ती थी—यदि आज नारी पुरुष के समकक्ष खड़ी होने का दावा करती है तो फिर क्यों अपनी समस्याएँ स्वयं नहीं सुलझा पाती? क्यों अभी भी घर्षिता-शोषिता नारी समाचार पत्रों का समर्थन चाहती है, क्यों प्रधानमन्त्री का जहाँगीरी घंटा बजाने भागती है? अपराधी को तत्काल स्वयं दंडित नहीं कर पाती? याद है, उस बार उस सामूहिक बलात्कार की शिकार, उस सुशिक्षित युवती ने कैसे दबाव में आकर, दूसरे ही दिन अपना बयान बदल हमारी मेडिकल रिपोर्ट झूठी बना दी? वहीं पर मेरी नौकरानी की लड़की ने, स्वयं अपने अपराधी को दंडित करने का साहस किया तो मजाल कि अपराधी आज तक सिर उठा पाया हो? निपट गँवार-अनपढ़, वह किशोरी एक प्रख्यात आर्किटैक्ट के यहाँ बर्तन मलती थी, उसकी पत्नी मायके गई थी। दोनों लड़कियाँ अपनी ससुराल में थीं, बुजुर्ग गृहस्वामी की गलित-पलित केश दन्तपंक्ति देखकर ही निश्चित हो, महरी ने उसे वहाँ काम पर लगाया था। गृहस्वामी ने जैसी कुचेष्टा करने का दुःसाहस किया, उसका उचित पुरस्कार भी उन्हें उस तेज-तर्रार लड़की ने तत्काल दे दिया था—

'बस, हमने राख से सना कलछुल उठाया और दे मारा साहेब के सिर पर, खून टपकते सिर को थाम वहीं भन्न से बैठ गया बदजात।'

"यह है नारी-मुक्ति माधवी, यह नहीं कि टके में बिकने वाली सस्ती पत्रकारिता का दामन थाम, स्वयं ही अपराधिनी बन जाने की सम्भावना की खाई में कूद पड़े! क्यों आज भी नारी अपनी समस्त प्रताड़ना, शोषण की लज्जा को कंठ में ही घुटककर चुप रह जाती है। यही कारण है, पुरुष अब भी 'जबरा मारे और रोने भी न दे' कहावत को चरितार्थ करता है। कितनी बार तो हम सुनते हैं—वह लड़की बड़ी फास्ट है, किसी राजनीतिक दल ने उकसाया होगा, उस बुढ़ापे में भला फलाँ सज्जन उसे छेड़ेंगे? या फलाँ परिवार को हम जानते हैं जी, निहायत शरीफ लोग हैं, वे भला दहेज के लिए बहू को जलाएँगे? किस बात की कमी है उन्हें? बहू का किसी से विवाह से पहले ही सम्बन्ध था, मिट्टी का तेल डाल खुद तो जली ही, अपने बेकसूर

ससुराल वालों को भी फँसा गई! यही कारण है कि बदनामी से डरकर, नारी स्वयं ही कलुष के मल को राख से ढक, जान-बूझकर मुँह फेर लेती है! पर देख लेना माधवी, मेरे साथ कभी ऐसा हुआ, तो वहीं पर राख से सना कलछुल मारने में कभी हिचकिचाऊँगी नहीं!"

पर कहाँ मार पाई थी राख से सना कलछुल?

क्या, उसने भी अपनी लज्जा स्वेच्छा से ही कंठ में नहीं घुटक ली थी?

अखिलेश को वह जानती थी। कहीं उसने कह दिया कि अकेले में, कालिंदी ही सिंहिका बन उसे ग्रसने आई थी, तब? कोई साक्षी तो था नहीं!

नहीं, वह चुप ही रहेगी! पर वह अब कुछ दिनों तक माधवी से एकदम नहीं मिलेगी, कहीं कुछ मुँह से निकल गया, तब? उससे बचने का एक ही उपाय था, वह कुछ दिनों की छुट्टी लेकर पहाड़ चली जाए। उसने वही किया। यहाँ रहकर माधवी से भी कुछ नहीं कहा तो अखिलेश समझेगा, वह उससे डर गई है, और इस डर को वह कहीं अपनी जीत न समझ बैठे।

दूसरे ही दिन, वह छुट्टी की अरजी देकर बिना माधवी को कुछ बताए पहाड़ चली गई थी। जब वह बिना किसी को पूर्व सूचना दिए, हाथ में सूटकेस लटकाए घर पहुँची तो हीटर के पास बैठी, अन्ना हड़बड़ाकर उठ गई थी।

"हाय, मैं मर गई! अरी चेली, एक तार तो कर दिया होता, देबी लेने आ जाता। अरी मँझली, देख तो कौन आया है!"

और भागकर मामी उससे लिपट गई तो उसे लगा, आतप से झुलसा उसका शरीर, मन दोनों देवद्रुम की शीतल छाया पाकर ठंडा गए हैं।

"तार क्यों नहीं किया री?" मामी ने भी अम्मा का उलाहना दोहराया तो वह हँसकर कहने लगी, "तार क्या आजकल वक्त से पहुँचते हैं मामी? करती तो भी शायद मेरे दिल्ली लौटने के बाद मिलता—अल्मोड़ा तो एकदम सभ्य हो गया है अम्मा, पहचान ही में नहीं आता।"

"हम भी उसकी पहचान में नहीं आते बेटी! न अब यहाँ धोबी जुटते हैं, न नौकर—अभी तक हमें कोई बर्तन मलनेवाली भी नहीं जुटी—तेरी मामी ही करती है सब।"

मामी ने गर्म चाय का गिलास थमाया तो वह हँसकर कहने लगी, "नहीं, अम्मा, अल्मोड़ा नहीं बदला, जरा भी नहीं। बदला होता तो ऐसे स्टील के

गिलास में चाय थोड़े ही न मिलती! क्यों मामी, कहाँ गए तुम्हारे बोन चाइना के प्याले, चाँदी की केतली, चीनीदानी, दूधदानी?"

कैसे कायदे से चाय पीती थी मामी, चाँदी की ट्रे पर नित्य नवीन बिछाया गया लेस लगा ट्रेक्लॉथ, टी कोजी से ढकी केतली और पीने से पूर्व, गर्म जल से खँगाले गए नाजुक प्याले!

"अब वह अल्मोड़ा कहाँ रह गया है कालिंदी," एक लम्बी साँस खींचकर अन्ना ने आँचल से अपना गिलास थामकर कहा, "इसी शहर में टके के दो नौकर बिकते थे, भले ही तनख्वाह न दो, दो जून की रोटी भात-दाल में ही खुश, चाहे उन्हें फिर छः महीने में ही वह रोटी लग जाती थी—तेरे बाबू कहा करते थे—भड्डू दाल दाल करबरे ऊँनी, ज्यों-ज्यों कूनै जानी (बटलोही की दाल-दाल कहते आते हैं और फिर पत्नी-पत्नी की रट लगा चले जाते हैं)। एकदम ठीक कहते थे बाबू, हमारे यहाँ से न जाने कितने मदनिया, मौनिया, बिस्नुआ, सींक-सी देह लेकर आए, और भीम बनकर साल ही भर में शादी करने घर चले गए और वहीं के हो गए—उस सोबनिया की याद है तुझे, कानों में सोने के बटन पहनता था?"

"हाँ-हाँ, पर वह काम कहाँ करता था अम्मा, दिन भर तो तीनों मामाओं के साथ पतंग उड़ाता रहता था!"

"अरे वही, अब देखेगी तो पहचान भी नहीं पाएगी। बाबू ने ही उस ढीठ को देवी के संग स्कूल में भर्ती करा दिया था, इंटर किया, बी. ए. किया, फिर एम. ए. पास कर आई. ए. एस. भी बन गया।"

"हाय अम्मा, सच?"

"और क्या झूठ, मैंने इस बार देखा तो लगा, सपना देख रही हूँ। हे भगवान, यह क्या वही सोबनिया है जो कोट की बाँह से नाक पोंछता था! पर एक बात कहूँगी, तेरे मामा के सामने खड़ा ही रहा, कुर्सी पर नहीं बैठा, तुझे बहुत पूछ रहा था।"

"कहाँ है अम्मा, मैं उससे ज़रूर मिलूँगी।"

"चला गया। कोटा में है, किसी जज साहब की बेटी से विवाह कर लिया है, उसकी बैचमेट थी, अब तो एक बेटा भी है।"

"लगता है, अम्मा, हमारे नौकर ही ऊपर उठ रहे हैं, हम धीरे-धीरे धरातल में धँसे जा रहे हैं।"

द्वार खोलकर देवेन्द्र खड़ा हो गया तो वह भागकर उससे लिपट गई।

"अरे, ये कहाँ से आ गई! क्यों री, कैसे आई? बस से या ट्रेन से, खबर क्यों नहीं दी?"

"सबर-सबर मामा, जब से आई हूँ तब से प्रश्नों से ऐसी ही बिंधी जा रही हूँ जैसे प्रेस कॉन्फ्रेन्स के चक्रव्यूह में घिरी प्रधानमन्त्री हूँ—आ गई हूँ, क्या इतना ही काफी नहीं है?"

"है क्यों नहीं, पर हम तेरे स्वागत की तैयारी तो करते।"

"आपने क्या कम तैयारी की है मामा—आई मस्ट से, यू आर ग्रेट मामा, सिंपली ग्रेट! घर को तो आपने महल बना दिया है!"

"पर तेरी मामी तो अभी भी खुश नहीं है री।"

"कौन कहता है, मैं खुश नहीं हूँ—बस, यहाँ के रूखे लोगों से शिकायत है मुझे—न जाने कैसे उखड़े-उखड़े रहते हैं ये अल्मोड़िए! कई जगह जा चुकी हूँ, कोई आता ही नहीं।"

"यह क्यों भूल जाती हो मँझली," मामा ने हँसकर कहा, "इतने बरसों तक हम भी तो इस शहर से उखड़े-उखड़े रहे—अब यहाँ के लोग हमें स्वार्थी, भगोड़े समझते हैं, उनकी भाषा में हम 'देसी' बन गए हैं, बहुत हुआ तो चार-पाँच साल में एक बार आ गए, जून, गहत-भट्ट, बाल सिंघौड़ी बटोर फिर चले गए—सरकारी सेमिनार के विशुद्ध सरकारी पाहुने बनकर ही तो आते हैं हम पहाड़ी अफसर! सरकारी अतिथिशालाओं का आतिथ्य ग्रहण कर, भूले-भटके आत्मीय स्वजन मिल गए तो नमस्कार-वमस्कार कर लिया, नहीं तो उलाहना मिलने पर कह दिया—क्या करें, मीटिंग से ही फुर्सत नहीं मिली। न अपने बच्चों को ही अपनी भाषा सिखा पाए हैं, न आचार-व्यवहार—कितने पर्वतपुत्र आज चरण तल नमस्कार का व्याकरण समझते हैं—हाय, हैल्लो या बहुत हुआ तो बड़ी अनिच्छा से दो हाथ जोड़ लिये।"

"क्यों जी, क्या नहीं सिखाया हमने?" मँझली ने तुनककर कहा, "हम पैलागा कहना भूल गए हैं क्या? पूजापाठ, धर्मकर्म, श्राद्ध—क्या नहीं मानते हम? हरेल, डोर दुबज्योड़ा, बग्वाली—कौन-सा तीज-त्यौहार नहीं मनाया जी हमने?"

"अच्छा, बताओ तो 'खतडुवा' मनाया है कभी?" देवेन्द्र रह-रहकर उसे उकसाने पर तुला था।

"वह क्या होता है मामा?"

"देखा दीदी, तुम्हारी बेटी पूछ रही है वह क्या होता है—इन्हीं छोटी-छोटी भूलों का दंड, पहाड़ हमें अब दे रहा है! उसके लिए तो उसका हर त्यौहार सवा-सवा लाख का होता है। जानती है चड़ी, जब हम छोटे थे तो यही त्योहार, हम कितनी धूमधाम से मनाते थे, पूछ अपनी माँ से—दूर-दूर की पहाड़ी चोटियों पर मशाल से जलते अग्निस्तूल और चीखते-चिल्लाते बड़े-बूढ़े बच्चे—भेल्लोजी भेल्लो, भेल्लो खतडुवा—लम्बे-लम्बे डंडों में बंधे, हरी कच्ची ककड़ी के नन्हे 'फुल्यूण', वही फिर प्रसाद रूप में बाँटे जाते—एक बार नरिया आग पीटने में पूरी हथेली ही जला बैठा था, याद है दीदी, बाबू कैसे बिगड़े थे! पर उसे कहाँ थी परवाह, वह तो नाच-नाचकर गा रहा था :

भेल्लोजी भेल्लो
भेल्ली खतडुवा
गैकी जीत खतडुवै की हार
खतडू लागो धीरे धार!

अम्मा और मामा को ऐसे खिलखिलाते कालिंदी, बहुत दिनों बाद देख रही थी।

फिर वे उसी की ओर मुड़े, "क्यों री, कितनी छुट्टियाँ हैं तेरी?"

"बस, चार दिन, इतवार को चली जाऊँगी, इसीलिए काठगोदाम से ही रिटर्न टिकट लेकर आई हूँ।"

"इतने कम दिनों के लिए आई ही क्यों री?"

अम्मा ने कहा तो वह बोली, "देखा मामा, न आती तो कहती, आई नहीं—अब आई हूँ तो कहती है, क्यों आई? चलूँ, नहा लूँ, फिर कुछ खाने को दो मामी, बेहद भूख लगी है—कहीं एक कुल्हड़ चाय भी नहीं जुटी..."

अम्मा बड़े उत्साह से खड़ी हो गई, "जा, नहा-धो ले, अब तो गुसलखाने में चौबीसों घंटे पानी रहता है।"

नहा-धोकर वह फिर हीटर खींचकर मामा से सटकर बैठ गई।

"हाँ, तो भानजी, कैसी चल रही है तेरी नौकरी? माधवी कैसी है, उसे भी साथ ले आती।"

माधवी के नाम के साथ ही कालिंदी का चेहरा म्लान हो गया, फिर वह अपने को संयत कर हँसी, "वह कैसे आती मामा? उसकी शादी है अगले महीने।"

"क्यों, माँ-बाप राजी हो गए क्या?"

"नहीं, पर वह कहती है, वह उनकी अनुमति की अब और प्रतीक्षा नहीं करेगी।"

माधवी की शादी की सम्भावित तिथि सुनकर देवेन्द्र सोच में डूब गए, कालिंदी तो अब दिल्ली में एकदम ही अकेली रह जाएगी।

अन्नपूर्णा थालियों में खाना परस वहीं ले आई थी।

"यहाँ?" आश्चर्य से कालिंदी ने पूछा, "मामा, क्या आप अपने सब अदब-कायदे दिल्ली में ही छोड़ आए?"

"और क्या बेटी, जो मजा यहाँ हीटर के पास बैठकर खाने में है, वह मेज कहाँ—बल्कि मैं तो अक्सर चौके ही में पटला डालकर बैठ जाता हूँ। तेरी भाभी गर्म-गर्म रोटी तवे से निकाल, सीधे मेरी थाली में उछाल देती है—कहीं कोई बिचौलिया नहीं—राइट फ्राम दी फ्राइंग पैन।"

कालिंदी उस दिन एक के बाद एक, न जाने कितनी रोटियाँ खा गई थी—बाप रे, कैसी भूख लगती है यहाँ! खाकर अम्मा के बगल में लेटी तो ऐसी नींद आई कि सूरज उगने पर भी सोती ही रही।

दूसरे दिन भी वह सोई ही रही, और मामा अपने मित्र बसन्त मामा की बीमार पत्नी को देखने निकल गए—लौटे तो दिन चढ़ आया था।

"क्यों, आप इतनी सुबह कहाँ चले गए थे मामा? कुहरा भी नहीं छँटा था..."

"बसन्त मामा की पत्नी बहुत बीमार है कालिंदी, लकुआ पड़ गया है, उठ-बैठ भी नहीं सकती।"

"हाय, वह तो एक दम मोटी-तगड़ी थीं, और कितनी सुन्दर थीं अम्मा!"

"अब कहाँ रह गई है वैसी, तू भी कल मामा के संग देख आना। पहचानती तो अभी भी है—बस, बोल नहीं सकती, तुझे देखकर खुश हो जाएगी। कितना प्यार करती थी तुझे! 'चड़ी' नाम तेरा उसी ने तो धरा था।"

दूसरे ही दिन वह मामा के साथ लाल मामी को देखने पहुँच गई थी। कभी मामी के रंग के कारण ही उनका यह नाम पड़ गया था। किसी की लाल मामी थी, किसी की लाल चाची और किसी की लाल भाभी!

लाल मामी आँगन में ही एक झूले-सी पलंग पर पड़ी थी। हड्डियों का ढाँचा, दोनों ओर से बहुत भीतर धँस गई कनपटियाँ, सूखे ओठों पर पपड़ियाँ और चीकट से तकिए पर लटकी उनकी बेजान बटेर-सी गर्दन!

छिः-छिः, इतने वर्षों से विदेश में प्रवासी पुत्र, माँ की इस दुरवस्था में भी उसे देखने नहीं आ सका? वहाँ की प्रथानुसार तो वह नित्य ही लगभग नई-नई चादरें ट्रैशकैन में फेंक देता होगा, यहाँ उसकी माँ जीर्ण-शीर्ण बिस्तर पर पड़ी, असहाय रिक्त दृष्टि से, क्या अपने उसी खोए पुत्र को शून्याकाश में ढूँढ़ रही थी? लग रहा था, बेटे ही के लिए हड्डियों के उस ढाँचे में कहीं उनके प्राण अटककर रह गए हैं।

"मामी, ओ लाल मामी, पहचाना मुझे?" फिर बिस्तर से उठ रहे दुर्गंध के भभके को बरबस ठेलती वह उस कंकाल पर झुक गई थी।

"लाल मामी, बता तो मैं कौन हूँ?" उसने बड़ी ललक से पूछा।

"वह क्या बोल सकती है चेली, बोल पाती तो तुझे देखते ही पुकारती, 'चड़ी, चड़ी' पर तुझे पहचान लिया है, देख..." कह अवरुद्ध अश्रुजड़ित कंठ से बसन्त मामा ने अवश पड़ी पत्नी की आँखों की ओर अँगुली दिखाई—आँखों की कोर पर, विवश अश्रुबिन्दु, धँसे कपोलों पर टपकने को तत्पर थे। उसने मामी का हाथ थाम लिया—बरसों तक काम करते-करते घिस गई काँच की चूड़ियों में सामान्य-सा स्पन्दन हुआ—यह क्या पहचान की खनक थी?

इन्हीं अँगुलियों ने, बचपन में कैसी-कैसी केशसज्जाओं में उसकी मोटी चोटी को सँवारा है। चोटी गूँथना लाल मामी की हॉबी थी। मुहल्ले-भर की बहू-बेटियों को इकट्ठा कर, वह छपछप तेल ठोंकती फिर उनकी चोटियाँ गूँथती—कभी ढीली, कभी कसी, कभी गढ़वाली और कभी नेपाली।

"तू तो अब डॉक्टरनी बन गई है चड़ी, एक दिन अब अपनी मामी की जाँच कर डाल..." बसन्त मामा देवेन्द्र मामा से वयस में छोटे होने पर भी एकदम बूढ़े लगने लगे थे, खल्वाट के बीच चमकती उनकी दूधिया चमड़ी और पोपला मुँह।

"क्यों नहीं मामा, आप मत घबड़ाइए, एकदम ठीक हो जाएगी मामी।"

"नहीं बेटी," उनका स्वर जैसे मीलों दूर किसी अभेद्य पातालगुहा से चला आ रहा था, "झूठी दिलासा मत दे बेटी, यह कभी ठीक नहीं होगी, इसकी चोट बहुत गहरी है, सन्तान ने ही गोली मारी है इसे, सन्तान की दागी गई गोली फिर चिता में हड्डियाँ चटकने पर ही निकलती है। तू कितनी ही बड़ी सर्जन क्यों न हो, इसकी गोली कभी निकाल नहीं पाएगी..."

कालिंदी ने सिर झुका दिया, शायद ठीक ही कह रहे थे बसन्त मामा।

"कई चिट्ठियाँ लिख चुका हूँ, लिखना तो नहीं चाहता था पर क्या करूँ, इसकी हालत दिन-पर-दिन गिरती जा रही है। मैंने यहाँ तक लिख दिया कि अब देर की तो माँ का मुँह भी नहीं देख पाआगे, जिन्दगी भर पछताओगे कपूत! आज ही चिट्ठी आई है कि मैं नहीं आ सकता, पहले किसी वैज्ञानिक की कॉन्फ्रेन्स में वियना जाना है फिर जेनेवा और फिर चीन—मेरा आना असम्भव है, इजा को आप दामी से दामी प्राइवेट नर्सिंग होम में रख दीजिए, पूरा खर्चा मैं दूँगा..."

देवेन्द्र मामा चुपचाप सिर झुकाए ऐसे खड़े थे जैसे अपराधी बसन्त का नहीं, स्वयं उन्हीं का पुत्र हो।

"रुपया ही क्या सब कुछ है रे देबी?" बसन्त मामा ने मित्र के कन्धे पर हाथ रखकर कहा, "आज हमारी सन्तान माँ-बाप का प्यार भी रुपयों में खरीदना चाहती है—घूस लेने और देने की ऐसी आदत पड़ गई है इस पीढ़ी को कि माँ-बाप को भी घूस देकर जीतना चाहती है—जितना चाहे रुपया ले लो, उपहार ले लो, मकान बनवा लो पर हमारी सुख-शान्ति में बाधा डालने की जुर्रत मत करो—हमारे दाल-भात में मूसरचन्द मत बनो..."

फिर कहते ही वे स्वयं खिसिया गए, "कैसा मूरख हूँ रे मैं देबी, चाय के लिए भी नहीं पूछा—बैठ, मैं चाय ले आऊँ।"

"नहीं मामा, अभी चाय पीकर ही तो आए हैं, तुम बैठो।" कालिंदी ने उन्हें रोकने की चेष्टा की।

"तू भी चेली, ऐसा हो सकता है कि पहाड़ का कोई घर, अपने पाहुनों को चाय पिए बिना जाने दे! एक गिलास चाय ही तो अब रह गई है हमारे पास—फिर ऐसा-वैसा मत समझना अपने इस मामा को, उसके बेटे ने विलायत से उसके लिए बिजली की केतली जो भेज दी है।" बड़े व्यंग्य से हँसते वे भीतर चले गए।

"कैसा सिनिक हो गया बसन्त!" मामा ने कहा।

"परिस्थितियाँ ही आदमी को सिनिक बनाती हैं मामा, मुझे मिलता पिन्टू दा तो मैं चीरकर रख देती—शर्म नहीं आती उसे?"

उसके बाद, उठते ही वह नित्य बसन्त मामा के यहाँ जा, मामी का हाथ मुँह धुला, बिस्तर साफ कर चम्मच से खिला-पिलाकर ही लौटती। बाजार जा कर वह आधी दर्जन चादरें, गिलाफ, फीडिंग कप, बैडपेन सब कुछ लाकर रख गई थी। दो ही दिन में लाल मामी की आँखों में चमक आ गई थी,

उसे देखते ही वह खुशी से 'गों गों' करने लगती—मामी के अकृतज्ञ सुदर्शन पुत्र के चित्र को मकड़ियों ने जाल से भर, अपना स्थायी आवास बना लिया था, उसे यत्न से पोंछ-पाँछ, उसने मामी के सिरहाने धर दिया जिससे वह सामान्य-सी गर्दन फेरने पर भी उसे देख सके। पौत्रों के भेजे 'ग्रैन्नी गैट वेल सून' के विभिन्न कार्ड उसने सजाकर दीवाल पर टाँग दिए।

"मामा, यह मिक्सी काम में क्यों नहीं लाते?" उसने धूल जमी मिक्सी को साफ करते-करते पूछा, "धरे-धरे खराब हो जाएगी।"

खीजे बसन्त मामा ने तड़ाक से कहा, "क्या पीसूँ री इसमें—अपना कलेजा या तेरी मामी का?"

वह समझ गई, पुत्र को वे शायद कभी क्षमा नहीं कर पाएँगे।

"मैं जानता हूँ बेटी, अपनी अमेरिकन पत्नी और बेटों को लेकर वह कभी यहाँ नहीं आ पाएगा—पहाड़ के खटमल जो उसकी पत्नी का सारा विलायती खून चूस लेंगे।"

"कैसी बातें करते हो, मामा!" कालिंदी ने हँसकर कहा।

"हाँ-हाँ, झूठ नहीं कह रहा हूँ, उसने एक बार यही लिखा था, आना तो चाहता हूँ पर क्या करूँ बाबू, अल्मोड़े के खटमलों से डर लगता है। पिछली बार आया तो खटमलों ने खा लिया था, महीनों तक एंटी एलर्जी गोलियाँ खानी पड़ीं—आएगा तो यहीं रहना पड़ेगा, इसी घर में जहाँ जन्मा है, पला है, बड़ा हुआ है, अब तक अल्मोड़े में कोई फाइव स्टार होटल भी तो नहीं बना जो वहीं बाल-बच्चों को लेकर चला जाए—यही तो मूर्खता है हमारी, जब जानते हैं कि हमारे बच्चे अब सभ्य हो चुके हैं, अमेरिका जाना जब उनके लिए रानीखेत-भीमताल जाने-सा सुगम हो गया है तो हमें यहाँ एक फाइव स्टार तो बनाना ही चाहिए था। क्यों, है न बेटी?"

वृद्ध मामा की सफेद मूँछें तक व्यंग्य से सतर हो गई थीं।

फिर एक दिन तो बसन्त मामा ने उसे चौंका ही दिया।

"जानती है चड़ी, तू जब बहुत छोटी थी तब ही से मैं तुझे बहू बनाने का सपना देखने लगा था। मैं खूब समझता था, कि मेरा वह सपना कभी पूरा नहीं हो सकता। आज वह सपना पूरा हुआ होता तो तेरी लाल मामी की ऐसी दुर्दशा न होती।"

कालिंदी ने आश्चर्य से उस सरल सौम्याकृति वृद्ध की ओर देखा और हँसने लगी, "कैसी बातें कर रहे हो मामा, पिन्टू दा को मैंने बग्वाली का

टीका किया है, राखी बाँधी है।"

"तूने न भी बाँधी होती, तो भी मैं गंगू तेली क्या राजा भोज की भानजी को बहू बनाने का सपना पूरा कर सकता था पगली?"

उनका उदास कंठ-स्वर सुन फिर बहस करने का कालिंदी को साहस नहीं हुआ था।

"तुम हो भारद्वाज गोत्री, ऊँचे पन्तों की पुत्री और मैं हूँ दया का दीन-हीन ब्राह्मण। पहाड़ का जटिल कानून मेरी मुश्कें न बाँध लेता? भले ही आज दीवानदाठ जोशियों के वैवाहिक सम्बन्ध पाकिस्तान से ही क्यों न हो गए हों पर हमारी कठुआ पहाड़ी बिरादरी की रस्सी जलने पर भी ऐंठ अभी नहीं गई है। भले ही दूसरे गंधाते नौले का कीचड़-काई सना पानी पी लें, पर अपनी बिरादरी का विशुद्ध गंगाजल ही चाहिए उन्हें।"

कालिंदी चुपचाप बैठी सुनती रही।

"तब तू हाईस्कूल में थी, पिन्टू उसी साल पढ़ने मद्रास आई. टी. आई. गया था। छुट्टियों में घर आया था, तेरी मामी इसी आँगन में तेरी चोटी बना रही थी—पिन्टू माँ के पास बैठा अखबार पढ़ रहा था। मुझे आज भी याद है, काली शलवार पर लाल कुर्ते और मौजी के गुलाबी फुलवरी दुपट्टे में, उस दिन साच्छात लछमी लग रही थी तू चड़ी—आहा, कैसी नरैणालछमी की-सी जोड़ी लग रही है इनकी, मैंने मन-ही-मन सोचा और उसी पल जीभ काट, अपने को फटकारा था—धुरे दोटकिया बामण, झोंपड़ी में रहकर महलों के सपने देखता है रे! मैं तब क्या जानता था कि मेरा नादान बेटा भी यही सपना देखने लगा है। यहाँ तो उसे कुछ कहने की शायद हिम्मत नहीं हुई, मद्रास पहुँचते ही, उसने अपनी माँ को चिट्ठी लिखी, इजा, तू कभी-कभी मेरा रिश्ता लगाने की बात करती है—देख, अभी से बता दूँ, मुझे देवी ताऊ की भानजी कालिंदी बहुत अच्छी लगती है—बात लगाएगी तो वहीं लगाना—मैं और कहीं नहीं करूंगा... मैंने उसे लिखा—खबरदार, अब कभी यह बात जबान पर मत लाना—हम दया के जोशी हैं और वे हैं मल्यारा के पन्त, नाक पर मक्खी नहीं बैठने देते, समझा? हमारे लिए लम्बे खजूर का फल है वह!

"फिर हम जहाँ कहीं उसकी बात चलाते, वह एक ही बात लिखता—चाहते हो पहाड़ का ही फल खाऊँ तो कहे दे रहा हूँ, दो टके के काफल, हिंसालु, किल्मोड़ी, मिल्मोड़ी, नहीं खा सकता, मैं खजूर ही खाऊँगा।

"और फिर ऐसे लम्बे खजूर पर चढ़, अपना मनपसन्द फल ले आया कि न हमें फल ही जुटा, न लम्बे खजूर की छाया!"

लाल मामी को स्पंज कर वह घर लौटी तो एक-एक बात स्वयं स्पष्ट हो गई। पिन्टू दा का, उसे एक दिन एकान्त में समर्पित गुलाब का फूल, उससे अपने लिए टर्टल नेक का स्वेटर बिन देने का अधिकारपूर्ण आग्रह कर, उसने कहा था–"तेरे बिना स्वेटर मैं फिर बक्से की तह में हमेशा सहेजकर रख दूँगा री चड़ी, सौ बरस तक ज्यों का त्यों धरा रहेगा।"

पर इस अल्हड़ अलमस्त किशोरी को, तब कुछ भी समझ में नहीं आया था।

"स्वेटर बिनूँगी न ठेंगा–मेरे बोर्ड की परीक्षा है न मार्च में?"

"मेरे पास चली आया कर न, सब पढ़ा दूँगा तुझे," उसने कहा तो पहली बार उसे अपने उस बाल्यसखा की आँखें देख, न जाने कैसा भय-सा हुआ था–न जाने ऐसे क्यों देख रहा था उसे, जैसे पहले कभी देखा ही न हो! और फिर उसकी परीक्षा के दिन, कड़कड़ाती ठंड में बरफ फाँदता, अपने हाथ का बना कार्ड वह लजीला युवक, उसके मामा को थमा गया था। मोती के से अक्षरों में लिखा था–विश यू आल दी बैस्ट! जब वह मामा के साथ दिल्ली गई, तब भी वह उन्हें विदा देने बस स्टैंड आया था। चुपचाप हाथ बाँधे उस अल्पभाषी प्रणयी ने एक शब्द भी नहीं कहा–केवल दोनों हाथ जोड़ दिए थे। तीखे नैन-नक्शवाला पिन्टू दा, जिसके चश्मे के मोटे लैंस के नीचे और भी बड़ी लगती रसीली आँखें, मोती से उजले दाँतों की निर्दोष बालसुलभ हँसी और बेहद लम्बी अँगुलियाँ, जिसकी अनामिका में वह चाँदी में बँधी बड़ी-सी मूंगेजड़ी अँगूठी पहनता था।

"ये लड़कियों की-सी अँगूठी क्यों पहनते हो पिन्टू दा?" एक दिन उस मूर्खा ने उसकी प्रणय विकम्पित अँगुली ही पकड़कर अपना निर्दोष प्रश्न पूछ दिया था।

"बाबू ने पहना दी थी, तुम्हारे ही नाना ने तो पहनाने को कहा था, मैं बचपन में बहुत जिदियाया करता था–जो माँगूँ वही मिले नहीं तो धांत (दाँती लगना) चढ़ जाती थी मुझे।"

"अच्छा! फिर?" उसने अपनी तीखी नाक कपाल में चढ़ा बड़े अल्हड़पन से पूछ दिया था, "अब नहीं जिदियाते?"

उसी समय अम्मा उसके लिए चाय लेकर न आ जाती तो शायद वह

लजीला निवेदक, अपने बचपन की धांत निःसंकोच होकर, दोहरा देता।

फिर तो अल्मोड़ा ही छूट गया--और पूरे तीन वर्षों बाद, मामा को उसने एक पत्र में, अपने विवाह की सूचना देकर आग्रह किया था कि वे ही इस शुभ या दुःसम्वाद का समाचार उसके पिता तक पहुँचा दें, स्वयं पिता की छाती में वह हथगोला मारने का शायद उसे साहस नहीं हुआ था। पर क्या देखा होगा पिन्टू ने उस मुटल्ली में! विवाह के चित्र में ही वह चार बच्चों की अम्मा लग रही थी। अब तो उसके बेटे थे—अनैल और सुनैल। दोनों के नाम अनिल और सुनील का ही वह अमेरिकी विकृत उच्चारण उसके पिता को बौरा गया था।

"क्यों रे हतभागे, अमेरिका ने तेरी जबान भी ऐंठ दी है क्या?"

न फिर कालिंदी ने उसे कभी देखा, न उसने—पर पुरानी फाँस शायद उसे अभी भी साल रही थी, क्योंकि बसन्त मामा को जब भी पत्र मिलता, उसमें कालिंदी का उल्लेख अवश्य रहता।

वह कहाँ है, क्या कर रही है, कहीं उसके विवाह की बात चल रही है या नहीं?

लाल मामी की दुरवस्था देख, फिर उसके पहाड़ आने का समस्त उत्साह ही ठंडा पड़ गया था, उस पर बसन्त मामा का निष्कपट निवेदन उसे और भी विचलित कर गया। उसे क्या पता था कि पिन्टू दा के मन में, उसके लिए ऐसी दुर्बलता छिपी थी और थी भी तो वह चुप क्यों रहा? कहता भी तो क्या होता! लाल मामी की ऐसी दुर्दशा न होती?

पर उसके मन में तो कभी कोई विकार नहीं था, न तब और न अब, फिर भी बीच-बीच में उसे ऐसी आत्मग्लानि क्यों क्षुब्ध कर रही थी? क्या तब उसी की उपेक्षा ने, उस लजीले संकोची युवक को, बरबस उस मुटल्ली विदेशिनी की बाँहों में ठेल दिया था? फिर जी में आया, क्यों न बसन्त मामा से, उसका फोन नम्बर लेकर उसे फोन पर लाल मामी की शोचनीय अवस्था की सूचना देकर, उससे घर आने का आग्रह करे! यदि अब भी उसके हृदय में उसके लिए वही दौर्बल्य रह गया है तो वह उसका आग्रह कभी नहीं ठुकरा पाएगा। यदि ऐसा हुआ तो—बेचारी लाल मामी, पुत्र को देख शान्ति से तो जा सकेगी! इतना तो वह मामी के लिए कर ही सकती थी। फोन करने का अर्थ, यह तो नहीं होगा कि वह अपने उस विस्मृत तथाकथित प्रणयी को व्यर्थ बढ़ावा दे रही है? उसने मामा से पूछकर ही

फोन मिलाया था, वह कहीं गया हो और वह अपरिचिता विदेशिनी फोन उठाए तब? पर फोन उसी ने उठाया। आवाज इतनी साफ आ रही थी, जैसे उसी की बगल में खड़ा बोल रहा हो।

"पिन्टू दा, मैं हूँ कालिंदी!"

"कौन?"

"चड़ी! अल्मोड़ा से बोल रही हूँ।"

"अरे चड़ी, तुम? कैसे आई, कब आई?" वह जैसे अधैर्य से बौराता, बाँहें फैलाता, टेलीफोन के आले में ही घुसा चला आ रहा था।

चड़ी को हँसी आ गई और उस विस्मृत, प्राणों से प्रिय परिचित हँसी की खनक, एक पल को सुननेवाले को शायद गूँगा बना गई।

"पिन्टू दा, सुन रहे हो न?"

"हाँ-हाँ, सुन रहा हूँ—बोल न चड़ी..."

"लाल मामी बहुत बीमार हैं पिन्टू दा।"

"जानता हूँ चड़ी, बाबू की चिट्ठी मुझे मिल गई है, पर कैसे आऊँ, तुम ही बताओ—मुझे आज ही वियना जाना है, बहुत बड़े-बड़े वैज्ञानिकों के सामने मुझे अपना पेपर पढ़ना है..."

"तुम्हारा पेपर क्या लाल मामी से ज्यादा इम्पोर्टेंट है पिन्टू दा? मामी की हालत बहुत खराब है, ज्यादा से ज्यादा आठ-दस दिन में तुम फौरन चले आओ..."

उसकी क्षणिक चुप्पी, कालिंदी को आश्वस्त कर गई, वह आएगा, निश्चय आएगा।

"नहीं चड़ी, मैं नहीं आ सकता। आई एम सॉरी। बाबू को समझा देना।"

कालिंदी ने गुस्से में फोन पटक दिया, उसके कुछ न कहने पर भी उसके पास खड़े बसन्त मामा सब समझ गए।

"मैं जानता था चड़ी, वह कभी नहीं आएगा, एक तरह से अच्छा ही हुआ, 'पिल फुट पीड़ गे'—फोड़ा फूटा और दर्द गया। कम से कम झूठी आशा में तो बैठे नहीं रहेंगे—मैं ही उसे डोली में बिठाकर घर लाया था, मैं ही कंधा देकर उसे घाट भी पहुँचा सकता हूँ—अच्छा है, ऐसे कठोर कपूत के कन्धे उसे न मिलें।"

और फिर आँखों के आँसू छिपाने ही शायद वे बिना उनकी ओर देखे, भन्नाकर निकल गए थे।

दूसरे ही दिन कालिंदी को दिल्ली लौटना था। अम्मा ने उसके रास्ते का खाना बनाकर धर दिया था, मामी ने बाजार से पहाड़ी मिठाई के सौगाती डिब्बे लाकर पूरी टोकरी तैयार कर दी थी—सेब, नाशपाती, अखरोट और अचार!

"लो मामी, एक ही बैग लेकर आई थी, सोचा था, हलकी-फुलकी यात्रा रहेगी, तुमने एक और बोझ बढ़ा दिया।"

"अरी कौन-सा ढाई मन का बोझा है, दो हाथ दिए हैं भगवान ने, दो थैले लटका लेना।"

"आज बसन्त बड़ा उदास है," देवेन्द्र ने कहा, "कह रहा था चड़ी चली गई तो मैं क्या करूँगा रे देबी—बोल तो नहीं सकती पर उसकी लाल मामी उसे बहुत मिस करेगी।"

पर तब किसे पता था, लाल मामी उसे नहीं, वह लाल मामी को जीवन-भर मिस करेगी!

उस दिन बड़ी देर तक वह माँ, मामी के साथ टी.वी. देखती रही, नित्य की भाँति खाना भी नहीं खाया, फिर अन्नपूर्णा ने ही उसे जबरन उठा सोने भेज दिया था, "जा, अब समय पर सो जा, तुझे पहली बस पकड़नी है न?"

तब ही घंटी बजी और चारों को एकसाथ झटका-सा लगा।

"देख तो देबी, कौन आया इतनी रात को! कोई मिलनेवाला तो हो नहीं सकता, आज शनिवार है। शनिवार और मंगल के दिन भला कौन पहाड़ी इष्टमित्र मिलने आ सकते हैं!"

मामा ने द्वार खोला तो पागलों से बाल बिखराए लाल-लाल आँखें लिये, चित्रांकित से बसन्त मामा खड़े थे।

"क्या बात है बसन्त, भीतर आ न, द्वार पर ही क्यों खड़ा है?" देवेन्द्र ने मित्र का हाथ पकड़कर खींचा।

"नहीं, भीतर नहीं आऊँगा, सूतक लग गया है रे देबी, वह गई..."

"क्या बात कर रहे हो बसन्त, अभी सात बजे तो हम मिलकर आए थे!" अन्ना हड़बड़ाकर खड़ी हो गई।

"जानता हूँ, तुम मिलकर आई थीं दीदी, अपनी चड़ी के हाथ का दूध भी गटक कर गई है मेरी सरु—सीधे सरग जाएगी।"

उसी शून्य दृष्टि से बसन्त मामा ने उन्हें देख फिर अपनी मांसहीन भुजा आकाश को उठाकर कहा, "सरग सीधे सरग!"

दिमाग फिर गया था क्या बेचारे मामा का!

आजकल बात-बात पर पिल्ल से रो देनेवाला यह पिलका बसन्त आज रो क्यों नहीं रहा था?

कैसी भयानक लग रही थीं वे अश्रुहीन कोटरग्रस्त बड़ी-बड़ी आँखें!

"चल, चल, मैं चलता हूँ, पास-पड़ोस में खबर दी या नहीं?" एक शॉल ओढ़ मामा बदहवास से चप्पल ही डालकर निकल गए थे।

अन्ना और शीला–दोनों स्तब्ध खड़ी थीं।

सहसा कालिंदी ही टूट गई–धम्म से जमीन पर बैठ, दोनों घुटनों में सिर डाल वह निःशब्द रोने लगी।

दुर्वह वेदना की कैसी गरु पोटली छाती पर ही धरे चली गई लाल मामी!

"रो मत चेली!" माँ ने उसकी पीठ पर हाथ धरा।

"अच्छा हुआ, तू यहाँ आ गई थी, जाने से पहले उसका कुछ दुख-दर्द तो तूने बाँट ही लिया–तू न होती तो बेचारी गू-मूत में पड़ी कलपती रहती–भाग्यवान थी, माँग का सिन्दूर सहेजे, बसन्त के कन्धे पर तो जाएगी। चल, उठ, हमें भी वहाँ जाना चाहिए–बसन्त का और है ही कौन!"

वे वहाँ पहुँचीं तो पास-पड़ोस की भीड़ आ जुटी थी। जमीन गोबर से लीप, तुलसी के गमले और शालिग्राम की मूर्ति सिरहाने धर, लाल मामी को लिटा दिया गया था–उसके दोनों हाथों की अँगुलियाँ जो महीनों से सीधी नहीं हो पाती थीं, आज स्वयं सीधी हो परस्पर गुँथी, मामी की छाती पर धरी थीं। मामी का वही लाल रंग, कुछ क्षणों के लिए मृत्यु बड़े औदार्य से लौटा गई थी। शव का चेहरा जैसा विवर्ण हो जाता है, वैसा एकदम ही नहीं था, अर्धोन्मीलित क्लांत आँखों को शीला मामी ने ही हाथ धर मूँद दिया था, फिर शीला ने ही लाल मामी को नहला-धुला, लाल साड़ी पहना नन्हा-सा घूँघट निकाल दिया। हाय, सुदीर्घ व्याधि में घुल-घुलकर छिपिल-सी देह कैसी सिकुड़ कर बित्ते भर की रह गई थी! हाथ में उन्हीं वर्षों की घिसी काँच की चूड़ियों के बीच न जाने कब की बँधी कलावे की विवर्ण डोरी!

नाक की लौंग का लाल पत्थर, जिसे बचपन में कालिंदी ने छूकर न जाने कितनी बार लाल मामी को चिढ़ाया था : "लाल मामी की लाल फुल्ली!"

सोने का एकमात्र वही आभूषण था बेचारी मामी के पास, किन्तु आकांक्षाएँ थीं असीम!

"अरी चड़ी, देखना, मेरा पिंटुआ जब बहुत बड़ा अफसर बनेगा तो

कहूँगी–तेरे बाप ने तो कभी तीलाभर सोना भी नहीं लेकर दिया, अब तू ही मुझे ग्वालियर का मंगलसूत्र बनवा दे–तिलड़ा मंगलसूत्र–वहाँ बहुत बढ़िया मंगलसूत्र बनते हैं री चड़ी–और कहूँगी, पिंटुआ रे, एक हीरे की लौंग पहनने का बहुत मन है मेरा–और फिर देखूँगी, कैसे कहती है–लाल मामी की लाल फुल्ली!"

पर मन की मन में ही लिये जा रही थी लाल मामी! पैरों में पड़ी मैल से काली पड़ गई शकुंतलाचेन, कई जगह टूटे रंग-बिरंगे तागों से बँधी, बार-बार खिसकती सर्र से घुटनों तक चली जा रही थी। देवेन्द्र मामा ही भाग-भाग कर महाप्रस्थान की सामग्री लाकर रखते जा रहे थे–बाँस, लाल दुशाला, सफेद कोरा खोल, कोरी हंडिया, कुश, घी।

बसन्त मामा तो बुत बने शून्य दृष्टि से, बिछुड़ी जीवन सहचरी की निष्प्राण देह को टकटकी लगाए देखे ही जा रहे थे। कालिंदी को उनकी वह अस्वाभाविक दृष्टि देखकर भय हो रहा था, कहीं आकस्मिक आघात से सनक तो नहीं गए थे मामा!

पहाड़ में रात को मिट्टी कम ही उठाई जाती है–पर पुत्र के आने की तो कोई सम्भावना थी नहीं, लाल मामी के मायके में था ही कौन, एक अन्धे भाई ही तो बचे थे, वह आ नहीं सकते थे। इसी से मिट्टी पौ फटते ही उठा दी गई थी।

एक प्रकार से कालिंदी और लाल मामी ने एक साथ ही अल्मोड़ा छोड़ा था। वह चार कन्धों पर जा रही थी और कालिंदी बस में। 'राम नाम सत्य' का गगनभेदी उद्घोष, सुबह के सन्नाटे में कुछ और तीव्र होकर पहाड़ों से टकराता, दुःसाहसी दस्यु-सा सीधे बस की सीटों तक चला आया।

"आहा रे कौन भागवान गया रे, आज वैकुंठ एकादशी के दिन!"

कालिंदी के पास ही गोद में पोटली लिये बैठी एक वृद्धा ने कहा और तब ही बस चल पड़ी।

उसे विदा देने न मामी आ सकी थी, न अम्मा!

'राम नाम' का उद्घोष जैसे बस के साथ-साथ चल, उसका पीछा कर रहा था, वह अपने गह्वर को और रोक नहीं पाई, दोनों हाथों से मुँह छिपा लिया, पर बड़ी चेष्टा से छिपाई गई सिसकी नहीं छिपी।

उसी बुढ़िया ने बड़े स्नेह से उसकी पीठ पर हाथ धरा, "के चेली, सौरास

जाणों छी?" (क्यों बेटी, ससुराल जा रही हो क्या?)

वह चुप रही पर वृद्धा बार-बार अपना वही प्रश्न दुहराती रही।

"हाँ।" उसने प्रश्न से मुक्ति पाने के लिए गर्दन हिला दी।

"आहा रे, किसका घर उजाला किया है तूने—चेली! मरद सरकारी नौकरी में है क्या?"

"हाँ!" उसे भी वे घेर घुमावदार पहाड़ी मोड़, धक्का दे-देकर वाचाल बना रहे थे।

"तब ही तो मैं कहूँ, किसी अफसर की ही घरवाली है यह—इतना सोना पहने है, क्यों री चार तोले की तो होंगी?" उसने फिर बड़ी अंतरंगता से उसकी चूड़ियों को सहलाकर ऐसे पूछा, जैसे वर्षों से उसे जानती हो, "यहाँ के सुनार की गढ़ी तो हैं नहीं, देसी सुनार की बनाई हैं न?"

"हाँ।"

"तभी तो कहूँ, हमारे तो ये मरे पहाड़ी सुनार, बस एक पहुँची ही बनाना जानते हैं—चाहे चूहादंती बनवा लो, चाहे मटरदंती!"

"मेरे पास तो सतलड़ी है जी," उसने अपना पोपला मुँह उसके कानों से ऐसे सटा लिया जैसे सहयात्रियों ने सुन लिया तो चट बस रोक, उतर पड़ेंगे और चूल्हे के नीचे गहरे तक गड़ी उसकी सतलड़ चुराकर भाग जाएँगे!

"मेरे ससुर ने लैंसडौन से बनवाई थी, पूरे दस तोले की है। रामनौमी भी थी सात तोले की, पर बहू को चढ़ावे में दी थी कि फिर वापस ले लूँगी, पर चतुर चौगरखियों की जनी मेरी वह बहू, मेरे भी कान काट ले गई—लौटाना तो दूर, मेरे पिटार में धरे झुमके भी कानों में लटका, बेशरम खीवे निचोड़ खड़ी पूछने लगी—देखो इजा, कैसी लग रही हूँ मैं! तब ही से बचा-खुचा गहना, चूल्हे के नीचे, ऐसे गहरे गड्ढे में गाड़कर रख आई हूँ कि पूरा घर भी खोदेगी तो नहीं ढूँढ़ पाएगी..."—फिर अपनी कार्य-कुशलता पर वह स्वयं ही निछावर होती, पटपट उसकी पीठ पर अपनी हथेली थपकाने लगी थी। "क्यों चेली, कैसा है तेरा मरद? तेरा ही सा गोरा-उजला है या साँवला? इस दुनिया में तो अच्छी जोड़ियाँ देखने को ही कब मिलती हैं—अब मुझे ही देख—अब तो इस असौज में सत्तर पूरे कर लूँगी, जब ब्याह हुआ तो चौदह की थी—ऐसा रंग था कि छूने से भी मैला होता था—नाक तो अभी भी देख ही रही है। मेरी विदा हुई तो इजा मेरे ससुर के सामने हाथ जोड़कर खड़ी हो गई थी—एक ही बिनती है समधी ज्यू, बड़ी बान (रूपसी) है मेरी परु,

इसकी डोली किसी पेड़ के नीचे मत 'बिसाने' (विश्राम करने) देना, छल (भूत) चिपट जाएगा और मेरा दूल्हा?"

फिर अपनी बेमेल जोड़ी की सरस भूमिका बाँधती वह वाचाल सहयात्रिणी उसे दुख के उन दुर्वह क्षणों में भी हँसा गई थी।

"सेब के बगीचों में, जैसा पुराना कोट-टोप-पैंट पहना खबीस खड़ा करते हैं न पहाड़ में, एकदम ठीक वैसा ही। उस पर तुतलाता ऐसे था, जैसे दो साल का बच्चा हो! ल और र को कहता था—ग!

"पगु, पगु, चल डुनखुट्टी खेलें..." प्राइमरी स्कूल में पढ़ाता था, शादी के दूसरे ही दिन मुझे अपने स्कूल की प्रार्थना सुनाने लगा :-

सकग बगमांड से न्यागा
हमारा देश हिन्दुस्तान!

"मैं समझ गई, मैंने कहा—पगु, फूट गए तेरे भाग! पर दिल का बड़ा नेक है चेली, मुझे बहुत प्यार करता है, सास कंकाला थी, मुझसे लड़ती तो वह मेरा ही पच्छ लेकर, मुझे बचा लेता, एक से एक गहने गढ़वा दिए थे उसने! मैंने भी अपना पूरा करज मय सूद-ब्याज के तार दिया, उसे पूरे सात बेटों का बाप बनाकर—चाहे अब दो ही बचे हैं, नरैण और सदानन्द—के हो डराहभर ज्यू—गरम पानी कब आएगा?" फिर पिलगंट-सा फटक उसने प्रसंग बदल दिया।

"क्यों, वहीं उतरना है क्या आपको?"

कालिंदी ने पूछा तो उसने हँसकर मुँह बिचका लिया, "लो और सुनो, गरम पानी भी कोई जगह है उतरने की—हमें तो हल्द्वानी उतरना है—हल्द्वानी!" उसने ऐसे गर्व से कहा जैसे हल्द्वानी बम्बई से कुछ कम न हो! "वहाँ मेरा छोटा बेटा है सदिया, यही तो करती हूँ मैं, कभी बड़े बेटे नरैण के पास और कभी सदिया के पास। वहाँ जाकर बुड़ज्यू को भेज दूँगी अल्मोड़ा और जब अल्मोड़ा जाती हूँ तो फौरन उनका हल्द्वानी का टिकट कटवा देती हूँ। एक साथ माँ-बाप दोनों का भार, क्या आजकल के बहू-बेटे उठा पाते हैं? बेटों के पास बारी-बारी से थोड़े दिन रहो तो वे भी खुश और हम भी खुश—कम से कम इतना तो सुनने को मिल ही जाता है चेली, कि इजा, थोड़े दिन और रह जा, 'बाबू', अभी यहीं बने रहो और जहाँ हमेशा रहने को गए तो पड़ेंगे भेल (नितम्ब) में डंडे।"

पास बैठे सहयात्रियों को भी वाचाल वृद्धा की सरस उक्ति गुदगुदा गई,

"वाह आमा, लाखे की बात कै गोछा हो!" (वाह दादी, लाख की बात कह गई हो!) अप्रस्तुत हो गई कालिंदी का चेहरा लाल पड़ गया था।

"जी रया च्यालो, जी रया!" (जीते रहो बेटो, जीते रहो!)

अपनी उक्ति का समर्थन पाकर बुढ़िया ने आशीर्वादों की वृष्टि कर दी। फिर अधैर्य से कहने लगी, "मर जाए ये गरम पानी, आ भी नहीं रहा है, आए तो कुछ पेट में डालूँ, वैसे बहू ने गुड़पापड़ी (भुने आटे की मीठी पंजीरी) साथ में रख दी है पर गरम पानी का खाना कौन छोड़ेगा? अब गंगा में कल्पवास के बाद, मैंने चोखे जूठे का परहेज छोड़ दिया है चेली, पर अब उजड़ गई हैं गरम पानी की दुकानें–आहा, नरैण के बाबू के साथ कैसी-कैसी पुड़ियाँ खाई हैं यहाँ–या डब्बल पूड़ी, दो-दो सब्जियाँ, रायता और आलू के गुटके! अब तो नासपीटे दाल-भात परसने लगे हैं, उस पर शराब की बोतलें सामने रख भकाभक भकोसते हैं अब पन्त-पांडे–नाक काटकर मुँह ही में धर ली है री हम बामणों ने! पर एक दुकान अभी भी बची है, वहीं ले चलूँगी तुझे।"

और उसके ना-ना करने पर भी वह जिद्दी वृद्धा उसे अपने साथ खींच ही ले गई थी। होटल के खुले खाने पर भिनकती मक्खियों को देखते ही, उसका डॉक्टरी चित्त विद्रोह कर उठा था पर बुढ़िया ने एक नहीं सुनी। उसका जी ही नहीं कर रहा था कि एक कौर उठाकर मुँह में धर ले, उधर बुढ़िया पूड़ियों पर पूड़ियाँ दागती चली जा रही थी।

"ले, तब से एक पूड़ी भी नहीं चर पाई तू? यह भी कोई खाना है? चड़ी की सी भूख है क्या तेरी?"

"मेरा नाम सचमुच ही चड़ी है आमा," उसने हँसकर कहा तो वृद्धा ने मुग्ध होकर उसका चिबुक थाम लिया।

"आहा रे, कैसा ठीक नाम धरा है तेरे माँ-बाप ने! सचमुच ही चड़ी है तू, वैसी ही नाजुक, सुन्दर चहकती चड़ी!"

कुछ ही घंटों का परिचय दोनों को प्रगाढ़ स्नेहसूत्र में बाँध गया था। पहले कालिंदी का ही पड़ाव पड़ता था, वह उतरी और उतरने से पूर्व उसने उस आनन्दी सहयात्रिणी के पैर छुए तो वह रोने लगी, "देखो भगवान की माया, कुछ घंटे पहले तुझे कभी देखा भी नहीं था और आज लग रहा है, सगी

नातनी ही ससुराल जा रही है। जा बेटी, जा...अपने मालिक का भरपूर सुख भोग...सदा अपने ससुराल की लक्ष्मी बनी रहे...अखंड सौभाग्यवती पुत्रवती बने।"

दिल्ली पहुँचकर कालिंदी को लगा, वह जैसे पूरे ब्रह्मांड का परिभ्रमण कर लौटी हो। बन्द घर का ताला खोला, तो पैरों से चिट्ठियों के अम्बार को ठोकर लगी। माधवी की चिट्ठी? तब क्या वह भी कहीं चली गई थी? माधवी ने बड़े गुस्से में ही शायद उसे चिट्ठी लिखी थी, पूरे पत्र में उसने उसे केवल जली-कटी ही सुनाई थी। वह उससे बिना मिले, बिना कुछ बताए ऐसे चली जाएगी, यह कभी सोच भी नहीं सकती थी। अखिलेश के माता-पिता, उनकी विलम्बित सगाई से बुरी तरह ऊबने लगे थे, उस पर अगले ही महीने उसके पिता की बायपास सर्जरी भी थी, चाहते थे, उससे पहले उनका विवाह हो जाए। इसी से उसे अचानक विवाहसूत्र में बँधना पड़ा। अपने आकस्मिक विवाह की सूचना देने वह सबसे पहले उसी के पास आई तो देखा, उसके द्वार पर ताला लटका है। देखो, हनीमून के लिए कश्मीर गए थे, अगले इतवार को लौटेंगे।

तो माधवी लौट आई होगी।

पर कहाँ होगी—अपने फ्लैट में या ससुराल?

दूसरे लिफाफे की विदेशी मुहर देख उसने उसे पलटकर देखा और जैसे हाथ में चढ़ा बिच्छू ही डंक दे गया।

उसका चेहरा क्रोध से तमतमा उठा। डॉक्टर जोशी! हिम्मत कैसे हुई उस नीच की!

बिना पढ़े ही चिट्ठी के टुकड़े-टुकड़े कर उसने कूड़े की टोकरी में डाल दिया।

जिस निर्लज्ज व्यक्ति को इतना भी विवेक नहीं रहा कि, उसके मामा से वसूली गई, अधूरे विवाह के बयाने की रकम, जाने से पहले उन्हें लौटा दे, वह आज इतने महीनों बाद उसे पत्र लिख रहा है? क्या अब क्षमा माँगने ही वह पत्र लिखा था—या दहेज की रकम, कुछ कम पर पुनः सेहरा बाँधने का मंतव्य देकर, उसके लालची पिता ने पत्र लिखवाया था? अच्छा ही हुआ जो उसने बिना पढ़े ही फाड़कर फेंक दिया—पढ़ती तो शायद वह रिसता घाव फिर खुल जाता, जिसे उसने बड़ी प्राणांतक चेष्टा से लगभग सुखा लिया था।

दूसरे ही दिन उसे माधवी दिख गई। 'माधवी, माधवी' पुकारती वह उसे बधाई देने भागती-भागती बढ़ गई।

"कांग्रेच्स माधवी, चुपचाप शादी भी कर ली और मुझे खबर तक नहीं दी?" उसने हँसकर कहा, पर माधवी का चेहरा उसे देखते ही तमतमा गया।

"बहुत नाराज है न तू?" उसने बड़े लाड़-भरे स्वर में कहा, "आई एम सॉरी, पर मैं बेहद होमसिक फील कर रही थी, तुझे बताती तो क्या तू मुझे जाने देती? अच्छा, अब गुस्सा थूक दे।"

"कालिंदी, मुझे तुमसे ऐसी उम्मीद नहीं थी।" क्या हो गया था माधवी को? उसकी आवाज ऐसे काँप क्यों रही थी? "मेरे साथ चलो, मुझे तुमसे कुछ कहना है।"

फिर वह तेजी से जाकर, पेड़ों के घने झुरमुट में बनी उस बेंच पर बैठ, उसकी प्रतीक्षा करने लगी, जिसे लड़कियाँ लवर्स कॉर्नर कहती थीं।

"माधवी, कह रही हूँ न, मेरा घर जाना बहुत जरूरी था...मामा कई बार..."

"भाड़ में जाएँ तुम्हारे मामा।" उसने कालिंदी को उसका वाक्य भी पूरा नहीं करने दिया।

कालिंदी स्तब्ध खड़ी उसे देख रही थी–क्या हो गया था आज उसे? मामा को तो वह हमेशा देवता-सा ही पूजती थी।

"मुझे अखिल ने सब कुछ बता दिया है–तुम्हें और कोई नहीं मिला कालिंदी, जो मेरे ही घर में डाका डालने चली आई–वह भी जब मैं घर पर नहीं थी?"

कालिंदी का चेहरा विवर्ण पड़ गया।

"माधवी, आर यू क्रेजी? कैसी बातें कर रही है तू?"

"अब समझ में आया।" माधवी के होंठ व्यंग्य से तिरछे हो गए, "तूने उस दिन क्यों अखिल और उस नर्स को लेकर वह सब कहा था। मेरा उससे मन उखड़ जाए और तू अखिल को आसानी से लपक ले–यही सोचा था न तूने?"

हतप्रभ कालिंदी अवाक् होकर उसे देख रही थी–तो उस निर्लज्ज ने वही किया जिसका उसे डर था!

"अच्छा हुआ जो अखिल ने मुझे कश्मीर में कुछ नहीं बताया, कह रहा था–आई डिड नॉट वांट टू रुईन अवर हनीमून–मैं जब तुझे छोड़कर चर्च

गई, तो तूने मेरी सौत बनने उसे जकड़ लिया? आई से, यू शुड बी अशेम्ड औफ योरसेल्फ! मैं तो सोचती थी, ऐसी हमारी हिन्दी फिल्मों में ही होता है...अब वह पूरी तरह हाँफने लगी थी। उसका आकर्षक चेहरा कितना विकृत लग रहा था—कितना भयानक और कितना अनचीन्हा!

"माधवी!" कालिंदी का स्वर एकदम शान्त था, क्षण-भर पूर्व किसी शैतान बच्चे के मारे गए पत्थर से विचलित नदी, जैसे पूर्ववत् शान्त और स्थिर बन गई थी।

"माधवी, तू अपने अखिल से जाकर पूछ कि किसने किसे जकड़ा था—मैंने या उसने?"

"शट अप यू बिच...अपनी बेशर्मी ढकने को अब यही कहेगी—जी में आ रहा है..." वह थरथर काँपती कभी प्राणों से भी प्रिय अपनी उस सखी की ओर ऐसी आक्रामक मुद्रा में दाँत पीसती बढ़ी कि लगा, उसका मुँह ही नोंच लेगी।

"जी में आ रहा है कि सबके सामने चीख-चीखकर कहूँ—इसने आज तक आप सबको अपनी झूठी इमेज से छला है, लोगों को पता तो चले कि इस संगमरमरी मूरत की असलियत क्या है...सर्जरी में गोल्ड मेडल पानेवाली, अपनी मधुर मुस्कान और एयर होस्टेस की सी चाल से, मेडिकल इंस्टीट्यूट के हजार-हजार हृदयों की धड़कनों को रोक देनेवाली हमारी डॉ. पन्त है क्या? ए मैन-ईटर, नरभक्षिणी जिसे किसी दूसरे के मुँह का ग्रास छीनने में कभी कोई आपत्ति नहीं हो सकती—आज मेरे मुँह का ग्रास छीनने का दुस्साहस किया है, तो कल आपका छीनेगी। क्यों, है न? कह दे, यह सब सच नहीं है—यही तो कहेगी अब!"

किन्तु, कालिंदी वैसे ही खड़ी थी—निर्विकार, निरुद्वेग, निःसंशय! एक पल को उसका चेहरा अव्यक्त क्रोध से तमतमाया अवश्य, पर उसने उस मिथ्या अपवाद का खंडन करने में अपने विवेक का अपव्यय नहीं किया।

इस मूर्ख, अविवेकी, प्रेमांध लड़की से बहस करना व्यर्थ था। वह पलटी और तेजी से चली गई। सामने से आ रहे अखिल से वह टकराते-टकराते बची—वह स्वयं भी थमककर खड़ा हो गया था।

"बाप रे बाप, मैंने तो सोचा, कोई सुपरफास्ट ट्रेन ही पटरी से उतरकर धँसी चली आ रही है! क्यों डॉ. पन्त, क्या बात है, कहाँ चली गई थीं आप?"

जब किसी शान्त संयत अल्पभाषी व्यक्ति को क्रोध आता है तो उसका वेग भी उतना ही प्रचंड, उतना ही दुर्धर्ष और उतना ही दुर्वह होता है..."गेट लॉस्ट!" उसने कहे तो दो ही शब्द, पर उसकी आँखों से निकलती लेजर की सी अदृश्य किरणों ने अखिल को झुलसा दिया।

"तुम नीच हो अखिल शर्मा—नीच, एकदम घटिया आदमी!"

किन्तु उस निर्लज्ज व्यक्ति पर उसकी उस उक्ति का कोई प्रभाव नहीं पड़ा—वह उसी निर्लज्ज मुग्ध दृष्टि से उसे आँखों ही आँखों में पीता, एक प्रकार से उसका मार्ग अवरुद्ध कर खड़ा हो गया।

"क्या तुम जानती हो कालिंदी—तुम गुस्सा आने पर और भी सुन्दर लगती हो, इसलिए एक हितैषी मित्र की सलाह मानो, तो कहूँगा कि अपने पुरुष प्रशंसकों पर कभी ऐसे अकेले निर्जन कुंज में डोंट लॉस योर टेम्पर!"

उसके दुःस्साहस से बढ़े आ रहे हाथ को, एक जोरदार धक्के से विलग कर, वह तीर सी निकल गई। साहसी से साहसी नारी के जीवन में भी कैसे-कैसे विकट परीक्षा के क्षण आ सकते हैं, इसका अनुभव उसे जीवन में दूसरी बार हो रहा था—किससे कह सकती थी वह यह सब! एकमात्र माधवी ही तो आज तक उसके सुख-दुख की संगिनी थी, आज वही उसकी शत्रु बन चुकी थी...और यह गुंडा उसे बदनाम करने पर तुला था।

क्या करे, त्यागपत्र देकर मामा के पास चली जाए?

नहीं, इतनी कमजोर नहीं थी वह। यदि वह चली गई तो यह पलायन, उसका पक्ष दुर्बल ही करेगा...कमरे में जाकर वह बड़ी देर तक चुपचाप कुर्सी पर बैठी सोचती रही। पास के कमरे से मकान मालकिन मिसेज वर्मा की तीखी आवाज सीधे उसकी कनपटी पर हथौड़े से मारने लगी। ओफ, यहाँ भी शान्ति नहीं थी...कैसी विचित्र महिला थी शारदा वर्मा, विवाह को पूरे चालीस वर्ष बीत चुके थे, पर इतने वर्षों में भी वे अपने निरीह पति से समझौता नहीं कर पाई थीं...दिन-रात दोनों असील मुर्गों-से ही लड़ते रहते। वे देखने में जितनी कदर्य थीं, मि. कुलभूषण वर्मा उतने ही सुदर्शन थे, यद्यपि निरन्तर चले आ रहे गृहकलह ने समय से कुछ पूर्व ही उनकी सौम्याकृति को, वृद्धावस्था की झुर्रियों से श्रीहीन कर दिया था, पर फिर भी गोरा, गोल चेहरा देखकर कोई भी कह सकता था कि वे अपनी यौवनावस्था में मजबूत कदकाठी के सुपुरुष रहे होंगे—ओठों से सदाबहार हँसी चौबीसों घंटे लगी रहती। बीच-बीच में कन्धे उचका-उचकाकर वे जैसे अपने बरबस दबाए गए

व्यक्तित्व को सतर करने की चेष्टा करते रहते, विशेषकर दबंग पत्नी की उपस्थिति में उनका कन्धे उचकाना कुछ अधिक ही प्रखर हो उठता। न कभी नौकरों को डाँटते, न जोर से हँसते-बोलते। कालिंदी देखती, प्रायः ही वे अपनी बालकनी में धरे पौधों को सहलाते-सँवारते रहते। लगता, जीवन में अब उनके ये ही पौधे एकमात्र आत्मीय रह गए हैं। एक बार तो उसने उन्हें बड़े गमले में लगे अपने गुलाबों से बातें करते भी सुना। अपनी हँसी रोकने वह पर्दे की आड़ में खड़ी हो गई थी।

"क्यों रे, तूने आज फिर दाढ़ी नहीं बनाई? न मुँह ही धोया?" वे गुलाब से कहते जा रहे थे और जग से पानी डाल उसे ऐसे सींच रहे थे जैसे सचमुच किसी आलसी प्रियजन का मुँह धुला रहे हों–"देख बेटा, फूल और मनुष्य एकदम एक जैसे होते हैं...फूलों को काट-छाँट दो, पानी डाल नहला-धुला दो, तो वे अच्छे लगेंगे, नहीं तो ऐसे ही लगेंगे कि किसी ने दाढ़ी न बनाई हो, आँखों में कीचड़ लगा हो–समझे बेटा?"

कुछ-कुछ सठिया गए थे क्या? या कर्कशा पत्नी के कठोर शासन ने ही उन्हें फूल-पौधों के इतने करीब खींच दिया था? शारदा वर्मा वास्तव में कभी उनकी साली थी, सगी बड़ी बहन के साथ ही रहने आई तो बड़ी बहन आसन्न प्रसवा थी। एक तो माता-पिता की मृत्यु ने शारदा वर्मा को अनाथ बना दिया था, दूसरे उसकी बदली भी उसी शहर में हो गई, जहाँ बड़ी बहन थी। वह स्वयं किसी गर्ल्स कॉलेज में अर्थशास्त्र की प्राध्यापिका थीं। अर्थशास्त्र से कहीं अधिक सरस शास्त्र को पढ़ने-पढ़ाने का सुअवसर चूके, ऐसी मूर्ख नहीं थी शारदा। बड़ी बहन की दुरवस्था का पूरा लाभ उठा एक दिन स्वेच्छा से ही साली का पद त्याग वह सगे जीजा के हृदयासन पर विराजमान हो गईं। बड़ी बहन जब चेती तो उसकी सोने की लंका जलकर खाक हो गई थी, वह भी बड़े आन-बान की दिलेर औरत थी, तत्काल अपना बोरिया-बिस्तर लपेट, कुछ दिनों छोटी बहन मोना के हॉस्टल में रही, फिर कहाँ गई, किसी को पता नहीं चला। तीनों बहनों में सबसे छोटी मोना ही जरा नैन-नक़्श में दुरुस्त थी, वह हॉस्टल में रहकर पढ़ रही थी, कभी-कभी छुट्टियों में बहन के पास आती तो शारदा का कठोर अनुशासन उसे आँखों ही आँखों के संकेत से उठाता-बिठाता। उसने स्वयं बड़ी बहन के सौभाग्य पर डाका डाला था, कहीं यह छोटी बहन उसके सौभाग्य पर भी किसी अरक्षित क्षण में डाका न डाल बैठे! एक तो वह आकर्षक थी, दूसरी उससे पूरे दस वर्ष छोटी थी,

फिर वह उन दिनों अजन्मी पुत्री का भार वहन किए, एकदम ही नकली-सी लगने लगी थी। हाथ-पैर दुबले किन्तु उदर का उभार एकदम गगनचुम्बी! फिर अपने पति पर उसे विश्वास कम ही था। एक तो मनुष्य का स्वयं का कलुषित अतीत उसे स्वभाव से ही शंकालु बना देता है, और कालिख तो उसके दामन में लगी ही थी, सगी बहन का घर तो उजाड़कर रख ही दिया था, इसी से वह एक पल को भी मोना को अकेली नहीं छोड़ती थी। वह जानती थी कि कई महीनों से उसके पति के बुभुक्षित प्राण, कभी भी अपनी अनुभवी कलाबाजी से शोख साली को प्रभावित कर सकते हैं। फिर इस बहन का विवाह भी तो उसे ही करना होगा। कभी-कभी वह स्वगत भाषण करती, मरे माँ-बाप को कोसने लगती, "बिना कुछ आगा-पीछा सोचे दनादन तीन बेटियाँ पैदा कर दीं—न बीमा ही किया, न मकान ही छोड़ा। फंड तो चाट-चूट ही गए, मकान भी गिरवी धर गए...अब निबटना तो हमें ही होगा, जीजी तो किनारा कर गई!"

पर जीजी को किसने किनारे पर पटक दिया था?

यह प्रश्न उसके स्वार्थी मन को कभी एकान्त में भी विचलित नहीं कर पाया। उसके कठोर अनुशासन से ऊबकर ही मोना ने धीरे-धीरे आना छोड़ दिया, फिर एक दिन बिना किसी से कुछ कहे उसने अपना प्रेम-विवाह रचा लिया। कट्टर परिवार का अनुशासन, शारदा के अनुशासन से भी कड़ा था। संध्या पाँच बजे ही रात का खाना निबटाना होता था, सास साध्वी बनकर किसी मन्दिर में रहने चली गई थी, ससुर के मुँह में चौबीसों घंटे पट्टी बंधी रहती किन्तु आँखों से वे देसी दुनाली बन्दूक-सा बारूद उगलते रहते। वैभव अनन्त था किन्तु सुख-भोग के लिए नहीं—केवल संचय के लिए। पति ऋषभ का अपना कोई अस्तित्व नहीं था। बाप कहे—बेटा, उठ, तो उठे, और कहे, बैठ तो स्वामिभक्त श्वान-सा ही दो पैर टेक टुप से बैठ जाए। वार्डरोब दर्शनीय थी, पर पहनने वाला था उतना ही अनाकर्षक, सौ नूर के कपड़े भी कभी उस एक नूर के आदमी को नहीं सँवार सकते थे।

"न जाने क्या देखकर मोना उस पर रीझी!" शारदा ने पहली ही नजर में भगिनीपति को नापास कर दिया था।

"आजकल की लड़कियाँ क्या दूल्हे के चेहरे-मोहरे, कद-काठी पर रीझती हैं शारदा? वह उसी पर रीझी है जिस पर उसे रीझना चाहिए था—ऋषभ के बाप की बेशुमार दौलत—" पति ने कहा तो शारदा बौखला गई थी।

"क्यों जी, मैं क्या तुम्हारी दौलत पर रीझी थी?"

कुलभूषण को उस प्रश्न ने गूँगा बना दिया था, उसी दिन नहीं, जब कभी उनकी पहली पत्नी दमयंती का प्रसंग उठता, एक गहन अपराध भावना उन्हें गूँगा बना देती—उस बेचारी के साथ तो उन्होंने घोर अन्याय ही किया था, जरा-सा पैर फिसलने पर ही तो वे उस जानलेवा गहरी खाई में लुढ़कते चले गए थे, पर किसने लुढ़काया था उन्हें? क्या प्रथम पत्नी की उदासीनता ने? नहीं, वह निःसन्देह एक पतिपरायण आदर्श पत्नी थी, अब शकल-सूरत तो वश की बात होती नहीं—पर दिन-रात उन्हें पान के पत्ते सा फेरती रहती थी, पता नहीं कहाँ होगी—हो सकता है, स्वयं शारदा ने ही उसे...नहीं-नहीं, ऐसी नीचता वह कभी नहीं कर सकती थी, वह भी सगी बहन के साथ! वह मानिनी तो स्वयं ही चुपचाप चली गई थी—न आज तक उसने कोई कैफियत माँगी—न मुआवजा! यहाँ तक कि छोटी बहन की प्रवंचना से स्तब्ध होकर, वह अपना पूरा गहना भी लॉक ही में रख, एक चिरकुट लिख बहन के नाम छोड़ गई—"मेरा सबसे कीमती गहना तो तूने ले ही लिया है बिट्टी, अब ये गहना भी तेरे लिए छोड़ गई हूँ—तब तक पहनना, जब तक गर्दन न टूट जाए!"

सालों बीत गए, उसका कुछ पता नहीं लगा, फिर अचानक लन्दन से लौटे उनके एक ममेरे भाई रंजन ने ही बतलाया—"भाभी लन्दन में हैं भैया, खूब मजे में हैं, बी. बी. सी. की हिन्दी सर्विस में वर्षों से काम कर रही हैं, तुम्हारा बेटा भी हार्वर्ड में पढ़ रहा है, छुट्टियों में आया था—क्या गबरू जवान निकला है, एकदम तुम पर गया है!"

कुलभूषण का चेहरा एक पल को कागज-सा सफेद पड़ गया पर शारदा के कठोर निर्विकार चेहरे पर कौतूहल की एक भी रेखा नहीं उभरी—वह चुपचाप बैठी स्वेटर बुनती रही—बैठे-बैठे ही उसने फिर नौकर से चाय बना लाने को कहा, पर वह ऐसी कठिन परीक्षा की घड़ी में, पति को एक पल के लिए भी रंजन के साथ नहीं छोड़ना चाह रही थी। क्या पता, अचानक प्रकट हो गए पुत्र की ममता, कहीं हाथ-पैर मार, बिछुड़े बेटे को भारत ही न बुला बैठे!

कुलभूषण, रंजन के जाने के बाद एकदम ही गुमसुम हो गया है यह देख, शारदा ने उसे हँस-हँसकर, खूब आड़े हाथों लिया था, "क्यों, बहुत ममता उमड़ रही है क्या अनदेखे बेटे पर? हो आओ न एक बार, छाती से

लगाकर कलेजा ठंडा कर आओ! हाँ भई, हम तो तुम्हें बेटे का बाप बना नहीं सकीं, और अब तो उमर भी नहीं रही—सुनते हो? ऐसे मुँह लटकाकर बैठने से अच्छा है, चले ही जाओ—कल सुबह ही रंजन वापस जा रहा है—कुछ गिफ्ट-विफ्ट भिजवाना हो तो..."

"चुप करो शारदा—फॉर हैवन्स सेक लीव मी अलॉन," कहकर घूमने निकल गया और रात तक नहीं लौटा तो शारदा जैसी साहसी जीव भी घबड़ा गई थी—कहीं सचमुच उसे छोड़ चला ही न गया हो—और तो वह कुछ उल्टी-सीधी नादानी कभी कर नहीं पाएगा, इतने वर्षों के साहचर्य ने, शारदा को निरीह पति की एक-एक निर्दोष बोटी से परिचित करा दिया था। बहुत हुआ तो कहीं एकान्त में बैठ दो-चार आँसू बहा लेगा! वह जानती थी कि उसे और नहीं और उस बेचारे को ठौर नहीं। खोटे सिक्के सा उसी के पास लौट आएगा। वही हुआ, घंटी सुनकर उसने दरवाजा खोला तो पिटे हुए हारे जुआरी-सा कुलभूषण नतमस्तक खड़ा था।

शारदा भी एक ही घाघ थी। कब जबान खोलनी चाहिए और कब ओठों पर चुप्पी का अलीगढ़ी ताला लटका लेना चाहिए, वह खूब जानती थी।

उसने एक शब्द भी नहीं कहा—पर रात के खाने में उसने सचमुच ही कलछुल तोड़कर रख दी—छप्पन व्यंजन परसकर ही पति के सामने नहीं धरे, उसकी एक-एक पसन्द को थाली में दो के पहाड़े-सा रखकर उलट दिया!

फिर कभी वह दुखदायी प्रसंग उसने उठने ही नहीं दिया। अपनी बड़ी जीजी को वह जानती थी, वह प्राण रहते कभी भी इस त्यक्त पतिगृह की देहरी नहीं लाँघेगी, न कभी अपना अधिकार माँगने ही उसके सामने हाथ फैलाएगी। उसकी गृहस्थी का जीर्ण खटारा, एक बार फिर अपनी स्वाभाविक गति से चलने लगा था, इसी बीच टेनेन्ट बनकर कालिंदी वहाँ आ गई थी।

पहले उस सुन्दरी टेनेन्ट को देखते ही शारदा ने सहमे शशक की तत्परता से चौकन्नी हो, कान खड़े कर लिए थे। जिसने जीवन में स्वयं किसी को निर्ममता से छला हो, उसे फिर सदा यही आशंका जीवन-भर त्रस्त करती रहती है कि कोई उसे न छल ले। फिर, माधवी ने ही उसे बहुत समझाया था

...पर वह बार-बार उसके प्रस्ताव का खंडन करती रही, "ना बाबा ना,

मैं दिल्ली की लड़कियों से बेहद डरती हूँ—क्या पता नशा-वशा करती हो और दिन-रात मुए कुँआरे छोकरे और भकुवे रंडुओं की भीड़ यहाँ जमी रहे—इस उम्र में अब हम यह आफत मोल नहीं ले सकते। हाँ, तुम होतीं तो दूसरी बात थी।"

माधवी उसकी पुत्री रंजना की स्कूल की सहपाठिनी थी।

"कैसी बातें करती हैं वर्मा आंटी, कालिंदी ऐसी लड़की नहीं है, उसे तो बस अपने काम से मतलब रहता है, मैं पूरा जिम्मा लेती हूँ आंटी, वह कभी कोई ऐसी बात नहीं होने देगी जिससे आपको तकलीफ हो।" और वह दूसरे ही दिन वहाँ रहने आ गई थी।

ठीक वैसा ही सुघड़ फ्लैट था जैसा वह चाहती थी, नाम की बरसाती थी, पर था अच्छा-भला कमरा। सामने खुली बालकनी, साफ-सुथरा टाइल्स लगा बाथरूम और बालकनी से लगा सनोवर का ऊँचा-सा पेड़, जो सामान्य-सी हवा का आभास पाते ही विजना डुलाने लगता। एक बार कॉलेज के मुशायरे में उसके एक प्रशंसक सहपाठी अर्श तैमूरी ने, बार-बार उसकी ओर देख अपनी कविता पढ़ी थी :

सनोवर के सहारे
आसमां पे चाँद सोता था
कोई कमरे में मेरे सिसकियाँ
ले-ले के रोता था...

हैदराबाद से आया वह लजीला युवक महीनों तक उसके पीछे छाया-सा डोलता रहा था। एक ही बार बड़े साहस से उसने उसे मार्ग में रोक, अपने मौन प्रणय-निवेदन का अर्घ्य अर्पित करने की व्यर्थ चेष्टा की थी, "डॉ. पन्त!"

"कहिए?" वह मुस्कराकर खड़ी हो गई थी।

"जी, कुछ नहीं, टाइम पूछ रहा था।" वह लाल पड़कर हकलाने लगा था।

"ओह, पर आप शायद भूल गए हैं, घड़ी तो आपके हाथ में भी बँधी है।"

उसने हँसकर कहा तो वह और भी घबड़ा गया, "सॉरी-सॉरी, सचमुच भूल ही गया था मैं।"

फिर वही उसके प्रणय-निवेदन का आरम्भ और अन्त बन गया

था—माधवी ने ही शोध कर उसे बतलाया था कि वह अब अमेरिका में है। शारदा हमेशा बहुत दूर की सोचती थी। इधर कुछ वर्षों से उसे उच्च रक्तचाप रहने लगा था, उस पर डायबिटिक भी थी, हर महीने ब्लड शुगर नपवाने अस्सी रुपए खरचने पड़ते थे, सोचा, चलो एक डॉक्टरनी चौबीसों घंटे घर पर रहेगी तो ब्लड भी ले लेगी और जँचवाकर ब्लड रिपोर्ट भी ले आया करेगी। ब्लडप्रेशर नापने के दो-दो यंत्र तो वह स्वयं ही विदेश से खरीदकर ले आई थी, यही छोकरी डॉक्टरनी जाँच लिया करेगी। उच्च रक्तचाप के मरीज तो कुलभूषण भी थे, पर पति की अधेड़ अविवेकी भुजा पर पट्टा बाँध, सुन्दरी जवान डॉक्टरनी को थमा दे, ऐसी मूर्ख नहीं थी वह। वह बाँह थामेगी तो रक्तचाप तो उसके स्पर्श से ही बढ़ जाएगा। पति को कई बार मुग्ध दृष्टि से कालिंदी को देखते वह पकड़ चुकी थी। कैसी मूर्ख थी वह—रसिक पति के जिस प्रमदाप्रिय चित्त से उसका परिचय था, वह रस का स्रोत तो कब का सूख चुका था, फिर कुलभूषण को, कालिंदी उनकी बिछुड़ गई लाड़ली रंजना की ही याद दिलाती थी, इसी से मौका पाते ही किसी न किसी बहाने उससे बतियाने स्वयं चले जाते—ऐसे ही स्नेहसिक्त प्रहार से रंजना भी तो उन्हें सम्मोहित कर देती थी, "एक कप कॉफी बना लाऊँ, पियोगे पापा?"

ठीक वैसी ही आवाज में एक दिन कालिंदी का पूछा गया प्रश्न, सहसा उनका कलेजा कचोट गया था—वह अपनी नाइट ड्यूटी से लौट, स्वयं काफी बना बालकनी में खड़ी पी रही थी कि वे पहुँच गए थे।

"एक प्याला कॉफी लेंगे सर, बना लाऊँ?"

"नहीं-नहीं, डॉ. पन्त, मैं तो आपको यह किताब देने आया था, कामू की 'प्लेग'—पढ़ी है आपने? पढ़िएगा—आपको अच्छी लगेगी।"

फिर तो बड़ी देर तक वे उस शान्त, सौम्य लड़की से बातें करते रहे थे। ऐसे अमूल्य एकान्त के क्षण, उनके जीवन में बहुत कम आते थे। चौबीसों घंटे, शारदा हाथ में हंटर लिए, उनके पीछे-पीछे घूमती रहती थी। "यह धुली कमीज क्यों पहन ली? कल ही तो बदली थी—मोना अपना छाता यहाँ भूल गई थी, कितनी बार तुमसे कहा कि ग्रेटर कैलाश जाकर, उसे लौटा आओ पर नहीं गए। आज, जौगिंग को भी नहीं गए, आई प्रेज्यूम! क्या होता जा रहा है आपको! हर वक्त हाथ में किताब, अब यह कोई उम्र है पढ़ने की? आँखों में कैटरैक्ट उतर आया है, कहा है न डॉक्टर ने?"

कभी-कभी उग्रतेजी पत्नी के निरन्तर कोंचे जाने पर, वह शान्त निरीह

व्यक्ति भी झल्ला पड़ता, "क्यों, पढ़ने की भी कोई उम्र होती है क्या? तुमसे तो नहीं कहता न पढ़ने को?"

"अजी जाओ, बहुत देखे हैं ऐसे कहने वाले—हमने क्या कम पढ़ा है? सुनो, आज मोना डे स्पेन्ड करने आ रही है, एक ब्रोयलर ने आओ। बेचारी को अपनी जैनी ससुराल में तो कुछ मिलता नहीं खाने को।"

कभी-कभी कुलभूषण भी छौंक लगाने में, अपनी सुप्त परिहास रसिकता को झकझोर कर चैतन्य कर लेते, "अरे निरामिष ससुराल में कुछ नहीं मिलता बेचारी को तो कहो, दस-पाँच दिन हमारी रंजना के पास पाकिस्तान चली जाए, वह भी मौसी को देखकर खुश हो जाएगी और तुम्हारी बहन भी जी भरकर टिक्का, पसन्दा बिरयानी खा आएगी..."

"सुनो जी—सुनाना है तो अपनी उसे सुनाओ जाकर।"

"किसे?"

"वही जिसकी खिड़की खुलते ही तुम्हारी आँखें वहाँ चिपक जाती हैं—तुम्हारी डार्लिंग टेनेन्ट डॉ. पन्त।" क्षण-भर पूर्व, दीवार भेदकर आ रही कुलभूषण की चुटकी सुन, कालिंदी के ओठों पर आई क्षणिक हँसी फिर उसी त्वरा से सूख गई थी जैसे गर्म तवे पर छनछनाती पानी की बूँद।

छिः-छिः, कैसी ओछी बात कह गई थीं वे! उसके पिता की उम्र के मि. वर्मा को लेकर ऐसी घटिया बात उनके दिमाग में आई कैसे?

क्या अविवाहित नारी की सदा यही नियति बनी रहती है? जिससे चाहा, उसका नाम जोड़कर उछाल दिया! एक बार जब उसके विवाह का प्रसंग उठा था तो वह भड़क गई थी—वह बिना देखे, पात्र परखे किसी अनजान व्यक्ति से विवाह नहीं करेगी—और विवाह करे ही क्यों?

"मामा, बड़ा आश्चर्य होता है कि आप भी अम्मा की तरह यही सोचते हैं कि बिना विवाह किए कोई लड़की जी ही नहीं सकती! मैं विवाह को कभी जरूरी नहीं मान सकती। अपने पैरों पर खड़ी होने का साहस है मुझमें, और योग्यता भी है मामा!'

"जानता हूँ चड़ी, जानता हूँ, यह भी जानता हूँ कि तू कभी किसी के अंकुश से दबना नहीं चाहती, तुझमें यदि अपनी योग्यता का, अपनी क्षमता का अहंकार है भी तो वह झूठा अहंकार नहीं है—पर देख बेटी, पुरुष और नारी में एक अन्तर अवश्य है, एक दूसरे से उनकी तुलना करना मूर्खता है क्योंकि न नारी को पुरुष से बड़ा सिद्ध किया जा सकता है, न पुरुष को

नारी से—दोनों एक-दूसरे से भिन्न हैं।"

"मैं नहीं मानती।"

"देख बेटी, नारी में यदि अहंकार है भी तो वह एक न एक दिन उसके उस अहंकार को शासित करनेवाले की स्वयं कामना करने लगती है—स्वयं का प्रभुत्व चाहती है पर जीवन के एक पड़ाव पर आकर किसी का प्रभुत्व भी स्वीकार करना चाहती है—भले ही वह पति हो, पुत्र हो, जमाता हो या पिता हो, भाई हो—यह दुर्बलता नारी की मज्जागत दुर्बलता है चड़ी! यदि वह प्राणपण चेष्टा से प्रकृति से विरोध भी करती है तो उसके भीतर की छटपटाहट उसे पल-पल पराजित करने लगती है—इसीलिए मैं विवाह को एक बायलोजिकल नेसेसिटी मानता हूँ चड़ी, एकाकिनी संगीविहीन नारी फिर जीवन के सूर्यास्त से पहले ही धीरे-धीरे नारी का लालित्य खो बैठती है, मैं नहीं चाहता कि तू भी वैसी ही बन जाए और लोग तेरी यह कह-कह प्रशंसा करें कि देखो, कैसे अद्भुत जीवट की लड़की है! क्या हिम्मत से जिन्दगी से जूझी है यह मर्दानी लड़की!"

तभी वह मामा का तर्क सुन जोर से हँस पड़ी थी, पर आज नहीं हँस पा रही थी—कभी कामार्त अखिलेश शर्मा, कभी उसकी मोहांध सखी, कभी अर्श तैमूरी और आज यह शक्की मिसेज वर्मा! मिस्टर वर्मा तो प्रायः ही उससे बतियाने चले आया करते थे—एक दिन तो उसकी मेज पर ढेर सारे फूल भी लाकर रख गए थे।

"देखता हूँ तुम्हारे कमरे में कभी फूल नहीं रहते। मेरी रंजना को फूलों का बेहद शौक था—नित्य उसके लिए वेणी लानी होती थी—क्यों बेटी, तुम्हारे लिए भी ले आया करूँ? लगाओगी?"

"जी नहीं—मैं कभी नहीं लगाती।" उसने घबड़ाकर वह उदार प्रस्ताव वहीं फेर दिया था।

मिसेज वर्मा ने देख लिया तो वेणी सहित उसका सिर ही भाले पर लटका, सरेआम घुमा देगी। अखिल और माधवी तो उसे बदनाम करने पर तुले ही थे, मिसेज वर्मा ने भी कुछ कह दिया तो आग में घी पड़ जाएगा।

इधर वह काम पर जाती तो उसे लगता, सब उसे ही देखकर हँस रहे हैं। क्या पता अखिलेश ने पलीता लगा ही दिया हो!

माधवी और उसे सब 'स्यामीज ट्विन्स' कहते थे, इधर जैसे किसी अदृश्य दक्ष शल्य-चिकित्सक ने उन्हें बड़ी बेरहमी से विलग कर दिया था।

माधवी उसे देखती भी तो बड़ी अवज्ञा से मुँह फेर लेती और अखिल को तो उसने फिर उस घटना के बाद, देखा ही कहाँ था! जिस दिल्ली में कभी उसके प्राण बसते थे, उसी से बाहर निकल कहीं दूर भागने को अब उसके वही प्राण छटपटाने लगे थे। दिन-भर तो काम में कट जाता पर घर लौट कमरे का ताला खोलती तो उसे लगता, वह किसी कैदखाने में लौट आई है। ऐसी असहाय विवशता ने पहले उसे कभी व्याकुल नहीं किया था—माधवी के अप्रत्याशित व्यवहार ने उसे जैसा आघात दिया था, उसे वह भूल नहीं पा रही थी। जहाँ रात को पलंग पर लेटती, उसे लगता, बड़ी-बड़ी आँखों से आग बरसाती, माधवी उसे भर्त्सनापूर्ण दृष्टि से देखती, उसके सिरहाने खड़ी हो गई है। कभी-कभी वह बिस्तर छोड़, खिड़की खोलकर खड़ी हो जाती, वह सड़क शायद दिल्ली की सबसे मुखर सड़कों में से एक थी—चौराहे का एक मोड़, सीधे हवाई अड्डे तक जाता था, इसी से रात-आधी रात निरन्तर कारों का ताँता लगा रहता। जान-बूझकर ही उसने इधर मामा को चिट्ठी नहीं लिखी थी। मामा को वह जानती थी, कहीं भूले से भी भानजी की यत्न से छिपाई गई वेदना चिट्ठी में रेंग गई तो वे फौरन उसे खींचकर घर ले चलेंगे।

कुछ ही महीनों में उसका सहज स्वच्छन्द जीवन कैसे उलट-पुलट गया था! जीवन और मृत्यु की जटिलता, अपमान, दुख, सुख-शान्ति का अभाव बोध—क्या-क्या नहीं देख चुकी थी वह!

गरमी की छुट्टियों में अभी पूरा एक महीना बाकी था। इस बार जैसे ही कड़ाके की ठंड पड़ी थी, ऋतु-परिवर्तन उसी होड़ में आग बरसाने लगा था, अप्रैल आधा भी नहीं बीता था, पर पेड़ों के पत्ते किसी क्रूर दैवी आदेश से धमककर सहम गए थे। हवा का एक झोंका भी नहीं। उधर बिजली का पंखा, मेहताब आतिशबाजी की-सी गर्म फूत्कार से प्राण कँपाए दे रहा था। शारदा की छोटी बहन मोना, बड़ी बहन के साथ डे स्पेन्ड करने आई थी, इतवार की छुट्टी में वह अलस पड़ी कुछ देर से ही उठी थी और दोनों बहनों का एक-सा कंठ-स्वर स्पष्ट हो, कानों में हथौड़ा पीटने लगा था। जब वह कार से उतरी तो वह कार का शब्द सुन खिड़की पर खड़ी हो गई थी, कहीं सब कुछ भूल-बिसर, अपनी मारात्मक भूल पर पछताती माधवी तो नहीं आ गई? शब्द तो उसी की मारुति का था, रंग भी वही! फिर उस अपरिचिता को देखते ही वह स्वयं हट गई थी पर दोनों ने उस संक्षिप्त झलकी में भी

एक-दूसरे को देख ही लिया था।

मोना अपनी बड़ी बहन की तुलना में निश्चित रूप से अधिक आकर्षक थी–बड़े सलीके से पहनी गई फीरोजी औरगैंडी की साड़ी, उसी से मेल खाते स्लीवलैस ब्लाउज से निकली उसकी पुष्ट गोरी भुजाएँ और आँखों पर धूप का चश्मा–एक भुजा पर सोने का मोटा अनन्त था, नाभि स्पर्श करती सोने की दुलड़ी चेन ऐसे झकाझक दमक रही थी, जैसे अभी-अभी किसी झवेरी के शोकेस से निकाल गले में डाली हो।

प्लक किए भ्रूभंग को धनुष की प्रत्यंचा-सा उठा उसने कालिंदी की ओर ही पहला तीर साधा था! वयस चालीस के ऊपर ही होगी, शरीर मेदाक्रान्त न होता तो सत्ताईस-अट्ठाईस की लगती पर उन्नत उदर और प्रशस्त कटि के बीच झूल रही मेद की दुहरी-तिहरी परतों ने शरीर की प्रौढ़ वयःसन्धि को कुछ अधिक ही प्रखर बना दिया था। अठन्नी के आकार की दक्षिणी कंकु की बिन्दी, चेहरे को और पृथुल कर गई थी।

"जीजी, तुम्हारी टेनेन्ट इज गुडलुकिंग–तुमने कभी फोन पर भी नहीं बताया, जीजा को बचाकर रखना, समझीं?" और फिर दोनों बहनों की सस्ती चुहल के उत्तर-प्रत्युत्तर सुन, वह मन-ही-मन खीज उठी–आज ही मरना था उसे, इतवार की छुट्टी भी गई!

"तेरी बातें, बचाऊँ कैसे? जब देखो तब बालकनी में खड़े रहते हैं। कल मैं नर्सरी से कुछ पौधे लेने गई, मंगु से कह गई थी कि साहब को चार बजे चाय दे देना–तुझे तो पता है, तेरे जीजा को ठीक चार बजे चाय चाहिए–मैंने लौटकर मंगू से कहा–क्यों रे, साहब को चाय दे दी थी? तो हरामजादा हँस कर कहने लगा–जी, माँ जी, मैं तो पौने चार ही में चाय देने आ गया था पर साहब तो बरसाती वाली मिस साहिब के कमरे में चाय पी रहे थे, मैं फिर क्वार्टर में जाकर सो गया।"

"मेरी समझ में एक बात नहीं आई जीजी, बुरा न मानो तो कहूँ?"

"अब क्या बुरा मानूँगी! कभी क्या तेरी किसी बात का बुरा माना है?"

"मैं जब तुम्हारे साथ थी, तुम जीजा के मुँह में थोबड़ा बाँधे उनके साथ-साथ रहती थीं, मेरा भी विश्वास नहीं था तुम्हें। अब इस बला को क्यों पाल लिया? आखिर कितना किराया मिल जाता है तुम्हें? एण्ड व्हाई डु यू नीड इट?"

कालिंदी और नहीं सुन सकी। वह जिन कपड़ों में थी, उन्हीं में बाहर

निकल गई–निरुद्देश्य। जहाँ दोनों पैर ले जाएँ, वहीं चली जाएगी और तब ही लौटेगी जब वे दोनों बहनें बिछुड़ जाएँगी।

जब कभी उसका विभ्रान्त चित्त अशान्त होता, वह अपनी उसी निभृत वनस्थली में जाकर घंटों बैठी रहती–दूर-दूर तक चिड़ही का बच्चा भी नहीं। बस, गरमी की वही चिड़िया बीच-बीच में उस निःस्तब्धता को भेदती टहूँक उठी...टुटुटटटी, टुटुटटी–कभी माधवी ने इस चिड़िया का नाम धरा था– 'इम्तहान की चिड़िया'। जहाँ वह बोलना आरम्भ करती, तीन-चार दिन के बाद ही परीक्षा का नोटिस निकल जाता।

जन-कोलाहल से अछूती ऐसी कोई जगह दिल्ली में हो सकती है, क्या कोई कभी सोच भी सकता था? कभी-कभी अवसन्न चिताओं की धुँधली क्षीण धूम्ररेखा, अगरबत्ती के धुएँ-सी कुंडली मारती, शून्याकाश में विलीयमान हो जाती, बहुत दूर से आती, कभी ऊँची और कभी धीमी करुण गूँज–'राम नाम सत्य है, गोपाल नाम सत्य है!'

घर लौटी, तो मिसेज वर्मा की बहन अपनी जैनी ससुराल में लौट चुकी थी।

उसका कमरा पूर्ववत् शान्त बन गया था। दिन का खाना वह कैन्टीन में खाती थी, रात को कभी सैंडविच खा लेती, कभी सूप ही पीकर सो जाती। एक बार मि. वर्मा ने उससे कहा भी था–"इस उम्र में तो बड़ी भूख लगती है डॉक्टर पन्त, तुम सैन्डविच खाकर ही कैसे रह लेती हो? रात का खाना हमारे साथ क्यों नहीं खा लेतीं? हमें तो खुशी ही होगी, रंजना के जाने के बाद अकेले खाना अच्छा नहीं लगता–क्यों, है न शारदा?" उन्होंने बड़ी ललक से समर्थन के लिए पत्नी की ओर देखा।

पर शारदा केवल एक भावहीन 'हूँ' कहकर भीतर चली गई थी।

"थैंक्यू अंकल!" उराने बड़ी विनम्रता से उनका प्रस्ताव तत्काल फेर दिया था, "मेरी ड्यूटी कभी दिन की रहती है, कभी रात की, फिर मुझे रात को हल्का खाने की आदत पड़ गई है।"

उसी रात को फिर उसने मि. वर्मा को उनके औदार्य के लिए पुरस्कृत होते भी सुन लिया था–आधी रात तक भुन्न-भुन्न लगा शारदा ने न उसे सोने दिया था, न पति को!

"तुम्हारे दिमाग में क्या अब भी गोबर भरा रह गया है जी? न जाने कैसे फौरिन सर्विस में आ गए—कौन कहेगा, तुम फर्स्ट सेक्रेटरी रह चुके हो! क्या जरूरत थी उससे कहने की कि रात का खाना हमारे साथ खा लो! मान लो, छोकरी हाँ कर देती, तब?"

"अच्छा, शारदा, प्लीज, अब सोने दो—तुम जानती हो कि इस कमरे की हर फुसफुसाहट बगल के कमरे में बड़ी आसानी से पहुँच जाती है—उसे तो सोने दो, मुफ्त में नहीं रहती, किराया देती है, समझी? दिन-भर खटकर थकी-माँदी लौटती है बेचारी।"

"अच्छा, तो अब वह बेचारी भी हो गई! मैं ही हूँ उल्लू की पट्ठी, क्यों? मोना ठीक ही कह रही थी कि जीजी, मर्द तो कुत्ता होता है—कुत्ता, जहाँ मांस की बोटी दिखी, वहीं नथुने फड़कने लगते हैं उसके।"

फिर सिसकियों-पर-सिसकियाँ, खटर-पटर करते मि. वर्मा का तकिया ले कर सोफे में सोने चले जाना, सब कुछ न देखने पर भी वह कानों ही कानों में देख रही थी। नहीं, जैसे भी हो, उसे अब यह फ्लैट छोड़ना ही होगा, भले ही उसी मरघट में क्यों न सोना पड़े! कहीं सिर छिपाने की जगह नहीं मिली तो वर्किंग गर्ल्स होस्टल तो था ही! दिन-भर वह रहती ही कहाँ थी, रात ही काटने का तो प्रश्न था!

फिर उसी की एक मरीज ने उसके लिए एक, एकदम नया बना फ्लैट ढूँढ़ दिया। किराया कुछ अधिक था, पर उस स्वतन्त्र फ्लैट के लिए वह अपनी पूरी तनख्वाह लुटा सकती थी, शारदा वर्मा की ग्रे हाउंड की-सी संधानी आँखों से तो मुक्ति मिलेगी। उसने जब अपने प्रस्थान की सूचना देकर, क़िराए की अग्रिम राशि शारदा को थमाई तो उसका चेहरा खिल उठा, वहीं पर बैठे मि. वर्मा आश्चर्य से उसे देखते रहे—फिर भावावेश में उठकर उन्होंने उसके दोनों हाथ थाम लिये—"नो नो डॉ. पन्त, यू कैन नॉट लीव अस!"

दबंग शक्की पत्नी की उपस्थिति भी वे अपनी उत्तेजना में पल-भर को भूल गए।

फिर उन्होंने स्वयं ही आत्मस्थ हो, उसके हाथ छोड़ दिए।

शारदा की कठोर दृष्टि उन दोनों के चेहरों पर निबद्ध थी—लग रहा था, वह मूर्ख अविवेकी पति को खींचकर चाँटा जड़ देगी। उसके दोनों ओंठ काठिन्य से भिंचे थे, बरबस उन्हें दाँतों से दबाकर जैसे अपने क्षुब्ध चित्त की भड़ास प्राणपण से रोक रही थी।

मेरे पाप कटे, जब जा ही रही है चुड़ैल तो क्यों अपनी जबान खराब करूँ?—वह मन ही मन बड़बड़ा रही थी।

वह अब तक एक शब्द भी नहीं बोली थी—न उसने उससे रुकने का आग्रह किया, न यही पूछा कि आखिर वह जा क्यों रही है!

"आप लोगों ने मुझे बहुत आराम दिया।" कालिंदी ने एक बार भी शारदा वर्मा की ओर दृष्टि नहीं उठाई, वह तो केवल मि. वर्मा को ही सम्बोधित किए जा रही थी, "मैं रात-आधी रात आती थी, आपको बराबर डिस्टर्ब भी करती रही, पर आपने कभी कुछ नहीं कहा मुझे। जो फ्लैट मिला है, वहाँ से इंस्टीट्यूट वाकिंग डिस्टेंस पर है अंकल, यहाँ से मुझे बहुत दूर पड़ता था। फिर दो-दो बसें बदलनी पड़ती थीं।"

इस रहस्यमयी लड़की के अन्तर की थाह, अंतरंगता के बावजूद कुलभूषण वर्मा कभी नहीं ले पाए थे। आतप-म्लान कुमुदिनी से चेहरे पर बीच-बीच में विषाद का घनघुम्मर मेघखंड क्यों उतर आता था? इस उम्र में तो उनकी रंजना पहनने-ओढ़ने के पीछे दीवानी रहती थी, कहीं नुमाइश लगती तो नादान बच्ची-सी ही मचलने लगती, और हजारों की साड़ियाँ खरीद लाती पर इस लड़की को तो न पहनने-ओढ़ने का कोई शौक था, न इधर-उधर घूमने-फिरने का।

गले में एक सोने की चेन, हाथ में सोने की चार चूड़ियाँ और दूसरे हाथ में एक खूबसूरत मर्दानी घड़ी! श्रृंगार ने जैसे असमय ही वैराग्य धारण कर लिया था। कहीं न कहीं इस गरीब ने गहरी चोट खाई है।

"थोड़े दिन और रुक जातीं डॉ. पन्त!" उन्होंने चिरौरी की, "इसी बीस तारीख को रंजना भी आ रही है, आप उससे भी मिल लेतीं।"

"आप चिन्ता न करें," हँसकर उसने पहली बार मुँह फुलाए खड़ी शारदा की ओर दृष्टि उठाई, "मैं शहर छोड़कर थोड़े ही न जा रही हूँ, आती रहूँगी और गरमी की छुट्टी में पहाड़ गई तो बिना आपसे मिले नहीं जाऊँगी।"

उसके जाने के बाद, बड़ी देर तक कुलभूषण वर्मा उसी जगह, उसी मुद्रा में खड़े रह गए। कुछ ही दिनों में कितनी अपनी लगने लगी थी यह लड़की! पति की उदास दृष्टि देख शारदा के हाड़-मांस में दप्प से आग दपक उठी।

"क्यों जी!" उसने उन्हें कुहनी मारकर सचेत किया, "उसी के साथ जाने का इरादा है क्या? चले क्यों नहीं जाते—भरी जवानी में तो दो का सुख भोग ही चुके हो—अब बुढ़ापे में तीसरी को भी बरत लो।"

कंकाला पत्नी की निरर्थक बकर-बकर का कोई उत्तर दिए बिना वे चुपचाप निकल गए।

आज सचमुच उनका मन बहुत अशान्त था, कहीं भी मन नहीं लग रहा था। वर्षों से गहन अंधकार में डूबे हृदयकक्ष में जो अचानक एक स्थिर निष्कम्प प्रदीप की लौ दप्प से स्वयं जल उठी थी, वह आज उसी तेजी से स्वयं बुझ गई थी। उन्हें लग रहा था, उन्होंने जीवन की कोई बहुमूल्य वस्तु सदा के लिए खो दी है। अब वह क्या कभी उन्हें याद भी करेगी? हुआ भी यही। अपने नए फ्लैट को सँवारने में कालिंदी सचमुच ही उन्हें भूल गई। फ्लैट किसी आई.ए.एस. अफसर का था, कालिंदी के आने के एक दिन पहले ही स्वयं गृहस्वामी आकर उसमें बिजली-पानी की फिटिंग करा गया था। एकदम छोकरा-सा वह अफसर उसे चाबी थमाकर कहने लगा था, "मुझे बड़ी खुशी है कि आप इसे ले रही हैं। मेरी पत्नी भी यही चाहती थी कि बाल-बच्चों वाला परिवार यहाँ न आए, मैं तमिलनाडु काडर का हूँ, दिल्ली कभी आया तो भी आप निश्चिन्त रहें, मैं इसमें रहने नहीं आऊँगा—एक तो यह हमारे लिए छोटा पड़ेगा, दूसरे मेरी पत्नी को हमेशा खुले कमरों में रहने की आदत है। कहती है, पिंजड़ेनुमा फ्लैट में कभी नहीं रह पाएगी।"

"मुझे पिंजड़े ही में रहना अच्छा लगता है मि. सक्सेना, आप चिंता न करें!" उसने हँसकर उसे आश्वस्त किया तो वह विचित्र दृष्टि से उसे देख, गम्भीर स्वर में कहने लगा—"आप हैं भी तो पिंजड़े ही में रखने की चीज, बशर्ते पिंजड़ा सोने का हो..."

कालिंदी सकपकाकर बाहर निकल गई थी, पुरुष की इस दृष्टि को पहचानना तो वह अब सीख चुकी थी—इस अरण्य में बने इस एकांत फ्लैट में कुछ कर बैठा तो उसकी चीख भी कोई नहीं सुनेगा।

"लगता है, आप डर गईं डॉ. पन्त।" वह फिर हँसता स्वयं ही बाहर निकल आया, "पर आई एश्योर यू, आई एम एं वेजिटेरियन।"

वह गया तो उसकी साँस में साँस आई—इतनी दूर, इस जंगल में आकर बसना क्या उसके लिए उचित था? पर दूसरे ही दिन, एक गुजराती परिवार उसके बगल के फ्लैट में आकर बस गया, तीन-चार दिन बाद और एक, और फिर एक और। धीरे-धीरे नन्दन विहार आबाद होने लगा। तब ही उसे मि. वर्मा की याद आई थी। कैसी अकृतज्ञ थी वह, एक बार फोन भी तो नहीं किया। क्या सोच रहे होंगे वे?

उसी दिन सीधे काम से निबट, पेस्ट्री का बड़ा-सा डिब्बा लेकर वहाँ पहुँच गई थी। वर्मा अंकल को पेस्ट्री बहुत पसन्द थी। घंटी बजाते ही एक लम्बे- चौड़े मुछन्दर जवान ने द्वार खोला, "कहिए?" प्रश्न के साथ ही विदेशी सुगन्ध की तीव्र पिचकारी उसकी कनपटी को बींध गई।

"मि. वर्मा होंगे?"

"जी हाँ, बिल्कुल हैं। आइए, मैं उनका दामाद हूँ–आबिद कुरैशी। आप बैठें, मैं डैडी को बुलाता हूँ।"

पर उसका कंठ-स्वर पहचान मि. वर्मा दोनों बाँहें फैलाए उसकी ओर बढ़ गए।

"अरे डॉ. पन्त, आज ही मैं आपकी खोज-खबर लेने इंस्टीट्यूट गया था, पर वहाँ भी किसी को पता नहीं था कि आप कहाँ रहती हैं–एकदम ही अंडरग्राउंड रहने का इरादा है क्या? आई विश यू, बैठिए बैठिए।"

"आप मुझसे 'आप' कह रहे हैं अंकल?"

"भूल ही गया था मैं, इनसे मिलो, ये हैं मेरे दामाद आबिद। रंजना, रंजना बेटी, बाहर आओ। देखो, किससे मिलाते हैं तुम्हें–शारदा आज अपनी बहन की ससुराल गई हैं, मोना को जौंडिस हुआ है।"

पर्दा खोलकर रंजना निकली तो कालिंदी को लगा, वर्मा अंकल ही साड़ी लपेट निकल आए हैं। एकदम उन्हीं का आबेहूब ठप्पा, वैसी ही हँसी और कन्धे उचकाने की वैसी ही सहमी-सी मुद्रा।

"डैडी तो हर वक्त आप ही की बातें करते हैं–आप चली क्यों गईं?

यहाँ रहतीं तो हमें भी तसल्ली रहती कि डैडी-ममा के पास कोई डॉक्टर तो है..."

कालिंदी ने हँसकर सिर झुका लिया, कहती भी कैसे कि तुम्हारी ममा ने ही तो भगाया था। रंजना ने फिर उसे उठने ही नहीं दिया, "मैं अभी एक महीना यहाँ रहूँगी...आप आएँगी न?"

"चलिए, हम आपको छोड़ आएँ, इसी बहाने आपका फ्लैट भी देख लेंगे।" आबिद ने अपना उदार प्रस्ताव रखा तो वह घबड़ाकर उठ गई, "नहीं-नहीं, आप वहाँ कहाँ जाएँगे...बहुत दूर है और एकदम जंगल है... आपको अच्छा नहीं लगेगा..."

"वाह, यह भी कोई बात हुई!" मि. वर्मा की बेटी ने एक-एक गुण पिता से ही पाया था–ऐसे ही मधुर आग्रह से तो वे भी उसे रोक लेते थे, "आप

वहाँ रह सकती हैं और हम नहीं जा सकते? अच्छा, चलिए, आज न सही, कल एक हाउस वार्मिंग पार्टी कर डालिए डॉ. पन्त, कल शाम पाँच बजे!"

वह अपनी उजली हँसी से कालिंदी को भी पिघलाकर मोह गई।

दूसरे दिन ठीक पाँच बजे शारदा को छोड़, पूरा वर्मा परिवार वहाँ उपस्थित हो गया था।

कालिंदी ने भी पूरी तैयारी कर मेज को नाना व्यंजनों से भर दिया था, बहुत दिनों बाद घर की मनहूसी दूर हुई थी।

"वाह, फ्लैट तो एकदम नया है! क्यों, है न डैडी और कितना खुला-खुला!" रंजना एक-एक कमरा घूम-घूमकर देख आई थी।

कालिंदी को रंजना पहली ही नजर में बहुत भा गई थी—निष्कपट, उदार और स्नेही—वह उससे बार-बार आग्रह करती रही कि वह उनके यहाँ फिर से आकर रहने लगे।

"मैं इतनी दूर हूँ, आबिद सिटी बैंक में हैं, हमारा हिन्दुस्तान आना शायद कभी न हो पाए—डैडी-ममा दोनों की उमर हो चुकी है, हर वक्त मुझे इन्हीं की चिन्ता लगी रहती है! प्लीज, डॉ. पन्त।"

"मैं आ जाती रंजना, पर मैं यहाँ कब तक रहूँगी—इसी का ठिकाना नहीं है। एक फेलोशिप के लिए कोशिश कर रही हूँ—मिल गई तो चली ही जाऊँगी।"

"आपको डर नहीं लगता यहाँ, एकदम अकेली रहती हैं?" आबिद ने पूछा तो वह हँस पड़ी।

"डर! किस बात का? आई एम नॉट ए चाइल्ड मि. कुरैशी।"

कह तो कई पर क्या सचमुच ही डर नहीं लगता था उसे? रात को जब सारी बस्ती मुर्दा बन जाती थी, और चौराहे का श्वान दल, मनहूस आवाज में हू-हू करने लगता तो आसपास के अरण्य से सियार भी उस क्रन्दन में स्वर मिला, पूरे परिवेश को भयावह बना देते—बिजली का कोई ठिकाना नहीं रहता, कब आई और कब गई, न टेलीफोन था, न आसपास कोई दुकान, जहाँ से ही फोन कर लें! फ्लैट के दरवाजे-खिड़कियों के पतले काँच वैसे ही क्षीण कलेवरी थे, जैसे डी.डी.ए. के आधुनिक घरौंदों के होते हैं। किसी भी हृष्टपुष्ट दस्यु का एक ही सशक्त मुक्का पूरे फ्लैट की बत्तीसी भीतर कर सकता था, उस पर आए दिन तो दिल्ली के अखबार, दिन-दहाड़े लूट, बलात्कार, मारधाड़ की खबरें छाप, और दिल दहला देते थे। घर आते ही

वह द्वारों पर डबल चिटकनी चढ़ा, दुबकी रहती। कई बार सोचती थी कि वर्किंग गर्ल्स हॉस्टल में ही रहने चली जाए पर उसके बार-बार इधर-उधर मकान बदलने का अर्थ ही होगा, वह अपने एकांत से डर रही है। मामा भी यही न समझ बैठें, इसी से वह साहस से यहीं डटी रहेगी। सात दिन बाद तो वह पहाड़ जा ही रही थी फिर लौटकर देखा जाएगा। देवेन्द्र को उसने अपने पहुँचने की सूचना भेज दी थी।

चिट्ठी मिलते ही देवेन्द्र, भानजी की आगमनी का समाचार मित्र को देने बसन्त के यहाँ पहुँचे तो देखा, वह अँधेरे कमरे में चुपचाप अकेला बैठा है।

"यह क्या बसन्त, बत्ती क्यों नहीं जलाई? तबीयत ठीक नहीं है क्या?"

मित्र का चिन्तातुर स्वर सुनते ही बसन्त हड़बड़ाकर उठ बैठा, "अब तबीयत और क्या खराब होगी यार, जितने दिन कट जाएँ! मैं तो ठीक हूँ पर आज एल्फी की चिट्ठी आई है, उसी को पढ़ चित्त खिन्न हो गया—सोच रहा हूँ, कल हल्द्वानी जाकर उसे देख ही आऊँ।"

"क्यों? क्या हुआ है उसे?"

"होगा क्या, बीमार तो था ही, अब उस मनहूस होम में जाकर पलंग पकड़ ली है...मान गया तो उसे यहाँ ले आऊँगा...उसकी इतनी देखभाल तो कर ही सकता हूँ।"

"मैं भी तेरे साथ चलूँगा बसन्त। सच, हमने भी तो उसकी खोज-खबर नहीं ली। चड़ी छुट्टियों में आ रही है, एक बार उसका पूरा चेकअप कर लेगी।"

दूसरे ही दिन, दोनों एक साथ एल्फी को देखने पहुँचे तो अँधेरे घुप्प कमरे में, झूला-सी कैंपकोट पर पड़े मित्र के कंकाल को पहचान भी नहीं पाए—अपने दोनों सींक-से हाथ टेककर एल्फी ने उठने की व्यर्थ चेष्टा की, पर उठ नहीं पाया।

"यह क्या हाल बना लिया है तूने एल्फी?" देवेन्द्र का गला रुँध गया।

पर एल्फी उस हालत में भी हँसना-हँसाना नहीं भूला था—"कोल्डेरिन ली?" उसने मित्र का प्रश्न पूरा किया।

"अच्छा मजाक छोड़—हम तुझे लेने आए हैं आज, कालिंदी छुट्टी में आ रही है—अब वही तेरा इलाज करेगी—" देवेन्द्र ने फिर बड़े उत्साह से

बिस्तर पर असहाय पड़े मित्र के रूखे-उलझे बालों को सहलाकर कहा, "इसी बीस को आ रही है?"

"बीस?" वह हँसा और क्लांत कोटरग्रस्त आँखों की गाढ़ी कालिमा और प्रगाढ़ हो गई।

"डॉक्टर के आने तक क्या यह मरीज रहेगा रे देबी?"

"कैसी बातें कर रहा है तू? तू एकदम ठीक हो जाएगा—बड़ा नाम कमा लिया है हमारी चड़ी ने और फिर लीवर की बीमारियों पर तो उसने अपना पेपर पढ़, बहुत ख्याति बटोरी है।"

"पर यह लीवर अब लीवर रहा ही कहाँ देबी—फिनिश्ड एंड गोन!" वह हँसा, फिर एक लम्बी साँस लेकर कहने लगा, "यहाँ अकेले पड़े-पड़े पुराने दिन बहुत याद आते हैं बसन्त। हम तीनों को फुलोरिया मास्टर थ्री मस्केटियर्स कहते थे—याद है?"

"है क्यों नहीं, तू आज जो ऐसे चुपचाप हथियार डाले पड़ा है, तब तो तेज-तर्रार मास्टरों पर भी संगीन ताने उनकी नींद हराम किए रहता था, वह भी याद है।"

एल्फी के पपड़ी पड़े ओठों को एक क्षीण स्मित पल-भर को स्निग्ध कर गया।

"उस बार जब एन्युअल फंक्शन में हमारे दबंग प्रिंसिपल काजमी दूल्हे से झूमते आए और सीना तानकर कहने लगे—सुना है, इस कॉलेज के लड़के बड़े तेज हैं, हर मास्टर, प्रिंसिपल का एक न एक नाम रख देते हैं—पर हमें देखिए, साल-भर हो गया, मजाल है जो कोई लड़का हमारा ऐसा नाम रख पाया हो! और तब ही इस एल्फी ने, कछुए सी मूंडी निकाल, महीन लड़कियों की सी आवाज बना, फौरन तुरुप मार दी थी—"काजमी चूरन हाजमी—और वह ठहाका लगा था कि खुद काजमी साहब भी हँसने लगे थे, याद है बसन्त?"

फिर तीनों मित्रों की राशीभूत हँसी ने एल्फी के सिरहाने खड़ी मौत को भी पल-भर के लिए लाठी लेकर दूर खदेड़ दिया था।

"पर कुछ भी कहो देबी, काजमी था गजब का रौबीला प्रिंसिपल, मजाल जो कोई उनकी अंग्रेजी की क्लास में चूँ तो कर दे—एक हमारे एल्फी को छोड़कर! वही आज जनानी बनी रजाई में दुबका है, अबे उठ!"

तीनों मित्रों का कैशोर्य जैसे अँगड़ाई लेकर, आँखें मलता फिर चैतन्य

हो उठा था।

"देख रे देबी, तुम दोनों भी जानते हो और मैं भी जानता हूँ कि हम तीनों में से सबसे पहले मुझे ही जाना होगा—ठीक भी है, जब चार सौ मीटर की रेस में मैंने हमेशा तुम दोनों को पछाड़ा है तो आज इस रेस में तुम्हें कैसे आगे आने दूँ?" वह हँसा और आसन्न मृत्यु की कगार पर खड़े उस विवश मित्र की वह करुण हँसी, दोनों को गुमसुम बना गई। उसे किसी विस्मृत प्रसंग के उल्लेख से गुदगुदाने का भी साहस, फिर उन्हें नहीं हुआ। कमरे में एक जीरो पावर का बल्ब जल रहा था। विचित्र ढंग से सफेद साड़ी के दुपट्टे नीले किनारे से आधा ललाट ढाँपे, एक परिचारिका, तामचीनी की सफेद प्लेट में एल्फी का खाना रख गई। जगह-जगह से प्लेट का इनैमल छूटकर, काले-काले धब्बे निकल आई प्लेट में, दो चमड़े-सी सूखी रोटियाँ धरी थीं, एक वैसी ही चिलमचीनुमा नन्हीं कटोरी में, पतले शोरबे में तैरते आलू के टुकड़े और भद्दे ढंग से कटी प्याज! कैसे खा पाएगा यह सब?

देवेन्द्र ने मुँह फेर लिया। वर्षों पूर्व वौरस्टड की हाफ पैंट की जेब में, अकड़ से हाथ डाले, उसे ऑमलेट खिलानेवाला वह स्नेही एल्फी कहाँ खो गया था...कहाँ?

दोनों मित्र बड़ी रात तक उसे मनाते रहे, "तुझे हमारे साथ चलना ही होगा एल्फी..."

"नहीं, मैं अब कहीं नहीं जाऊँगा—मैं यहाँ बड़े सुख से हूँ।"

"सुख से?" देवेन्द्र झुंझला पड़ा था, "यह सब सुख है?" जीर्ण लाल कम्बल से ढँकी छाती तेज साँस के वेग से काँप रही थी, कागज-से सफेद हाथ एक दूसरे से गुंथे निष्क्रिय पड़े थे, न जाने कितने दिनों से दाढ़ी नहीं बनी थी, सूखे-रूखे बाल, गड्ढे में धँसी आँखें, पिचके गाल और बीच-बीच में उठ रही खाँसी का दौरा जो उसे कुछ क्षणों के लिए निष्क्रिय बनाकर निढाल किए दे रही थी।

अँधेरे सीलन-भरे कमरे में एक अजीब-सी दुर्गंध का भभका असह्य लगने लगा। खिड़की पर एक अधफटा पर्दा झूल रहा था। दीवाल पर सूली पर चढ़े ईसामसीह का एक रंग उड़ा विवर्ण चित्र! कभी यही हल्द्वानी तीनों मित्रों के लिए बम्बई थी। एक बार तीनों एक साथ भागकर बिना मोटर का टिकट लिये ही यहाँ घूमने आ गए थे और काठगोदाम के स्टेशन में जीवन में पहली बार ट्रेन के दर्शन तीनों ने एक साथ किए थे। जब अल्मोड़ा लौटे

तो लगा था, लन्दन घूमकर आए हैं।

आज वही हल्द्वानी उनका दम घोटे दे रही थी। एल्फी अन्त तक अपनी अकड़ पर ऐंठा रहा। देवेन्द्र फिर चुपचाप उसके सिरहाने एक बन्द लिफाफा एक चिरकुट के साथ छोड़ आया था।

"एल्फी, तुमने अपने मित्र की यह तुच्छ भेंट स्वीकार नहीं की तो मुझे बहुत दुख होगा।"

एल्फी ने दोनों मित्रों को हँसकर विदा ही नहीं दी—बड़ी देर तक उन दोनों के हाथ थामे रखे थे।

"एक बात अब समझ में खूब आ रही है, आदमी को उसकी बीमारी नहीं मारती, पुरानी यादें मारती हैं। तुम दोनों को एक साथ देख, एक बार फिर बीते दिन लौट आए हैं, पर क्या उन यादों का बोझा मैं अब सह पाऊँगा?"

उसने ठीक ही कहा था, वह दुर्वह बोझ वह नहीं सह पाया—तीसरे ही दिन देवेन्द्र को वह कार्ड मिल गया, जिसमें अपना पता लिख वह सिस्टर को थमा आया था कि मित्र की कुशल उसे भेजती रहे। कार्ड में संक्षिप्त सूचना की एक ही पंक्ति थी कि सोमवार की रात को मि. एल्फी ब्रीथ्ड हिज लास्ट!

एल्फी की मृत्यु दोनों मित्रों को गहन शोक में डुबो गई थी। अब वे नित्य की भाँति न शतरंज ही खेल पा रहे थे, न सांध्यकालीन भ्रमण का ही साहस सँजो पा रहे थे। अल्मोड़ा की हर सड़क, हर मोड़, हर जंगल में तो उनके उस जिन्दादिल मित्र के अमिट हस्ताक्षर ज्यों के त्यों धरे थे—सिटौली, बल्टौटी, कर्क एंड टैप्ले, ब्राइटन कॉर्नर!

ठीक ही कहा था उसने, आदमी को बीमारी नहीं मारती, उसकी पुरानी यादें मारती हैं।

कालिंदी के आने की सूचना उन्हें हल्द्वानी जाने से पहले ही मिल चुकी थी—"अब की बार, पूरे दो महीने की छुट्टी पर आ रही हूँ, तुम सबको ऐसा जमकर बोर करूँगी कि खुद ही पूछने लगोगे—भानजी, तू कब वापस जा रही है!"

पर इस बार भी वह बिना किसी को बताए, नियत तिथि से दो दिन

पूर्व ही सूटकेस लटकाए द्वार पर खड़ी हो गई थी।

"देखा मामी, कैसा सरप्राइज दिया है तुम सबको! ऐसे आने का कुछ और ही आनन्द है। क्यों, है न मामा?"

एल्फी की मृत्यु ने पूरे घर को अब तक निष्क्रिय बना रखा था, कालिंदी ने आते ही सारी मनहूसी झाड़-पोंछ कर बुहार दी। जैसे भी हो, इन सबको कहीं दूर घुमाने उसे ले ही जाना होगा, नहीं तो मामा अपने प्रिय मित्र की यादों में घुल-घुलकर स्वयं बीमार पड़ जाएँगे।

"देखो मामा, मैं यहाँ घूमने, इन्ज्वॉय करने आई हूँ, तुम बूढ़ों के साथ बैठकर आग तापने नहीं—मैं आज ही जाकर टैक्सी की व्यवस्था कर आती हूँ, बसन्त मामा को भी चलना होगा—ही नीड्स ए चेंज।"

और फिर वह दूसरे ही दिन बसन्त मामा सहित पूरे घर के लिए बस के टिकट खरीद लाई थी। टैक्सी वालों के नखरों का शेष नहीं था—कहाँ-कहाँ जाएँगे, कितने दिन रुकेंगे, कब लौटेंगे? इतना किराया होगा, ड्राइवर, कन्डक्टर के खाने की व्यवस्था करनी होगी, अपने साथ-साथ उनके ठहरने का भी डाकबंगलों में प्रबन्ध करना होगा--नथिंग डूइंग--वह स्वगत बड़बड़ाने लगी थी—जहाँ सरकारी पर्यटन विभाग के चालकों के ही ऐसे नखरे हों, वहाँ क्या खाक टूरिज्म पनपेगा? पैसा, पैसा और पैसा--पहाड़ क्या कुछ अधिक ही लोलुप बना जा रहा था? फिर भी, इस शहर में न जाने कौन-सा जादू था कि अपनी समस्त खामियों के बावजूद, वह उसे उतना ही प्रिय लग रहा था। अपनी समस्त क्लांति, अपमान की वेदना, माधवी की प्रवंचना सब कुछ यहाँ आते ही वह भूल-बिसर गई थी।

"हमारा पहला पड़ाव कौसानी होगा। सुना है, गजब की जगह है। आपने कहा था, आप मुझे कभी वहाँ ले चलेंगे, आप तो ले नहीं गए, चलिए, मैं ही आप सबको लिए चलती हूँ। और फिर जाएँगे गरुड़, बैजनाथ और फिर तेरह-तेरह हजार फीट की ऊँचाई वाले पर्वतों पर, जहाँ वनस्पति भी न दिखाई दे।"

फिर तो वह जितनी ही बार पहाड़ का वह दिव्य रूप देख रही थी, प्रत्येक मोड़ पर उतनी ही बार प्रकृति उसे अपनी भव्य छटा के बहुरूपी रूप से मंत्रमुग्ध किए जा रही थी। बर्फ से ढकी नन्दादेवी, त्रिशूल, कामेत, चौखम्भा, दूनगिरी, बंदरपूंछ, स्वर्गारोहण, सतोपन्थ, गंगोत्री, यमनोत्री, काठा और बलखाती पेन्सिल स्केच-सी क्षीण-कलेवरी नदियाँ।

कहीं बस रुकती, तो वह उत्तेजित बालिका-सी, चाय की दुकान पर सबको खींच ले जाती—कभी अंग्रेजी के हास्यास्पद हिज्जों में लिखा गया होटल का नाम उसे मुग्ध कर जाता, कभी उसे आँखें फाड़कर देख रहे होटल में चाय पी रहे सरल पहाड़ी यात्रियों की विस्फारित दृष्टि!

"सनफ्लौर रेस्टोरेन्ट, श्रीमान जगतसिंह बिष्ट के इस होटल में, सिरी दिलीपकुमार और बिजन्तीमाला ने मधुमती की शूटिंग में चाय पी है। अब इस क्रेडेंशियल के बाद यहाँ चाय कैसे न पी जाए मामा?"

मक्खियों के सुदीर्घ साहचर्य से एकदम काली बन गई मिश्री की डलियाँ, आलू-रायता, प्याज की पकौड़ियाँ खाते-खाते कालिंदी ने उस वाचाल होटल मैनेजर से उसके सनफ्लोर रेस्टोरेन्ट का पूरा इतिहास ही उगलवा लिया था।

"ओहो लली, तुम तो पहाड़ी हो, तुम्हें बताने में कैसा दुराव-छिपाव! वह जो गाना है ना उसमें, पापी बिछुवा वाला? वह मैंने ही उन्हें गाकर सुनाया था, असल में पहाड़ी गाना ही गाया था मैंने 'बिशनुवा चौकीदारा'—बस, टप्प से चुरा लिया सालों ने, देसी जो ठहरे, आँख का काजल भी चुरा लें तो कम, तीस-चालीस की चाय पी और सवा सौ का गाना ले गया, उस पर कहीं साले जगतसिंह का नाम नहीं—घरवाली बहुत नाराज हुई थी, हमसे कहने लगी—बिष्टज्यू, जिन्दगी भर मूरख ही रहोगे तुम—पर बताओ लली, मैं कर भी क्या सकता था! किससे कहता कि सरासर चोरी की है सालों ने, यह 'टून' तो मेरी है—एकदम मेरी।"

"तुम अब भी गाते हो जगतसिंह जी?" कालिंदी ने बड़े मीठे अनकहे आग्रह से उकसाया।

"नहीं! बस, उसी दिन, जब नैनीताल जाकर मधुमती देखी तो हमने कहा—जगतसिंह बिष्ट, आज से गाना तो दूर, तुम गुनगुनाओगे भी नहीं—एकदम फुलस्टॉप..."

जगतसिंह ने जैसे उसकी बैटरी रिचार्ज कर दी थी—बस चली तो वह खुली खिड़की पर चिबुक साध, एक बार फिर प्रकृति की अनुपम छटा को मुग्ध होकर निहारने लगी। पहाड़ी वनस्पतियों से परिपूर्ण शिलाखंडों पर धूप आँख-मिचौली कर रही थी—कभी सहसा घिर आया मेघखंड सूर्य को ढक लेता और कभी स्वयं उसे मुक्त कर, उजली धूप से पूरे वनखंड को उजला कर छोड़ जाता। उपत्यकाओं में प्रहरी से खड़े चीड़, देवदार, बाँज, बुरुंश, भोज, कैल, खरसू और शाल के भव्य वृक्ष, कन्धे से कन्धा मिलाए परेड कर

रहे फौजियों से ही चलायमान बस के साथ-साथ चल रहे थे—लेफ्ट राइट, लेफ्ट राइट, लेफ्ट

...बर्फ से ढके ढालू धवल पर्वत और सीढ़ियों पर बने घरौंदों से नन्हे-नन्हे घर—ये सब, हिमालय के कितने विराट सौन्दर्य को अपने में समेटे हैं! वह सोच रही थी, कैसी रहस्यमयी आत्मीयता है, जो हर घेरघुमावदार मोड़ पर, बिछुड़े मित्र सी उसे बाँहों में बड़ी आतुरता से बाँधने चली आ रही है।

कौसानी पहुँची तो सामने नगाधिराज के श्वेत हिममंडित शिखर उसे इतने निकट लगे कि जी में आया, दौड़ कर उन्हें छू ले। डाकबंगला ऊँची चढ़ाई पार करने पर ही मिला। अन्नपूर्णा शीला का हाथ पकड़ बैठती-बैठती कुछ देर में पहुँची—कालिंदी मामा के साथ पहले ही पहुँच गई। पत्थर के चबूतरे पर धरी कुर्सी पर बैठते ही लगा, सामने बिखरे दिव्य दृश्य ने सारी थकान, पलक झपकाते ही दूर कर दी है।

“तेरा भाग्य सचमुच ही अच्छा है चड़ी,” देवेन्द्र उसके पास कुर्सी खींचकर बैठ गए, “पिछली बार हम यहाँ आए तो दिन-भर घने बादल छाए रहे, शाम को कोहरा, एक भी बर्फीली चोटी नहीं दिखी—लो, ये लोग भी आ गए।”

“अरे देबी, आज तो हिमालय महाराज सचमुच ही खुश हैं हम पर।”

“यही तो इससे कह रहा था दीदी, हिमालय भी तो सन्त हैं री चड़ी और बिनु हरिकृपा मिलहि नहीं सन्ता! भई, चाय मँगवाई जाए, यहाँ म्यूजिक डिरेक्टर सिरी जगतसिंह तो हैं नहीं।”

थोड़ी ही देर में डाकबंगले का बैरा, स्वच्छ सलीके से चाय लाकर रख गया।

“भई, हम चाहे अंग्रेजों को लाख कोसें, हमें सलीके से रहना, खाना-पीना तो सिखा ही गए। यही नहीं, ये सिखे अदब-कायदे से दुरुस्त बैरों की आचार-संहिता भी उन्हीं की देन है जो कम से कम पहाड़ों में पीढ़ी दर पीढ़ी वैसी ही चली आ रही है। तुम पहाड़ के किसी डाकबंगले में चली जाओ चड़ी, किसी इन्स्पेक्शन हाउस में, तुम्हें यह सिखे-पढ़े अदब-कायदों से दुरुस्त अनुचर अवश्य मिल जाएँगे।”

“कितना सुन्दर बना है यह डाकबंगला मामा—एकदम कन्ट्री हाउस!”

“होगा क्यों नहीं? अठारहवीं शताब्दी का बना है पर दीवारें कैसी ठोस खड़ी हैं! किसी जमाने में यह कुमाऊँ के कमिश्नर का बंगला था—इसी से अब भी ज्यों का त्यों धरा है—जैसे ठोस उस युग के बुजुर्ग होते थे वैसी ही

ठोस उस युग की इमारतें—न अन्त तक उनके दाँत टूटते थे, न इन इमारतों की ईंटें।"

"ठीक कह रहा है तू, हमारे बाबू भी तो उस उमर में अपनी पूरी बत्तीसी लिये चिता चढ़े थे—और आज के जवान लड़के-लड़कियों को देखो, तीस तक भी नहीं पहुँचते कि बाल पककर कपास!"

अन्नपूर्णा, बड़ी-बड़ी टोकरियों में खाना भरकर लाई थी पर भूख भी तो उसी टक्कर की लग रही थी—अभी खाओ और अभी हजम।

एक रात वहीं बिताकर निकले तो दूर दिख रही गरुड़ की घाटी, विवसना सुन्दरी-सी पड़ी थी—बस टेढ़े-मेढ़े सर्पिल रास्ते से नीचे उतरती जा रही थी—बाँज के वृक्षों के झुरमुटों को पीछे छोड़, उनका स्थान अब चीड़ के वृक्षों ने ऐसे कौशल से ग्रहण कर लिया था जैसे एक गारद को ड्यूटी से मुक्त कर, दूसरी टुकड़ी उनका स्थान ग्रहण कर लेती है। हिमालय के रजत शिखर पर अब गोधूली की रक्ताभ आभा प्रतिभासित होने लगी थी। गोमती के इस पार फैली गरुड़ की छोटी-सी घाटी नन्ही-नन्ही दुकानों से भरी थी—कालिंदी ने एक साथ कितनी ही मालाएँ, रंगीन फुन्दे, चूड़ियाँ खरीद लीं। खेत, नाले पार कर उनकी बस ने सहसा गति धीमी कर ली—सामने दिख रहा गोमती का लोहे का झूलापुल, एकदम खिलौना लग रहा था।

"यह प्रथम विश्वयुद्ध के समय बना था चड़ी।" मामा किसी दक्ष गाइड से चहकने लगे थे, "उन्नीसवीं सदी के उत्तरार्द्ध में, हमारे अंग्रेज नन्दनों ने यहाँ की आबोहवा और धनागम की खुशबू को अपने शिकारी नथुनों से सूँघ इसे अपना पहला अंग्रेज उपनिवेश बनाना चाहा था, पर बना नहीं सके।"

"हाय मामा, आपने यहीं बंगला क्यों नहीं बनाया—मुझे तो यह जगह कौसानी से भी सुन्दर लग रही है—जी में आ रहा है, नौकरी छोड़-छाड़ यहीं अपना क्लीनिक खोल लूँ।'

"लो, और सुनो दीदी!" शीला ने हँसकर कहा, "अरी तू क्लीनिक खोल भी लेगी तो क्या तुझे यहाँ मरीज मिलेंगे?"

"क्यों? मिलेंगे कैसे नहीं?"

कालिंदी ने खीजे स्वर में पूछा तो देवेन्द्र ने हँसकर कहा, "नहीं मिलेंगे भानजी—यहाँ भला कोई बीमार पड़ सकता है? यह दयार बाँजे की हवा ही तो इनकी दवा है और यह अद्‌भुत वनखंड है इनका क्लीनिक—अभी तूने बैजनाथ नहीं देखा—जब कौसानी में चाय के बगीचे लहलहाते थे तब बैजनाथ

था हमारे देवताओं का समर रिजौर्ट—बस, फिर अंग्रेजों की लार टपकी और उसी नोंचखसोट ने हमारे उन भव्य मन्दिरों को खंडहर बना दिया—बूटधारी सूर्य की विलक्षण मूर्ति तुझे भारत-भर में और कहीं नहीं मिलेगी।

"सदानीरा गोमती की क्षीण धारा, शायद इसी देवभूमि में सहमकर कभी हिंसात्मक रूप धारण नहीं कर पाई—किया होता तो ये मन्दिर आज तक कब के बह गए होते, चड़ी!" मामा एक छोटे से भग्न मन्दिर के पथरीले आँगन में बैठकर सुस्ता रहे थे, और उनके घुटनों से सटी चड़ी चुपचाप बैठी एक-एक मूर्ति का इतिहास सुन रही थी।

"इस बैजनाथ का पुराना नाम क्या था, जानती है? कार्तिकेयपूर—उसी का अपभ्रंश बना कत्यूर—यहाँ नवीं शताब्दी की प्रतिहारयुगीन मूर्तियाँ हैं—चल, तुझे दिखा दूँ।"

न जाने कितने छोटे-छोटे मन्दिरों की प्रदक्षिणा कर, वह जिस मुख्य मन्दिर में पहुँची, उसकी दीवारें ही अब उस प्रस्तर वैभव की साक्षिणी बनी खड़ी थीं।

बैजनाथ की सर्वोत्तम मूर्ति भगवती को देखा तो वह निर्वाक् खड़ी ही रह गई। सामान्य-सी खंडित होने पर भी आकृति के निर्भीक उभार में, पैरों की दृढ़ता में, महिमामय मुख की रेखाओं में कैसा अद्भुत तेज था! कौन रहा होगा इसका सुदक्ष मूर्तिकार, क्या यह भव्य स्मित, मोनालिसा के विश्वविख्यात स्मित से कुछ कम था? फिर भी इस अरण्य में अनाघ्रात पुष्प-सी अवहेलित पड़ी इस मूर्ति की ओर हमारे कला-मर्मज्ञों का ध्यान अब तक क्यों नहीं गया? दीदारगंज की यक्षिणी तो विदेशों में आयोजित भारत उत्सवों में न जाने कितनी बार जाकर अपनी यश-पताका फहरा आई है पर धातु में उकेरी गई जीवंत प्रतिमा में जो विजय का अनोखा उल्लास है, स्मित भंगिमा में जो आध्यात्मिक गरिमा का तेज है, पाप के ऊपर पुण्य की विजय का जो अमर सन्देश है, उसे क्या हमारी कलांध आँखें कभी नहीं देख पाएँगी? कालिंदी को लगा, वह मूर्ति केवल निष्प्राण मूर्ति नहीं है, अपने में बहुत कुछ समेटे खड़ी है, केवल अपना भार, अपना आयतन ही नहीं, पहाड़ के कठिन मौसमी आघातों को सहने की अद्भुत क्षमता, अपने स्रष्टा का, अपने अनामा मूर्तिकार का समग्र जीवन, उस युग का समस्त ऐतिहासिक परिप्रेक्ष्य लिये भगवती खड़ी हैं—कौन रहा होगा, ऐसा दिव्य शिल्पी, कुमाऊँ का माइकेल ऐंजेलो जो बिना अपने हस्ताक्षर किए ऐसी भव्य मूर्ति बनाकर, स्वयं कालगर्त

में अदृश्य हो गया! मन्दिर के बाहर और भीतर कई छोटे-छोटे शिवलिंग बिखरे पड़े थे, पत्थर पर बने दर्शनीय शतदल कमल, विराट घंटे की गुरु गम्भीर ध्वनि उन्हीं कमलों की पंखुड़ियों से टकराती पूरे खंडित प्रस्तर वैभव को और प्रखर बना रही थी।

दर्शन कर वे बाहर निकले तो देखा, उनकी उतारी गई चप्पल-जूतों के पास स्वेच्छा से प्रहरी बने, दो एक-से दिख रहे देवदूत-से बालक खड़े हैं। बहती नाक, जिसे वे बार-बार फटे कोट की बाँहों से पोंछ रहे थे, गोरे मक्खनी चेहरों पर मैल की रेखाएँ और कौतूहल से चमक रही खरगोश-सी आँखें। उन्हें देखते ही दोनों ने चप्पलों की देख-रेख का टैक्स उघाने, बिना कुछ कहे अपनी नन्ही-नन्ही हथेलियाँ फैला दीं।

"यह लटका, शायद इन्हें यहाँ कभी भूले-भटके आ गए टूरिस्ट ही सिखा गए हैं," देवेन्द्र ने हँसकर उन दोनों के हाथों में पाँच-पाँच का एक-एक नोट थमा दिया। ऐसा उदार पारिश्रमिक शायद उन्हें इतिपूर्व कभी नहीं मिला था।

आश्चर्य से उनकी आँखें ही बाहर निकल आईं। फिर एक सेकेंड रुके बिना, वे अपनी पेटीविहीन ढलायमान जीर्ण पैंट सम्हालते तीर से भागने लगे। "इजा वे," वे चिल्लाते जा रहे थे, "पाँच रुपै, पाँच रुपै, फिल्मी वाल ऐरई।" (माँ, पाँच रुपए मिले हैं, फिल्म वाले आए हैं।)

उनका उत्तेजित स्वर सुन, कालिंदी जोर से हँसने लगी, "मामा, लगता है, आज तक इन्हें ऐसी टिप पहले कभी नहीं मिली—पर कितने सुन्दर हैं दोनों! गाल देखे? जैसे रंग लगाया हो!"

मन्दिर के चबूतरे पर बैठ, वे खाना खा रहे थे कि कालिंदी ने देखा कि दोनों चप्पल के रखवाले, झाड़ी में दुबक, उन्हें एकटक देख रहे हैं।

"आओ न यहाँ, लो तुम भी खाओ।" उसने कुछ पूड़ियाँ उठाकर उनकी ओर बढ़ाईं। वे उस आह्वान को व्यर्थ कर, एक बार फिर तीर से छटक अदृश्य हो गए।

खाना खाकर, वे जाने की तैयारी कर रहे थे कि चप्पल रक्षकों की युगल जोड़ी फिर उपस्थित हो गई। इस बार बुलाने पर वे भागे नहीं, साहस शायद कुछ बढ़ गया था, इस बार साथ में उनकी माँ भी थी।

"ये तुम्हारे भाई हैं क्या?" कालिंदी ने पूछा तो मोती से दाँत दिखाकर वह हँस पड़ी, "मेरे बेटे हैं लली।"

"हाय राम, पर तुम तो बहुत छोटी लगती हो।"

"छोटी कहाँ हूँ, बाईस बरस की हो गई हूँ, इसी पूस में तेईसवाँ लगेगा।"

"ये जुड़वाँ हैं क्या?" अन्नपूर्णा ने हाथ पकड़कर दोनों को बड़े प्यार से अपने पास बिठा लिया।

"हाँ, आमा, ज्यौंला (जुड़वाँ) छन।"

"क्या नाम है रे तुम्हारा?"

"भीमसिंह, गजैसिंह।"

"स्कूल नहीं जाते?"

"नहीं।" दोनों ने एक साथ, अविकल एक-सी मूंडी हिला दी।

"क्यों, पढ़ने को मन नहीं करता?"

"नहीं।"

"तब क्या करते हो दिन भर?"

"गाय चराते हैं, लकड़ी बीनते हैं।"

"और तुम्हारे पिता क्या करते हैं?"

इस कठिन प्रश्न का उत्तर देने में असमर्थ, दोनों ने बड़ी विवशता से माँ की ओर देखकर मौन आग्रह किया कि वही उत्तर दे।

"नहीं है आमा!" उसकी माँ ने ही उत्तर देकर सिर झुका लिया–उसके फटे जीर्ण लहँगे की मग्जी, धज्जियाँ बन कर नीचे झूल रही थीं। नीली कुर्ती शायद कभी पूरी बाँहों की रही होगी, अब अधबंही बन चुकी थी। एक बाँह ऊँची और दूसरी नीची–बटनविहीन वास्कट के दोनों पलड़ों पर लगी एक सेफ्टीपिन, उसके यौवन के उद्दाम वेग से पराजित हो, टूटकर लटक आई थी।

"ये अभागे 'पेट मूल्या' हैं (जिनके जन्म से कुछ पूर्व ही पिता की मृत्यु हो जाती है)–पढ़ने तो भेजा था पर पढ़ाने में भी तो रकम लगती है आमा, पाटी चाहिए, कमेट (सफेद खड़िया) चाहिए, साफ कपड़े-जूता-मोजा–कहाँ से लाती मैं? इसी से आपके पास आई हूँ, आप लोग फिलिम वाले लोग हैं, इनको लव-कुश का काम दिला दीजिए बाब सैप, तुम्हारे गुण नहीं भूलूंगी–सुना, आप लोग बहुत पैसा देते हैं।"

देवेन्द्र ने हँसकर कहा, "किसने कह दिया तुमसे कि हम फिल्मवाले हैं? हम तो तुम्हारे ही जैसे पहाड़ी हैं।"

"झूठ बोल रहे हैं इजा," अब साक्षात् लव-कुश ही जैसे धनुष बाण लिये, सीना ताने महावीर-से मोर्चा लेने बाहर निकल आए।

"फिल्म के लोग हैं, इनके झोले में 'फोटक' खींचने की मशीन भी है।"

"अच्छा, खड़े हो जाओ तुम दोनों!" कालिंदी ने हँस कर कैमरा निकाल लिया, "आओ, तुम्हारे फोटो खींच दें!"

"बड़ी मुश्किल से गुजारा कर रही हूँ बाब सेप!" उसने फटे पिछौड़े से आँखें पोंछकर कहा।

कौन कहेगा, यह उनकी माँ थी? कलम की सी लिखी आकृति, गोरा रंग और हर बोल के साथ काँपते ओंठ, "किसी तरह कूट-पीसकर इनका पेट पाल रही हूँ, बाप नहीं है इसी से गजब के उप्पदरी (उपद्रवी) बन गए हैं। मेरा एक भाई यहीं ढोली है। शादी-ब्याह में ढोल बजाने के साथ-साथ दरजी का काम भी करता है, वही साल में एक जोड़ी कपड़ा इनके लिए सिल कर दे जाता है पर इनके बदन में तो काँटे हैं, आमा! अब देखो, साल भर ही में क्या गत बना दी है इन्होंने?"

एक वर्ष में एक ही जोड़ी कपड़े! उस पर भी वह अबोध उनके फट जाने का रोना रोए जा रही थी!

"एक नहीं सुनते ये छोकरे, मुझे तो कुछ समझते ही नहीं—घर में कोई मरद होता तो डरते भी—उस पर मामा ने भी सर चढ़ा दिया है।"

भीमसिंह, गजैसिंह जननी के मुख से अपनी कीर्ति सुन, एक-दूसरे की ओर देखकर मुस्करा रहे थे। चलते-चलते अन्नपूर्णा थैले से एक सौ का नोट निकाल उसे थमाने लगी तो वह पीछे हट गई।

"नैं हो आमा, कभी तुम्हारा कोई काम तो किया नहीं, इतनी बड़ी रकम कैसे ले लूँ?"

"तूने मुझे आमा कहा है न? नहीं लेगी तो मुझे बहुत बुरा लगेगा। इनके लिए मेरी ओर से कपड़े बनवा देना, और खूब जलेबी खिला देना।" अन्ना ने जबरन नोट उसके हाथ में थमा, उसकी मुट्ठी बन्द कर दी।

दोनों भाई तत्काल माँ की बन्द मुट्ठी खोलने एक साथ झुक गए—"कतुक दे इजा, कतुक?" (कितना दिया माँ, कितना?)

शीला ने हँस कर दस-दस के दो नोट उन्हें भी थमा दिए तो वे तीर-से भागे कि कहीं माँ न छीन ले—और वह भी उनके पीछे उसी वेग से भागी।

"नाश है जाल तुमर छवारो, बाघ ल्ही जा तुमन, ला, नोट ला!" (तुम्हारा नाश हो छोकरो, तुम्हें बाघ ले जाए—लाओ, नोट इधर दो।)

"पहाड़ की यही दरिद्रता मुझे कभी-कभी बुरी तरह झिंझोड़ देती है चड़ी!"

देवेन्द्र ने एक लम्बी साँस लेकर कहा, “यहाँ से दो-दो मुख्यमन्त्री, प्रदेश के स्वर्ण सिंहासन पर बैठे, न जाने कितनों ने मन्त्रीपद भोगा–कितने संसद सदस्य बने, पर क्या कभी पहाड़ के इस दलित वर्ग के लिए कुछ कर सके? कत्यूर की यह घाटी ही शायद अभिशप्त है। ये दो दर्जन श्रीहीन घर तू देख रही है, ये सब राजमहल के पत्थरों के बने हैं। यहाँ कभी सोने के सिंहासन पर बैठ, राजा-रानी चौपड़ खेलते थे। यह जो पत्थर का चबूतरा देख रही है, वह था रानियों का अंतःमहल! कत्यूरी राजा बीरदेव मीलों दूर हथछिना का ताजा मीठा पानी, अपनी प्रजा की लम्बी कतार घंटों खड़ी कर, हाथोंहाथ नित्य अपने पीने के लिए मंगवाता था, आज भी उन अत्याचारी निरंकुश राजाओं के अत्याचार की गाथाएँ यहाँ के मन्दिरों में गायी जाती हैं :

हंकारो तुम्हारो बाबा
जिन ऊँचा गढ़ नीचा बनाया
हंकारो तुम्हारो बाबा
सुलटी नाली लै ल्हिछा
उलटी नाली लै रिछा
तरुणी तिरिया रुण नी दीना
वरुणी बाकरी ज्यूण नी दिना
महाराजन के राजा
पेड़ पर फल, फूल हूंण नी दीना।”

(हंकारा हो बाबा, जिन्होंने ऊँचे गढ़ों को नीचा बना दिया, सीधी नाली (अनाज मापने का पात्र) से अनाज उघाते हो, उल्टी से हमें देते हो–तुम्हारे राज्य में तरुणी तिरिया और वरुणी बकरी रह ही कहाँ पाती है? हे महाराजों के राजा–पेड़ पर फलफूल भी तो तुम नहीं रहने देते! तुम्हारा हंकारा हो!)

आज के राजा भी तो यही कर रहे हैं–उसने भी तो आज तक चौपड़ ही खेली है और शतरंज के मोहरें बनी है पहाड़ की सरल जनता!

झूला-पुल को झूले-सी हिलाती उनकी बस चली तो कालिंदी ने देखा, भीमसिंह-गजैसिंह नदी के पत्थर पर बैठ, परम तृप्ति से बीड़ी फूँक रहे हैं। उदार टिप का सदुपयोग करने में उन्होंने विलम्ब नहीं किया था।

“हाय मामी, देखो, आठ साल के भी नहीं हुए होंगे अभी–और देख, कैसे फकाफ़क बीड़ी पी रहे हैं!”

“तुमने उनकी माँ को नोट दिए होते शीला, मैं तुम्हें टोकने जा रही थी

पर तब तक तुम उन्हें थमा चुकी थीं—मैंने इसी से उनकी माँ को दिया—सोचा था, जाने से पहले मन्दिर में भगवती को चढ़ाऊँगी—वैसे भी पुजारी के पेट में जाता, इससे तो अच्छा है, उनके पेट में जाए।"

"मेरा तो मन करता था मामा, उन्हें अपने साथ दिल्ली उठा ले जाऊँ और किसी स्कूल में भर्ती करा दूँ।"

"ऐसी गलती कभी न करना चड़ी—इन्हें चर्बी बहुत जल्दी लगती है—पढ़ते तो क्या, साल भर में तुझे पढ़ा देते—पर दोष तो हमारा ही है—हमारे स्वार्थ ने ही तो इनका भविष्य बिगाड़ा है—हमी ने इनका वर्गीकरण कर दिया है 'भनमजुवा' (बर्तन मलने वाले)। लड़की ब्याह कर ससुराल गई तो उसका हाथ बटाने एक पहाड़ी छोकरा भेज दिया, मित्रों ने आग्रह किया तो उनके लिए एक अदद पहाड़ी छोकरा भेज दिया। मैं जब कभी दिल्ली से पहाड़ आता, न जाने कितनों ने मुझसे कहा—आप जब जाएँ तो प्लीज एक छोटा-सा लड़का हमारे लिए भी ले आइएगा—यानी पहाड़ी लड़के न हो गए, यहाँ की बाल सिंघौड़ी मिठाई हो गई, निखालिस खोये की और बेहद सस्ती!"

"ऐसा तो मत कह देबी, हमारे बाबू ने क्या ऐसा ही किया था?"

"बाबू की बात छोड़ दो दीदी, अब उस मिट्टी से मूरत गढ़ना विधाता ने भी छोड़ दिया है, बिकती जो नहीं!"

लम्बा रास्ता देखते-ही-देखते कट गया पर कालिंदी उन जुड़वाँ देवदूतों के भोले चेहरे और उनकी युवजननी की करुण मुखमुद्रा भूल नहीं पा रही थी। उतना बड़ा फ्लैट था उसका, उन तीनों को वह बड़े आराम से अपने साथ रख सकती थी—किन्तु अपनी ही समवयसिनी उस पूर्ण यौवना सुन्दरी युवती को वह अपने पीछे अकेली, उस निभृत फ्लैट में छोड़ सकेगी?

इधर-उधर घूमने में, समय जैसे पंख लगाकर उड़ गया था। कुछ ही महीनों में कालिंदी मामी और अम्मा में आश्चर्यजनक परिवर्तन देख रही थी। परिवेश के साथ-साथ, शीला मामी ही नहीं, मामा भी एकदम बदल गए थे—प्रत्येक शहर का व्यक्तित्व, मनुष्य के व्यक्तित्व पर भी अपनी छाप अवश्य छोड़ देता है, यह वह समझने लगी थी। वह यहाँ आकर स्थायी रूप से बस गई तो वह भी शायद उन्हीं की तरह बदल जाएगी। मामी को उसने कभी घर की धुली, मुड़ी-तुड़ी साड़ी पहने नहीं देखा था। अम्मा को भी नित्य स्वच्छ कड़ी

कलफ की गई झकसफेद साड़ी पहनने का अभ्यास था। मामी तो सदा ही ढंग-सलीके की साज-सज्जा में सँवरने पर ही कमरे से बाहर निकलती थी–चूड़ी कार्डिगन, चप्पल सब कुछ मैचिंग, मजाल है जो परिपाटी से बाँधे गए जूड़े का एक बाल भी इधर से उधर हो!

उधर मामा तो जन्म से ही साहबी रुचि के व्यक्ति थे। पाजामा-कुर्ता ही क्यों न हो पर न कहीं सिकुड़न, न शिकन। वर्दी के तो कहने ही क्या, एक-एक पीतल के बटन, स्टार चमकाते अर्दली पसीना-पसीना हो जाते, फिर भी मामा को सन्तोष नहीं होता, "रगड़ कर चमकाओ, क्या खाना नहीं खाया है आज?" वे अनुचरों को डाँटते। एक तो पहले ही वे रोबदार अफसर के रोब से थरथर काँपते थे। उसने उन्हें कभी मातहतों के सामने हँसते नहीं देखा था।

एक दिन न जाने किस बात पर उन्हें अपने स्टेनो के सामने हँसी आ गई थी और कालिंदी ने अपने कमरे में सुन लिया, स्टेनो बाहर खड़े संतरियों से हँसकर कह रहा था, "आज बचकर रहना तुम सब, बीरबल को भी हँसी आ गई है आज! यह अच्छा लक्षण नहीं है..."

वही मामा अब एकदम पहाड़ी बन गए थे–सिर पर लपेटा मफलर, पाजामे के पैंचों पर फूहड़ दुःसाहस से चढ़े गर्म मोजे, मुट्ठी में बँधे सिगरेट की ठेठ पहाड़ी दमें और बार-बार नाक पर ढुलकता चश्मा।

यद्यपि शीला मामी और अम्मा का सामाजिक दायरा अब उतना संकुचित नहीं रहा था, फिर भी बीच-बीच में दोनों की आँखों में समृद्ध अतीत के प्रति अनुरागपूर्ण खिंचाव उसने देख लिया था। कहाँ दिल्ली का वह जीवन और कहाँ अल्मोड़ा की ऐसी नीरस दिनचर्या! हो सकता है, उसे ही वह नीरस लग रही हो क्योंकि दिन-भर महिलाओं की गप्पगोष्ठी जमती, तो मामी और अम्मा को देखकर लगता, उन्हें भी आनन्द आ ही रहा है। एक वही लाख बुलाए जाने पर भी अपने कमरे में बैठी पढ़ती रहती। धूप निकलती और मामा घूमने निकल जाते और मामी, अम्मा अपने लिए नित्य नवीन काम जुटा लेतीं–कभी बड़ी-मुंगौड़ी डालने का कार्यक्रम, कभी स्वेटर, दस्ताने, मोजे, मफलर बिनने का।

नित्य मिलने वालियों की अनन्त भीड़ पहले तो मंगल-शनिवार का परहेज करती थी, इन दो मनहूस दिनों में केवल गर्मी में ही कहीं जाने की पुरानी पहाड़ी प्रथा है, पर फिर वह बंधन भी स्वेच्छा से तोड़ दिया गया, "अब

कैसा मंगल और कैसा शनि, अब रोज ही आते हैं तो कैसा विचार, हम तो भई नहीं मानेंगे ये ढकोसले।"

स्टील के गिलासों में गरम चाय सुड़काती, मिलने वालियाँ एक से एक नवीन स्कैंडल की पोटलियाँ खोलने लगतीं, तो अकेले कमरे में पढ़ रही कालिंदी को हँसी भी आती। किसकी लड़की को दिल्ली जाते ही ऐसे पर लग गए हैं कि अब अपने रिश्ते के मामा से ही विवाह करने जा रही है, "ए हो अन्नदिदी, तुमने सुनी कभी ऐसी अनहोनी?"

दूसरी, अम्मा के उत्तर देने से पहले ही उसकी जिज्ञासा का अन्त कर देती, "क्यों? इसमें सुनने की भला कौन-सी बात है? उसकी माँ ने भी ऐसा ही किया था, सगे मौसेरे भाई से ही तो विवाह कर हमारी बिरादरी की नाक कटाई थी, वही आज बेटी भी कर रही है—खूब थप्पड़ मारा था पहाड़ियों को। सम्बन्ध-सम्बन्ध, ऊँची धोती, छोटी धोती—यही सब विचारने में दिन पर दिन सयानी हो रही बेटियों की उम्र भूलते जाएँगे, तो यही होगा—जब तुम माँ-बाप होकर वक्त पर अपनी बेटियों के लिए घर-वर नहीं ढूँढ़ोगे तो फिर वे क्या भूखी रहेंगी? पढ़ी-लिखी हैं, खुद ढूँढ़ लेंगी।"

एक पल को उस मुखरा नारी ने सबके मुँह बन्द कर दिए। एक सहमी चुप्पी के बीच केवल स्वेटरों की सलाइयाँ चलती रहीं—खटखट खटखट, फिर उसी पार्वती बुआ ने, खिल्ल से हँसकर बर्फ की सिल्ली तोड़ दी, "सुनो री चेलियो, तुम्हें एक मजेदार बात बताऊँ। हमारे पहाड़ की ही एकदम सच्ची घटना है। मेरी नानी थी षटकुली ब्राह्मणों की बेटी, ऊँचा कुल और वैसी ही ऊँची नाक। सुना, उन्हीं झिंझाड़ के जोशियों ने सैकड़ों वर्षों तक, कुमाऊँ के राजे-रजवाड़ों को शतरंज की गोटों-सा नचाया है—जैसी बुद्धि, वैसा ही रियासती चातुर्य, अब दीवानों की इकलौती बेटी मेरी नानी को, अपने से छोटे कुल में कैसे ब्याहा जाता? बहुत ढूँढ़ने पर मेरे नाना जुटे—कुल में अव्वल, सारस्वत ब्राह्मण, मंडिलिया के पांडे, नाम के जागीरदार पर घोर दरिद्र! कभी पूरा परिवार भट्ट के बीज ही भून पानी पी सो जाता, कभी चावल का माँड। धीरे-धीरे वह भी नहीं रहा। एक दिन झिंझाड़ के दीवान पुत्री की कोई कुशल न पाकर स्वयं उसकी खोज-खबर लेने पहुँचे—पूरे तीन साल बीत गए थे, पर काली पार ब्याही गई उनकी नाजों की पली पुत्री का कोई समाचार नहीं मिला था। दिन डूबे पहुँचे तो देखा—एक बड़ी-सी कड़ाही में सोंठ-सी सूख गई उनकी बेटी, भाँग के बीज भून रही है। आहा, कैसी सुघड़

सुन्दर बेटी थी उनकी, और कैसे दीया लेकर उन्होंने उसके लिए यह ऊँचे सम्बन्ध का ऊँचा कुल ढूँढ़ा था, पर यह क्या, भाँग के बीज तो कुमाऊँ के विपन्न दरिद्र परिवार भूँज कर खाते हैं!

"क्या कर रही है चेली?" उन्होंने कंठ के गह्वर को घुटककर पूछा।

"बाबू, सम्बन्ध भुन खाण्यूँ।" (बाबू, सम्बन्ध भूँजकर खा रही हूँ।)

और फिर उस महिला-गोष्ठी की सम्मिलित ठहाके की गूँज बड़ी देर तक गूँजती रही थी।

वह भी तो यही कर रही थी। कालिंदी के ओठों को स्वयं ही एक खिन्न स्मित ने विकृत कर दिया था। वह भी तो सम्बन्ध ही भूँजकर खा रही थी और शायद जीवन-भर यही करती रहेगी। उसके लिए भी तो दीया लेकर ही ऊँचा कुल ढूँढ़ा गया था—यही कारण था कि वह मामी के बुलाए जाने पर भी बाहर जाकर, उनकी महिला-गोष्ठी में भाग नहीं लेती थी। एक ही बार गई तो महिलाओं की कौतूहली दृष्टि ने उसे छेदकर रख दिया था। उसका अतीत, उनसे निश्चय ही अब तक छिपा नहीं होगा, फिर क्यों वहाँ जाकर स्वयं उनकी जिज्ञासा को झकझोरे कि आ बैल, मुझे मार? पर कभी-कभी कोई उसी भीड़ से, बड़े दुःसाहस से निकल, सीधे उसके पास चली आती, "भई, सुना, तुम डाक्टरनी हो, अब तुमसे क्या छिपाएँ, कमर में बड़ा दर्द है हमारे और कुछ 'पछि' (दिन चढ़ना) भी गए हैं हम—अब इस उम्र में यह हालत, हमसे सही नहीं जाती। अभी पिछले महीने बिटिया ब्याही है, दामाद को क्या मुँह दिखाएँगे हम? छुटकारा दिला दो बच्ची।"

और कालिंदी, जहाँ तक होता, उनकी सहायता करती। उन्हीं में से एक, उससे पेचिश की दवा माँगने आई तो रोगमुक्त होने पर भी नित्य ही आने लगी। बड़ी-बड़ी शरबती आँखें, सुतवाँ नाक और छरहरी बेंत-सी लचीली देह की स्वामिनी वह हँसमुख सुन्दर सरोज, कालिंदी को बहुत अच्छी लगती थी। विवाह को साल भी नहीं हुआ था कि ससुराल वाले उसे सदा के लिए मायके पटक गए थे। अभी उसकी पीठ पीछे तीन-तीन कुँआरी बहनें ब्याहने को बैठी थीं, दमे के मरीज चिर रुग्ण पिता कचहरी में अर्जीनवीस थे—सरोज बीस वर्ष की थी, पर दूर से देखने पर सोलह की भी नहीं लगती।

आश्चर्य की बात तो यह थी कि इतना बड़ा आघात पाकर भी वह लड़की सदा हँसती रहती, विषाद की सामान्य रेखा भी उस चारुचन्द्र की हँसी को विकृत नहीं कर पाई थी। कुमाऊँ की अधिकांश कुँआरी कन्याओं

की भाँति वह भी विवाह पूर्व बी.टी. कर चुकी थीं। कालिंदी अब तक जितनी कुँआरी लड़कियों से मिली, उसे अपने एक ही प्रश्न का, एक ही उत्तर मिला था।

"क्या कर रही हो?"

"बी.टी.।"

यह बेचारी भी उसी बिरादरी की थी।

"जानती हो दीदी," वह फिर हँस-हँसकर उससे कहने लगी थी–"मैं जब बी.टी. करने फार्म भरने गई तो मेरे मामा बोले–अच्छा, तो तू भी बी.टी. कर रही है! यह अल्मोड़े का बी.टी. न हो गया, 'कौ जे बीट' (कौए का बीट) हो गया। जहाँ देखो, वहीं बी.टी. या तो कर रही है या कर चुकी है।"

सरोज के पिता उन भाग्यशाली जनकों में से थे जिन्हें दामाद ढूँढ़ना नहीं पड़ता, स्वयं दामाद उन्हें ढूँढ़ लेता है। लड़का विदेश में है, केवल फेरे लेने भारत आएगा और सप्तसदी सम्पन्न होते ही उनकी पुत्री को लेकर, सात समुद्र पार उड़ जाएगा–यही सुनकर बेचारा सरल कुमाऊँनी ब्राह्मण परम संतुष्ट हो गया था और बिना किसी पूछताछ के कुश-कन्या थामे, आँखें मूँद धड़ाम से कुएँ में कूद गया था। बड़ी लड़की ठौर-ठिकाने लग गई तो बची-खुची बेटियाँ भी उसका हाथ पकड़, विवाह वैतरणी पार कर ही लेंगी–उनसे कहा गया था कि वे केवल कुश-कन्या लेकर ही दिल्ली पधारें, वहीं एक होटल में दिन ही दिन में विवाह सम्पन्न हो जाएगा। संस्कारशील ब्राह्मण का माथा ठनका था, विवाह-जैसा पावन संस्कार भी क्या अब प्रेशर कुकर में चुटकियों में पकनेवाली दाल बन गया है–वह भी कुमाऊँ में, जहाँ गोधूलि में द्वाराचार सम्पन्न किया जाना विवाह का एक अनिवार्य नियम है? सप्तसदी पूर्ण होने पर कैसे देखेगी उनकी पुत्री आकाश के उस तारे को? पर क्या करते, सबने समझा-बुझाकर उन्हें राजी कर लिया, "अब तो पहाड़ों में यही सब हो रहा है, दिन ही दिन में विवाह निबटाए जा रहे हैं–आप ही क्या ऐसा पहली बार कर रहे हैं?"

विवाह के दूसरे ही दिन वर-वधू के फुर्र से विदेश उड़ जाने की बात उनसे कही गई थी पर जब उड़ने का समय हुआ तो चिड़ा ही अकेले फुर्र से उड़ गया, चिड़िया चोंच फैलाए देखती रही। वीसा की जटिलता से नई नवेली को परिचित करा वर यह कहकर उसके आँसू पोंछ गया था कि वीसा बनते ही वह उसे बुला भेजेगा। पर नियति तो मुँह में आँचल ठूँसे हँस रही

थी। पुत्र को एयरपोर्ट पहुँचाकर पिता लौटे तो छाती पर हाथ धरे, देहरी पर ही 'हाय राम' कर ढेर हो गए। डॉक्टरों ने कहा, जबरदस्त दिल के दौरे ने ही उनके प्राण ले लिए हैं।

सरोज की सास ने फिर मृत पति की निष्प्राण देह पर पछाड़ें खा-खाकर, बार-बार एक ही कसम खाई थी, वह अब इस अलक्षिणी बहू का मुँह नहीं देखेगी—अभी तो उसने घर में पैर रखते ही ससुर को लील लिया था, कहीं उसके इकलौते बेटे को भी न निगल ले!

तत्काल उसे नाइट बस से ही पिता के साथ खोटे सिक्के-सा लौटा दिया था।

"वह दिन और आज का दिन..."—सरोज ने आँखें पोंछकर कालिंदी से कहा था, "न मेरे ससुराल वालों ने मुझे कभी बुलाया, न बाबू ही ने मुझे वहाँ भेजने की बात उठाई। मेरा सारा गहना-बर्तन—सब कुछ उन्हीं ने रख लिया।"

"और तुम चुप रहीं?" कालिंदी का खून खौल उठा था।

"मैं क्या करती दीदी? मैं जब आई तो मेरी सास ने कहा था—खबरदार जो अब इस घर में कभी पैर भी धरा, टाँगें तोड़ दूँगी तेरी—बाबू कहते हैं, तू पढ़ी-लिखी है, कहीं न कहीं तो नौकरी मिल ही जाएगी—पर कहाँ मिल रही है नौकरी! कब से तो एम्प्लायटमेंट एक्सचेंज में नाम लिखा है, जब इंटरव्यू के लिए बुलाते हैं, जाती हूँ, पर कौन देगा मुझे नौकरी? न कोई सिफारिश करनेवाला है, न बाबू के पास इतनी रकम है कि घूस दें।"

सरोज से अम्मा का बिरादरी का रिश्ता भी था।

"भाग्य है बेचारी का!" अम्मा ने कहा था, "कैसी प्यारी सूरत है और गाने-नाचने में इसकी टक्कर की अल्मोड़े भर में कोई दूसरी नहीं जुटेगी—मजाल है पहाड़ की शादियों की एक भी 'रत्याली' (रतजगा) इसके बिना जम जाए! छटंकी भर तो मांस है देह में, पर नाचती है तो रात-भर नाचती चली जाती है—कहते हैं, इसे पूरे सौ बन्ने घोड़ियाँ याद हैं।"

कालिंदी को सरोज इसलिए भी अच्छी लगती थी कि उसके जीवन को भी नियति ने उसी निर्ममता से झिंझोड़ा था, जैसे उसके जीवन को! अन्तर इतना था, जहाँ कालिंदी ने सिर उठाकर उस अधूरे विवाह के आघात को बड़ी हिम्मत से झेल लिया था और झेल रही थी, वहीं बेचारी सरोज को वह आघात बुरी तरह क्षत-विक्षत कर, संसार से विरक्त कर गया था।

"कभी-कभी सोचती हूँ दीदी, कैंची चली जाऊँ—नीम करौली बाबा के उस आश्रम में, बड़ा सुख है, बड़ी शान्ति और फिर मेरी माँ सिद्धिमाई की पुरानी सहेली रह चुकी है। अच्छा दीदी, तुम तो बहादुर हो, सुना है, तुमने अपने लोभी ससुर को थप्पड़ मारकर अपनी बारात लौटा दी?"

कालिंदी को उसका भोला मुँहफट प्रश्न हँसा गया।

"नहीं, थप्पड़ तो नहीं मारा—हाँ, बारात जरूर लौटा दी थी।"

"ठीक किया तुमने, पर जानती हो," उसका स्वर सहसा गहन नैराश्य में डूबकर धीमा पड़ गया, "मैं तुम्हारी जगह होती तो ऐसा कभी नहीं करती।"

"अच्छा, सरोज!" कालिंदी ने उसे गुदगुदाने की चेष्टा की थी, "तूने अपने दूल्हे को देखा था? अब कहीं दिखा तो तू पहचान लेगी उसे?"

"क्यों? तुमने अपने दूल्हे को देखा था दीदी—अब मिला तो पहचान लोगी?"

उसने हँसकर जवाबी हमला किया तो कालिंदी सकपका गई—इस दुःसाहसी प्रश्न के लिए वह प्रस्तुत नहीं थी यद्यपि वह समझ गई थी कि उस भोली लड़की के उस प्रश्न के पीछे उसे आहत करने का कोई कुटिल प्रयास नहीं है—फिर भी वह चुप रही, अनमनी दृष्टि उसने खुली खिड़की की ओर घुमा ली।

फिर उसके पहले पूछे गए प्रश्न का उत्तर सरोज स्वयं ही देने लगी, "पहचानूँगी कैसे नहीं दीदी! पूरी रात तो हम साथ ही रहे थे, फिर उनका ऊँचा डीलडौल, चेहरा, हँसी—सब कुछ ही तो एकदम अलग है, सबसे अलग। कह रहे थे, हमारे पुरखे कान्यकुब्ज ब्राह्मण थे—राजगुरु! एक बार कलमटिया में लकड़ी नहीं मिली तो राजा के भंडार से लोहा लेकर ही उनके पुरखों ने होम कर दिया। राजा के सन्तरियों से होम करने लकड़ी माँगी और उन्होंने मजाक में लोहे के डंडे थमा दिए। इनके पुरखे पांडेजी थे महातान्त्रिक, उन्होंने लोहा ही झोंक दिया। बस, धू-धू कर लकड़ी-सी लोहे की डंडियाँ सुलग उठीं—तब ही से वह मिट्टी काली पड़ गई और नाम हो गया—कलमटिया।"

सचमुच ही मीलों तक लम्बी अल्मोड़े की सड़क अब भी काली है। वह सरोज के साथ ही तो 'काषारदेवी' के उस प्राचीन मन्दिर के दर्शन को उसी सड़क पर चल कर गई थी।

"जानती हो दीदी, यहाँ से कुछ ही दूर एक प्रसिद्ध धारा भी है—'सिरीकोट का धारा'।

"वह भी तेरे पुरखों ने बनाया है क्या?"

हँसकर कालिंदी ने पूछा तो उसने गम्भीर स्वर में कहा, "और नहीं तो क्या? सुना है, वर्षों पूर्व यहाँ दूर-दूर तक पानी नहीं था—हमारे पुरखे श्रीवल्लभ जी की स्त्री, एक दिन सिर पर घड़ा धर, बड़ी दूर से पति की पूजा के लिए पानी लाई तो उन्होंने कहा—तू सिर पर घड़ा धर कर पूजा का पानी लाई है, यह पानी तो अब भ्रष्ट हो गया है।

"उनकी पत्नी को भी गुस्सा आ गया, बोली—ऐसे ही तान्त्रिक हो तो खुद पानी पैदा कर लो ना।

"पंडितजी ने वहीं पर कुश उखाड़ा, और मीठे पानी का झरना फूट निकला। वही अब भी श्री वल्लभजी का धारा कहलाता है—हाय, ऐसा मीठा-ठंडा पानी है कि जैसे मिश्री घुली हो।

"पाटिया, कसून, पिलिख, भैंसोडी, अनूप शहर—सब जगह हमारे इसी पांडे वंश की शाखाएँ तो अब भी फैली हैं—तब ही तो बाबू कहते हैं..." वह फिर अधूरा ही वाक्य छोड़ चुप हो गई।

"क्या कहते हैं?"

"कुछ नहीं।"

"बता ना सरोज, मुझे यह सब सुनना बड़ा अच्छा लग रहा है।"

"कहते हैं, हमारे पुरखों ने कभी पत्थर फोड़कर, पाषाणभेदी जलधार बहाई है, राजा भगीरथ की तरह और आज हमारा ही अनाचार हम ब्राह्मणों के ब्रह्मतेज को सुखा गया है। नहीं तो श्रीवल्लभ के कुल की निरपराध कन्या को क्या ऐसे कोई मायके में पटक जाता है?"

"क्यों, क्या अनाचार किया है तुमने?"

"बाबू कहते हैं, न अब कोई सूतक (अशौच) मानता है, न 'नातक' (शिशु जन्म की छूत)। अभी मेरे कक्का खतम हुए, उनके बेटों ने बाल भी नहीं उतरवाए—बस, कलम छाँट लीं—उधर बाबू ने, उनके मरने के पूरे दस दिन बाद तक हमें न कपड़े बदलने दिए, न सिर में तेल ही डालने दिया। मैं तो चुप रही पर छोटी कभी रह सकती है—कहने लगी, कक्का के दोनों बेटे तो कल जुल्फें फटकारकर वेदा के होटल में प्याज की पकौड़ियाँ भसका रहे थे—तुम बस हमें ही दबाते हो, उनसे कुछ क्यों नहीं कहते?

"चुप कर!—बाबू ने उसे वहीं चीरकर धर दिया था, उनकी करनी उनके साथ, हमारी हमारे साथ।"

"दीदी, एक बात पूछूँ?"

"पूछ ना!"

"सच बताना दीदी, तुम जादू-टोने में विश्वास करती हो?"

"कैसा जादू-टोना?"

सरोज का चेहरा एक पल को लाल पड़ गया–फिर सिर झुकाकर वह कहने लगी, "सुना है, चितई के मन्दिर की किसी गुफा में एक कनफटा सिद्ध आए हैं, मन की बात बिना कहे ही जानकर सब मुरादें पूरी कर देते हैं।"

"ओह, तेरी मुराद क्या है री? जहाँ से पटकी गई है वहीं लौट फिर पटके जाने की?"

उसने कुछ उत्तर नहीं दिया।

"छिः-छिः, सरोज, कौन कहेगा–तू पढ़ी-लिखी है? मेरा किसी ने ऐसा अपमान किया होता तो मैं वहाँ कभी थूकने भी नहीं जाती।"

"तुमने तो अपने दूल्हे को देखा भी नहीं है दीदी, पर मैंने तो उन्हें देखा है ना!"

"मूर्ख है तू सरोज! ऐसा ही था तो वह आज तक तुझे लिवाने क्यों नहीं आया? तो चली जा न उस सिद्ध के पास–जाती क्यों नहीं? क्या पता, वशीकरण, उच्चाटन से तेरे पति को तेरे पास खींच ही लाए!" उसके स्वर का व्यंग्य सहसा सरोज को तिलमिला गया।

"कैसे जाऊँ अकेली? सुना है, मन्दिर के पिछवाड़े किसी धर्मशाला के खंडहर में धूनी रमाकर बैठते हैं–भाग्य अच्छा हो तो मिलते हैं, नहीं तो लाख सिर पटकने पर भी दर्शन नहीं देते। तुम चलोगी दीदी–तुम्हारे गुण जीवन-भर नहीं भूलूँगी!" उसने गिड़गिड़ाकर कालिंदी के दोनों पैर पकड़ लिए।

"अरी पगली–करती क्या है? अच्छा, जा, मैं चलूँगी तेरे साथ–ऐसे भंड साधु बाबाओं से मैं नहीं डरती।"

न्याय देवता चितई मन्दिर के ग्वालदेव की तो उसे अम्मा ने कितनी कहानियाँ सुनाई थीं–कैसे वे निर्दोष व्यक्ति की फरियाद की अरजी मन्दिर में लटकते ही उसे फाँसी के फन्दे से मुक्त कर देते हैं! कितने निर्दोष सरकारी अफसरों के सस्पेंशन की उन्होंने धज्जियाँ उड़ाई हैं, आदि-आदि। इसी बहाने उस प्रसिद्ध प्राचीन मन्दिर के दर्शन भी कर लेगी।

भोर होते ही दोनों, बिना अम्मा-मामी को साथ लिये, निकल गई थीं। छोटे-से देवालय में न द्वार थे, न खिड़कियाँ—नन्हे से गोल्ल देवता के सम्मुख, अखंड घृतजोत जल रही थी। बाहर लगे सैकड़ों कृतज्ञ भक्तों की चढ़ाई छोटी-बड़ी घंटियों को हवा के मृदु झोंके निरन्तर ठुनका रहे थे—टुन, टुन, टुन। एक ओर अरजियों का मोटा पुलिन्दा लटक रहा था।

इस अद्भुत देवता के दरबार में क्या वह अपनी अरजी भी लटका दे? नहीं, वह किसी से दया की भीख नहीं माँगेगी, इस न्यायप्रिय देवता से भी नहीं। पर फिर आँखें मूँद कर, उसने मन-ही-मन अपनी अरजी लटका ही दी थी—हे गोल्लदेव, मैं निर्दोष हूँ, मैंने अन्याय नहीं किया, अन्याय मेरे साथ हुआ है।

फिर दोनों ने बड़ी देर तक भटकने के बाद, उस कनफटे सिद्ध की खंडहर धर्मशाला को ढूँढ़ ही लिया था। गाँजे के कड़वे धुएँ की विचित्र गंध ने ही उन्हें उसका संधान-सूत्र थमाया था। घना घुप्प अन्धेरा देख, पहले दोनों उस गोलाकर गुहाद्वार पर ही थमककर खड़ी रह गईं। भीतर से अस्फुट मन्त्रजाप की गुनगुन स्पष्ट सुनाई दे रही थी, जैसे किसी मधुमक्खी के छत्ते के भीतर असंख्य मधुमक्खियाँ भुनभुना रही हों!

बेहद घबड़ा गई सरोज, अपनी खाँसी का दौर रोक नहीं पाई और उसे सुनते ही भीतर से बादल की-सी भीमगर्जना हुई, "कौन है?"

और कालिंदी ही पहले, निर्भीक कदम रखती सीधी धूनी के पास जाकर खड़ी हो गई। पीछे-पीछे डरती-डरती सरोज!

सँकरे कमरे को एकमात्र जलती धूनी की लौ ही आलोकित कर रही थी—न कोई बत्ती जल रही थी, न लालटेन।

"कौन हो तुम लोग? कहाँ से आई थीं?"

काली भुजंग-सी देह पर था राख का प्रगाढ़ प्रलेप, और भयंकर रूप से उलझे जटाजूट का जूड़ा शिथिल होकर गर्दन पर ढल आया था। दोनों आँखें अंगारे सी लाल-लाल दहक रही थीं। कालिंदी ने देखा, उसके कानों से लटके भैंसे के सींग के बड़े-बड़े कुंडल कानों की लोड़ी चीरते ऐसे झूल रहे थे, जैसे अभी-अभी नीचे गिर पड़ेंगे! नाक पर एक बड़ा-सा मस्सा उस अमानव चेहरे को और भी भयावह बना रहा था।

संध्या घनीभूत हो रही थी और उस नितान्त निर्जन अरण्य में, दूर-दूर तक कोई परिन्दा भी नहीं चहक रहा था। वह नंगा अवधूत, यदि हाथ पकड़

दोनों को अपने कम्बल पर पटक दे तो कोई उनकी चीख भी नहीं सुन पाएगा।

"सरोज, चल," उसने फुसफुसाकर कहा और उसका हाथ खींचा।

कैसी मूर्खता कर बैठी थी वह जो इस अन्धविश्वासी लड़की के कहने पर यहाँ चली आई थी? मामा सुनेंगे तो क्या कहेंगे!

कनफटे सिद्ध ने कठोर दृष्टि से दोनों को देखा, फिर बड़ी अवज्ञा से मुँह फेर, हाथ की चिलम मुट्ठी में बाँध, आँखें बन्द कर, लम्बा दम लगा जोर से हुँकारा लगाया, "जय गुरु गोरखनाथ, मत्स्येन्द्रनाथ, जय चौरंगीनाथ, बटुकनाथ– क्यों री लड़की, बोलती क्यों नहीं, गूँगी हो क्या?"

"महाराज!" सरोज ने काँपते स्वर में कहा और फिर उसी सम्बोधन ने उसके साहस को पराजित कर दिया।

"हूँ !" बाबा ने एक हुंकारा लिया और हाथ की चिलम राख में रोप दी, "बोल, क्यों आई है? टन्ट-घन्ट, उखेद-भेद? (उखाड़ फेंकना, प्रभाव मोचन) बोलती क्यों नहीं?"

"मैं बताती हूँ," कालिंदी का अहंकार दीप्त स्वर सुन, बाबा के भस्मपुते ललाट पर प्रच्छन्न क्रोध की रेखाएँ उभर आईं।

"इसे इसके पति ने छोड़ दिया है।" कालिंदी ने अपना वाक्य पूरा किया, और दोनों हाथ पीछे बाँधे, निर्भीक मुद्रा में खड़ी हो गई, जैसे कह रही हो–मैं तुमसे नहीं डरती।

अवधूत की दोनों दहकती आँखें, इस बार ठीक कालिंदी के चेहरे पर निबद्ध हो गईं। कालिन्दी को लगा, सचमुच ही किसी ने चिमटे से उठाकर दो जलते अंगारे ही उसके ललाट पर धर दिए हैं। वह चिहुँककर पीछे हट गई–अवधूत के घनी मूँछों से ढँके ओठ एक पल को व्यंग्य से तिर्यक हो गए।

"और तू? तेरा पति भी तो तुझे छोड़ गया है, क्यों? वैसे वह तेरा पति नहीं बन पाया था–छोकरी, तूने अपने पैरों पर खुद ही कुल्हाड़ी मारी है, अब क्यों आई है यहाँ?"

सरोज विस्फारित दृष्टि से एकटक बाबा को देख रही थी! कालिंदी को उस मर्मभेदी दृष्टि का तेज सहसा असह्य लगने लगा–यह कैसा अन्तर्यामी अवधूत था? कहीं सरोज ने पहले कभी आकर उसकी गोपनीय फाइल तो उसे नहीं थमा दी थी? पर वह तो पहले ही उसे बता चुकी थी कि उसने

कभी पहले उनके दर्शन नहीं किए, उनकी सिद्धि की चर्चा ही सुनी है। कैसा अद्भुत सम्मोहन था उस हिप्नोटिक दृष्टि में! चाहने पर भी वह पलटकर भाग नहीं पा रही थी। क्या किसी अदृश्य कीलक से गाड़ दिया था उसे?

वह मामा से सुन चुकी थी कि यह भूमि योगियों के अधिवास के रूप में चिरकाल से प्रसिद्ध रही है। तन्त्र-मन्त्र, जादू-टोनों तथा आचार-अभिचारों में यहाँ के योगियों का महत्त्वपूर्ण योगदान रहा है। एटकिंसन जैसे विदेशी सुशिक्षित व्यक्ति ने भी स्वीकार किया है कि पूरा कुमाऊँ ही ऐसे अनेकानेक रहस्यों से भरा है, जिनकी विज्ञान भी कोई व्याख्या नहीं कर सकता। कुमाऊँ का पूरा गजेटियर ही तो उसने चाटा है। 'विचक्राफ्ट इन कुमाऊँ' पढ़कर वह यही सब तो अपनी आँखों से देखना चाह रही थी, आज देखकर वह स्तब्ध थी—निर्वाक्! दक्षिण गढ़वाल की धौला ओडयारी गुफा, जहाँ स्वयं गुरु गोरखनाथ ने तपस्या की, कजरीवन जिसे गजेटियर ने सिद्धों का आवास बताया है, बूढ़ा केदार जहाँ नाथों की समाधियाँ बनी हैं, सब घूम-घूमकर देखना चाहती थी वह, पर आज इस रहस्यमयी गुफा में पहुँचकर उसे लग रहा था, भले ही आज उन सिद्धों की सिद्धि अपने विशिष्ट रूप में लुप्त हो चुकी हो, उसके अवशेष अभी भी विद्यमान हैं।

"इधर बैठो।" अवधूत ने गरजकर कहा तो दोनों सहमकर एक साथ बैठ गईं।

धूनी से चुटकी-भर भभूत उठाकर बाबा ने दोनों के ललाट पर ऐसे दाबी कि लगा, किसी अदृश्य स्क्रू ड्राइवर से छेद कर, सीधे भेजे में पहुँचा दी है। फिर दोनों आँखें ऐसे ऊपर चढ़ा लीं कि पुतलियाँ अदृश्य हो गईं। भारी आवाज में वह बुदबुदाने लगा :

"ॐ शरणागत नमो नमः
पाँच पड़ी छठा नरैणा
कौरों की कौरूला, पर्वत की ह्यूँगला
बासुकी नागलोक की माता
शरणागत नमो नमः!"

फिर चील का-सा झपट्टा मार, उसने दोनों के बाल एक साथ मुट्ठी में बाँध ऐसे जकड़ लिये कि पल भर में, यदि दोनों अपने हाथ जमीन पर न अड़ा लेतीं तो शायद एक साथ, या तो बाबा की गोद में भरभराकर गिर पड़तीं या जलती धूनी में। पर अवधूत तो जैसे बहुत दूर किसी अन्य ही

लोक में चला गया था—बालों की पकड़ क्रमशः और मजबूत होती जा रही थी, जैसे कोई जड़ से ही उखाड़े जा रहा हो—धूनी की जलती लकड़ी का प्रकाश भी सहसा बुझ गया—केवल दहकते अंगारों का ही धुँधला प्रकाश गहन अन्धकार से जूझ रहा था। अवधूत का स्वर कभी ऊँचा होता, कभी क्षीण होकर बुदबुदाहट में खो जाता :

"सात धारों की साँक्री करै
झारझरादाँ बूटे की छैल करै
उल्लू की आँख करै
सिटौले की पाँख करै
काँणा बल्द को गोबर करै
जो बैरी करै सो बैरी मरे
जो जसा जले, तिल जसा गले
जैका बाँण होला
तै की खान

"जा भाग—तेरे शत्रु का बाण ही तेरे शत्रु का संहार करेगा!

"भाग-भाग, पीछे मुड़कर मत देखना, कोई कुछ पूछे तो उत्तर मत देना..." और फिर उस बलिष्ठ हाथ के धक्के ने दोनों को एक साथ बाहर पटक दिया था। एक दूसरे का हाथ पकड़े वे फिर बिना मुड़े, बिना बोले हाँफती-काँपती सड़क पर ही आकर रुकी थीं।

"कैसे घर पहुँचेंगे दीदी!" सरोज का रुआँसा स्वर सुन कालिंदी को गुस्सा आ गया, कैसी डरपोक लड़की है यह! जब देखो तब सामान्य-सी विपत्ति की आशंका से ही थरथराकर हथियार डाल देती है।

"क्यों, क्या उड़कर जाएँगे यहाँ से?" उसने झल्लाकर कहा—"जाना तो पैदल ही है न, चल जल्दी।"

"मेरे तो पैर ही नहीं उठ रहे हैं—अभी तक काँप रही हूँ। देखो, कैसा जोर-जोर से कलेजा धड़का जा रहा है!" उसने चट से कालिंदी का हाथ पकड़, अपनी छाती पर धर लिया।

"अच्छा, अच्छा! बकवास मत कर, चल जल्दी।" कालिंदी फिर हाथ पकड़कर ही उसे अपने साथ खींच ले गई थी। लग रहा था, मार्ग अनन्त बन गया है, शहर की बिजली भी शायद चली गई थी, सँकरी सड़क पर तेजी से आ रही एक जीप से बचने ही दोनों ने दीवाल पर पीठ सटा ली।

चालक ने उन्हें उस निर्जन मार्ग पर देख कर जीप रोक दी।

"इतने अन्धेरे में आप लोग कहाँ जा रही हैं?"

"हम चितई मन्दिर के दर्शन को गई थीं, लौटने में देर हो गई!" कालिंदी ने निर्भीक स्वर में कहा।

"कहाँ जाना है? चलिए, मैं आपको छोड़ दूँ—इतनी देर में आपका इस सड़क पर पैदल जाना ठीक नहीं। आजकल अल्मोड़ा में सरेआम लूटपाट हो रही है—चलिए, बैठिए।" उसने अपने पार्श्व का द्वार खोल दिया। कालिंदी ही पहले बैठी, काँपती सरोज बाहर ही खड़ी रही।

"बैठती क्यों नहीं!" झुंझलाकर कालिंदी ने उसे हाथ पकड़कर खींच लिया।

दोनों एक ही सीट पर बैठी थीं, घेर-घुमावदार मार्ग बार-बार कालिंदी की देह को उस अपरिचित चालक की देह से सटाए दे रहा था।

अँधेरे में वह चालक का चेहरा नहीं देख पा रही थी, कभी-कभी अस्पष्ट आलोक में उसकी घनी पुष्ट काली मूँछों की झलक ही उसे दिख रही थी—मार्ग अभी आधा भी नहीं कटा था, यह उदार चालक घर तक तो पहुँचा ही देगा।

मार्ग-भर डरपोक सरोज उसका हाथ कसकर पकड़े थी, पता नहीं कौन था, कहाँ ले जाएगा, दीदी तो एक बार उसके कहने पर ही टुप से जीप में बैठ गईं। अभी कुछ ही दिन पहले तो गुंडे ऐसे ही प्राइमरी स्कूल की टीचर रम्भा को जीप में उठाकर ले गए तो चौथे दिन ही बेचारी की नुची-खुंची लाश मिली थी। किन्तु, कालिंदी सतर, निःशंक, निर्भीक मुद्रा में सतर्क तनी, चालक को पथ-निर्देश दे रही थी। उनके घर तक जीप नहीं जा सकती थी, आश्चर्य था कि बिना पूछे ही उस चालक ने ठीक जगह पर आकर जीप रोक दी। यहाँ से तो सीधी पगडंडी कालिंदी के घर तक पहुँचती थी और बगल में ही था सरोज का घर।

"उतरिए!" चालक ने फिर हँसकर सिर पर बँधा मफलर उतार दिया। कालिंदी ने फिर उस मफलरविहीन हँसमुख सुदर्शन चेहरे को एक पल में पहचान लिया।

"अरे बिरजू, तू? पर कितना बदल गया है तू! ये तलवार छाप मूँछें कब से रख लीं?" उसने फिर बड़े स्नेह से चालक की पुष्ट भुजा थाम ली।

"मैंने तो तुझे देखते ही पहचान लिया था चड़ी!" अँधेरे में उसकी उज्ज्वल दन्तपंक्ति, विद्युतवाहिनी-सी चमकी, "पर मैं इस डर से चुप रहा कि तेरी

सहेली ने पहचान लिया तो कहीं चलती जीप से न कूद पड़े।"

"चल न बिरजू, चाय पीकर जाना। अम्मा तुझे देखकर बहुत खुश होंगी।" उसने बड़े अधिकार से उसके कन्धे पर हाथ धरकर कहा।

"नहीं कालिंदी, तेरी अम्मा क्या, अल्मोड़े में किसी की अम्मा भी अपनी बेटियों के साथ मुझे देखकर खुश नहीं होगी—अच्छा, चलूँ!" और वह एक बार फिर सतरंगी चौड़े मफलर में कच्छप-सी मूंडी छिपा, तेजी से जीप चलाता, अँधेरे में विलीन हो गया।

"हाय राम, दीदी, तेरे खुट पड़ूँ" (तेरे पैर पड़ूँ), किसी से मत कहना कि हम बिरजुआ की जीप में बैठकर रात घर लौटे! बाबू मुझे काट डालेंगे।"

"क्यों?"

बृजेन्द्र शाह, उसके बचपन का साथी, जिसे उसने न जाने कितनी बार बाजार दौड़ाकर कभी काढ़ने का फ्रेम मँगाया है, कभी कढ़ाई की रेशमी लच्छियाँ और कभी मोहन धोबी की दुकान से ऊन। कहाँ क्या मिलता है, एक उसी को तो पता था। लोहे के शेर के पास गजब का मीट मिलता है री, मिट्टी के सकोर में चार बोटी और लाल-लाल शोरबा कुल अठन्नी में, चूसने वाली हड्डी लो तो इकन्नी और!" वह वर्जित देवदुर्लभ सकोरा चाटने, उसे बग्वाली (भाईदूज) की सुदीर्घ प्रतीक्षा करनी पड़ती थी, तब ही तो हाथ में रकम आती थी! फिर मामाओं की, अम्मा की तीक्ष्ण संधानी दृष्टि बचा, वह दो सकोरे मँगाती—एक लाने वाले बिरजू का कमीशन, और एक अपने लिए। तिमिल के सघन वृक्ष की छाया में छिपकर दोनों एक साथ सकोरा चाटते-चाटते मिट्टी भी सटका जाते, फिर भी तृप्ति नहीं होती थी। क्या गजब की स्पीड थी बिरजू की। गया और आया। लगता था, पैरों में स्केटिंग के अदृश्य पहिए ही बाँधकर सर्र से जाकर लौट आया है। लाल-लाल पके आड़-से सुर्ख गाल और डाँसी सफेद पत्थर-सी चिकनी त्वचा जैसे नवजात शिशु के नितम्ब! पढ़ने में था एकदम शून्य, पर फुटबॉल-हॉकी का हीरो। न जाने कितनी बार नैनीताल से, रानीखेत से, मैच में बड़ी-बड़ी शील्ड जीतकर लाया था।

"अरे देख लेना चड़ी, एक दिन हम हवाई जहाज में उड़कर तुझसे मिलने आएँगे।"

"हाँ, बड़े आए हैं हवाई जहाज में उड़ने वाले! तीन साल से पाँचवीं

क्लास में ही तो उड़ रहे हो!" वह हँसकर कहती।

"अरी, हम हैं फन्ने खाँ, हम इम्तहान में पास नहीं होते, जिन्दगी में पास होते हैं–एकदम फर्स्ट!"

मँझले मामा और छोटे मामा उसे फूटी आँखों नहीं देख पाते थे, "देख, उसके साथ तेरा उठना-बैठना ठीक नहीं है चड़ी, अब तू बड़ी हो गई है।"

अम्मा ने भी एक दिन कहा तो वह बिगड़ गई थी, "वाह रे, बड़ी हो गई हूँ तो क्या सब पुराने मिलने वालों को छोड़ दूँ? तुम लोग उससे क्यों इतना चिढ़ते हो? तुम्हीं तो कहती थीं, बड़ा मोहिला (स्नेही) है बिरजू।"

"वह सब ठीक है, पर अब बड़ा ऐबी हो गया है।"

"ऐबी क्या होता है मामा?"

पर परिभाषा समझने से पहले ही फिर वह दिल्ली चली आई थी।

सरोज ने ही फिर उसे इतने वर्षों बाद ऐबी की परिभाषा समझा दी थी। बृजेन्द्र की माँ बचपन में ही मर गई थी, पिता संन्यासी होकर कहाँ निकल गए, किसी को पता नहीं चला। मौसी ने ही उसे पाला था, मौसेरे भाई गिरीन्द्र की कुसंगत में, वह पहले ही बिगड़, गाँजा-चरस पीने लगा था–एक दिन, एक नाटक कम्पनी के साथ कलकत्ता भाग गया, वहाँ से बम्बई। इन दो महानगरियों ने उसका सर्वनाश कर एक दिन उसे खोटे सिक्के-सा फिर उसी के शहर में पटक दिया।

"जब से महामारी-सा यहाँ आया है हरामी, मुहल्ले की बहू-बेटियों का साँझ पड़े घर से निकलना दूभर हो गया है। मौसी होती तो शायद उसे कुछ लाज-हया भी होती। कहते हैं, इसी ने अपने मौसरे भाई गिरुआ का खून किया है। उसे लेकर शिकार खेलने कालाढुंगी गया और उसी का शिकार कर आया। उसे लूट-पाट, झील में उसकी लाश भी बहा आया और यहाँ आकर कह दिया, हम दोनों तैरने गए थे, गिरुआ तेज धार में बह गया। हे भगवान, बाबा ने हमें भभूत न टिकाई होती तो हमारे साथ भी न जाने क्या होता।"

"चुप कर सरोज, बिरजू कभी खून नहीं कर सकता।" कालिंदी को सचमुच सरोज की बकर-बकर असह्य लग रही थी।

सरोज हँस पड़ी, "नहीं, खून नहीं कर सकता, जरा पूछना पार्वती बुआ

से, तुम्हें और भी बहुत कुछ बता देगी कि बिरजू और क्या कर सकता है। कहते हैं, पहाड़ी चरस-गाँजे की पोटलियाँ पेट में बाँध-बाँधकर, नेपाल ले जाता है और वहाँ से यहाँ लाकर न जाने कितने अबोध लड़कों को बरबाद कर चुका है। रात-भर जीप लेकर इधर-उधर घूम, यही धन्धा तो करता है। कई बार जेल जा चुका है, पर फिर जमानत पर छूट आता है। रात-भर उल्लू की तरह जागता है और दिन-भर सोता है निशाचर! मौत भी नहीं आती छनचरिया (शनीचरी) को! जानती हो, एक बार शिव मन्दिर की अधेड़ पुजारिनी को भी 'जै लगने' (बाँहों में बाँधने) गया था बेशरम, वह तो पुजारिनी ज्यू ने इसकी गर्दन पकड़, दो-तीन बार शिवलिंग पर ही पटका दी, 'ओ इजू, ओ बबू' करता भागा और फटे सिर पर महीनों तक पट्टी बाँधे घूमता रहा। पार्वती बुआ ने तो भरे बाजार में नंगा कर दिया—क्यों रे बिरजुआ, शरम नहीं आई जो अपनी माँ की 'श्वानिक' (हमउम्र) पुजारिनी को दबोचने पहुँच गया, वह भी मन्दिर में?—तो हरामी ने खीसें निपोड़कर क्या कहा, जानती हो, दीदी? बोला, भूख लगी हो पार्वती बुबू, तो कैसी माँ और कैसी बहन, किसी से भी खाना माँगने में मुझे न कभी शरम आई है, न आएगी। और तुम कहती हो, बिरजू ऐसा नहीं कर सकता, वैसा नहीं कर सकता—गली का कुत्ता है, कुत्ता!"

मन्दिर से देर में लौटने पर न उसे मामा ने कुछ कहा, न मामी ने! पर अम्मा की संदिग्ध दृष्टि से वह बच नहीं पाई। रात को बत्ती बुझाकर, अम्मा उसके बगल में लेटी तो बोली, "चड़ी, तुझे शायद पता नहीं कि बिरजू पूरे शहर में कितना बदनाम है!"

ओह, तो अम्मा ने उन्हें बिरजू की जीप से उतरते देख लिया था!

"वह तो अच्छा था, तुम्हें किसी ने उसकी जीप से उतरते नहीं देखा।"

"अम्मा, तुम्हें पता है, मैं किसी के कहने-सुनने से नहीं डरती—बिरजू क्या आज पहली बार मुझे घर पहुँचा गया है? कितनी बार तो वह मुझे तुम्हारे कहने पर ही कभी सर्कस दिखा लाया है, कभी नंदादेवी का मेला। उस बार जब मेरे पैर में काँच गड़कर पक गया था, पूरे पन्द्रह दिन तक कौन मुझे अस्पताल, ड्रेसिंग कराने ले गया था? यही बिरजुआ। आज वही बदमाश हो गया!"

"तब की बात और थी चड़ी। बात समझने की कोशिश कर। अब तुझे उसके साथ कोई देख लेता तो मैं किस-किसका मुँह बन्द करती?"

"मुझे किसी का डर नहीं है अम्मा, बिरजू मेरे बचपन का साथी है, मैं उससे मिलना कैसे छोड़ सकती हूँ?"

"तब सुन!" उत्तेजित होकर अन्नपूर्णा बैठ गई, "उसने अपने सगे मौसेरे भाई का खून किया है। जानती है, उसने लछुवा भंडारी की अबोध बिटिया का सर्वनाश कर पहाड़ से ढकेल दिया था? तू नहीं भी जानती थी तो उस बौड़म सरोज को तो सब पता है, उसने क्यों नहीं रोका तुझे? अब पूछना सरोज से, जो भी मैंने कहा है, वह सच है या झूठ!"

पर कालिंदी जिससे पूछना चाहती थी, वही उससे एक दिन फिर अचानक टकरा गया।

वह उस दिन मामा के साथ घूमने नहीं गई थी—उनके पैर में हलकी मोच आ गई थी। पहले उसने मामी को साथ चलने के लिए मनाया, पर वह भी अलसा गई तो अकेले ही निकल गई। ऊँची चढ़ाई पार कर, वह सर्किट हाउस से नीचे की लॉन पर उतरती, पुराने गिरजाघर तक चली गई थी। यहाँ वह दोनों मामाओं के साथ, बचपन में कितनी ही बार घूमने आई थी—गिरजा ठीक वैसे का वैसा ही धरा था—चौड़ी सीढ़ियों पर बिखरे दाड़िम के फूल, जिन्हें पिरुल की सूखी डंडियों से जोड़, छोटा मामा उसके लिए गुड़िया की पलंग बनाता था, कभी गोल-मोल मोड़ पैरों के झंवर! नीचे फैले कुष्ठाश्रम के टीन के बैरक और दूर-दूर तक फैली बिनैक, मुक्तेश्वर की चोटियों पर चमकती बत्तियाँ, पर्वतों के बीच अग्निसेतु-सी बन गई जंगली आग को वह एकटक देखने लगी—यह आग उसके लिए अनचीन्ही नहीं थी, प्रायः ही तो पहाड़ के वनसंरक्षक पतरौल, पर्वत-श्रेणियों को ऐसे असंख्य अग्निकिरीटों से भर देते थे। दूर से आ रहे, पहाड़ी ढोल-दमामे की वह चिरपरिचित धुन :

जागजा भुतणि
झकुलै चिथड़ि
जागजा भुतणि
झकुलै चिथड़ि

(हे भुतनी, जाग-जाग, तेरे झकुले की चिथड़ी लटक-लटक जाए।)

कभी-कभी रात को छोटा मामा उसे डराता, "चड़ी, सुन, भूतों की बारात जा रही है—सुन!" और वह डरकर मामा से लिपट जाती।

सहसा न जाने किस अदृश्य पगडंडी से कूद, वह हँसता उसके सामने

खड़ा हो गया था। फिर उन्हीं चार विस्मृत, स्वरचित पंक्तियों से, उसे खित्त से हँसा गया था, जिन्हें बार-बार दोहरा वह उसे बचपन में चिढ़ाता था :

कालिंदी पन्त
देखने की सन्त
आग-सी चुड़कंत
हृदय में बसन्त!

"यहाँ क्या कर रही है तू? चल, आज भी तुझे अपने रथ में घर छोड़ आऊँ—सामने सड़क पर खड़ी कर आया हूँ। साँझ हो गई है, जानती नहीं, पहाड़ की साँझ और पहाड़ की लड़कियाँ समय से पहले ही जवान हो जाती हैं!"

"तूने मुझे सड़क से पहचान कैसे लिया बिरजू? बैठ!" उसने हँसकर, हाथ से सूखी पत्तियाँ झाड़, उसके बैठने के लिए जगह बना दी।

"तुझे नहीं पहचानूँगा? अरे तुझे तो मैं आँखों पर पट्टी बँधी रहने पर भी, त्रिकालदर्शी जादूगर की तरह पहचान सकता हूँ। उठ, चल, अब बैठने का वक्त नहीं है।"

"नहीं, मैं तब तक नहीं उठूँगी, जब तक मुझे अपने बारे में सब कुछ न बता देगा—मैं तेरे मुँह से सब कुछ सुनना चाहती हूँ बिरजू और किसी से नहीं--मैं जानती हूँ कि तू मुझसे कभी झूठ नहीं बोल सकता।"

"पूछ..." वह सीढ़ी पर एक पैर धर, उसी पर कुहनी टेक हँसता खड़ा हो गया।

"क्यों सब लोग तुझे भाई का हत्यारा कहते हैं? क्यों तेरे तस्कर होने की बातें कर तुझे बदनाम करते हैं और क्यों लछुआ भंडारी की बेटी..." फिर उसका चेहरा लाल पड़ गया। अपना अधूरा बदनाम प्रश्न उसने कंठ ही में खींच लिया।

"अच्छा!" वह हँसकर उसके पास बैठ गया।

"अरे वाह!" फिर उसने दोनों नथुने मूँद, भावावेश में आँखें बन्द कर लीं, "लगता है, चोवा चन्दन के कुंड में कई डुबकियाँ लगाकर आई है तू चड़ी, बाप कसम, लग रहा है, किसी ने पूरे मायसोरी अगरबत्ती के बंडल में ही जलती माचिस लगा दी है! चल, अच्छा ही हुआ—चन्दन विष व्यापै नहीं लिपट्यो रहै भुजंग! कम से कम तुझे तो मेरा विष नहीं व्यापेगा री चड़ी।"

"चुप कर बिरजू, बता, जो बात लोग तेरे लिए कहते हैं, वह क्या सच

है?"

गिरजे के अर्धचक्राकार अहाते को, डूबते सूर्य की रक्तिम आभा, प्रतिक्षण गिरगिटी रंगों में रँगती चली जा रही थी। दूर कोई वंशी बजा रहा था। वही चिरपरिचित करुण पहाड़ी धुन दोनों को एक साथ बचपन की उस देहरी पर खींच ले गई, जहाँ न कपट था, न दुराव-छिपाव–जहाँ दोनों एक साथ फिर हाथ में हाथ बाँधे, कालिंदी की ननिहाल के पथरीले पट्टांगण में बैठे, पहाड़ का प्रिय नर्सरी राइम गा रहे थे :

चल चल चमेली बाग में
मेवा खिलाऊँगी–
मेवे की चादर फट गई
दरजी बुलाऊँगी
दरजी की सुई टूट गई
लोहार बुलाऊँगी।

जब बिरजू की कहानी सुनी तो उसे लगा, दरजी की सुई सचमुच ही टूट गई है, अब उसकी फटी चादर कोई नहीं सिल सकता।

"अच्छा है चड़ी, जो तू आज इस एकांत में मिल गई–कोई तो मिला हुंकारा देने वाला। आज तक किसी से कहता भी तो कौन मेरी बात का विश्वास करता? उनके लिए तो मैं भाई का हत्यारा हूँ, मक्कार, गुंडा, लोफर–तुझसे कसम खाकर कहता हूँ चड़ी!" उसने फिर भावावेश में आकर, कालिंदी के दोनों हाथ पकड़ लिए, "मैंने गिरुवा की हत्या नहीं की। हम दोनों शिकार खेलने ही कालाढूँगी के जंगल में गए थे, शिकार ढूँढ़ते-ढूँढ़ते न जाने कब तराई के बियाबान जंगल में उतर भटक गए। जेठ का महीना था और तराई की गर्मी, भूख से आँतें कुलबुला रही थीं, प्यास से जीभ तालू से चिपकी जा रही थी–कहीं पानी का नामोनिशान नहीं; तब ही वह मनहूस झील दिख गई–हमने पहले तो जी भरकर पानी पिया, फिर गिरुआ ने कहा–चल रे बिरजू, नहा लें, कैसा ठंडा पानी है! सब थकान दूर हो जाएगी–तब क्या पता था, उसे झील नहीं, उसकी मौत बुला रही है। हम बड़ी देर तक तैरते रहे, गिरुवा तैरता-तैरता बहुत दूर तक चला गया। मैंने चीखकर कहा–लौट आ गिरू, कभी-कभी इन पहाड़ी झीलों में बड़े जानलेवा भँवर होते हैं, कैसे-कैसे सधे तैराक को भी टाँग पकड़, लट्टू-सा घुमा देते हैं। पर वह नहीं माना फिर अचानक चीखा–अरे बिरजू, मुझे कोई खींच

रहा है रे, मुझे बचा ले बिरजू!—मैं तैरता गया, उसे किनारे तक खींचकर भी लाया, पर घंटों पानी निकाल, उल्टा-सीधा कर, अपनी साँस उसके मुँह में डालकर भी मैं उसे बचा नहीं पाया। लगता था, उसके प्राण झील में ही निकल चुके थे। सारी रात मैं बैठा रहा फिर जब देखा, उसमें जीवन का कोई चिन्ह नहीं है और उस बियाबान जंगल से, उसकी छः फुटी लाश को कन्धे पर लटका, किसी बस्ती में पहुँचना मेरे लिए असम्भव है तो मैंने राम का नाम लेकर उसकी देह उसी झील में प्रवाहित कर दी। यहाँ आकर मैंने बिरादरी में सब बातें सच-सच बता दी थीं पर हमारे पहाड़ी धर्मध्वज लाठी लेकर मुझे मारने खड़े हो गए—अरे हत्यारे, मौसी की घरकुड़ी, लटपटी (जायदाद) हथियाने भाई को मार नदी में डुबो आया? ब्राह्मण की गत किरिया बिना किए ही उसे प्रेतयोनि में भटकने छोड़ आया?...वह तो प्रेतयोनि में नहीं भटका होगा चड़ी, तब से मैं बराबर जीते-जी प्रेतयोनि में भटक रहा हूँ।" उसका दीर्घश्वास देवदारी बयार में खो गया।

"और लछुआ भंडारी की बेटी को लेकर जो सब कहते हैं, वह भी झूठ है क्या?"

"मत पूछ चड़ी, मत पूछ। मैं तुमसे झूठ नहीं बोल सकता।"

"तो क्या वह बात सच है?"

वह एक क्षण को गूँगा बन गया, फिर रुँधे कंठ से उसने अपना जघन्य अपराध स्वीकार कर लिया।

"मैं जब बम्बई गया तो एक हैल्थ क्लब में काम करने लगा था। थोड़े ही दिनों में मेरे कायाकल्पी मालिश की सुख्याति पूरे शहर में फैल गई। बड़े-बड़े सेठ-साहूकार, बड़ी-बड़ी फिल्मी हस्तियाँ, राजनीतिज्ञ मुझे घरों में बुलाने लगे—मैं एक-एक मालिश के पाँच सौ रुपए लेता था, कभी एक-एक हजार—जैसा गाहक, वैसी फीस। वहीं से मैं फिर एक सेठ की रक्षिता के पंगु बेटे की मालिश को जाने लगा..."

थोड़ी देर को वह चुप हो गया, फिर स्वयं ही उसने टूटे सूत्र को थाम लिया, "उसके पोलियोग्रस्त पंगु बेटे को तो मैंने ठीक कर दिया, पर मैं खुद पंगु बन गया। असगंरी नाम था उसका, बहुत बड़े कोठे की मैडम थी। कई बार पुलिस छापे मार चुकी थी, पर उसकी पहुँच बहुत ऊँची थी। यहीं मेरा विनिपात हुआ चड़ी, सच कहता हूँ चड़ी, जी में आता था अपनी वह घिनौनी जिन्दगी खत्म कर दूँ—वही करने एक दिन गया, हाजी अली की मजार! वहीं

एक मलंग फकीर मिल गया, उसने मुझे देखते ही खुली किताब-सा बाँच लिया। बोला, जा, किसी नादान मासूम लड़की से शादी कर ले, तेरी बीमारी का एक यही इलाज है।—पर कौन देता मुझे अपनी नादान मासूम लड़की? मैं मरने ही पहाड़ आया था, किसी को मारने नहीं। मैं शायद पागल हो गया था चड़ी, किसी भी कीमत पर, मैं अपनी बीमारी से छुटकारा पाना चाहता था, बस, अब और कुछ मत पूछ चड़ी, चल, तुझे घर छोड़ दूँ।"

कालिंदी ने न कुछ पूछा, न कहा, वह अकेली ही उठकर तेजी से चलने लगी। पीछे-पीछे सिर झुकाए बिरजू चल रहा था और उन दोनों के पीछे डूबते सूर्य की रक्ताभ आभा।

"चड़ी, तू भी मुझसे नाराज हो गई तो मैं कहाँ जाऊँगा, बोल? मेरा है ही कौन? जानता हूँ, तू अब कभी मेरा मुँह भी नहीं देखेगी—घिन आ रही है न तुझे? नहीं बैठेगी मेरी जीप में?" उसकी करुण हँसी कालिंदी का कलेजा बींध गई। कैसा आश्चर्य था कि शैशव के उस विपथगामी साथी के दूधिया चेहरे को अभी भी वैसी ही सहज सरल हँसी उद्भासित कर रही थी—निर्दोष, निष्कलंक, निर्मल। वह बिना कुछ कहे, एक हाथ से जीप का द्वार पकड़ उसके पार्श्व में बैठ गई थी।

"देख चड़ी!" उसने धीरे से कहा, "तुझे मेरे साथ बैठे किसी ने देख लिया तो लोग दस बातें कहेंगे—पीछे बैठ जा।"

"नहीं!" उसका दृढ़ संक्षिप्त उत्तर एक बार फिर उस आनन्दी सखा को पुराना बिरजू बना गया।

"शाबाश कामरेड, तब ही तो मैंने तेरे लिए, बरसों पहले यह कविता लिखी थी :

कालिंदी पन्त
देखने की सन्त
आग-सी चुड़कन्त
हृदय में बसन्त!"

तीखे ढलान पर जीप स्वयं ही ढुलकती जा रही थी, "मैं कल जा रहा हूँ चड़ी! नेपाल जाना है मुझे, फिर पाकिस्तान की सीमा पार कर माल पहुँचाना है—बड़ा जोखिम का काम सौंपा है बॉस ने। जरा-सा भी चूका तो समझ ले— ठाँय-ठाँय! ले, आ गई तेरी पगडंडी, उतर जा चटपट। चलो, किसी ने देखा नहीं।" उसने हँसकर एक आँख बन्द कर ली।

वह उतरकर गई नहीं, निर्भीक तनी उसके सामने खड़ी हो गई, "अब यह सब छोड़ दे बिरजू, प्लीज!" उसका गला रुँध गया-

"ओ.के., ओ.के. मैडम—एज यू विश!"

बिरजू ने उसका हाथ थाम सिर झुकाकर पहले अपने माथे पर लगाया, फिर उसी नाजुक करपृष्ठ पर अपने ओठ धर दिए, जैसे किसी प्राचीन मन्दिर में प्रतिष्ठित अष्टभुजा की मूर्ति पर मत्था टेक रहा हो!

हिमाच्छादित पर्वतश्रेणियों पर विदा ले रहा सूर्य मुट्ठी भर अबीर बिखेर गया था—गिरजे के इतवारी घंटे की गूँज के साथ। दूर कड़कते बादलों का गर्जन-तर्जन जैसे जुगलबन्दी कर रहा था—वही पखावज तबले की-सी दुगुन-तिगुन-चौगुन :

धा तिरकिट तट, धा तिरकिट तट, धातिरकिट तत तूनाकत्ता

ता तिरकिट तट ता तिरकिट तट, ता तिरकिट तट तूनाकत्ता

वह कुछ कहती, इससे पहले ही वह तेजी से जीप चलाकर अंधकार में खो गया।

उसके ठीक दूसरे इतवार को तो अभागे की लाश, अल्मोड़ा अस्पताल में पोस्टमार्टम को लाई गई थी। आँधी के वेग से जीप चलाने के लिए कुख्यात वह दुःसाहसी चालक, पिथौरागढ़ के पास, उसी के से दुःसाहसी किसी ट्रक चालक से आगे निकलने के प्रयास में, जीप सहित जिस गहरी घाटी में गिरा, वहाँ से उसकी क्षत-विक्षत लाश ही हाथ लगी थी।

मामा ने आज तक कभी उसके कहीं जाने पर आपत्ति नहीं की थी, पर वह जब हाथ में गुलदस्ता लिये, बाल्यसखा को अंतिम विदा देने जाने लगी तो मामा ने ही मृदु स्वर में उसे टोक दिया था, "वहाँ तेरा जाना क्या ठीक होगा चड़ी? यह छोटा-सा शहर है, लोग बेकार में तिल का ताड़ बनाएँगे।"

"वही तो मैं भी इससे कह रही हूँ देबी, वहाँ इसका जाना ठीक नहीं होगा।" अम्मा भी आकर खड़ी हो गई थी।

पर कालिंदी का दृढ़ स्वर एकदम शान्त था, "मैं जाऊँगी मामा! बिरजू मेरे बचपन का साथी था, जाने से पहले एक मुझसे ही तो मिलकर वह गया था।"

अस्पताल जाकर वह पूरे तीन घंटे खड़ी रही थी। पंचनामा, पोस्टमार्टम और न जाने क्या-क्या लिखत-पढ़त के बाद स्ट्रेचर में बिरजू की कटी-फटी देह बाहर लाई गई तो उसे लगा, वह जोर से रो पड़ेगी, पर अद्भुत काठी

की लड़की थी कालिंदी, ओठ काटकर उसने हृदय के वेग को संयत कर लिया– तीखी नाक के दोनों नथुनों में रुई, शान्त चमकते चेहरे पर न किसी चोट का निशान, न विकृति। लग रहा था, गहरी नींद में सो रहा है। एक क्षण को उसे लगा, वह कफन फाड़कर बैठ गया है और उसे चिढ़ा रहा है :

कालिंदी पन्त
देखने की सन्त
आग-सी चुड़कन्त
हृदय में बसन्त!

भीड़ का घेरा चीर, वह मुरझाए-म्लान पुष्प-गुच्छ को उसकी छाती पर धर आई और तीर-सी निकल गई। घर लौटी तो अम्मा का चेहरा फूला था। अबाध्य पुत्री ने उसका कहना नहीं माना इससे वह आहत हुई थी, फिर भी उसने उसे नहाने भेज दिया, "जा, नहा ले, सिर से नहाना। मिट्टी छू कर आई है, नहाकर आ तो गंगाजल डालूँ।"

बिरजू की आकस्मिक मृत्यु ने उसे अस्वाभाविक रूप से गुमसुम बना दिया था। न वह ठीक से खा रही थी, न घूमने ही जा रही थी। पहले नित्य दो बार बसन्त मामा के यहाँ जाती थी, अब वह भी छोड़ दिया था। सरोज नित्य आती थी, पर वह उससे भी बहुत कम बोलती। उसकी क्रमवर्धमान अस्थिरता, चिन्तामग्न मौन चेहरे की रेखाओं में काठिन्य की स्पष्ट छाप देख, देवेन्द्र मन ही मन उद्विग्न होने लगे थे। वह जानते थे कि कालिंदी बड़ी भावुक लड़की है, बचपन से ही वह बिरजू के साथ खेल-झगड़कर बड़ी हुई थी, फिर वह स्वभाव से ही विद्रोहिणी थी। समाज ने बिरजू को दूध की मक्खी-सा निकाल दूर फेंक दिया था, इसी से वह उसके प्रति और भी संवेदनशील हो उठी थी। किन्तु अन्नपूर्णा को पुत्री का यह अनावश्यक मातम एक व्यर्थ सन्देह के नागपाश में बाँधता जा रहा था।

मन्दिर से भी उसी के साथ लौटी फिर गिरजाघर से दोनों को एक साथ लौटते भी उनकी पुरानी धोबिन ने देख लिया था। उसका घर वहीं पर था, "अन्ना लली," उस बुढ़िया ने फिर चट अपनी मंत्रणा की चेतावनी देने में विलम्ब नहीं किया था, "उस हत्यारे करमजले के साथ चड़ी लली को मत जाने देना कभी। वह तो अच्छा है, मैंने ही देखा। यह अल्मोड़ा है लल्ली, यहाँ तो लोग ऐसी ही बातों से पेट भरते हैं–दाल-भात से नहीं।"

अन्नपूर्णा का चेहरा उतर गया, पर वह एक शब्द भी नहीं बोली।

धोबिन फिर उसके एकदम पास खिसक, फुसफुसाकर कहने लगी, "मेरी देरानी पियरी को तो तुम जानती हो, साली के मुँह में बवासीर है—एक बात में दस बातें जोड़ मुहल्ले भर में फैलाती रहती है। उस दिन करमजली आँगन ही में बैठी चावल फटक रही थी, मैं भी वहीं बैठी थी। झूठ क्यों बोलूँ लली, मैंने भी देखा, वह नासपीटा बिरजू दिन डूबे अपनी जीप में जा रहा था और बगल में बैठी थीं हमारी कालिंदी लली। पियरी कहने लगी—ल्यो, एक के साथ तो मुँह काला कर उसे पहाड़ से ढकेल ही आया है, अब दूसरी को ढकेलने के लिए जा रहा है—वह भी तुम्हारी कोठी की कालिंदी लली।"

अन्नपूर्णा का खून खौल उठा था। आने दो आज चड़ी को, ऐसा भद्रा उतारेगी कि याद करेगी छोकरी। डॉक्टरनी क्या बन गई, हवा में उड़ने लगी! पहले घर आई बारात को लौटा दिया, हमने तो दहेज का इन्तजाम कर ही लिया था। उससे तो रकम माँगने नहीं गए। आखिर दस महीने गर्भ में रखा है उसे! उसे क्या कोई अधिकार नहीं है उसे लताड़ने का? देबू और शीला ने ही तो उसे सर चढ़ाकर ऐसा जिद्दी बना दिया था—वे दोनों तो सब सुनकर भी उससे कुछ कहने से रहे। दोनों हमेशा मुँह में दही जमाए बैठे रहते हैं। बादशाह की घोड़ी की लगाम अब उसे ही अपने हाथों में लेनी होगी।

पर दिन डूबे जब कालिंदी घूमकर लौटी तो पुत्री का शान्त-क्लान्त चेहरा देख उसे कुछ कहने का साहस नहीं हुआ—पवित्र गंगाजल-सी स्निग्ध आर्द्र आँखें, ओठों पर कृपण स्मित की रेखा, ललाट पर चिन्ता की सर्पिल रेखाएँ! क्या हो गया था इसे?

वैसे पुत्री से कुछ कहने-सुनने का ऐसा सुअवसर उसे जुट नहीं सकता था। शीला की ममेरी बहन बहुत बीमार थी, उसे देखने देबू और शीला खाना खाकर ही निकल गए थे।

"रानीखेत से एक दिन में लौटना सम्भव नहीं होगा दीदी, हम कल सुबह की बस से ही लौट आएँगे, तुम चिन्ता मत करना," शीला कह गई थी। पूरे घर में माँ-बेटी अकेली थीं, फिर भी कई बार चेष्टा करने पर भी अन्नपूर्णा मुँह खोलकर पुत्री से कुछ कहने का साहस नहीं जुटा पा रही थी। कभी बड़े साहस से उसे पुकारती भी तो उसके आने पर स्वयं प्रसंग परिवर्तन कर लेती।

"क्या है अम्मा? क्यों बुलाया?"

"कुछ नहीं, मिल गया। एकादशी की तिथि देखने पत्रा ढूँढ़ रही थी, वही पूछ रही थी कि तूने कहीं देखा?"

पर कालिंदी की मर्मभेदी दृष्टि अन्नपूर्णा को विचलित कर देती। माँ की आँखों में निविड़ जिज्ञासा की झलक देख, वह समझ गई थी कि जननी का उद्वेगाक्रांत सूखा चेहरा, कभी अकारण ही प्रच्छन्न क्रोध से तमतमा रहा है, और कभी कोई अव्यक्त वेदना उसी चेहरे पर राख बिखेर रही है। माँ के कुछ न कहने पर भी वह समझ गई थी कि वह उससे रुष्ट है।

"अम्मा, तुम्हें मुझ पर विश्वास है या लोगों की बतकही पर?"

अन्नपूर्णा उस अप्रत्याशित मुँहफट प्रश्न से चौंक उठी थी, "क्यों? क्यों पूछ रही है तू?"

"इसलिए अम्मा," उसने हँसकर कहा, "संसार में कुछ चेहरे ऐसे भी होते हैं, जो एकदम झकझक आईना ही बने रहते हैं, तुम्हारा चेहरा भी वैसा ही है। कोई ऐसा व्यक्ति आ जाए, जिसे तुम पसन्द नहीं करतीं तो फौरन तुम्हारा चेहरा तुम्हारे मन की चुगली खा देता है—रुष्ट हो तब भी और तुष्ट हो तब भी। मैं जानती हूँ कि तुम मुझसे नाराज हो, और यह भी जानती हूँ कि तुम क्यों नाराज हो—देखो अम्मा," उसने फिर रामायण पढ़ने का उपक्रम करती अम्मा के हाथ से रामायण बन्द कर अपनी गोदी में धर लिया था। "तुम्हें मेरा बिरजू के साथ घूमना अच्छा नहीं लगता है न? पर मेरा कभी कोई भाई नहीं था अम्मा, सगा भाई भी होता तो शायद मुझे इतना प्यार नहीं कर पाता—एक न एक दिन तो भाभी उसे संसार के सब भाइयों की तरह छीन ही लेती। पर मेरा यह मस्तमौला भाई मुझे अन्त तक इतना ही प्यार देता रहेगा, यह मैं जानती हूँ।"

अन्नपूर्णा के हृदय पर धरा कोई भारी पत्थर जैसे स्वयं ही हट गया। अपने ओछेपन की अभिज्ञता उसे आत्मग्लानि से क्षुब्ध कर उठी। छिः-छिः, कैसी नीच बात आ गई थी उसके मन में!

"तुम ही सोचो अम्मा, उस अभागे का है ही कौन! न माँ का प्यार मिला, न बाप का अनुशासन। मौसी ने पाला पर केवल कर्त्तव्य मानकर, मैं तो सोचती हूँ अम्मा, जब कोई अपना अपराध स्वीकार कर लेता है तो वह अपराधी नहीं रहता—स्वयं भगवान तो उसकी बेड़ियाँ काट ही देता है, भले ही कानून न काटे!"

"तो क्या उसने तेरे सामने अपना अपराध स्वीकार कर लिया है?" माँ

के सात्त्विकी नथुने फड़फड़ा रहे थे।

"उसने गिरुआ की हत्या नहीं की अम्मा!" उसने उत्तेजित होकर अन्नपूर्णा की बाँह पकड़ ली, "गिरुआ सचमुच ही भँवर में फँसकर डूब गया था। बिरजू तो अपनी जान की परवाह न कर, उसे खींच किनारे तक भी लाया था।"

"और लच्छू भंडारी की बारह साल की बेटी? उसने भी क्या खुद ही पहाड़ से कूदकर जान दे दी?" व्यंग्य से अम्मा के ओठ टेढ़े हो गए थे।

कालिंदी, फिर बिना माँ की ओर देखे स्वगत ही कैफियत देती बड़बड़ाने लगी, "कठिन परिस्थितियों में तो कभी ऋषि-मुनि भी विवेक खो बैठते हैं–वह क्षण भी शायद उसके चरम उन्माद का क्षण था।"

"छिः-छिः, कालिंदी, तू मेरी बेटी होकर भी ऐसे जघन्य अपराध को पागलपन कह रही है? मैं तो अब अपने घर के गिलास में उसे कभी चाय भी नहीं दे सकती–भले ही कोढ़ी को दे दूँ।"

पर चाय पीने वह आया ही कहाँ?

दूसरे ही दिन तो वह अपने मुकद्दमे का फैसला स्वयं सुना, नतमस्तक मृत्युदंड स्वीकार कर चुका था।

इधर दिल्ली से आई डाक में फिर उसे वही विदेशी मोहर लगा लिफाफा मिल गया। अच्छा था जो डाकिया उसे ही डाक थमा गया था। अम्मा, मामी या मामा होते तो वह क्या उस लिफाफे की कोई कैफियत दे पाती? अपने कमरे में जाकर, उसने बिना पढ़े ही उसके टुकड़े-टुकड़े कर पर्स में डाल लिए थे। घूमने जाएगी तो दूर फेंक आएगी।

क्यों वह ऐसे उसके पीछे हाथ धोकर पड़ गया था? वह लौटी, तो सरोज उसकी खिड़की खुली देख भागकर आ गई।

"तुम अस्पताल गई थीं न दीदी? बाप रे, गजब की हिम्मत है तुम में! बगल के भट्टजी कम्पाउंडर बता रहे थे, अस्पताल वाले पोस्टमार्टम कर भेजा, कलेजा, फेफड़ा सब निकालकर रख लेते हैं। जानती हो, दीदी, मुझे बड़ा डर लग रहा है, तुम्हारे पास सो जाऊँ दीदी? कहीं बिरजुआ भूत बनकर हमारे पीछे न पड़ जाए! उस दिन हम दोनों उसी की जीप में तो आई थीं। सोने रात को आ जाऊँ?"

"आ जाना, पर कितनी मूर्ख है तू सरोज, पढ़ी-लिखी होकर भी भूत-प्रेत में विश्वास करती है!"

"और नहीं तो क्या! जानती हो, मेरी मौसेरी बहन उमा को ससुरालवालों ने बड़ा सताया था, पहली जचगी में ही मर गई थी बेचारी! उसके लड़के को जिठानी ही पाल रही थी। पाल क्या रही थी, तिल-तिल घुलाकर मार रही थी। फिर सुना, उमा रोज रात को आती है और बच्चा उससे छीन दूध पिलाती, उसे अपना कंकाल नचा-नचा कर डराती है। दाँती लग जाती थी उसकी, हाथ-पैर ऐंठ मुँह से झाग निकालने लगती थी।"

"मिरगी होगी मूर्ख!"

"मिरगी होगी!" सरोज मुँह बिचकाकर फिर चालू हो गई थी, "मैंने अपनी आँखों से देखा है, हू-ब-हू उमा की आवाज में ऐसी-ऐसी गालियाँ देने लगतीं अपनी जिठानी दया को, कि पूछो मत। फिर कहीं गया जाकर शान्ति करवाई, तब ठीक हुई। हाय, कहीं बिरजुआ भी हमें न खींचने लगे!"

"चुप कर सरोज, मेरे सामने ऐसी बातें मत कर।"

सरोज सहमकर चली गई, पर रात ही को फिर अपना तकिया-रजाई लेकर उपस्थित हो गई थी। बत्ती बुझाकर कालिंदी सोने लगी तो सरोज अपने पलंग से कूदकर उससे लिपट गई, "दीदी, मैं तुम्हें कुछ बताने ही आज यहाँ आई हूँ।"

बिना कुछ पूछे ही कालिंदी ने उसकी ओर दृष्टि उठाई।

"सुना है, वे मुझे लेने आनेवाले हैं।"

"कौन?"

"कल दिल्ली से बद्री मामा आए हैं, उन्हीं के पड़ोस में तो मेरी ससुराल है। कह रहे थे, माँ-बेटे में खूब जमकर बहस हुई है।"

"क्यों, तेरे पति तो विदेश में थे न?"

"आजकल दिल्ली आए हैं, मेरी ननद का ब्याह है। उन्होंने कहा, मुझे भी बुलाएँ तो मेरी सास ने चीख-चीखकर कहा—एक बार पैर रखा तो ससुर को खा गई, अब आएगी तो पता नहीं किसे निगलेगी! तब इन्होंने कहा—अच्छा होता इजा, इस बार तुझे निगल लेती तो झगड़ा ही मिट जाता। मैं उसे लाऊँगा। हम दोनों किसी होटल में रह लेंगे। सात दिन बाद तो मुझे जाना ही है, इस बार मैं उसे लेकर ही जाऊँगा।"

"तू खुश है सरोज? डर नहीं लगता वहाँ जाने में?"

"डर कैसा! यहाँ सबके ताने सुन-सुनकर अघा गई हूँ दीदी! भाभी घर का सारा काम ही मुझ पर नहीं छोड़ती, सवा साल के बेटे को भी मेरी गोद में पटक बी.टी. करने चली जाती है। सुबह से घर भर की झाड़बुहारी, कपड़े धोना, खाना पकाना—उस पर बाबू का गुस्सा तो देखा ही है तुमने। उस बार तुम्हारे साथ मन्दिर गई और लौटने में देर हुई तो तीन दिन तक अबोला लगाकर बैठ गए, एक बात भी नहीं की!"

"और विदेश जाकर देखा कि पति ने तेरे लिए किसी विदेशी मेम का तोहफा रखा है, तब? आजकल यही तो हो रहा है सरोज, सोच-समझकर जाना।"

"नहीं, ये ऐसा कभी नहीं कर सकते।"

उसका दृढ़ स्वर सुन कालिंदी ने उसके भोले कमनीय चेहरे को देखा, खुली खिड़की से चतुर्दशी की धौत चंद्रिका स्नात उसका पीला चेहरा किसी बच्ची का-सा लग रहा था। अस्पष्ट आलोक में उसकी नाक की हीरे की लौंग झकझक चमक रही थी।

कैसी भव्य दृढ़ता थी उसकी निर्भीक दृष्टि में! पति पर कैसा अटूट विश्वास—उस पति पर, जो माँ के कहने पर निरपराध स्त्री को मायके पटक इतने दिनों, किसी निःसीम शून्यता में विलीन हो गया था! यदि अब उस भोली लड़की का विश्वास आहत हुआ तो क्या वह जीवन-भर उस आघात से उबर पाएगी?

"मैं कहती थी न दीदी, बाबा की भभूत क्या हर किसी को मिलती है? देख लेना, एक दिन तुम..."

"चुप कर सरोज!" उसने उसे इतनी जोर से झिड़का कि वह सहमकर चुप हो गई।

दूसरे दिन सुबह ही दोनों को मामी अपने साथ जाखनदेवी के मन्दिर में दीया जलाने ले गईं तो सरोज हिचकिचा रही थी, "बाबू से पूछ आऊँ मामी, कहीं भाभी नाराज न हों।"

"अरे, अभी तो तेरे यहाँ सब सो रहे होंगे, हम अभी आ जाएँगे। आज तो इतवार है न, तेरी भाभी को कॉलेज तो जाना नहीं है।"

पक्की सड़क के नीचे बने जाखन देवी के मन्दिर में कालिंदी कई बार माँ के साथ गई थी, आज वर्षों बाद वहाँ गई तो लगा, मन्दिर ज्यों का त्यों धरा है, जरा भी नहीं बदला। सँकरे द्वार से तीनों सिर झुकाकर अन्दर गईं

तो देवी की सिंदूर पुती मूर्ति के सामने कतार की कतार में निष्कम्प प्रदीप जल रहे थे, आटे के नन्हे-नन्हे प्रदीपों में जल रही एक भी घृत-ज्योति नहीं बुझी थी। घुटनों के बल बैठ, आँखें मूँदे सरोज न जाने क्या-क्या माँग रही थी, पति गृह को पुनः प्रस्थान? उस सरला का सहज विश्वास देख कालिंदी को हँसी भी आ रही थी। इतना अपमान, इतनी अवज्ञा सहकर भी वह फिर वहीं जाना चाह रही थी, जहाँ उसके शिखंडी सहचर ने एक बार भी उसका पक्ष नहीं लिया था? कहाँ मुक्त हुई है नारी? क्या भारतीय नारी जीवन के अधिकांश अंगों में सदा पुरुषाश्रित ही रहेगी? वह क्यों कभी काली-कराली चंडिका नहीं बन पाती ? क्यों चंडिका बन शिव को भी पैरों तले रौंदने में सक्षम नहीं बन पाती ? कहाँ विलीन हो गई है रुद्राणी, दशप्रहरणधारिणी? क्या हम लक्ष्मी को सदा विष्णु के चरणों में ही बैठी देखते रहेंगे? हम भले ही नारी-स्वाधीनता और प्रगति का मिथ्या प्रचार करते न थकें, भले ही हमारा संविधान कहे कि उसने अबला को सबला बना दिया है—अब नारी को कैसा भय और कैसा संशय, पर नारी आज भी उतनी ही विवश है, उतनी ही असहाय। कालिंदी बार-बार आँखें मूँदे अडिग बैठी सरोज को देख रही थी। देवी से वह न जाने क्या-क्या माँग रही थी! उसे लग रहा था कि पहाड़ की समाज-रचना में भले ही अनेक क्रांतिकारी परिवर्तन हुए हों, नारी की मूल भूमिका आज भी वही है—पुरुषाश्रिता, पुरुषपरायणा। यदि वह पति के आश्रय में है तो समाज उसे अनायास मान्यता दे देता है—भले ही उसका पति कामी हो, कुटिल हो, कुकर्मी हो, कुबुद्धि हो; किन्तु यदि वह पति के साहचर्य से वंचित है तो वह बलि का बकरा है, उसका मांस कोई भी खा ले, क्या दोष?

मामी विग्रह पूजा कर निकल प्रदक्षिणा में घूमने लगी, सरोज अभी भी उसी मुद्रा में हाथ जोड़े बैठी थी।

“क्या-क्या माँगेगी अब? चल, बाहर निकल, बहुत माँग चुकी है सरोज।” अधैर्य से कालिंदी ने उसे पुकारा।

मन्दिर की उसी चौखट पर खड़ी कालिंदी ने उसी क्षण अपना निश्चय ले लिया था—वह सरोज को इस बार अपने साथ ले जाएगी। अल्मोड़े के संकीर्ण समाज में रहकर वह एक दिन असमय ही वैरागिनी बन उठेगी—एक वक्त का खाना, मन्दिरों की असंख्य परिक्रमाएँ और पहाड़ आ गए किसी सन्त महाराज के प्रवचन या फिर भागवत सप्ताह की नीरस दिनचर्या! पढ़ी-लिखी सरोज के लिए वह कोई नौकरी तो जुटा ही लेगी, यद्यपि उसके

क्रोधी सनकी पिता अड़ंगा अवश्य लगाएँगे। सारा मुहल्ला उन्हें दुर्वासा कहता था, कोई नहीं मिला तो हवा से ही लड़ने लगते। सरोज की भाभी को भी शायद उसका प्रस्ताव मान्य न हो, सहसा सदा के लिए मायके आई ननद तो उसके लिए सोने का अंडा देने वाली बतख बन गई थी। बर्तन मलने से लेकर, दुधमुँहे भतीजे को सँभालना—सब उसी के जिम्मे था, पर सरोज? वह क्या अपने ससुराल की तीन दिन की भिश्ती की-सी बादशाहत को कभी भूल पाएगी? अभी भी उसका सजीला दूल्हा आकर तर्जनी उठा दे तो वह उसके पीछे-पीछे चल देगी!

हुआ भी यही था। इतवार के दिन वह नित्य बसन्त मामा के यहाँ जाकर, उनके घर की सफाई करती थी। वह जाने को तैयार हो ही रही थी कि सरोज भागकर आई और उसे हाथ पकड़कर भीतर खींच ले गई। उत्तेजना से वह बुरी तरह हाँफ रही थी।

"जानती हो दीदी, वे आ गए हैं।"

"कौन?" कालिंदी ने अनजान बनकर पूछा।

"वही, और कौन! मैंने पर्दे से झाँककर देखा, वे बाबू के पैर छूने झुके और मैंने पहचान लिया। पिछवाड़े की खिड़की से कूदकर सीधी तुम्हारे पास भाग आई हूँ—हाय, मैं मर गई! देखो, मेरा कलेजा अभी भी धड़क रहा है।"

"तेरा कलेजा तो हमेशा ही धड़कता रहता है सरोज, इसमें पिछवाड़े की खिड़की से कूदने की कौन-सी आफत आ गई थी?"

"मजाक छोड़ो दीदी, तुम मेरे बाबू को नहीं जानतीं क्या? जरूर कोई अड़ंगा लगा देंगे। मुझे सारा डर भाभी का है, वह तो अच्छा है, घर पर नहीं हैं, कॉलेज गई हैं।"

"क्यों, भाभी क्या कर लेंगी?"

"क्या नहीं कर लेंगी, यह पूछो दीदी! मैं चली गई तो उन्हें बिना दाम की 'भनमजुवा' (बर्तन मलनेवाली) कहाँ मिलेगी? तुम जाओ दीदी, प्लीज!" वह उसे रुआँसी होकर ठेलने लगी।

"पागल हो गई है क्या? मैं वहाँ जाकर क्या करूँगी? मैंने तो दूल्हे को कभी देखा भी नहीं है। तू खुद क्यों नहीं जाती, जाकर साफ-साफ कह दे कि हाँ, मैं चलूँगी—बस।"

"मैं क्या तुम्हारी-सी हिम्मती हूँ दीदी।" उसकी शरबती आँखों में विवशता के आँसू छलक आए, "मैं तो उनके सामने कभी बात भी नहीं कर पाती

हूँ, हकलाने लगती हूँ।"

"क्या बात है सरोज? इतना घबड़ाई हुई क्यों लग रही है?" शीला पर्दा खोलकर खड़ी हो गई।

"देखो तो मामी, इसका पागलपन," कालिंदी ने हँसकर कहा, "चल, उठ, मैं चलती हूँ तेरे साथ, अभी फैसला कर आती हूँ।"

"कैसा फैसला? आखिर हुआ क्या है री चड़ी?" शीला आश्चर्य से मुँह लटकाए खड़ी सरोज को देख रही थी।

"इसका दूल्हा इसे लेने आया है मामी।"

"अरे वाह, यह तो बड़ी अच्छी खबर है! इसमें रोने की क्या बात आ पड़ी? क्या तू उसके साथ नहीं जाना चाहती?"

"नहीं मामी, यह जाना चाहती है, पर डर रही है कि कहीं इसके बाबू और भाभी भाँजी न मार दें।"

"उठ, चल हमारे साथ।" शीला ने उसका हाथ पकड़कर खींच लिया, "देखूँ, कौन रोकता है तुझे!"

दो-दो व्यक्तित्वसम्पन्न महिलाओं को सरोज के साथ आते देख वह पाहुना चौंका, कहीं उसे सबक सिखाने तो सरोज अपनी महिला फौज नहीं ले आई? वह सकपकाकर खड़ा हो गया और उसने दोनों हाथ जोड़ दिए। सरोज का दूल्हा वास्तव में ठसकेदार था। हाथ की ओमेगा घड़ी से लेकर पैर के जूतों की चमक तक में कहीं कोई त्रुटि नहीं थी—गोल-गोरे चेहरे पर न कहीं कोई कुटिल रेखा, न निर्दोष हँसी में कोई भ्रामक छलना।

"मैं इन्हें लेने आया हूँ," उसने हँसकर कहा तो शीला मुग्ध हो गई।

"आप इसे अवश्य ले जाएँगे।" उसने कह तो दिया पर सरोज के क्रोधी पिता के तेवर देख सहम गई। लग रहा था, उनके आने से पूर्व ससुर-दामाद का वार्तालाप बहुत सुविधा का नहीं चल रहा था। सरोज के बाबू का चेहरा तमतमा रहा था और क्रोध के उसी प्रचंड वेग से क्षीण सफेद मूँछें टिड्डी के पारदर्शी पंखों-सी निरन्तर काँप रही थीं।

उन्होंने शीला की उस अनधिकार चेष्टा की धज्जियाँ उड़ा, सिर झुकाए खड़ी पुत्री को चीरकर रख दिया।

"तुझसे किसने कहा था यहाँ आने को? ये मर्दों की बातें हैं और ये 'छाजा' (बैठक) भी मर्दों की ही।"

स्पष्ट था कि शीला और कालिंदी का वहाँ आना सर्वथा नीति-विरुद्ध

था। खिसियाकर दोनों ही जाने को उद्यत हुईं, पर फिर न जाने क्या सोचकर कालिंदी तनकर खड़ी हो गई, "रुको मामी, छाजा भले ही मर्दों का हो, प्रश्न एक लड़की के जीवन का है, उसकी सही वकालत भी हम ही कर सकती हैं, मर्द नहीं।" फिर वह सरोज के दूल्हे से अभिमुख होकर कहने लगी, "मेरा नाम कालिंदी है, मैं सरोज की सहेली हूँ और ये मेरी शीला मामी हैं। हम दोनों ही अच्छी तरह जानती हैं कि सरोज आप ही के साथ रहना चाहती है, मायके में नहीं।"

"किसने कहा?" क्रोधी बुड्ढा ऐसी तेजी से उछला, जैसे उचककर कालिंदी के कंधे पर जा बैठेगा—"कौन कहता है, वह मायके में नहीं रहना चाहती? कौन-सी कसर रखी है मैंने? पढ़ाया-लिखाया है, कभी कहीं आने पर रोक-टोक नहीं धरी, फिर भी ये उनके वहाँ जाना चाहती है जिन्होंने मुझे बीच बाजार नंगा करने में कोई कसर नहीं छोड़ी?"

कालिंदी ने जैसे उसकी बात ही नहीं सुनी, वह एकाएक तनकर नवागंतुक अतिथि के सामने खड़ी हो गई थी, "सुनिए, क्या आप सचमुच ही सरोज को अपने साथ ले जाने आए हैं?"

"जी हाँ, पर क्षमा करें, मैं आपको शायद ठीक से पहचान नहीं पा रहा हूँ।"

उसने कहा तो कालिंदी हँस पड़ी, और वह मुक्तोज्ज्वल हँसी भला संसार के किस पुरुष को नहीं बाँध सकती थी, "आप मुझे पहचानेंगे भी कैसे—न पहले कभी आपने मुझे देखा है, न मैंने आपको! सरोज मेरी सहेली है और हम पड़ोसी भी हैं—मेरा नाम कालिंदी है। सुनिए, सरोज आपके साथ ही जाना चाहती है, यह मैं जानती हूँ। कोई कुछ भी कहे, आप किसी की बात न सुनें, अपने मुँह से शायद यह कभी आपसे कुछ नहीं कह पाएगी।"

कृतज्ञ विस्मय-विमुग्ध दृष्टि से वह कालिंदी के पार्श्व में सिर झुकाए सरोज को जैसे पहली बार देख रहा था। पांडुर चेहरे को रक्ताल्पता ने विवर्ण भले ही बना दिया हो, भोली-लजीली चितवन से लेकर चिड़िया के चंचु-से नन्हे अधरों की बनावट में अभी भी अक्षत कौमार्य का वही चुम्बकीय आकर्षण था, जो उसे तीन ही दिन के साहचर्य में उसका दासानुदास बना गया था। तीखी नाक पर चमकती हीरे की इसी लौंग में तो एक बार उसके कंठ की जनेऊ उलझ गई थी और कितनी जोर से हँसने लगे थे दोनों। उस सरस क्षण में विष घोलने, बन्द दरवाजा थपथपाते आ टपकी अम्मा ने कैसे

सब गुड़-गोबर कर दिया था!

"यह कोई तरीका है हँसने का? घर मेहमानों से भरा है—कोई सुनेगा तो क्या कहेगा कि कैसी बेहया बहू आई है जो आधी रात को ऐसे ठहाके लगा रही है!"

आज उन रसीले अधरों का सामीप्य, उसके धड़कते हृदय को बार-बार जिह्वाग्र पर लिये आ रहा था। जी में आ रहा था, वहीं उसे टप्प से उठाकर मुँह में धर ले। इतनी सुन्दर क्या वह पहले भी थी?

"नहीं," सरोज के पिता का कठोर स्वर, सहसा हथौड़े की चोट-सा बज, उसके अधीर उत्साह को ठंडा कर गया, "यह एक बार वहाँ गई तो कभी जिन्दा नहीं लौटेगी, यह मुझे पता है। कितना अपमान सहा है मैंने इसके लिए, कैसे-कैसे तानों से मुझे बींधा है समाज ने! लोगों ने मेरी ही लड़की को बदनाम किया कि कोई खोट होगा लड़की में, तब ही तो पटक गए, इत्ती सी बात में कोई बहू को मायके नहीं पटक जाता! मैं पूछता हूँ, क्या इसने अपने ससुर को जहर दिया था या उनका गला घोंटा था?"

सरोज भयचकित दृष्टि से कभी उग्र पिता के तमतमाए चेहरे को देख रही थी तो कभी सिर झुकाए खड़े पति को!

"देखिए, अब जो हो गया, उसे भूल जाइए। सरोज इनके साथ जाना चाहती है, वह बालिग है, आप उसे नहीं रोक सकते।"

वहीं पर खड़ी शीला आश्चर्य से उसे देखने लगी। यह शान्त लड़की तो कभी किसी के झगड़े में ऐसे दखल नहीं देती थी!

"चड़ी, चल, हम घर चलें, तेरे मामा आ गए होंगे!" उसने धीमे से कालिंदी का हाथ पकड़कर खींचा।

"नहीं, तुम जाओ मामी, मैं थोड़ी देर में आऊँगी।"

तब ही, पिता के सामने सदा पीपल के पत्ते-सी थरथरानेवाली संकोची सरोज गजब कर बैठी। वह वन्यहिरणी-सी छलाँग लगा, एक पल में सिर झुकाए खड़े पति के पास जाकर खड़ी हो गई, "मैं अभी चलूँगी आपके साथ, यहाँ एक पल भी नहीं रहूँगी।"

सहसा पुत्री का वह रौद्र रूप देख उसके पिता भी सहम गए, "कैसी बातें कर रही है चेली, हम क्या तेरे दुश्मन हैं जो तू बृहस्पति के दिन मायके से जाएगी? अरी बीपै के दिन मायका छोड़कर गई पार्वती भी कभी मायके नहीं लौट पाई थी।" उनका गला रुँध गया, "मैं तो तेरे ही भले के लिए

कह रहा था पगली, तू भी तो पढ़ती रहती है अखबारों में। आजकल ससुराल वाले ऐसे ही फुसलाकर ले जाते हैं, फिर बाप को जली बेटी की लाश भी नसीब नहीं होती।"

पुत्री का सम्भावित वियोग उन्हें सचमुच ही बुरी तरह विचलित कर गया था। उनकी सफेद मूँछें, काँपते ओठों के साथ-साथ काँपने लगी थीं।

"मुझे माफ कर दो बेटा!" इस बार वे सहसा दीन-हीन याचक बने दोनों हाथ बाँधे दामाद के सामने खड़े हो गए, "मेरा दिमाग कभी-कभी मेरा उच्च रक्तचाप खराब कर जाता है। क्या करूँ, एक तो लोगों की बातें सुनते-सुनते थक गया हूँ। किसी हितैषी इष्टमित्र की बात का भी मैं अब विश्वास नहीं कर पाता। तुम्हारी चीज है, तुम्हारा पूरा हक है इसे ले जाने का। पर आज नहीं, एक दिन का समय और दे दो, आखिर यही तो 'दुर्गुण' (द्विरागमन) है इसका, ऐसे अवसर पर तो पहाड़ का दरिद्र बाप भी अपनी बेटी को बिना पाँच बर्तन, नया जोड़ा, पकवान-मिठाई के विदा नहीं करता।''

दूसरे दिन डेढ़ बजे की बस से, बड़े आडम्बर से सही, सरोज पितृगृह से विदा हुई थी। कालिंदी ही उसे तैयार करने आई है, देख सरोज की भाभी का मुँह लटक गया था। क्या वह तैयार नहीं कर सकती थी सरोज को? अल्मोड़ा में जहाँ किसी कन्या का विवाह होता, उस घर की बहू-बेटियाँ बड़े आग्रह से उसे कन्या को सजाने बुला ले जातीं। एक तो सरोज की नलिन बोज्यू (भाभी) के पास आँखों को बनाने की तूलिका से लेकर नाखून रँगने की लाली तक विदेशी थी। वह अपनी वह मंजूषा परम औदार्य से साथ लेकर जाती और सौभाग्याकांक्षिणी कन्या का रूप ही ऐसे आपादमस्तक बदल डालती कि एक क्या, दस-दस नौशे झूम उठें। देखते ही देखते घर-भर की बहू-बेटियाँ उसे घेरकर बैठ जातीं, जैसे मदारी तमाशा दिखा रहा हो!

"ओ नलिन बोज्यू, थोड़ा हमें भी, थोड़ा हमें भी।"

"चल हट, ये क्या कोई मेहँदी है जो दुलहन के साथ-साथ सारी हथेलियाँ रचा दूँ?" वह बड़े गर्व से मुस्कराकर कहती, "वह तो हर बार बेचारे नानदा, मेरे लिए विदेश से ले आते हैं, यहाँ ऐसी चीजें थोड़ी ना मिलती हैं। इस बार दो नाइटी भी लाए हैं, कार्डिगन तो सात हो गए हैं मेरे पास। कान के दो बुन्दे भी लाए हैं। देखना, कल बारात में पहनकर आऊँगी–ठीक वैसे ही, जैसे मार्गेट थैचर पहनकर आती हैं टी.वी. में।"

बेचारी भोली पहाड़ी लड़कियों का मुँह आश्चर्य से खुला ही रह जाता।

कैसी भाग्यशालिनी थी नलिन बोज्यू! एक दिन सरोज भी, उन अप्सरा दुर्लभ कर्णफूलों को माँगने की धृष्टता कर बैठी थी। उस बेचारी का गहना तो उसकी खूसट सास ने दबाकर धर लिया था।

"मेरा क्या, मैं तो दे दूँगी, पर पहनकर दिखाओगी किसे? तुम्हें रखने वाला अब क्या कभी हिन्दुस्तान लौटेगा? मेरे नानदा कहते हैं, वहाँ कोई भी हिन्दुस्तानी सच्चे अर्थ में ब्रह्मचारी नहीं रह सकता। बीचखूच, कान में ज़नेऊ डाल एक-आध जनानी बोटी चबा ही लेता है।"

"तुम्हारे नानदा भी?" उस दिन कभी न बोलनेवाली सरोज ने भी जवाबी टक्कर दे ही दी थी।

भाभी का वह कुँआरा भैंगा भाई, वर्षों से विदेश में था। न जाने कितनी बार वह सरोज के रिश्ते के लिए भाभी के पैर पकड़ चुका था पर जिस गृह में बेटी दी हो, उस गृह से क्या कभी कोई पहाड़ी संस्कारी गृहस्वामी बहू ला सकता था? उस पर सुन्दरी ननद ने अहंकारी नलिन का, जो आज तक अपने को पहाड़ की अप्सरा समझती थी, समस्त गर्व चूर्ण कर दिया था, "नहीं रे नानदा, वह तेरे लिए एकदम अनमेल जोड़ी सिद्ध होगी। तू ठहरा साहबी तौर- तरीकेवाला, वह तो ठीक से अंग्रेजी भी नहीं बोल पाती—एम. ए. कर लिया तो क्या हुआ!"

स्वयं उसे अपने नैनीताल के रैमनी कॉन्वेंट की प्राक्तन छात्रा होने का बड़ा घमंड था—चाहे वहाँ उसकी प्रारम्भिक शिक्षा का एक वर्ष भी पूरा नहीं हो पाया था कि पिता की बदली उत्तरकाशी हो गई थी। पर जो हो, उसकी जिह्वा में सरस्वती तो पहले-पहल काला झब्बाधारी गोरी नन्स ने ही अंकित की थी। आज उसी सरोज के सुदर्शन दूल्हे को देखा तो कलेजे पर केवटा साँप लौट गया। कैसा बाँका जवान था! एक उसका पति था बोदा ब्रह्मदत्त! जैसा ही नीरस नाम, वैसा ही स्वभाव। जब देखो तब पलंग पर बड़े फूहड़ अन्दाज में दोनों पैर एक-दूसरे से बाँधे, झूला-सा झूलता। न ढंग से कपड़े ही पहनने का शऊर था, न सभ्य समाज में उठने-बैठने का। आधुनिका पत्नी को प्रसन्न करने कभी दबे स्वर में उसे डार्लिंग अवश्य कह डालता पर उसी क्षण, बरामदे में टहलते पिता पर नजर पड़ जाती या सरोज की झलक दिख जाती तो ऐसे जीभ काट लेता, जैसे बुजुर्गों की उपस्थिति में पत्नी को माँ-बहन की गाली दे दी हो! और एक यह सरोज थी जिसने अन्धी होकर भी बटेर को फाँस ही लिया था।

सरोज तैयार होकर बाहर निकली और झुककर उसने पिता के पैर छुए तो उन्होंने उसके सिर पर हाथ धरा, मुँह से बोल नहीं पाए। पुत्री की इस विदा का क्षण, उन्हें पहली विदा के क्षण से भी अधिक दुर्वह लग रहा था।

कालिंदी ने उसकी लाल बनारसी साड़ी का नन्हा-सा घूँघट निकाल दिया था, पतली नाक की गढ़न पर हीरे की कनी रह-रहकर दमक रही थी। पति के साथ ससुराल जाने का उल्लास गोरे चेहरे पर अंगराग बनकर बिखर गया था—देशी-विदेशी किसी भी सज्जा की गुंजाइश ही कहाँ थी! जाने कब स्कूल में कालिंदी ने पद्यगरिमा में एक कविता पढ़ी थी, वही जैसे साकार मूर्तिमान खड़ी थी :

रंग लाल रूप लाल
अधर अधिक लाल
दृगन बीच कोरे लाल
डोरे लाल झलकैं!

मुहल्ले-भर की भीड़ उसे विदा देने द्वार घेरे खड़ी थी। कालिंदी चुपचाप भीतर चली गई। उसने देखा, तख़्त पर सरोज के बाबू चुपचाप अकेले बैठे हैं।

"अरे कक्का, सरोज जा रही है और आप यहाँ बैठे हैं! इतने उदास क्यों हैं? अब तो इतना सुन्दर दामाद घुटने टेक, नाक रगड़ आपकी सरोज को ले जा रहा है।"

"जानता हूँ, जानता हूँ बेटी," उन्होंने करुण हँसी हँसकर कहा, "इसी से तो डर रहा हूँ। हमारे पहाड़ में कहावत है न कि बहुत हँसने के बाद बहुत रोना भी पड़ता है। डरा मन है मेरा, एक बार धोखा खा चुका हूँ। तब भी इन लोगों ने हमें पान के पत्ते-सा ही फेरा था। हमारे पहाड़ में जब क़न्या विदा हो जाती है तो अन्तिम गीत गाया जाता है—जुहरा गीत। सुना है कभी? आज लग रहा है, कहीं दूर छिपी सरोज की इजा वही गीत गा रही है :

"कोयेऊ जुहरा हारि आयो
कोयेऊ जुहरा जीति लायो
जनक जुहरा हारि आयो
दशरथ जुहरा जीति लायो!

"कोई जुआ जीत आया है और कोई हार आया है, आज सचमुच मैं

बुरी तरह हार गया हूँ बेटी! सोचा था, उन अन्यायियों की देहरी अब सरोज को प्राण रहते लाँघने नहीं दूँगा, शिखा में गाँठ लगाकर ब्राह्मण की शपथ खाई थी मैंने, पर आज मेरी ही बेटी मेरी शिखा की गाँठ खोल गई।"

"छिः, कैसी बातें कर रहे हैं आप! आपको तो खुश होना चाहिए-"

"कैसे खुश हो सकता हूँ मैं? पति के सामने वह जन्मदाता जनक को नीचा दिखा गई—कौन-सा सुख नहीं दिया था हमने उसे?"

"हो सकता है, आपने अपनी सामर्थ्यानुसार उसे सब सुख दिया हो, आजादी दी हो पर वह न पूरी तरह सुखी थी, न आजाद..."

"अच्छा, तो आपको हमारे घर की जानकारी हमसे कुछ ज्यादा ही है, क्यों? यह तो बड़ी अच्छी बात है।" व्यंग्य से अपने पतले क्रूर ओठों को तिर्यक कर हँसती नलिनी ने कहा। न जाने कब से पर्दे की ओट में खड़ी वह सब सुन रही थी।

"देखिए," फिर वह ससुर की ओर बड़ी अवज्ञा से पीठ फेर कालिंदी के सामने तनकर खड़ी हो गई—"जहाँ तक मुझे पता है, आपका-हमारा कोई दूर का दस-दिनी बिरादरी रिश्ता भी नहीं है और मैं सोचती हूँ, ऐसे में आपका हमारे यहाँ ऐसे बिन बुलाए आना एकदम उचित नहीं था। हमारी घरेलू समस्या थी, हम खुद सुलझा लेते, आपने सरोज को न भुकाया होता तो क्या उसकी यह हिम्मत होती?"

"कैसी हिम्मत? अपने पति के साथ जाने की?" कालिंदी का तीखा स्वर, बाहर तक चला गया, "आप सब जानते हैं कि सरोज अपने पति के साथ जाना चाहती थी, किसी ने उसे नहीं भड़काया। रही आपकी-हमारी बिरादरी रिश्ते की बात सो रिश्ता केवल रक्तमांस का ही नहीं होता, एक रिश्ता और भी होता है बिना रक्तमांस का और कभी-कभी यह रिश्ता पहले रिश्ते से भी अधिक निःस्वार्थ होता है, अधिक मजबूत! मेरा सरोज का यही रिश्ता था।"

फिर बिना उसके प्रत्युत्तर की प्रतीक्षा किए वह तीर-सी निकल गई थी। दोनों घरों के बीच हाथ भर ही का तो व्यवधान था। बरामदे में बैठे मामा अखबार पढ़ रहे थे, उन्होंने एक बार आँखें उठाकर उसे देखा, फिर अखबार तान लिया। अन्नपूर्णा की रुष्ट मुखमुद्रा देख वह समझ गई, उसने सब बातें सुन ली हैं। मामी धूप में सूख रहे धनिये को अकारण ही बीनने का उपक्रम करने लगी। किसी ने उससे न कुछ पूछा, न वह बोली। कमरे में जाकर धड़ाम से द्वार बन्द कर चुपचाप पलंग पर लेट गई। सरोज का अभाव उसे

पहली बार बुरी तरह खटका। उसे लगा, वह सर्वथा परित्यक्ता और अकेली रह गई है—पहले वर्षों की प्रिय सखी माधवी छूटी और अब संक्षिप्त परिचय में ही अत्यन्त प्रिय बन उठी दूसरी सरला सहचरी सरोज! न वह अब किसी पर पूर्णतया निर्भर ही रह गई है, न पूर्णतया स्वाधीन। उसे इतनी भी स्वतंत्रता नहीं रही कि वह अन्याय के प्रति अपना स्वतंत्र मत प्रकाश कर सके! आखिर कौन-सा ऐसा अपराध हो गया था उससे जो घर भर ने उससे अबोला लगा लिया है?

दिन-भर वह बिना कुछ खाए-पिए कमरे में पड़ी रही। मामी के बार-बार बुलाने पर भी जब वह नहीं उठी तो मामा ही न जाने कब दबे पाँव आकर उसके सिरहाने खड़े हो गए थे। दीवार की ओर मुँह किए, कालिंदी ने उनके आने की आहट नहीं सुनी।

"क्या बात है चड़ी?" स्नेह विगलित कर-स्पर्श ने उसे चौंका दिया। "सरोज के जाने का बहुत बुरा लग रहा है क्या? चल उठ, खाना खा ले, सब तेरे लिए रुके हैं।"

वह चुपचाप उठी और बिना किसी से बोले, एक-दो कौर खाकर, फिर अपने कमरे में चली गई।

सरोज ने दिल्ली जाकर उसे पत्र लिखने में विलम्ब नहीं किया। पत्र के अक्षरों को मिटा, स्वयं सरोज ही जैसे मुस्कराती उसके सामने आकर खड़ी हो गई थी। वह बेहद खुश थी। बार-बार उसने एक ही बात लिखी थी : "तुम्हें बता नहीं सकती दीदी, ये मुझे कितने लाड़-दुलार से सिर पर बिठाए जा रहे हैं, अपना सुख देखकर मैं काँपी जा रही हूँ—कहीं ऐसा न हो, विधाता फिर सूप उलट दे! एक तो हवाई जहाज के नाम से ही मेरी डर से जान निकली जा रही है—पता नहीं, कैसे बैठ पाऊँगी निगोड़े जहाज में! तुम्हें एक खुशखबरी और दे दूँ, इन्होंने अपनी माँ से लड़-झगड़ मेरा सारा गहना धरवा लिया। यही नहीं, गहना मिलते ही, उन्होंने अपने हाथों मुझे पहना, यह तस्वीर खींची है, तुम्हें भेज रही हूँ। इनके पास ऐसा कैमरा है, दीदी, जो उसी वक्त तस्वीर खींच चट से उगल देता है।"

कालिंदी देर तक उस तस्वीर के आनन्दी चेहरे को देखती रही थी। कौन कहेगा, यह वही सरोज है? कामदार लहँगे पर लाल बुंदकीदार दुपट्टा, कानों

में भारी झुमके, कंठ में टीप, हाथों में चूहादन्ती पहुँची, पैरों में पाजेब, ठीक जैसे दीनदयाल के प्राचीन संग्रहालय से उठाई गई किसी लजीली किशोरी की तस्वीर ही किसी ने उठाकर रख दी हो! सरोज का उल्लास, फिर स्वयं कालिंदी का उल्लास बन गया था। एक दिन पहले की सारी मनहूसियत, उसके पत्र ने धो-पोंछकर बहा दी थी। शायद अब वह सरोज को कभी नहीं देख पाएगी। दिल्ली के बनावटी परिवेश, परिचितों की कुटिल प्रवंचना के बाद सरोज का सरल सान्निध्य उसे पर्वत फोड़कर निकले पहाड़ी निर्झर-सा ही स्वच्छ अमृतोपम लगा था।

रात को सब काम निबटा अम्मा उसके साथ ही पलंग पर लेट गई। पहले बड़ी देर तक माँ-बेटी में से एक भी नहीं बोली, फिर अन्ना ने ही हाथ बढ़ाकर अँधेरे में कालिंदी का ललाट टटोल, हथेली रख दी।

"क्यों री, क्या तबीयत ठीक नहीं है?"

कालिंदी चुप रही। अकारण ही अम्मा ने मुँह फुला लिया था, इस बात को वह भूली नहीं थी।

"देख चड़ी, मैं जानती हूँ, तुझे मेरा टोकना बुरा लगेगा, पर आज तेरा वहाँ जाना ठीक नहीं था। कौन नहीं जानता उस लड़ाका परिवार को! इसी सरोज के दादा, कभी यहाँ लड़कियों के स्कूल में, बेंहगी लगाकर आलू की चाट बेचते थे—एकदम दरिद्र परिवार था। इसके बाप-चाचा सब ही तेरे मामाओं की उतरन पहनकर बड़े हुए हैं। ब्रह्मदत्त सरकारी नौकरी में क्या आए कि हवा में उड़ अपनी औकात भूल गए! उस पर वह तीन कौड़ी की नलिनी तुझसे क्या-क्या कह गई! न तू वहाँ जाती, न हमें यह सब सुनना पड़ता।"

कालिंदी वैसी ही चुपचाप पड़ी रही।

इस बार अम्मा ने बड़े स्नेह से उसकी पीठ पर हाथ फेरा।

"मैं जानती हूँ, सरोज बहुत भली लड़की है, पर वह कितनी ही भली क्यों न हो, इस परिवार का ओछापन कभी जाएगा नहीं। मैं जानती हूँ, तुझे उसके बिना बुरा लगेगा। हर वक्त तो तेरी छाया बनी डोलती थी, पर एक न एक दिन तो उसका-तेरा साथ छूटता ही चड़ी! आज देबू कह रहा था, इस बार तुझे अपनी ननिहाल ले चलेंगे—चलेगी?"

"अभी सोने दो अम्मा, कल देखेंगे।"

अन्नपूर्णा की ननिहाल जिस ग्राम में थी, वहाँ का मार्ग अब उतना दुर्गम नहीं था। विवाह के बाद अन्ना वहाँ फिर कभी नहीं जा पाई। मन में एक अदम्य इच्छा उसे बार-बार वहाँ जाने को ठेलती थी। अभी भी उस सुन्दर गाँव की स्मृति उसे किसी स्वप्न-स्मृति-सी ही विह्वल कर उठती। कभी उसके नाना के पूर्वज कन्नौज से आए थे। नानी ने ही उन्हें बताया था–"दूजे शुक्ल ब्राह्मण थे हमारे पुरखे।" नानी चारों भाई-बहनों को अपनी रजाई में घुसाकर अपने प्रख्यात पूर्वजों का इतिहास सुनाती–"बद्रीनाथ की यात्रा करने गर्भवती पत्नी को लेकर निकले थे। प्रकांड विद्वान तो थे ही, उतने ही सिद्ध गणक भी थे। गंगोली पहुँचे तो माणीकोट के राजा ने बड़े आदर से अपने महल में ठहराया, वहीं जोशीमठ में उनका एक अत्यन्त रूपवान पुत्र हुआ–रमाकान्त। वे स्वयं विद्वान ब्राह्मण थे पर जबान तुतलाती थी, इसी से 'लाटो जोशी' यानी 'गूँगे जोशी' कहलाए। यही गाँव उन्हें जागीर में मिला और 'ललौटी' के नाम से प्रसिद्ध हुआ। उसी ललौटी के जोशी हैं तुम्हारे नाना।"

अम्मा के ममेरे भाई पिरीममा उन्हें बस स्टैंड पर लेने आए थे। अम्मा की ननिहाल में अब एक वे ही बचे थे। वयःभारनमित उस सरल निपट देहाती-से व्यक्ति की दरिद्र जीर्ण वेशभूषा देख, कालिंदी को विश्वास ही नहीं हुआ कि इतनी ठंड में भी कोई इतने विरल वस्त्रों में जाड़ा काट सकता है। उनके दोनों पुत्र बहुत पहले ही गाँव छोड़कर जा चुके थे। न जाने कितनी बार वे अन्ना से एक बार ननिहाल आने का आग्रह कर चुके थे, कालिंदी को तो उन्होंने कभी देखा भी नहीं था।

तीखी चढ़ाई पार कर वे पहुँचे तो अन्नपूर्णा ननिहाल के खंडहर को देख रो पड़ी। हाय, कैसी दुरवस्था हो गई थी घर की! कौन कहेगा, कभी यहाँ उसके जागीरदार नाना रहते थे! छत की बल्लियाँ वटप्ररोह-सी नीचे झूल रही थीं, चूल्हे पर एक टिट्टर-सी केतली में पानी खदक रहा था।

"तुम्हें लेने गया तो चाय का पानी चढ़ा गया था रे देबी, जिससे आते ही तुम्हें चाय तो पिला ही सकूँ।...अरी अन्ना, धन भाग जो आज तुम सब इतने वर्षों में अपने मालाकोट (ननिहाल) तो आए। क्या करूँ, ऐसा दरिद्र है री तेरा भाई–एक तो घर में औरत नहीं, उस पर आँखों में भी मोतियाबिन्द उतर आया है। अब कभी यहाँ आँख का कैम्प लगे तो ऑपरेशन करवा लूँ।"

"क्यों, क्या धीरू-गीरू नहीं आते कभी छुट्टियों में?"

अन्नपूर्णा ने पूछा तो वे हँसे, "छुट्टियों में क्या आएँगे री बैणी! बाप को कन्धा देने आ जाएँ, वही बहुत है, पर अब उसकी भी उम्मीद नहीं रही। आज दस साल बीत गए, कभी एक कार्ड तो डाला नहीं। सुना है, दोनों भाई ऊँची नौकरी पर हैं, पर लंका में सोना है भी तो मेरे बाप का क्या?" फिर उन्होंने छत की बल्ली से लटकी पोटली उतारी, विभिन्न गाँठों में बँधी चाय, चीनी निकाल केतली में छोड़ी और कहने लगे, "सुना है, वहीं किसी पंजाबी ठेकेदार की जुड़वाँ बेटियों से शादी कर घर भी बसा लिया है। देख तो रही है—कैसी दशा हो गई है घर की, ओड़ मिस्त्री अब मिलते नहीं। बाप-दादों की थाती है, छोड़ी भी नहीं जाती। पिछले साल, एक बार तो एक नागा बाबाओं के दल के साथ जाने की ठान ही ली थी, फिर सोचा, चला गया तो मेरे मरीजों को कौन देखेगा, क्यों ऐसा बैरागी बनूँ, यहीं रहकर उनकी सेवा करूँ। यही तो असली बैराग है री बैणी..."

पिरीममा ने कभी काशी से वैद्यगी पढ़ी थी—दूर-दूर से मरीज उनसे दवा लेने आते थे, यह अन्ना जानती थी।

"हटो पिरीदद्दा, मैं चाय बना दूँ।" अन्ना और शीला दोनों चाय बनाने बैठ गईं।

"ठीक है, ठीक है, तू ही बना, मैं ताजा दूध ले आऊँ," कह वे लोटा लेकर निकल आए।

पूरे कमरे में धुएँ की कड़वी महक आ रही थी, फिर भी कमरा साफ-सुथरा था। पुआल के गुदगुदे गद्दे पर साफ चादर बिछी थी, देवेन्द्र उसी पर लेट गया।

"याद है दीदी, एक बार हम तीनों भाई तेरे और अम्मा के साथ आए थे? अम्मा अपने मायके में इष्ट की पूजा देने आई थी। इसी चूल्हे पर नानी ने कैसे-कैसे पकवान बनाकर हमें खिलाए थे! उन लाल चावलों की खीर का स्वाद मुझे अभी भी याद है। कितनी गोरी थी आमा! एक दिन तो नरिया ने पूछ दिया था—आमा, तू क्या मेम है?"

कालिंदी घूम-घूमकर पूरा घर देख आई थी। इतने बड़े घर में, पिरीममा कैसे अकेले रहते होंगे? उस पर साँझ होते ही साँय-साँय कर बहती वंशी-सी बजाती देवदारी बयार, नीचे पहाड़ी गल्डोलों को तोड़ती-फोड़ती बह रही वेगवती पहाड़ी नदी का तीव्र स्वर! अम्मा बताती थी, कभी वहाँ दिन डूबते

ही आदमखोर शेर दहाड़, गाँव वालों को द्वार मूँद, घर ही में नजरबन्द बनाकर रख देता है, पर पिरीममा तो जैसे सब खूँखार आदमखोरों को विजित कर चुके थे—एक हाथ में जलती मशाल, और दूसरी में घुँघरू-लगी लाठी लेकर वे निर्भीक हो, उतार उतर जाते। खेतों की देखभाल, बाजार का सौदा-सुलुफ, खाना पकाना, नौले से बड़ी-बड़ी ताँबे की गगरियों में पानी लाना—सब कुछ वे इस फुर्ती से करते, लगता, कोई कड़ियल जवान ही चला आ रहा है।

"एक हम हैं," अन्नपूर्णा शीला से कहने लगी, "एक दिन भी बर्तन मलने वाली नहीं आई तो आसमान सर पर उठा लेते हैं—और एक ये पिरीदद्दा हैं, मुझसे पूरे दस साल बड़े हैं पर कमर देख मँझली, अभी भी नहीं झुकी।"

भूतलीय वैभिन्न्य, बंजर भूखी जमीन, दुर्गम चट्टानों का प्राकृतिक अवरोध और प्रकृति के नित्य बदलते तेवर! कभी भरभराकर पूरा पहाड़ ही गिर गया और कभी बर्फ का खिसकता ऐवलांश खेत के खेत धरा में धँसा गया, फिर भी कुमाऊँनियों के अदम्य साहस, लगन और संयम के मूर्तिमान स्वरूप थे पिरीममा। चौबीसों घंटे ओठों पर लगी हँसी, आत्मविश्वास से दमकता चेहरा! उन्हें देख, कालिंदी के जी में आ रहा था, वह कुछ दिन उन्हीं के पास रहकर, जीवनपर्यन्त अनवरत परिश्रम करने का कठिन पाठ सीख कर कंठस्थ कर ले। सारा दिन वे अपने सीढ़ीनुमा खेतों में जुटे रहते। न उनके पास सिंचाई के साधन थे, न निरन्तर ढह रही दीवालों की मरम्मत का ही बाहुबल, फिर भी उनकी दन्तहीन हँसी में कितना स्नेह था! कितनी सरलता! जड़ी-बूटियों की उन्हें पहचान थी।

"अरी तू तो ठहरी बिलैती डाक्टरनी और हम निपट देहाती अनाड़ी वैद्य।" वे उससे कहते पर दूर-दूर से उनके मरीज उनसे दवा लेने आते थे, दवा लेने उन्हें कभी बाजार नहीं जाना पड़ता। रीठा, हरड़, पिपरमेंट, मुरेठी, आँवला, मूसाकन्द, वासा, दारूहल्दी, गुलबनफ़्शा, पाषाणभेद, जटामासी, रतनजोत, कर्णफूल जैसी बहुमूल्य जड़ी-बूटियों का उनके पास अशेष भंडार था। तीन ही दिनों में उन्होंने कालिंदी को कितने ही नुस्खे थमा दिए थे। एक दिन वह गोद में ही प्लेट रख नाश्ता करने लगी तो उन्होंने उसे डपट दिया, "कैसी डाक्टरनी है री तू, गोद में भक्ष्य पदार्थ रखकर खा रही हो?"

"क्यों?" वह हँसी, "इसे भी तुम्हारा शास्त्र मना करता है क्या मामा?"

पिरीममा का चेहरा गम्भीर हो गया, आनन्दी भानजी का हँसी-हँसी में पूछा गया वह प्रश्न उन्हें अच्छा नहीं लगा, "ये हँसने की बात नहीं है भानजी,

यही सब तो हमें धरातल में धँसाए जा रहा है। तब सुन चेहड़ी (लड़की), गोद में रखकर, शैया पर लेटकर कभी खाना नहीं खाना चाहिए, यही नहीं, मूर्ष, दुर्जन, पतित, शत्रु, वेश्या, धूर्त्त और वैश्य का अन्न भी ग्रहण नहीं करना चाहिए।"

"हाय राम, सुन रही हो मामी! इसका मतलब, हमें बड़े और छोटे मामा के घर का भी खाना नहीं खाना चाहिए!"

"चुप कर!" शीला ने हँसकर उसे डाँट दिया।

पिरीममा 'जोशी वैदजू' के नाम से ही प्रख्यात थे। वैसे तो हर मर्ज की दवा उनके पास रहती पर वे कुष्ठरोग के ही स्पेशलिस्ट माने जाते थे : नेपाल, काली कुमूँ, गर्ब्यांग घाटी से प्रत्येक रविवार को उनके यहाँ असंख्य कुष्ठरोगी एकत्रित हो जाते–एक प्रकार से कुमाऊँ के बाबा आमटे थे वे! ऐसे सिद्ध चिकित्सक, जिनका व्यक्तित्व ही उस पर्वतीय नदी का-सा था, जो अपना सर्वस्व लुटाकर, घने वन-अरण्यों के बीच, गाँव-गाँव को सींचती, गुमनाम बहती, गुमनाम ही खो जाती है। समाज द्वारा बहिष्कृत अपने उन मरीजों को वे एक कतार में बिठा, सूर्य को अर्घ्य दिलवाते और फिर आदित्य आराधना में समवेत स्वर गूँजने लगते :

नमः पूर्वाय गिरये पश्चिमायाद्रये नमः
ज्योतिर्गणानां पतये विनाधिपतये नमः
जयाय जयभद्राय हर्यश्वाय नमो नमः
नमो नमः सहस्रांशो आदित्याय नमो नमः।

वैसे तो वैद्यक उनका कुलक्रमागत व्यवसाय था, किन्तु उन्होंने उसे कभी व्यवसाय नहीं बनाया।

"आपको डर नहीं लगता पिरीममा, मुझे तो आपके ये सब मरीज पोजिटिव केस लग रहे हैं!" कालिंदी ने पूछ दिया था।

"डर कैसा?" दन्तहीन हँसी से उनकी झुर्रियाँ उद्‌भासित हो उठी थीं– "यह रोग होने वाला हो तो भगवान को भी नहीं छोड़ता। जानती है भानजी, परमप्रतापी भगवान कृष्ण के पुत्र साम्ब को भी यही रोग हो गया था और उन्होंने उसे छुटकारा दिलाने शाकद्वीप से मग ब्राह्मणों को बुलाया था क्योंकि वे ही सूर्य-पूजा के अधिकारी थे। सूर्य-पूजा ही इस चिकित्सा का एक महत्त्वपूर्ण अंग है। यह शरीर को कुत्सित बनाता है, इसी से इसे कुष्ठ कहा गया है। पर शरीर से अधिक कुत्सित बना देता है बेचारे रोगी के मन को।"

"मामा, अब तो इसकी एक से एक बढ़िया औषधि निकल आई हैं। कहिए तो आपको भेज दूँ?"

"नहीं चेली, मैंने आज तक अपनी ही औषधियों से कितने ही कुष्ठरोगियों को ठीक किया है। पुष्य नक्षत्र में इन जंगलों से ही ढूँढ़-ढूँढ़कर बटोर लाता हूँ।"

"कैसी जड़ी-बूटियाँ देते हैं मामा?"

वे हँसे, "ऐसी मृत्युंजयी औषधियाँ जो तुम्हें ढूँढ़ने पर भी तुम्हारी अंग्रेजी डाक्टरी पोथों में नहीं मिलेंगी। सुनेगी? तब सुन—लौह, तुवरक, मल्लातक, बाकुची, गुग्गुल और चित्रक! और फिर माणीभद्र वटक योग का विधान यानी रोगियों को एक-एक पक्ष पर वमन, एक-एक महीने में विरेचन और तीन-तीन दिन पर शिरोविरेचन, फिर छः-छः महीने पर रक्तमोक्षण। इनमें से सबसे हृष्टपुष्ट रोगी जो तुझे दिखे, वही है गजैसिंह। कभी पहाड़ से कूदकर आत्महत्या करने जा रहा था, हाथ-पैरों की उँगलियाँ झड़ चुकी थीं, घावों से मवाद रिसता था, बहू-बेटों ने गाँव के नियमानुसार बारह पत्थर दूर फेंक दिया—मैं ही उसे अपने साथ ले आया। पूरे दो साल इलाज किया और अब तू देख ही रही है। मैं इसे अब कभी-कभी चिढ़ाता हूँ :

"अन्यारि कुठैणी
तितिर बांसौ
बुड़ गजैसिंह
जुग मलाशौ!

(अँधेरी कोठरी में अब तीतर बोलने लगा है और बूढ़ा गजैसिंह फिर मूँछें ऐंठने लगा है।)

"पूरे आठ मील की तीखी चढ़ाई पार कर हर रविवार को चला आता है, तुम्हारे आने की खबर मिली तो गाँव चला गया, वैसे मेरे यहाँ ही पालतू कुत्ते-सा पड़ा रहता है। देख तो रही है, इतना अनाज होता है, कौन खाए? हम दो ही तो खाने वाले हैं। जो बचता है, वह इन्हीं मरीजों में बाँट देता हूँ।"

कालिंदी को लगा, शास्त्रकारों ने इस भूमि को, स्वर्गलोक की उपमा व्यर्थ ही नहीं दी है। यह पर्वतराज, समस्त देवताओं का निवासस्थान ही नहीं, पिरीममा जैसे सिद्धजनों की तपोभूमि भी है।

"आप क्या हमेशा खद्दर ही पहनते हैं ममा?"

"अरी पगली, हमारे पहाड़ में कभी एक कहावत थी कि पहाड़ का तो बल्द (बैल) भी कांग्रेसी होता है। मैं भी उसी युग का हूँ। ये कपड़े मैं खुद कातता हूँ। गजुआ फिर चनौंदा आश्रम में कता सूत पहुँचा आता है और सरला बहन बेचारी बिनवा देती है।"

ब्रह्ममुहूर्त में सबसे पहले उठ, मामा नौले से पानी ला, चाय बना सबके सिरहाने एक-एक गिलास गर्म चाय रख आते और फिर स्वयं कब खेतों में निकल जाते, कोई जान भी नहीं पाता। फिर खेतों से ही उनके सुरीले कंठ की आवाज, हवा के साथ-साथ तिरती ऊपर चली आती :

बंण गाँधी सिपाही
रहटा कातुंला
देश का लीजिया
हम मरी मेदुंला।

(हम गाँधी के सिपाही बन सूत कातेंगे, देश के लिए हम मर मिटेंगे।)

चार दिन न जाने कब और कैसे चुटकियों में बीत गए थे। दूसरे दिन तड़के ही उन्हें बस पकड़नी थी। पिरीममा ने अपने पेड़ों से सेब, नाशपाती, आलूबुखारे की बड़ी-सी टोकरी तैयार कर दी थी और डॉक्टरनी भानजी के लिए कुछ अचूक जड़ी-बूटियाँ।

आज अम्मा की ननिहाल में उसकी आखिरी साँझ थी। इस स्नेही सन्त को शायद वह फिर कभी नहीं देख पाएगी। बिस्तरे के नाम पर मामा के पास एक मोटा पहाड़ी थुल्मा था जिसे वे आधा बिछा, आधा ओढ़ लिया करते थे।

"मामा, यह आपके लिए छोड़े जा रही हूँ।" वह उन्हें अपना स्लीपिंग बैग थमाने लगी, तो वे जोर से हँस पड़े, "लो, सुन रही हो अन्ना, मेरे लिए यह अपना विलायती थैला छोड़े जा रही है! भागवन्ती, हमारे यहाँ तो मरने पर ही ऐसे बन्द थैले गें सोते हैं, प्राण रहते नहीं पर मुझे अब क्या चाहिए, ओढ़ना-बिछौना? सुना नहीं तूने :

"अल्मोड़ियैक पछांण
ढुंगौक दिशाण!

"अल्मोड़े की तो पहचान ही यही है, पत्थर के बिछौने पर सोना पसन्द करते हैं हम। चल, तुझे अपना बनाया घट दिखा लाऊँ।"

मामा के साथ वह सुनहली पिरुल घास पर स्केट-सा करती चली जा

रही थी। यह था स्वयं प्रकृति का बनाया एस्कलेटर! एक कदम रखो और सर्र से नीचे पहुँच जाओ। न जाने कौन-सी अनामा वेगवती नदी थी वह।

"पहाड़ की नदियों के नाम नहीं होते री," पूछने पर मामा ने बताया, "बस, गाड़ कहते हैं। कोई कोसी की गाड़ है, कोई सुवाल की तो कोई अलकनन्दा की।"

उसी तीव्र धार को बड़े कौशल से बाँध, मामा ने सारे गाँव के लिए आटा पीसने की चक्की बना दी थी।

आटा पिसाई आई चार-पाँच लाल-लाल गालों वाली गोरी बालिकाएँ, न जाने कौन-सा खेल खेलने में मस्त थीं। एक-दूसरे की मुट्ठियों पर मुट्ठियाँ साधे नन्हा कुतुबमीनार बनाए वे जोर-जोर से गा रही थीं :

"उड़कुची मुरकुच्ची
दैंण दुहाउच्ची
लइया कैंची
पित्तल ऐंची
चौराक नानतिन कसकस छूंनी
वृन्दावन में व्यूर खेलनी
ओण मोड़ दैंणौ हाती
टसकै फुसकै फासकै।"

और फिर उनकी उन्मुक्त निर्दोष हँसी से पूरा जंगल गूँज उठा था। कालिंदी को सहसा अपना बचपन याद हो आया। उसे दोनों घुटनों पर बिठा, बड़ा मामा स्वयं लेट कैसी-कैसी पैंगों में झुला-झुलाकर गाता था :

"घुघूती बासूती
माम कां छौ?
मालकोटी
के त्यालो?
दूधभाती
को खालो?
तू खाली
भातै की तौली घुर्र-घुर्र।"

और फिर वह पटाक से बिस्तर पर पटक देता—आज कहाँ खो गया वह स्नेही बड़ा मामा?

कालिंदी, देवेन्द्र, अन्नपूर्णा, शीला—सबने पिरीममा से एक स्वर में अपने साथ अल्मोड़ा चलने का आग्रह किया था, "आप एक बार तो चल देखिए—यहाँ अकेले पड़े हैं—न आपका इलाज ही हो पा रहा है, न कोई देखनेवाला ही है। वहाँ हम आपको अच्छे डॉक्टर को दिखा आपकी आँख का ऑपरेशन करा दें, फिर न हो, आप लौट आइएगा—मैं पहुँचा दूँगा आपको।"

"नहीं रे देबी," उन्होंने रुँधे गले से कहा, "तूने कह दिया, इतना ही बहुत है। कौन पूछता है आजकल ममेरे भाइयों को! पर देख, आज तक पुरखों की थाती नहीं छोड़ी, आज कैसे छोड़ दूँ?"

बस चली तो खिड़की से सिर निकाले कालिंदी तब तक हाथ हिलाती रही जब तक वह सींक-सी देह एकदम ही विलुप्त नहीं हो गई।

घर लौटकर कालिंदी को सहसा अपना जीवन व्यर्थ लगने लगा था। मामा के जिस सरल निःस्वार्थ चिकित्सक के रूप को वह देख आई थी, उसके बाद उसे अपनी डॉक्टरी डिग्री डंक देने लगी थी। क्या वह भी अपने रोगियों की ऐसी निःस्वार्थ सेवा कर पाएगी? छुट्टियाँ लगभग शेष होने को थीं। अल्मोड़ा भी कैसा विचित्र शहर है, वह सोच रही थी, जब उससे दूर रहो, तो वह चुम्बक-सा खींचने लगता है और वहाँ कुछ दिन रहने के बाद वह अपने उबाऊपन से स्वयं ही अपने पाहुनों को उबाने लगता है। उसे भी अब अल्मोड़ा से भागने की ऐसी ही छटपटाहट होने लगी थी।

"मामा, छुट्टी के तो अभी पन्द्रह दिन और बचे हैं," उसने एक दिन साहस कर देवेन्द्र से कह ही दिया, "इतना घूम भी चुकी हूँ, सोच रही हूँ, कुछ पहले ही लौट जाऊँ!"

"क्यों, इतने ही दिनों में ऊब गई? अभी वहाँ बेहद गरमी है चड़ी, अभी से जाकर क्या करेगी? मन ऊब रहा है तो चल, थोड़े दिन नैनीताल-भीमताल घूम आएँ।"

"पूरा उत्तराखंड तो घुमा चुके हो मामा, मैं अब बहुत थक गई हूँ—दिल्ली में एक दो काम भी पड़े हैं।"

"मैंने तो तुझे कभी किसी काम के लिए नहीं रोका चड़ी, आज भी नहीं रोकूँगा—तू जाना ही चाहती है तो चली जा, पर बसन्त की तबीयत, इधर

तेरे इलाज से सुधर रही है, उसका सहारा टूट जाएगा।"

बेचारे बसन्त मामा! लाल मामी की मौत ने उन्हें एकदम ही तोड़ दिया था, उस पर स्वयं उन्होंने भी हाथ-पैर छोड़ दिए थे, जीने की कोई इच्छा ही नहीं रह गई थी उन्हें!

"क्यों लगा रही है ये सुइयाँ पगली! मैं अब जीकर क्या करूँगा? किसके लिए जियूँ, तू ही बता?" वे कहते।

"कैसी बातें कर रहे हैं मामा, आप ही तो कह रहे थे—पिंटूदा ने लिखा है, वह आपको देखने आ रहा है, और आपको यहाँ अकेले नहीं रहने देगा, साथ ले जाएगा।"

"तेरी भी बातें, चड़ी," वे ऐसे हँसे, जैसे दबी सिसकी घुटक रहे हों! "माँ उसका नाम लेती-लेती चली गई, लिखा तो उसने तब भी था कि वह माँ को देखने आ रहा है, आया?"

पर इस बार उनका निर्मोही बेटा सचमुच ही एक दिन बिना कोई खबर दिए अचानक आ गया।

कालिंदी सुई लगाकर मुड़ी ही थी कि देखा, द्वार पर हँसता, दनदनाता पिंटू दा खड़ा है—वही लजीली खिसियायी-सी हँसी और वैसा ही किसी निर्दोष किशोर का-सा चेहरा।

उसने हाथ का सूटकेस नीचे रखा, पिता के पैर छूकर वह फिर कालिंदी की ओर मुड़ा, "वाह, तुम भी यहीं हो चड़ी! मैंने तो कभी सोचा भी नहीं था कि तुम यहीं होगी।"

उसकी तृषार्त आँखें कालिंदी के सलोने चेहरे पर ऐसे गड़ गईं कि वह अपनी दृष्टि हटा ही नहीं पा रहा था।

"कैसी तबीयत है बाबू?" फिर उसने पिता के सिरहाने बैठ, उनकी क्षीण कलाई थाम ली।

बसन्त ने मुँह फेर लिया, वर्षों के उपालम्भ कंठ में गह्वर बनकर अटक गए।

उनकी यह चुप्पी सहसा पिंटू को भी गूँगा बना गई।

"आप बहुत नाराज हैं ना बाबू?" फिर वह खिसियाए स्वर में स्वयं ही कैफियत देने लगा, "कैसे बताऊँ आपको, माँ की हालत की खबर पाकर भी तब आना मेरे लिए असम्भव था।"

बसन्त फिर भी कुछ नहीं बोले।

अप्रस्तुत कालिंदी, सिरिंज बन्द कर जाने को उद्यत हुई। पिता-पुत्र के इस मनोमालिन्य के बीच उसे अपनी अनावश्यक उपस्थिति असह्य लग रही थी।

"मैं चलूँ बसन्त मामा, अम्मा खाने को रुकी होगी।"

"नहीं, चड़ी," बसन्त मामा का कठोर अस्वाभाविक कंठ-स्वर चाबुक-सा उसकी पीठ पर पड़ा, "इसे भी अपने साथ लेती जा, यहाँ तो चूल्हा जलानेवाला भी अब कोई नहीं रहा। कह दे इससे, नहा-धोकर वहीं खा आए। तेरी माँ रोज तो मेरा खाना भेजती ही है। कल से दो रोटी इसके लिए भी भेज दिया करेगी।"

फिर उन्होंने चादर से मुँह ढाँप लिया।

"ठीक ही तो कह रहे हैं मामा। चलो पिंटू दा, अपना सूटकेस उठा लो—खाना खाकर लौट आना।"

कालिंदी को पिंटू का सूखा उतरा चेहरा देखकर तरस भी आ रहा था। एक तो इतने वर्षों बाद इतनी लम्बी यात्रा पूरी कर घर लौटा और वहाँ भी ऐसा स्वागत! न जाने बेचारे की इस घर में दबी कितनी स्मृतियाँ होंगी। न जाने कैसी विवशता रही होगी उसकी! उस पर रुग्ण पिता को ऐसे असहाय पड़ा देख उसके दिल पर क्या बीत रही होगी!

"चलो, उठो, पिंटू दा, क्या सोच रहे हो? रोज बसन्त मामा का खाना लाने की ड्यूटी मेरी थी, आज से तुम्हारी, समझे?" उसने हँसकर, हठात् बोझिल बन उठी मनहूसियत को हटाने की व्यर्थ चेष्टा की, पर पिंटू का खिसियाया चेहरा पूर्ववत् लटका ही रहा।

"मैं यहीं रहूँगा चड़ी, तुम जाओ।" वह कुर्सी खींचकर बैठ गया।

कालिंदी ने घर पर जाकर खबर दी तो देवेन्द्र भागे-भागे आए, और जबरदस्ती उसे अपने साथ खींच ले गए। आज तक जो उसके बचपन का मित्र था, वह सहसा अनचीन्हा ठसकेदार पाहुना बन उठा। बसन्त मामा ने उसके प्रति पिंटू के दौर्बल्य का विवरण न दिया होता तो वह शायद उसके लिए वही पिंटू दा रहता पर अब वह उसकी उपस्थिति में सहज नहीं हो पा रही थी। कभी वह गृह के अन्य सदस्यों की उपस्थिति भूल उसे किसी क्षुधातुर भिक्षुक की दृष्टि से देखने लगता, कभी अचानक गुमसुम बना न जाने किस दिवास्वप्न में खो जाता।

"क्या बात है बेटा, बसन्त ने कुछ कड़ी बात कह दी है क्या?" अन्नपूर्णा

ने पूछा तो वह चौंका।

"नहीं बुआ, बहुत थक गया हूँ, वही गेटलेग है शायद, यहाँ का दिन, वहा की रात बना खींच रहा है, आँखें मुँदी जा रही हैं।"

"बसन्त तो आज तुझे देखकर बहुत खुश हुआ होगा न रे पिंटू?" देवेन्द्र ने पूछा तो वह फिर उदास हो गया।

"क्या बात है पिंटू, ऐसे गुमसुम क्यों हो?"

"बाबू अभी भी मुझसे नाराज हैं। आप ही बताइए बुआ, मैं कैसे आता? मेरी नौकरी का सवाल था। पर बाबू तो कुछ सुनने-समझने के लिए तैयार ही नहीं हैं। मैं तो उन्हें इस बार अपने साथ ले जाने आया था।"

"जरूर ले जाओ बेटा, इसी बहाने अल्मोड़ा से बाहर उनका पैर तो निकलेगा। तुम्हारी माँ के जाने के बाद एकदम अकेले हो गए हैं—तुम्हारे बच्चों में मन लगा रहेगा।"

"अब बच्चे मेरे पास हैं ही कहाँ!" उसने एक लम्बी साँस खींचकर कहा।

"क्यों, हॉस्टल में रख दिया है क्या?"

"नहीं, अपनी माँ के साथ चले गए हैं, लिज ने मुझसे तलाक ले लिया है। बच्चों को छूट दी थी अदालत ने—चाहें तो मेरे पास रहें, चाहे अपनी माँ के पास। उन्होंने अपनी माँ को ही चुना।"

वहीं पर खड़ी शीला और कालिंदी आश्चर्य से उसे देख रही थीं।

"तुमने यह सब बसन्त को बताया पिंटू?" देवेन्द्र ने पूछा।

"इसीलिए तो आपके पास आया हूँ। आप ही को उन्हें सब कुछ बताना होगा। मुझसे बात करना तो दूर, वे मेरा मुँह भी नहीं देखना चाहते। मैं एकदम अकेला हो गया हूँ अब।" उसका कंठ भर आया।

"पर तुम तो अपने परिवार के साथ बहुत सुखी थे पिंटू, अचानक यह सब कैसे हो गया?" अन्नपूर्णा ने पूछा।

"वहाँ सब कुछ अचानक ही होता है बुआ! मैं जब माँ की बीमारी में नहीं आ पाया और मुझे जेनेवा जाना पड़ा तो लिज ने मुझे वहीं फोन पर बताया था, शायद रूबरू कहने की उसे हिम्मत नहीं हुई थी। मुझसे विवाह करने से बहुत पहले वह अपने एक मौसेरे भाई से विवाह करना चाहती थी, उसकी किसी प्लेन क्रैश में मृत्यु का समाचार पा वह विक्षिप्त-सी हो गई थी, तब ही मेरा परिचय उससे हुआ, और फिर हमारा विवाह हो गया। इतने वर्षों बाद रौबर्ट अचानक लौट आया। दोनों फिर कब मिले, कहाँ मिले,

उन्होंने कहाँ यह निर्णय लिया, मुझे कुछ भी पता नहीं चला। इतना उसने अवश्य कहा कि मैं चाहूँ तो अपनी सन्तान अपने पास रख सकता हूँ, पर मेरे दोनों बेटे मेरे साथ नहीं रहना चाहते।"

देवेन्द्र ने बसन्त को सब बातें सूझ-बूझ से समझाईं पर वह टस से मस नहीं हुआ।

"नहीं, मैं अल्मोड़ा छोड़कर कहीं नहीं जाऊँगा। मैं वहीं रहूँगा, जहाँ से उसकी माँ को घाट पहुँचाया था।"

दूसरे दिन मुँह लटकाए पिंटू कालिंदी के कमरे में अचानक आकर खड़ा हो गया।

"चड़ी, मेरे साथ चलेगी? तुमसे कुछ जरूरी बातें करनी हैं।"

कालिंदी का चेहरा फक हो गया। वह कुछ-कुछ समझ गई थी कि वह क्या कहना चाहता है।

"क्यों, बैठो ना पिंटू दा, इतने घबड़ाए क्यों लग रहे हो? कहाँ चलने को कह रहे हो? यहीं कहो न, घर में कोई नहीं है, सब मन्दिर गए हैं।"

वह कुर्सी खींचकर बैठ गया। उसके प्रशस्त ललाट पर उतनी ठंड में भी पसीना झलक रहा था।

बार-बार दोनों हाथों को वह कभी जेब में डाल रहा था, कभी कुर्सी के हत्थे पर थपकियाँ-सी दे रहा था। स्पष्ट था कि वह जो बात कहने आया है, उसे कहने में उसका साहस उसका साथ नहीं दे रहा है।

"चुप क्यों हो पिंटू दा, कहो न?"

सहसा चीते की भाँति उछलकर उसने कालिंदी के दोनों हाथ पकड़ लिये, "चड़ी, जीवन में मैंने एक तुम्हीं को चाहा है। मैं नहीं जानता किस क्षण, किस कौशल से तुमने मुझे बाँध लिया था--मैं कभी एक पल के लिए भी तुम्हें नहीं भूला। कितनी बार मैं तुमसे अपने मन की बात कहने आ-आकर लौट गया था चड़ी, कभी साहस नहीं हुआ। और फिर न जाने कब मेरे इस दुर्बल हृदय को नियति विपथ की ओर खींच ले गई। मैंने शायद उस जन्म में कोई घोर पाप किया था जो विधाता ने एक क्षण में मेरे जीवन की समस्त उज्ज्वलता को निःसीम अन्धकार से काला कर दिया। पर यकीन मानो, तुम्हीं मेरे जीवन का सर्वस्व थीं और हमेशा रहोगी। आज वही भीख माँगने आया हूँ। तुम मुझे स्वीकार कर लो। तुम मेरे साथ चलोगी तो बाबू भी मेरे सारे अपराध क्षमा कर देंगे।"

कालिंदी सिहर उठी। ऐसे अप्रत्याशित प्रस्ताव के लिए वह प्रस्तुत नहीं थी—पिंटू ने अचानक अपने काँपते अधर, उसके हाथों पर धर दिए।

कालिंदी का गोरा चेहरा आरक्त हो उठा, आँखें फैल गईं, कान की लोड़ियों में जैसे किसी ने लौह-शलाका छुआ दी। सिर से लेकर पैरों तक बिजली-सी कौंध गई। आज तक किसी पुरुष के अधरों ने उसका अंगस्पर्श नहीं किया था। फिर वह चैतन्य हुई। उसके बुद्धि से दीप्त, स्नेह से कोमल हास्योज्ज्वल प्रशान्त चेहरे पर विकार की एक रेखा भी नहीं उभरी। अपने हाथ छुड़ा, वह छिटककर दूर खड़ी हो गई।

"पागल हो गए हो क्या पिंटू दा? तुम मेरे मित्र थे और हमेशा रहोगे। तुम क्यों भूल रहे हो कि तुम एक पिता भी हो, भले ही तुम्हारे बेटे तुम्हारे साथ न रहें, तुम्हारा भी तो कोई कर्तव्य है न।"

"मेरा कर्तव्य?" वह हँसा। उसकी आँखों में उसके मन की चतुर्दिक व्यापक शून्यता तिर आई, "तुम मेरे बेटों को नहीं जानतीं। इंटरनेशनल माफिया स्टैंडर्ड की परीक्षा में अब तक दोनों अव्वल उतरते आए हैं। दोनों विशुद्ध एगमार्का ड्रग एडिक्ट हैं। बस चले तो अपनी माँ का ही गला रेत दें, इससे तो वह उनसे मुक्ति पाना चाह रही है। वे न मरने से डरते हैं, न मारने से—एकदम शास्त्रसम्मत महापुरुष हैं दोनों। अभी-अभी मसें फूटी हैं, पर अब तक तीन अबोध बालिकाओं के सर्वनाशकर्ता के रूप में नाम दर्ज करा चुके हैं। वह तो पुलिस को प्रमाण नहीं मिला, इसी से छुट्टे साँड से घूम रहे हैं। सड़ जाने पर कभी-कभी अपने प्राण बचाने को अपनी ही भुजा काटनी पड़ती है कालिंदी और मैं अपनी दोनों भुजाओं को काटकर दूर फेंक चुका हूँ। अब मैं रोगमुक्त हूँ, इसी से तुम्हारे पास बड़ी आशा लेकर आया हूँ।"

कालिंदी के उस जटिल प्रश्न का उत्तर देने की समस्या का समाधान सहसा अन्नपूर्णा ने ही कर दिया। हाथ में पूजा की थाली लिये वह पर्दा खोलकर खड़ी हो गई।

"वाह, बड़े अच्छे वक्त आया रे, पिंटू! ले, प्रसाद खा, थोड़ा बसन्त के लिए भी ले जाना।"

सकपकाकर पिंटू उठ गया। बताशा मुँह में डाल वह जाने को उद्यत हुआ तो शीला आ गई।

"कहाँ जा रहा है पिंटू? बैठ, गरम-गरम जलेबी लाई हूँ, खाकर जाना।"

"नहीं चाची, बाबू अकेले हैं, फिर आऊँगा," कह वह तेजी से निकल गया।

कालिंदी का उत्तर न पाकर भी वह समझ गया था कि उसका प्रस्ताव उसे कभी मान्य नहीं हो सकता। यही नहीं, उसके दुःसाहस को वह अब कभी क्षमा नहीं करेगी। क्षणिक आवेश में आकर वह भी तो कैसी मूर्खता कर बैठा था! दो सयाने बेटों का बाप होकर कैसे सोच लिया उसने कि उससे बारह वर्ष छोटी, वैभवसम्पन्ना कालिंदी, उसका प्रस्ताव सुनते ही टप्प से आकर उसकी गृहस्थी के भग्न खंडहर को सम्हाल लेगी! पर नित्य की भाँति वह बसन्त मामा को देखने आई तो उसके आनन्दी चेहरे पर नित्य की उत्फुल्लता थी।

"क्यों मामा, क्या अब भी पिंटू दा से तुम्हारी कुट्टी चल रही है? यह तो तुम्हारा बड़ा अन्याय है मामा।" उसने हँसकर बसन्त का हाथ थामा तो पिंटू की छाती पर धरा भारी पत्थर हट गया।

"मेरा अन्याय? और तू कह रही है यह?" बसन्त मामा उत्तेजना से हाँफने लगे, "तूने तो इसकी माँ की वह हालत देखी है चड़ी, ऊर्ध्व श्वास चलने पर भी उसकी आँखें, दरवाजे पर ही टिकी थीं–शायद उसका यह कपूत आ ही जाए, पर इसकी चुटिया पकड़कर तो वह फिरंगिन बैठी थी, आता कैसे?"

"छिः, मामा, भूल भी जाइए अब। आप ही को देखने तो बेचारा इतनी दूर से आया है।"

"मुझे देखने?" बसन्त उचककर बैठ गए और उग्र दृष्टि से पुत्र को भस्म कर बोले, "यह मुझे देखने नहीं आया है, तुझे देखने आया है चड़ी, तुझे। मूर्ख, अहमक, गर्दभ–इसने सोचा, उस फिरंगिन ने लात मार दी तो क्या हुआ, तुझे मना लेगा। जरा पूछ इससे, किसी गड़हे में भी सूरत देखी है अपनी? मुझसे इसने कहा तो मैंने कहा था–खबरदार जो यह बात कभी चड़ी के सामने जबान पर लाया! वह देवी है–साक्षात् जगदम्बा! उसके मन्दिर में अपने विलायती बूट पहनकर जाएगा रे मूर्ख? भस्म कर देगी तुझे।"

एक पल को कालिंदी का चेहरा लाल पड़ गया। उत्तेजना से हाँफते-काँपते बसन्त मामा को, उसने फिर बड़े यत्न से तकिये पर लिटा दिया।

"मैं क्या कुछ गलत कह रहा हूँ चड़ी? आखिरी बार उसकी माँ ने मुझसे कहा था–मेरे नजदीक आओ, मुझे कुछ दिख नहीं रहा है, सारे शरीर में

चींटियाँ चल रही हैं। मैं समझ गया कि वह जा रही है। मैंने उसका सिर अपनी गोद में रखकर कहा था--राम का नाम ले पिंटू की इजा। कह--'ओं नमो वासुदेवाय नमो वासुदेवाय', पर वह कहने लगी, 'पिंटू-पिंटू'--वही नाम लेकर उसने आँखें पलटी थीं, कैसे भूल सकता हूँ उस घड़ी को? कैसे क्षमा कर दूँ इसे," उनके चिपके गालों पर आँसू की बूँदें गिर-गिरकर, कालिंदी के हाथों को भी भिगो गईं।

"अब आप चुपचाप सो जाइए बसन्त मामा।"

"नहीं, मुझे मत फुसला। मैं जानता हूँ, इस मूर्ख ने मेरे मना करने पर भी तेरे सामने अपना बेहूदा प्रस्ताव रख ही दिया है, मैं तुझसे अपने इस अपदार्थ बेटे की ओर से माफी माँगता हूँ चड़ी, इसे माफ कर दे। उस फिरंगिन ने इसका दिमाग बौरा दिया है।"

"कैसी बात कर रहे हैं आप!" कालिंदी उनका सिर सहलाने लगी, "गलती किससे नहीं होती। आप क्या सोचते हैं, अपने समाज की कुंडली मिलाकर की गई शादियाँ भी क्या हमेशा सुखी ही होती हैं?" फिर अचानक द्वार पर खड़े पिंटू के चेहरे पर दृष्टि पड़ते ही वह चुप हो गई।

क्या निकल गया था उसके मुँह से! कहीं वह उसकी उस उक्ति को स्वयं उसी के दुर्भाग्य की भूमिका न समझ बैठे। उसका अधूरा विवाह भी तो अपने ही समाज में स्थिर हुआ था।

"चलिए, अब हाथ मिलाइए अपने बेटे से, सारा गुस्सा थूक डालिए।" वह उठी और हाथ पकड़कर उसने उसे बसन्त के पैरों के पास बिठा लिया।

"लो पिंटू दा, अब अपने हाथों से इन्हें सूप पिलाओ, मैं भी देखती हूँ, ये कैसे नहीं पीते!"

फिर उसने धीरे से उन्हें उठा, तकिये का सहारा देकर बिठा दिया और बसन्त आज्ञाकारी बालक की भाँति पिंटू के हाथ से सूप पीने लगे।

पिंटू और चड़ी के बीच फिर वह अप्रिय प्रसंग पिंटू के जाने के दिन तक नहीं उठा।

देवेन्द्र ने समझा-बुझाकर बसन्त मामा को पुत्र के साथ विदेश जाने के लिए मना ही लिया था।

"वहाँ एक से एक मृत्युंजयी दवाएँ हैं बसन्त, फिर सबसे बड़ी बात, तुम्हारे बेटे ने बहुत गहरी चोट खाई है। उसका वहाँ अकेले रहना ठीक नहीं है। कभी ऐसी ही चोट का दुख भूलने में उसका पैर फिसल सकता है। क्या

तुम चाहोगे कि वह अपना अकेलापन भुलाने, शराब में डूब अपना जीवन ही नष्ट कर ले? थोड़ा घूम-फिर आओ, मन न लगे तो लौट आना, हम तो हैं ही।"

"जानता हूँ रे देबी, मेरी मिट्टी वहीं बदी है, मैं अब कभी लौट नहीं पाऊँगा।"

जाने के दिन वे मामा को पकड़ रोने लगे थे। कालिंदी ने उनके पैर छुए तो बड़ी देर तक उसके सिर पर हाथ धर, न जाने कितने अनुच्चरित आशीर्वादों से उसे स्नात कर गए।

पिंटू ने एक बार उसके पास आकर कुछ कहने की चेष्टा की फिर केवल हाथ मिलाकर बिना कहे ही बहुत कुछ कह गया।

देवेन्द्र ने मुँह से तो कुछ नहीं कहा पर कालिंदी समझ गई कि पहले एक और फिर इस दूसरे बाल्यसखा का विछोह उन्हें दुर्वह लगने लगा है।

नहीं, वह अभी दिल्ली नहीं जाएगी—मामा को अकेला नहीं छोड़ेगी। जाएगी तो उन्हें भी साथ ले जाएगी।

दिन नीरस गति से बहे जा रहे थे। देवेन्द्र को एक प्रकार से घसीटकर ही घूमने ले जाती थी। बसन्त मामा के जाने के बाद शतरंज खेलने वाला ही कोई नहीं रहा। कभी-कभी खाना लेकर बैठी मामी भी झुंझला उठती, "एक तुम हो निठल्ले, दूसरे तुम्हारे बसन्त। न काम न धंधा, पूरे पहाड़िए हो गए हो। कभी-कभी जी में आता है री चड़ी, इनके वजीर-प्यादे-फर्ज़ी सब उठाकर कोसी में बहा आऊँ—न खाने की सुध, न पीने की।"

आज वही वजीर-प्यादे स्वयं ही विलुप्त हो गए थे।

"एक बात कहूँ मामा?" एक दिन वह मामा के सिर में तेल ठोकती पूछ बैठी थी।

"बोल, क्या कहना है?" उसके सुकोमल हाथों की थपकियों से देवेन्द्र की आँखें मुँदी जा रही थीं।

"अगले हफ्ते तो मुझे जाना ही पड़ेगा, आप सब भी मेरे साथ क्यों नहीं चलते? मुझे भी अच्छा लगेगा और आप सब को भी कुछ बदलाव तो होगा। जब से यहाँ आए हैं, अपने को थका लिया है आपने! मामी भी बेचारी यहाँ ऊबने लगी हैं।"

"पगली कहीं की, हमने दिल्ली जाने के लिए यहाँ मकान बनवाया है क्या? फिर तू ही तो कह रही थी—एकदम बियाबान जंगल में तेरा फ्लैट है, तेरा तो दिन-भर काम में निकल जाएगा, हम क्या करेंगे वहाँ?"

"बियाबान आबाद भी हो सकता है मामा! मैं तो पाँच बजे आ ही जाती हूँ, शनीचर-इतवार की छुट्टी रहती है और सोम-मंगल को मेरी नाइट ड्यूटी रहती है। फिर रोज एक नया पाकिस्तानी सीरियल ले आया करूँगी। अम्मा-मामी को पाकिस्तानी सीरियल मिल जाए तो वे रेगिस्तान में भी रह सकती हैं। क्यों, है न मामी!"

अन्त तक उसने देवेन्द्र-शीला को साथ चलने के लिए मना ही लिया था, एक अम्मा ही टस से मस नहीं हुई।

"तुम दोनों चले जाओ देबी, मैं घर कैसे छोड़ सकती हूँ? देख तो रहे हो, अल्मोड़ा अब क्या वह अल्मोड़ा रह गया है? दिन-दहाड़े यहाँ ताले टूटने लगे हैं।"

जाने की पूरी तैयारी कर वह मामी के साथ संध्या को मन्दिर में दीया जलाकर लौटी तो रास्ते में वर्षा की बूँदें गिरने लगीं।

जब घर से चली थीं दो नीलाकाश एकदम स्वच्छ-निर्मल था, दूर-दूर तक बादल का एक टुकड़ा भी नहीं था, फिर देखते ही देखते सूर्यास्त से पहले ही घटाटोप अन्धकार छा गया।

"पहाड़ की वर्षा का क्या कोई ठिकाना रहता है, मैंने ही भूल की जो छतरी नहीं रखी। अब जल्दी-जल्दी चल, पानी तेज गिरने लगा है।" शीला तेज कदमों से चलने लगी।

अम्मा ने ही द्वार खोला, न जाने कैसा उतरा चेहरा लग रहा था अम्मा का! "भीतर मेहमान बैठे हैं।" उसने धीमे स्वर में फुसफुसाकर कहा, "तुम्हारे कपड़े भीगे हैं, मैं पिछवाड़े का दरवाजा खोल देती हूँ, वहीं से आ जाओ।" पर उसकी फुसफुसाहट को कालिंदी शायद नहीं सुन पाई थी, वह भीगे कपड़ों में भीतर चली गई। लाल रेशमी साड़ी की एक-एक भाँज उसके शरीर से चिपक गई थी। एक हाथ से साड़ी को ऊँचा उठाने से उसकी बताशे-सी गोरी पिंडली, भीगकर, और भी सफेद लग रही थी। ललाट का लाल लम्बा टीका पानी से बह सुभग नासिका पर फैल गया था। एकदम रक्तवर्णी वह रूप देखकर, वह अनचीन्हा सुदर्शन अतिथि अचकचाकर उठ गया और हाथ जोड़े, विमुग्ध दृष्टि से उसे देखता ही रह गया।

मामा के साथ यह कौन बैठा था, कहीं इसे देखा है अवश्य। फिर सहसा सिर से पैर तक बिजली-सी कौंध गई। वह थाली लिये ही तीर-सी अपने कमरे में चली गई। उसने ठीक ही पहचाना था।

"चड़ी बेटी, कपड़े बदलकर जरा बाहर आना।" मामा ने पुकारा तो उसका कलेजा काँप उठा।

यह कैसे आ गया यहाँ? फिर धीरे-धीरे उसका भय भयंकर क्रोध में परिणत हो गया।

मामा ने कैसे उसे अपने घर में घुसने दिया?

क्या उस दारुण अपमान को भूल गए थे मामा?

वह फिर तमककर, भीगे कपड़ों ही में बाहर चली गई और बिना मामा की ओर देखे मूर्तिवत् खड़ी रह गई। अन्नपूर्णा और शीला ने एक साथ कहा, "कपड़े बदलकर आ चड़ी, ठंड लगेगी।"

कहीं जोर से बिजली गिरी और साथ ही पूरे शहर की बिजली चली गई।

"मँझली, मोमबत्ती जला ला। चड़ी, तू जाकर कपड़े क्यों नहीं बदलती?" इस बार अन्नपूर्णा का स्वर झुँझलाहट से तीखा हो गया।

"डॉ. जोशी आए हैं बेटी!" मामा का स्वर एकदम शान्त था, फिर वे उस अतिथि की ओर मुड़े, "पर बेटा, तुमने आने से पहले हमें खबर कर दी होती।"

"की थी," कैसी कठोर भारी आवाज थी, जैसे किसी ने कोरे इटैलीन का थान फाड़ा हो, "मैंने एक नहीं, तीन-तीन चिट्ठियाँ लिखी थीं इन्हें, पूछिए इनसे।"

"क्यों चड़ी? क्या तुझे नहीं मिलीं?"

"मिली थीं पर मैंने बिना पढ़े ही फाड़कर फेंक दी थीं।" स्वर में ऐसी कड़क थी कि पाहुना भी सहम गया।

"मुझे डैडी की बरसी करने हरिद्वार आना था। सोचा, उस दिन जो गलतफहमी आप लोगों को हुई थी, उसे भी लगे हाथों सुलझा आऊँ।"

"अरे, क्या जोशी जी नहीं रहे? कब?" मामा ने उद्विग्न स्वर में पूछा।

वह कुछ उत्तर देता, इससे पूर्व ही कालिंदी के क्रोध की उत्तुंग तरंगें उसकी जिह्वा पर फिसल गईं, "अब भी समझ में नहीं आया मामा?" कालिंदी का व्यंग्य-मिश्रित स्वर क्रोध से काँप रहा था। मोमबत्ती के क्षीण आलोक

में उसका विवर्ण चेहरा और भी कमनीय लग रहा था, "आज तक इनके डैडी थे इसी से आने की हिम्मत नहीं हुई, अब नहीं रहे तो शायद दहेज की रकम में, दयावश कुछ कटौती कर, हम पर कृपा करने पधारे हैं ये।"

इस बार तिलमिलाकर वह खड़ा हो गया।

गोरा रंग क्रोध से तमतमाकर रक्तवर्णी हो उठा। विदेशी ट्वीड के आकर्षक कोट में उभर, उसके सतर चौड़े कंधे तन गए।

"जी नहीं, मैं कोई प्रस्ताव लेकर नहीं आया हूँ।" क्रोध से काँपते हाथ जेब में डाल उसने एक बन्द लिफाफा निकाल, बड़ी अभद्रता से, देवेन्द्र के पैरों पर पटक दिया, "मैं डैडी की आपसे वसूली गई यह रकम लौटाने ही यहाँ आया था। व्यर्थ की बकवास सुन, अपमानित होने नहीं। सोचा था, उनकी बरसी से पहले उनके एक कर्ज को चुकाकर ही लौटूँगा, जिससे उनकी आत्मा को शान्ति मिले। सोचा था कि यही पितृऋण चुकाकर आप सबसे, उस अपराध के लिए क्षमा माँग लूँगा, जो मैंने कभी किया ही नहीं था। डैडी के वार्षिक श्राद्ध से पहले आपका य़ह कर्ज नहीं चुकाता तो मैं शान्ति से उन्हें पिंड नहीं दे पाता।"

"बैठो बेटा, खड़े क्यों हो? आ चड़ी, तू भी बैठ, इनकी बात तो सुन ले।"

पर वह उसी अड़ियल भंगिमा में खड़ी रही।

"यकीन मानिए, मुझे कुछ भी पता नहीं था कि डैडी ने आपसे कोई ऐसी बेहूदा माँग भी की है।" फिर उसने अपनी निर्भीक निर्दोष दृष्टि, कालिंदी की ओर उठाकर कहा, "आप चिन्ता न करें डॉ. पन्त, मैं न आपको अपमानित करने यहाँ आया हूँ, न यह कहने कि आप मुझे स्वीकार करें। मैं हरिद्वार से सीधा दिल्ली जाकर, उसी रात की फ्लाइट से चला जाऊँगा और विश्वास करिए, आप फिर मुझे कभी नहीं देखेंगी।"

इस बार वह हँसा। क्षण-भर पूर्व की उत्तेजना, क्रोध की मनहूस छाया चेहरे से हटते ही वह अपनी कन्दर्प कान्ति से अन्नपूर्णा को मुग्ध कर गया।

उसकी आँखें छलक उठीं। कालिंदी उसी की कोख से जन्मी थी, पर उसके जी में आ रहा था, वह मुँह फुलाए अशिष्टता से खड़ी अपनी इस नकचढ़ी बेटी की गर्दन पकड़, उस विष्णुस्वरूप जामाता के चरणों में डाल दे।

"मुझे अब आज्ञा दें, मैं चलूँ।" वह उठ गया।

हड़बड़ाकर देवेन्द्र भी उसके साथ उठ गए, "ऐसे कैसे जा सकते हो बेटा और फिर ऐसे बादल-पानी में कहाँ जाओगे ? दीदी, चाय बन गई?"

वहाँ चाय चढ़ाई ही किसने थी?

"नहीं, आप मेरी चिन्ता न करें, चाय तो किसी होटल में भी मिल जाएगी।"

उसके स्वर की कड़वाहट, तीखी छुरी के फाल-सी अन्नपूर्णा के कलेजे में धँस गई। बिजली शायद रूठे अतिथि की विदा के लिए ही रुकी थी—पूरा कमरा जगमगा उठा।

इस बार उसने कालिंदी को निर्भीक होकर देखा। मन की बात तो वह कह ही चुका था, अब कैसा डर और कैसी झिझक!

वही दम्भ, वही अकड़ और खड़ी होने की वही अहंदीप्त भंगिमा। उसने अब तक अनेक विदेशी सुन्दरियों को देखा था किन्तु उस सौन्दर्य में और इस सौन्दर्य में कितना अन्तर था!

एक धधकते सूर्य का ज्योतिपुंज!

दूसरा अमृतवृष्टि करता शरद पूर्णिमा का स्निग्ध पूर्ण चंद्र, पर विधाता ने इस सौन्दर्य में क्या तेज का अंश कुछ अधिक ही मिला दिया था? इस चेहरे में बुद्धि की दीप्ति थी, क्षमा का औदार्य नहीं, स्थैर्य था, पर धैर्य नहीं।

"मैं चलूँ," कह उसने बड़ी विनम्रता से झुककर हाथ जोड़े और पलक झपकते ही स्वयं द्वार खोलकर निकल गया।

अन्नपूर्णा एक बार बाहर जाने को उद्यत हुई, फिर पुत्री के गम्भीर चेहरे को देखते ही ठिठक गई। देवेन्द्र हाथ पर हाथ धरे जैसे थे वैसे ही बैठे रह गए। एक शीला के कठोर स्वर ने सबको एक साथ चौंका दिया, "सबको लकुआ मार गया है क्या? रोकते क्यों नहीं उसे? यह तूने ठीक नहीं किया चड़ी! उस बेचारे को जब कुछ पता ही नहीं था, तो उसका क्या दोष? अभी दूर नहीं गया होगा—छाता उठाकर जाओ जल्दी, उठते क्यों नहीं?"

"नहीं, कोई नहीं जाएगा।" चड़ी बिफरी शेरनी-सी ही गरजी थी।

पर शीला ने पति को जबरदस्ती छाता लेकर रूठे अतिथि को मनाने भेज ही दिया।

कितनी देर तक यहाँ-वहाँ भटककर भी देवेन्द्र उसे नहीं ढूँढ़ पाए।

रात-भर की मूसलाधार वर्षा ने फिर दूसरे दिन पूरा जनजीवन ही छिन्न-भिन्न कर दिया। मोटर-मार्ग को गिरी चट्टानों के नैसर्गिक अवरोध ने

अचल बना दियां था। लगातार तीन दिन तक धुआँधार वर्षा होती रही। चौथे दिन कालिंदी अकेली ही दिल्ली चली गई। सहसा आ टपके उस अनचाहे पाहुने ने पूरे घर का ही मूड बिगाड़कर रख दिया था—न अम्मा ही ढंग से बातें कर रही थीं, न मामी। मामा से भी उसकी बोलचाल हाँ-हूँ तक ही सीमित रह गई थी।

वह स्वयं दिल्ली लौटने को छटपटा रही थी पर जब पहुँची और महीनों से बन्द फ्लैट में जमा धूल-गर्द का अम्बार देखा तो हाथ-पैर फूल गए। इतने दिनों अम्मा-मामी ने उसे घर का एक काम भी नहीं करने दिया था। कैसे करेगी अब यह सब? सूटकेस किनारे पटककर वह अनबिछे पलंग पर पसर गई थी। थकान से अंग-अंग टूट रहा था। लग रहा था, वह ऐसी बेहोशी में डूबी जा रही है जो शायद कभी नहीं टूटेगी।

जीवन की धारा चलते-चलते अपने जो चिन्ह कुछ ही दिनों में छोड़ गई थी, वे अब पके फोड़े की टीस-से चुभने लगे थे। बार-बार उसे क्यों उस तमतमाए चेहरे की स्मृति ऐसे विह्वल कर रही थी? क्या सचमुच उसने अकारण ही घर आए अतिथि का अपमान किया था? हो सकता है, वह सच ही बोल रहा हो और उन पत्रों में, जिन्हें उसने बिना पढ़े ही फाड़कर फेंक दिया था, उसने अपने निर्दोष होने की ही बात बार-बार लिखी हो! आज यह आत्मग्लानि उसे इतना खिन्न बना गई थी, पर उस दिन क्यों वह उसे नहीं रोक पाई? और यदि वह आज भी उससे उतनी ही घृणा करती है तो क्यों ऐसी उद्दाम व्याकुलता उसे विह्वल कर रही है ? इन सब प्रश्नों का उत्तर उसके पास आज नहीं था।

दूसरे दिन भी वह काम पर नहीं गई। नौकरानी उसके कमरे की बत्ती जली देख, बिना बुलाए ही आकर सब काम कर गई थी।

"खाना बनाकर रख दूँ मिस साहब?" उसने पूछा था।

"नहीं, मुझे भूख नहीं है, एक प्याला चाय बनाकर रख दो।"

चाय की ट्रे पर ही वह उसके नाम आई तीन चिट्ठियाँ रखकर चली गई।

दो चिट्ठियाँ दवाओं की किसी फर्म की थीं, तीसरी के अक्षर उसने पहचान लिये।

आज पहली बार उसने उस चिट्ठी को बिना पढ़े नहीं फाड़ा।

"डॉ. पंत, क्षमा करें। आपसे मिलने के बाद और किसी सम्बोधन की गुंजाइश अब हमारे बीच नहीं रह गई है। आशा है, इसे आप बिना पढ़े नहीं

फाड़ेंगी। मैं आपसे अपने मृत पिता की शपथ लेकर कहता हूँ, डैडी के व्यवहार ने उस दिन मुझे आपसे भी अधिक आहत किया था। मुझे कुछ भी पता नहीं था। बस, डैडी ने इतना ही लिखा था कि उन्होंने मेरा रिश्ता कुमाऊँ की एक सुयोग्य, सुरुचि-सम्पन्ना सुन्दरी डॉक्टर से तय किया है, मुझे कोई आपत्ति नहीं होनी चाहिए, साथ में आपका चित्र भी था। मैंने चापलूसी न कभी की, न कर रहा हूँ पर आपका चित्र देखकर संसार के किसी भी पुरुष को कभी आपत्ति नहीं हो सकती, यह मैं दावे के साथ कह सकता हूँ। आपसे इतना ही कहना चाहता हूँ कि मुझसे घृणा न करें। मैंने कभी किसी के साथ अन्याय नहीं किया है। एक बात आपको बताना चाहता हूँ। बहुत पहले एक बार अपनी माँ के साथ नदी का जल भर घर ले जाने लगा तो माँ ने मेरे हाथ से शीशी छीन पूरा पानी नदी में ही उलट दिया था—मूर्ख कहीं का! यह क्या गंगाजल है जो गंगाजली में भर घर लें जा रहा है? गोमती कुँआरी नदी है, इन्हें कोई घर नहीं ले जा सकता। आज लग रहा है—जीवन में दूसरी बार माँ के अदृश्य हाथ ने मेरे हाथ से गोमती का जल छीन, फिर गोमती ही में उलट दिया है और मेरे कान में कह रही है—गोमती कुँआरी नदी है, इन्हें कोई घर नहीं ले जा सकता।" पत्र के नीचे न कोई नाम था, न पता, सिर्फ लिफाफे पर हरिद्वार की मोहर थी।

न जाने कितनी बार उसने उस पत्र को पढ़ा, फिर सहेजकर सिरहाने रख दिया। अँधेरे कमरे में वह चुपचाप पड़ी थी। कमरे का खाली गूँगापन, किसी खंडहर में व्यर्थ चक्कर काट रहे चमगादड़-सा सन्ना रहा था। सरोज के साथ उस अँधेरी गुहा-गह्वर में बैठे सिद्ध की अंगारे-सी दहकती आँखों की स्मृति उसे उस एकान्त में रह-रहकर त्रस्त कर रही थी।

"और तू? तुझे भी तो तेरा पति छोड़ गया है!"

अचानक सिद्ध की क्रुद्ध गर्जना उसके कानों में बजने लगी। एक गहरी उदासी, एक अव्यक्त वेदना ने उसकी सूनी निराशा को ढक दिया। अपने भीतर के सत्य को पहचानकर भी वह क्यों स्वीकार करने का साहस नहीं जुटा पा रही थी? उसे लगा, उसके जीवन में अब कुछ भी नहीं बचा। सरोज में यह साहस था, उसमें अपने हृदय के सत्य को पहचान, अकुंठित स्वर में मन की बात कहने की शक्ति थी, पर वह बुजदिल थी, कायर, निष्क्रिय! नियति ने कैसी असाध्य गाँठ में उसके जीवन को बाँधकर रख दिया था! जिस व्यक्ति को उसने कुत्ते की भाँति दुरदुराकर भगा दिया था, उसे क्या

चेष्टा करने पर भी वह अब पुचकारकर बुला पाएगी? आज क्यों फिर उसी के लिए वह ऐसी व्याकुल होकर छटपटा रही थी?

सिद्ध का वह प्रलाप उसके कानों में रह-रहकर बज रहा था :

सात धारों की सांक्री करै
सिटौले की पांख करै
जो बैरी करै सो बैरी मरे।

पर क्या वह बैरी था? नहीं, उस व्यक्ति में तो वह किसी बैरी घमंडी धनलोलुप को नहीं देख पा रही थी। उसके अशान्त चित्त में एक प्रबल आवेग उद्वेलित हो उठा। परम मुग्ध दृष्टि से उसे एकटक देखता वह सहसा चेहरा उठाए जैसे उसके सामने खड़ा हो गया था। सारी पृथ्वी की पूंजीभूत वेदना उन शरबती आँखों में एक बार फिर तिरने लगी थी। तब ही किसी ने घंटी बजाई।

इतनी रात को—कौन हो सकता था? कहीं उसे अकेली देख, कोई चोर-उचक्का तो नहीं घुस आया ? एक पल को वह झिझकी, घंटी फिर बजी।

"कौन?" उसने कड़े स्वर में पूछा।

"मैं हूँ चड़ी, दरवाजा खोल।"

माँ का स्वर सुनते ही उसने लपककर द्वार खोल दिया।

ऐसे अकेली? तब क्या बिना किसी को बताए ही अम्मा भाग आई थी? क्या किसी दैवी शक्ति ने ही पुत्री की दुर्वह वेदना उस तक पहुँचा दी थी?

"अम्मा, तुम!" वह माँ से लिपट गई।

"हाँ, चड़ी, तेरे मामा-मामी के नाम एक चिट्ठी छोड़, नाइट बस से ही चली आई। मन बहुत घबड़ा रहा था, देबी को बताती तो क्या वह मुझे अकेली आने देता? और फिर मैं अकेली ही आना चाह रही थी।"

"पर तुम ऐसे अकेली क्यों आ गईं अम्मा? आना ही था तो मेरे साथ ही क्यों नहीं चली आईं?"

बिना कुछ कहे अन्नपूर्णा ने बड़े दुलार से अपने दोनों हाथों में पुत्री का पीला चेहरा भर लिया था, "मैं अकेली ही आना चाह रही थी चड़ी! तेरे मामी-मामा के साथ आती तो शायद मन की बात निःसंकोच नहीं कह पाती। मैं तुझे कोई उपदेश देने या डाँटने-फटकारने इतनी दूर नहीं आई हूँ चेली, वह अधिकार तो मैं बहुत पहले ही तेरे मामा-मामी को सौंप चुकी हूँ पर कुछ बातें ऐसी भी होती हैं चड़ी, जो एक माँ ही अपनी बेटी से कह सकती

है, अपने अन्तर्मन की सच्ची निर्भीक चेतावनी। और माँ का मन कभी झूठी राय नहीं देता।"

कालिंदी आश्चर्य से माँ को देख रही थी। माँ का यह रूप तो उसने पहले कभी नहीं देखा--दर्पण-सी स्वच्छ चमकती आँखें, स्फटिक-सी गौरवर्णी त्वचा के भीतर से झलक रहा अद्भुत तेज, ममता से खिली हुई दिव्य मुस्कान।

"मैं कभी कह नहीं पाई पर मुझे हमेशा लगता था कि डॉक्टरी की पढ़ाई ने तेरे मन को सूक्ष्म बना दिया है, तेरा प्रबल स्वतंत्रता-बोध, तेरी एकाग्र ज्ञान- निष्ठा तुझे धीरे-धीरे स्वाभाविक जीवनधारा से काटती जा रही है। तू कभी झुकना नहीं सीख पाएगी। जहाँ बैर की प्रबल भावना होती है वहाँ फिर प्रेम नहीं रहता और जहाँ प्रेम नहीं रहता वहाँ फिर सहज सृष्टि भी नहीं हो सकती। मैं आज तुझसे एकान्त में यही कहने आई हूँ चड़ी, कभी किसी जिद में कोई प्रण नहीं कर बैठना। मैंने यही भूल की थी और मेरे मायके के मिथ्या दम्भ ने ही शायद मुझे ससुराल के प्रति उदासीन कर दिया। मनुष्य तो पशु को भी साध सकता है, सर्कस के शेर-भालुओं को नहीं देखा? मैं चाहती तो क्या तेरे पिता को...खैर, छोड़ उन बातों को, पर इतना तुझसे कह दूँ बेटी, संसार की कोई भी स्त्री मायके के सहस्र सुख भोगने पर भी एक दिन ऊबने लगती है, अपनी शक्ति, अपनी सामर्थ्य ही उसे डंक देने लगती है। जो भी कदम उठाएगी, सोच-समझकर उठाना। अपने अहंकार को अपना शत्रु मत बनने देना चड़ी।"

माँ और बेटी फिर बड़ी देर तक बिना कुछ कहे चुपचाप बैठी रहीं।

न पुत्री ने कुछ कैफियत दी, न माँ ने माँगी।

रात को जिद कर ही अन्नपूर्णा ने उसे अपने साथ लाए नाश्तेदान से जबरदस्ती खाना खिलाया।

कालिंदी के पास ही तख्त लगाकर वह लेट गई। उसने जो कहना था, वह कह चुकी थी, मन एकाएक फूल-सा हलका हो गया था, पर फिर भी न बगल में लेटी कालिंदी की आँखों में नींद थी, न उसकी।

फिर न जाने कब उसकी आँखें लग गईं। चौंककर वह जगी तो देखा, कालिंदी गहरी नींद में सो रही है। चतुर्दशी की धौत चन्द्रिका, खिड़की के जंगलों से रेंगती कालिंदी के चेहरे पर पड़ रही थी। कैसी असहाय निरीह लग रही थी वह, जैसे कभी-कभी थककर स्कूल से लौट, वह अपनी यूनीफार्म में ही जूते-मोजे सहित बिस्तर पर सो जाती थी। अन्नपूर्णा ही फिर धीरे-धीरे

उसके जूते-मोजे उतार रजाई से उसे ढककर यत्न से सुला जाती थी। आज भी उसने नीचे गिरी चादर से उसे उसी यत्न से ढाक दिया—ठीक जैसे घोंसले में सो रही नन्ही चिरैया, ऐसी चड़ी जिसके नए-नए उगे डैनों में अभी उड़ने की शक्ति का संचार भी नहीं हुआ हो। वह दबे पैरों से उठकर, खुली खिड़की के पास खड़ी हो गई। भोर होने में अभी बहुत देर थी। फिर न जाने किस प्रेरणा से उसके दोनों हाथ जुड़ स्वयं उसके ललाट से लग गए।

वही विस्मृत छवि, इतने वर्षों के पश्चात् आँखों के सामने जैसे प्रत्यक्ष खड़ी हो गई।

तीखी नाक पर चमकते स्वेद बिन्दु।

सामने धधकती धूनी, उलझे-बिखरे केश, तिर्यक अधरों से सामान्य झलकता गजदन्त और किसी जाग्रत यक्षिणी का सा तेजोमय दमकता चेहरा।

"तुम जहाँ भी हो माई, मेरी पुत्री की रक्षा करो—मेरी ललाटलिपि, उसके ललाट में मत उतारो माई।"

उसकी आँखों से झरझर आँसू बहते जा रहे थे, ओठ काटकर वह सिसकियों को, प्राणांतक चेष्टा से कंठ में घुटक रही थी, कहीं शब्द सुनकर चड़ी न जग जाए। कालिंदी घोर निद्रा में निमग्न होकर निश्चेष्ट पड़ी थी। न जाने कब तक अन्नपूर्णा जुड़े हाथ ललाट से लगाए खड़ी ही रही।

ठंडी हवा के झोंके ने सहसा उसकी मुंदी पलकों का स्पर्श किया। उसे लगा, लाल-लाल आँखें कपाल पर चढ़ाए वही सिद्धिनी उसके पास आकर बैठ ओठों ही ओठों में बुदबुदा रही है :

यसो बिदिया सिखी
पताल की नागणी मारो
अकास की डंकिणी, भुतणी, पिचासिनी—
संकणी, सेतानी, मसानी
चौबाटों की धूल
चेहाने का कोइला-
चलौं छौं भगी वा...ना!

●●●